KB199741

잃어버린 도시의 헌터스

Hunters of the Lost City

by Kali Wallace

First published in English by Quirk Books, Philadelphia, Pennsylvania.
Korean translation rights 2023 by Gravity Books.
Korean translation rights are arranged with Quirk Productions,
Inc. through AMO Agency, Seoul, Korea.

잃어버린 도시의 헌터스

캘리 월리스 장편소설 | **박창현** 옮김

GRAVITY BOOKS

일러두기

1. 소설에 나오는 등장인물, 장소 등은 모두 작가의 상상력을 바탕으로 만들어진 허구입니다.
   실제 인물, 장소, 사건과의 유사성은 전적으로 우연의 일치임을 밝힙니다.

2. 본문 속 강조서체는 원서에서 강조된 단어와 과거 회상 속의 대화에 쓰인 이탤릭체를 표시한 것입니다.

3. 거리 단위인 마일과 피트는 킬로미터와 미터로 환산해 표기했습니다.

*For every girl who wants
to change the world*

세상을 바꾸고 싶어 하는 모든 소녀를 위해

차 례

Chapter 1

비토리아의 종소리

태양이 산등성이를 넘어 처음 인사하는 시각, 비토리아를 지키는 일곱 개의 감시탑에서 일제히 종소리가 힘차게 울렸다.

옥타비아는 두꺼운 이불을 걷어차고 침대 밖으로 뛰쳐 나가 덧문을 열었다. 추운 아침이었다. 창턱에 기대 숨을 내뱉자 유리창이 바로 뿌예졌다. 아래층에는 부모님이 하시는 빵집이 있었다. 갓 구워낸 빵과 따뜻한 페이스트리 냄새가 솔솔 풍겨 올라왔다.

아침 햇살이 계곡을 둘러싼 높은 산봉우리들에 닿자마자 첫 번째 종소리가 울렸다. 와이번 게이트의 경비를 위해 높게 세운 북쪽 감시탑에서 울리는 소리였다.

그때, 좁은 거리에서 일어난 움직임이 4층에 있던 옥타비아의 눈길을 잡아챘다. 검은 유니폼을 입은 마을 경비병이 주니퍼 가로 향하는 피싱캣 로를 달려가고 있었다. 찌릿하고 볼을 찌르는 듯한 불편한 통증이 느껴졌다. 성문이 열리기도 전인 이른 시간에 경비병이 서둘러 거리를 달려가는 상황은 늘 있는 일이 아니다. 지난밤에 무슨 일이 벌어진 것이 틀림없었다.

하지만 지난밤 그녀는 고함이나 알람 소리를 들은 적이 없었다. 옥타비아는 별일 아니기를 바랐다.

두 번째 종이 울리기 시작했을 때, 이미 경비병들은 피싱캣 로를 벗어났다. 경비병 다섯 명이 그 뒤를 따르자, 곧이어 일곱 개의 감시탑에서 동시에 울린 종소리가 비토리아에서 가장 높은 성벽 위에 걸린 칠각별 주변까지 삽시간에 닿았다. 종소리의 운율은 바위산과 숲으로 우거진 언덕에 부딪혀 메아리를 만들고, 주변의 계단식 밭과 론리 계곡의 과수원을 채우고는 닉스 강과 롱로드 주변을 따라 힘차게 퍼져나갔다.

비토리아 사람들에게 아침 종소리는 하루의 시작을 뜻했다. 종소리는 깨어날 시간이고, 침대에서 일어날 시간이고, 일하러 갈 시간이다. 거대하고 위험한 황무지로 둘러싸인 비토리아는 이 세상에 남은 마지막 마을이자, 끔찍한 전쟁에서 살아남은 자들을 위한 따뜻한 집이었다.

비토리아 사람들에게 가장 끔찍한 위험은 바로 괴물들이었다. 그리고 괴물들에게도 아침 종소리는 아주 중요한 의미였다. 밤새 숲속에서 숨어 도사리고 있던 괴물들에게 종소리는 낮이 왔다는 경고이자 신호였다. 어두운 덤불이나 동굴로 도망가 밤이 될 때까지 숨어야 한다는 것을 알려주는 시간이었다. 괴물들은 '페록스'라고 불렸다. 페록스는 원래 마법사들이 적군을 공격하기 위한 무기로 만든 존재였다. 전쟁에서 어둠을 틈타 무자비한 속도와 가공할 만한 힘으로 적을 공격할 수 있는 무기였다. 긴 전쟁이 끝나고 마법사들은 떠났지만, 불행하게도 페록스는 남았다.

비토리아에서의 삶은 끊임없이 반복되는 낮과 밤, 안전과 위험, 빛과 어둠의 연속이었다. 지금 이 순간 옥타비아는 저녁 종소리의 불길함만큼이나 아침 종소리가 주는 밝은 약속을 뼛속 깊이 느낄 수 있었다. 땅거미가 내리는 시간에 울리는 경고의 종소리는 좀 더 깊고 무거운 소리가 났다.

옥타비아는 종소리가 그칠 때까지 종소리를 가만히 듣고 있었다. 추운 날씨였지만 하늘은 맑고 구름 한 점 없었다. 동쪽으로 여명의 분홍빛 흔적이 남아 있고, 서쪽 하늘에는 밤을 내어주는 마지막 별이 빛나고 있었다.

하늘이 맑다는 것은 빛이 좋고, 시야가 좋다는 얘기다. 추적도 쉽고.

사냥하기 안성맞춤인 날이었다.

낮에 비토리아 주변을 돌아다니는 작은 페록스들은 그리 위협적이지 않아서 사냥 연습하기에 좋았다. 옥타비아는 사냥을 연습해야 했다.

옥타비아는 재빠르게 셔츠와 바지를 입고, 긴 가죽 부츠를 신었다. 다락방을 함께 쓰고 있는 오빠 앨버스는 무슨 말인지 모를 소리를 중얼거리면서 몸을 뒤척였지만 아직 잠들어 있었다. 적갈색 털과 흐릿한 회색 털을 가진 통통한 고양이 두 마리가 앨버스의 발치에서 함께 잠들어 있었다. 앨버스는 칼을 만드는 대장간의 견습생이지만, 대장간에 좀 늦게 가더라도 가능한 한 늦게 일어날 것이다. 옥타비아는 덧문을 당겨 닫고는 고리에 걸어 놓았던 배낭을 집으면서 오빠 침대를 발로 걷어찼다.

"일어나, 이 바보야! 이러다 또 늦겠어."

앨버스는 여전히 뭔가를 웅얼거리기만 했다. 대신 적갈색 고양이가 이 상황을 탐탁지 않게 쳐다보았다.

옥타비아가 다시 침대를 걷어찼다.

"아이프 마스터가 오빠를 잘라도 그건 다 오빠 탓이야! 아마 곧 오빠를 자를걸."

칼 제작 마스터인 아이프는 게으른 것을 제일 싫어했지만, 앨버스는 별로 개의치 않았다. 그리고 게으름은 점점 더 심해졌다. 부모님은 오빠에게 시간을 좀 주자고 말했지만, 그건 지난 몇 달 동안 늘 하던 얘기였다.

옥타비아의 가족은 더 이상 의미가 없는 그 말을 오랫동안 서로에게 해오고 있었다. 아빠는 엄마에게 마음을 치유할 수 있는 시간을 주고 있다고 말했다. 라비니아는 옥타비아에게 수습 기간 동안 부모님께 생각할 시간을 주라고 말했다. 엄마는 아우구스투스에게 빵집 확장에 대한 말을 꺼내기 전에 아빠에게 시간을 좀 주라고 말했다. 앨버스는 모든 사람에게 자기를 그냥 내버려 두라고 말했다. 마치 서로 아무것도 말하지 말라고, 가족들 마음에 난 구멍을 마주하는 것을 피하라고, 서로를 뿔뿔이 흩어지게 만든 상처를 무시하라고 서로에게 시간을 주는 것 같았다.

모두 하나에 대한 이야기를 피하기 위해서였다.

옥타비아는 사다리를 내려올 때 절대로 하나의 방 입구에 걸린 커튼을 쳐다보지 않았다. 하나는 맏이였다. 그래서 자기 방이 있었지만, 그녀가 죽은 후에도 가족 누구도 아우구스투스에게 그 방을 쓰라고 하지 않았다. 가끔 옥타비아는 자신이 아픈 만큼 그 커튼을 홱 잡아당겨 열고 싶었다. 하나가 거기 있을 거라고 믿고 싶어서 입구 가까이까지 간 적도 있었다. 자신이 커튼을 연다면, 만약 그럴 용기가 있다면, 아마 하나는 지도 위에 뭔가를 표기하거나 칼을 갈면서 무단침입에 대해 소리를 지르고 화를 내며 옥타비아를 내쫓을 거라고. 하나의 화난 목소리가 집안에 크게 울릴 거고, 모든 것이 다 박살 나 작년 겨울부터 지금까지도 망가진 것을 고치고 있을 거라고.

하지만 하나의 화난 목소리를 들을 기회는 더 이상 없었다. 나무꾼이 도끼로 찍어 넘긴 나무를 바로 세우거나, 푸줏간 주인의 칼날에 목이 끊어진 염소가 메에, 하고 우는 소리를 듣는 것보다 힘든 일이다. 하나는 죽었다. 영원히 가족 곁을 떠났다. 하나가 맏이고 옥타비아는 막내지만 둘은 다른 형제자매들보다 가깝게 지냈다. 둘 다 살구색 머리카락에 똑같이 주근깨가 많았다. 무엇보다 비토리아 외곽의 산들을 탐험하고 싶은 열망을 똑같이 가지고 있었다.

아빠보다도 무게를 잡는 열아홉 살의 아우구스투스나, 페이스트리 빵에 호들갑을 떨고 노래나 만들면서 시간을 보내는 열일곱 살의 라비니아나, 걷기 전부터도 누구나 겪는 뿌루퉁한 10대를 보내고 있는 앨버스와는 결코 공유하지 않는 방식으로 하나는 옥타비아를 이해했다. 하나의 죽음과 똑같은 것은 아무것도 없었다. 그녀의 죽음으로 가족 전체가 뒤틀려 버렸다. 또한 옥타비아의 가슴에 결코 치유되지 않는 상처를 남겼다.

옥타비아가 아는 한, 그녀는 여러 달 동안 하나의 방에 들어간 유일한 사람이었고, 그 사실은 그녀의 창자 속에서 시큼한 죄책감과 뒤죽박죽 뒤섞여 버렸다. 꼼짝도 하지 않고 있는 것보다 뭔가를 훔치러 하나의 비밀 공간에 들어가는 게 훨씬 더 힘들고 어려웠다. 하지만 옥타비아는 어떻게든 해냈다.

2개 층을 더 내려가자, 빵집 뒤편에 있는 저장창고에 도착했다. 저장창고 선반은 밀가루와 곡식 자루들, 꿀통, 소금 포대들, 버터뿐 아니라 겨울을 대비하기 위한 온갖 물건들로 가득 차 있었다. 검은색과 하얀색이 섞인 양말을 신은 고양이 두 마리가 밤새 식료품 저장고에서 쥐를 쫓은 뒤에 밀가루 포대 위에서 편하게 졸고 있었다.

엄마는 빵집 주방의 기다란 카운터 옆 스툴 의자에 앉아, 한 손으로 목록에 뭔가를 표시하면서 다른 쪽 손으로는 커다란 반죽 그릇을 젓고 있었다. 공기 속에 시나몬과 너트맥의 향이 가득했다.

엄마가 어깨 너머로 그녀를 보더니, 멋쩍은 미소를 지으며 말했다.

"우리 아가, 잘 잤니? 오빠는 일어났어?"

"깨우려고 했지. 근데 알잖아, 오빠 게으른 거."

"참나, 열다섯 살이나 되었는데도. 이따 아우구스투스 올려보내야겠네."

옥타비아가 엄마가 가지고 있는 목록을 가리키며 물었다.

"근데 그거 뭐야, 엄마?"

엄마는 종이를 한편으로 밀쳐놓으며 말했다.

"너는 걱정할 거 없어. 그냥 우리 가게들 몇 개 확인하고 있었어. 지금은 이 빵들이 훨씬 중요해."

옥타비아는 엄마를 조심스럽게 쳐다보았다. 엄마는 뭔가 걱정거리가 있을 때 늘 걱정할 거 없다고 말하곤 했다. 식료품 저장고에 각종 재료들이 저장되어 있지만, 이상하게 겨울에 필요한 만큼 채워진 것 같지 않았다. 봄까지는 재료들을 더 이상 구할 수 없기 때문에, 겨울을 나기 위한 수확물들은 이미 모두 들어왔다. 부모님은 이번 가을에 밀가루 포대를 세고 버터나 치즈를 구입하기 위해 낙농업자와 협상하는 데 많은 시간을 들였다.

"아빠가 네가 리버 가로 배달을 가야 한다고 하시더라. 오늘 아침은 아주 바빠. 모두 첫눈이 오기 전에 주문을 하고 싶어하잖니."

엄마가 웃을 때면, 옥타비아도 바로 마주 웃어야 했다.

옥타비아는 엄마를 많이 닮았다. 하나와 옥타비아는 엄마에게서 제멋대로 뻗치는 살구색 머리카락과 주근깨를 물려받았다. 그런데 지금 주름진 엄마 얼굴에는 상처들밖에 안 보였다. 엄마는 지난 겨울 하나를 찾아다니다가 많이 다쳤다. 얼굴 왼쪽에 턱에서부터 목 쪽으로 구부러진 빨간 흉터가 선명하게 남아 있었다. 오른쪽 손은 손가락 두 개의 관절이 없다. 이전에는 곧았던 코도 박살 나서 치료를 했지만 심하게 삐뚤어졌다. 두 갈래로 땋은 머리로 왕관 모양을 만들 만큼 길던 머리카락도 단발로 변했다.

가장 많이 다친 곳은 바지 속에 감춰진 엄마의 다리였다. 엄마가 지팡이를 사용하는 이유이자, 이제 더 이상 사냥을 하지 못하는 이유이기도 했다.

옥타비아가 너무 오래 조용히 있자, 엄마가 물었다.

"배달 가는 데 문제가 있는 것은 아니지?"

"그럼, 아무 문제 없어!"

엄마가 부드럽게 웃으며 말했다.

"그래, 네가 배달하는 걸 좋아해서 다행이다."

옥타비아는 부츠 앞코로 바닥을 툭툭 찼다. 사실 그녀는 집에 도움이 되고 싶었을 뿐이지, 배달하는 것을 별로 좋아하지는 않았다. 하지만 집에서 도망치기 편해서 배달 일을 좋아하는 척했다. 혹시 속마음을 들켰나 싶어 엄마를 걱정스레 쳐다보면서 물었다.

"엄마, 아까 경비병들을 봤는데 무슨 일 있었어?"

"음? 잘 모르겠는데?"

엄마가 잠시 조용히 있더니 말을 덧붙였다.

"엄마는 아무것도 들은 게 없어."

얼마 전까지만 해도 엄마는 마을에서 벌어지는 일은 가장 먼저 들어야 하는 사람이었다. 헌터는 언제나 누구보다 먼저 어떤 일이 벌어졌는지 알고 있다. 하지만 다리를 다친 헌터는 말뿐인 헌터이다. 이제 엄마는 헌터가 아니라 따뜻한 주방에서 반죽을 하고 목록을 확인하는 제빵사였다. 경비병 여럿이 거리를 달려 내려갔지만 엄마는 그 사실조차 몰랐다. 옥타비아는 그 얘기를 꺼낸 것을 후회했다. 더는 아무 말도 하지 않고 주방을 빠져나왔다.

빵집 안은 차를 마시면서 뉴스와 가십을 실어 나르는 사람들로 북적였다.

사람들 입에 오르내리는 소식은 해 질 녘에 시작될 이번 시즌 첫 번째 눈보라에 대해서였다. 사람들은 아침에 경비병들이 피싱캣 로를 내달렸다는 건 알고 있었지만, 무슨 일인지는 아무도 모르고 있었다. 아빠는 주문을 받으면서 얘기를 나누고 있었다. 라비니아는 진흙 오븐 옆에서 콧노래를 흥얼거리고, 아우구스투스는 셔츠와 코에 밀가루를 묻힌 채 짜증을 내고 있었다. 빵집 안은 따뜻하고 습하지만 친숙하고 맛있는 냄새로 가득했다.

요즘 '실비아 베이커리'는 늘 눈코 뜰 새 없이 바빴다. 옥타비아는 비토리아에서 아빠가 제일 잘나가는 제빵사이기 때문이라고 생각하고 싶었지만, 사실은 자기 가족을 불쌍히 여겨서 오는 것이라는 걸 알고 있었다. 그들은 하나의 죽음과 엄마의 부상으로 옥타비아네 가족에게 미안해하고 있었다. 하지만 그 모든 슬픈 웃음, 조용한 질문들과 위로의 말들이 옥타비아의 내장에서 분노로 역겹게 꼬이고 있었다.

그때 금빛 머리카락을 가진 한 사람이 거칠 것 없이 사람들을 헤치고 다가왔다. 옥타비아의 가장 친한 친구, 루퍼스였다. 그는 그녀 앞으로 와서 아직 따뜻한 과일 페이스트리를 건넸다.

"마지막 살구 페이스트리야. 너희 아빠가 나눠 먹어야 한다고 했어."

옥타비아는 페이스트리를 받아서 한 입 베어 물고 씹으면서 말했다.

"지난번엔 이미 네 입안에 있는 것도 나눠 먹으라고 하셨잖아."

루퍼스는 어깨를 으쓱거리며 말을 받았다.

"그거 좋네. 배달 갈 준비 됐어?"

아빠는 고객들과 계속 얘기하고 있었고, 라비니아가 주문 목록을 한 번 더 확인하면서 빵과 파이를 바꾸고 있어서 배달할 물건을 받기까지는 시간이 좀 걸렸다. 하지만 곧 옥타비아는 빵집 문밖에 있는 카트에 물건을 가득 채웠다. 그녀가 카트의 한쪽 손잡이를 잡고 다른 쪽은 루퍼스가 잡았다.

피싱캣 로가 자갈길이라 카트의 바퀴가 시끄럽게 덜컹거렸다. 마을 중심가로 들어가려고 좌회전하는 길 끝에 도착했을 때, 몇몇 사람들이 그들을 지나쳐 주니퍼 가 쪽으로 달려갔다. 그중 젊은 사람 한 명이 옥타비아의 카트 쪽으로 붙어서 급하게 돌다가 발에 카트가 걸렸다.

옥타비아가 톡 쏘아붙였다.

"이봐요, 앞을 보고 다녀야죠!"

그 사람은 자세를 바로잡으며 말을 던졌다.

"미안, 미안!"

다시 급히 떠나려는 젊은 사람에게 옥타비아가 물었다.

"대체 무슨 일이에요?"

그가 어깨 너머로 큰 소리로 대답했다.

"어젯밤 누군가가 성 밖에 있었어!"

순간 옥타비아는 움직이질 못했다. 비토리아의 소리가 희미해졌다.

경비병들이 거리를 급하게 뛰어 내려갔다.

사람들이 와이번 게이트로 달려갔다.

지금 옥타비아는 무슨 일이 일어났는지 알았다.

누군가가 성 밖에 있다.

비토리아는 수십 년 전 마법사 전쟁에서 살아남은 유일한 마을이다. 끔찍한 포식자 페록스로 가득한, 잔인하고 무시무시한 마법으로 파괴된 이 세상에서 유일하게 온기와 빛이 가득한 곳이다. 비토리아는 어두워진 다음에는 결코 한 번도 열리지 않은 마을의 성문 덕분에 무사했다. 밖에 누가 있든, 어떤 도움을 청하든 상관없었다. 만약 성문을 지키는 경비병이 철과 나무로 된

이 거대한 성문 밖에서 자기 어머니 목소리를 들었다 해도 마찬가지였다. 밤에 성문이 닫히면 아침까지 결코 열리는 법이 없었다. 비토리아 사람들은 모두 그 사실을 알고 있다. 그러니 어두워지기 전에 모두 성문 안에 들어와야 한다는 것도 잘 알고 있다.

"누구인 것 같아?"

루퍼스의 차분한 목소리가 옥타비아를 감쌌던 충격을 깼다. 옥타비아는 고개를 저었다. 그녀 역시 답을 몰랐다. 그들은 카트의 손잡이를 잡고, 마을 중앙으로 가는 대신 오른쪽으로 카트를 돌렸다.

마법사의 전쟁 이후 처음 1년 동안은 사람들은 아직 다른 도시나 마을이 있다고 믿었다. 그때 외부 탐사를 갔다가 돌아오지 못한 탐험가를 위한 기념비인 다섯 개의 하얀 돌기둥을 짓누르듯 서 있는 와이번 게이트 안쪽 광장에 사람들이 몰려 있었다. 검은 복장의 두 경비병이 사람들에게 문을 열 수 있도록 한 발 뒤로 물러서라고 말하고 있었다. 옥타비아와 루퍼스는 세 번째 탐험을 기념하는 돌기둥의 오른편에 있는 사람들 뒤에 서 있었다.

루퍼스가 주변 어른들에게 물었다.

"누구래요?"

사람들은 걱정스레 머리를 저었다. 사람들은 오히려 아는 사람일까 봐 두려워하고 있었다. 설사 직접은 모르더라도, 분명 친구나 이웃이 아는 사람일 것이라 더 그랬다. 50년 동안 고립되었던 비토리아에는 약 5천 명이 살고 있었다. 한두 사람 건너면 모두 아는 사람들이었다.

한 여자가 어떤 여자를 가리키며 한마디 던졌다.

"성 밖의 사람은 치즈를 만드는 아이일 거야. 그애 엄마가 저기 있잖아."

왜소한 체구의 여자가 험상궂은 표정의 경비병 옆에 서 있었다. 입술을 꼭 깨물고 있는 그녀의 얼굴은 창백했고, 불안한지 손을 계속 꼼지락거렸다. 옥타비아는 그녀의 얼굴이 낯익었다. 하지만 루퍼스가 숨을 헐떡거리며 말하기 전까지는 이름을 몰랐다.

"오, 세상에. 윌라잖아!"

"그녀를 알아?"

옥타비아가 물었다.

루퍼스 외가 집안은 오랫동안 나름 유명한 여관을 운영하고 있어서 그의 가족은 많은 사람들과 알고 지냈다.

"브람의 엄마야!"

루퍼스가 말했다.

순간 옥타비아는 몸서리쳤다. 브람이 누군지 알기 때문이다. 아우구스투스와 친구는 아니었지만, 둘은 열아홉 동갑이다. 옥타비아는 브람의 이름은 알고 있었다. 몇 년 전에 브람은 빵집에 거의 매일 들러 엄마에게 자신이 헌터가 될 수 있도록 기회를 달라고 부탁했다. 엄마는 처음에는 부드럽게 거절했지만, 브람이 계속 매달리자 나중에는 단호하게 안 된다고 말했다. 하나는 그런 그가 가엾다고 했다. 하지만 결코 헌터가 될 수 없는 사람이 있다. 브람은 자기 엄마 대신 염소들을 돌보아야 했기 때문에, 매일 성문 밖으로 나갔다. 염소지기는 해가 지면 산에서 내려오는 페록스와 싸울 수 있는 능력이 없었다. 브람은 어떻게 페록스를 사냥하고, 어떻게 그들과 싸우는지 전혀 몰랐다. 속수무책인 상황 속에서 그는 철저히 혼자였고, 그래서 매우 겁에 질려 있었다.

경비병들이 철문을 열기 위해서 거대한 오크나무 빗장을 들어 올렸다. 그다음에 성 입구의 쇠창살 문을 들어 올리기 위해 체인을 당겼다. 마침내 외부로 향하는 철문이 열렸다.

세 명의 경비병이 긴 창을 들고 성문 밖으로 나가는 동안 다른 세 명의 경비병이 석궁을 들고 그들을 엄호하고 있었다. 군중들은 모두 침묵을 지키고 있었다. 마치 온 마을 사람들이 숨을 참고 있는 것 같았다. 공포스러운 침묵이 흐른 뒤 마침내 두 명의 경비병이 축 늘어진 사람을 질질 끌고 돌아왔다.

피를 흘린 흔적은 없었다. 브람은 다치지 않은 것처럼 보였다. 괴롭힘을 당하거나, 사냥을 당하거나, 공격당한 흔적은 없었다. 페록스가 거대한 발톱으로 후려치거나 무시무시한 이빨로 갈기갈기 찢어 놓은 것도 아니었다.

그저 너무 추웠을 뿐이다. 추위 말고는 어떤 위험도 없었다.

경비병들이 성문을 열었더라면, 브람을 구할 수 있었을 것이다.

브람의 엄마가 갑자기 흐느끼기 시작했다. 그녀가 무릎을 꿇고 브람을 두 팔로 안자 몇몇 사람이 앞으로 뛰쳐나갔다. 다른 사람들은 모두 그녀의 주위에서 한 발짝 물러났다. 브람의 엄마가 슬픔을 주체하지 못하고 오열하면 자신들도 그 감정에 휩쓸릴까 봐 두려워하는 것처럼. 옥타비아는 카트를 확 끌어당기고는 성문에 등을 대고 섰다. 루퍼스도 옥타비아에 맞춰 급하게 몸의 방향을 바꾸었다. 가슴을 찌르는, 하지만 결코 피할 수 없는 고통과 함께, 차가운 아침 공기 속으로 윌라의 처절한 울음소리가 높은 성벽을 타고 건물과 거리의 자갈들을 따라 메아리쳤다.

Chapter 2

리버 가의 매력적인 마스터

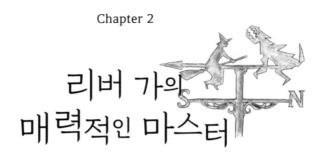

루퍼스는 와이번 게이트에서 몇 개의 거리를 지나쳐 올 때까지 말이 없었다.

"왜 브람은 늦은 시간에 성문 밖으로 나갔을까? 분명히 무슨 일이 있었던 거야. 브람은 그게 뭔지 알았기 때문에 나갔을 거야."

옥타비아가 말했다.

"브람은 바보야. 자기는 헌터가 아니잖아. 아무도 그를 헌터로 훈련시키지 않았는데. 정말 **바보야!**"

루퍼스와 함께 카트를 끌고 가면서, 옥타비아는 도끼눈을 하고 리버 가의 자갈을 노려보았다. 불공평하다는 생각은 들었지만, 브람은 경솔했다. 이제 그는 죽고 없다. 옥타비아는 브람이 죽었다는 사실에 신물이 나고 속이 쓰렸다. 마치 독이 온몸에 퍼지는 것처럼. 해가 지면 꼭 집에 들어와야 한다. 여름이든 겨울이든 언제든 간에. 비토리아 성벽 너머에서 밤을 지새울 수 있는 것은 오직 헌터들밖에 없다. 그들은 무장한 채 그룹으로 움직였고, 마법으로 보호된 길인 크래프터를 따라 이동했다. 그리고 마법 주문으로 방어하고 있는 감시탑 안에 은신처를 만들었다. 그들은 철저하게 준비된 원정 계획에 따라 비토리아에서 30~40km 떨어진 곳까지 탐사를 가곤 했다. 하지만 하나의 죽음 이후 마을 의회는 너무 멀리 나가는 원정은 위험하다고 결정했다. 지금은 헌터들도 비토리아에서 16km 이상은 나갈 수 없었다. 양치기나 소와 말의 먹이를 구하러 가는 사람들은 그 절반도 못 나갔다.

혼자서 비교적 안전한 론리 계곡을 떠나는 사람은 이제 아무도 없었다. 계곡 밖에 혼자 있다는 것은 피 묻은 옷가지와 칼 말고는 아무것도 남기지 못한 채 산등성이에서 죽은 하나와 같은 결말을 맞게 되는 것이었다.

"분명 무슨 일이 있었던 거야!"

루퍼스가 다시 말했다. 옥타비아는 아무런 대답을 하지 않았다. 브람이 왜 성문 밖에 늦게까지 있었느냐는 더 이상 중요하지 않았다. 이미 죽었으니까.

두 사람은 빵을 실은 카트를 끌고 리버 가를 내려와 마을 중심가로 갔다. 이렇게 추운 아침이면 햇빛이 계곡 밑까지 비추기 전에 자욱한 안개가 강 위를 덮었다. 안개는 모든 것을 부드럽고 희미하고 어두컴컴하게 만들었다.

닉스 강을 따라 마을로 들어갈 수 있는 6개의 다리가 강 위에 놓여 있었다. 다리마다 리본과 줄로 묶은 마른 꽃과 허브, 낙엽과 풀 더미가 있었다. 그리고 그것들은 산산이 부서져 천천히 강으로 흘러들었다.

그 더미들과 초라한 부케들은 기억의식의 잔재였다. 마법사 전쟁에서 돌아오지 못한 사람들을 기리기 위해 비토리아 마을이 수확의 끝 무렵의 밤에 하나둘씩 정성스레 모아 엄숙하게 치르는 의식이다.

기억의식은 유일한 생존자들로서 해야 하는 의무이자 특권이었다. 마을 의회의 의장인 카밀라 마스터가 잃어버린 친구와 가족들의 이름들이 적힌

긴 목록을 읽어 내려가면, 기억의식에 모인 사람들은 그 이름을 따라 중얼거렸다. 카밀라 마스터는 쉰 목소리지만 차분하고 부드럽게 기나긴 이름 목록을 읽어 내려갔다.

옥타비아와 루퍼스는 마을 중심가에서 가까운 호손 다리에서 헤어졌다. 루퍼스는 치유의 마스터인 키케루스에게 수련을 받고 있었다. 늙어서 늘 비틀거리는 키케루스 마스터는 전쟁 전부터 병들고 다친 사람들을 보살펴 왔다. 키케루스 마스터의 작업장은 닉스 강 건너편, 영원히 진흙 찜질제 냄새가 날 것 같은 좁다란 수변 건물 안에 있었다.

"나중에 봐."

루퍼스가 말했다. 옥타비아는 대답 대신 어깨를 살짝 으쓱였다.

루퍼스는 니트 모자챙 아래로 눈을 찌푸렸다.

"너도 알겠지만 경비병들이 오늘 추가 조사를 할 거야. 마을 의회는 경비병들에게 경계 태세를 명할 거고."

"무슨 뜻이야?"

그녀는 그의 눈길을 모른 척하며 물었다.

"그냥 조심하라고. 알았지?"

"뭘 조심하라는 거야?"

루퍼스는 한숨을 쉬며 말했다.

"이유가 없으면 아무도 밖에 나갈 수 없다는 걸 알잖아."

둘러대기 좋은 확실한 거짓말을 알고 있으면, 이유를 만들어 내는 것은 쉬웠다.

"그래서 뭐? 나는 빵을 배달해야 해!"

"오늘 그 일만 할 거야?"

옥타비아는 루퍼스가 다 아는 듯한 표정으로 자신을 쳐다보고 있는 게 느껴졌다. 양심이 약간 찔렸다. 옥타비아가 몰래 비토리아를 나가 사냥을 하고 페록스를 추적하고 있는 것을 루퍼스에게 말한 적은 없었다. 하지만 그는 어쨌든 그 사실을 알고 있었다. 하지만 루퍼스는 그에 대해 어떤 얘기도 꺼내지 않았다. 그가 비밀을 유지하는 한, 두 사람 모두 그가 아무것도 모르는 것처럼 행동할 것이다.

성문 밖으로 나가면 안 될 때 어기고 밖으로 나간 아이들은 보통 부모들이 벌을 주게 되어 있다. 마을 의회가 관여하기 전에. 그러나 루퍼스는 수련 중이었고, 키케루스 마스터는 마을 의회의 일원이었다. 그렇기에 루퍼스에게 문제가 생기는 건 며칠 근신하는 것보다 훨씬 더 큰 일이었다.

"아무것도 안 할 테니까 걱정하지 마!"

옥타비아가 말했다. 그녀는 루퍼스가 자기 목소리에서 조금의 약속과 어쩌면 약간의 사과도 들을 수 있기를 바랐다.

루퍼스는 왜 옥타비아가 성벽 밖으로 몰래 나가는지 알고 있었다. 사냥 기술을 연습할 수 있는 유일한 기회일 뿐 아니라, 하나가 가르쳐 준 모든 것을 몸과 마음에 기억하는 최선의 방법이기 때문이다.

하지만 다 나중 일이다. 지금은 일단 빵을 배달해야 했다. 옥타비아는 마을 의회 의원들이 가족과 함께 살고 있는 중앙 광장의 배달을 서둘러 끝마쳤다. 그리고 비토리아 마법사들의 공방과 집들이 몰려 있는 마법사 구역의 구불구불한 좁은 골목 안으로 배달 카트를 끌고 들어갔다. 마법사 구역은 강변을 따라 어울리지 않는 건물들이 뒤죽박죽 겹겹이 늘어서 있었으며, 서로 기대어 간신히 서 있을 정도로 오래된 건물들도 있었다. 도르래와 여물통, 좁은 보행자 도로들이 거미줄처럼 강을 가로지르고 있었고, 무너질 듯한 사다리와 뒤틀린 계단들이 강으로 뻗어
내려와 있었다. 건물의 철책과 난간에
매달려 있는 풍경과 종, 풍향계들은
불협화음을 만들어 내고 있었다.
　그 장치들은 단순한 장식용이
아니라 마법사들이 아에테르나의
폐허에서부터 닉스 강으로 흘러가는
위험하고 강력한 마법을 추출하기
위해 쓰는 장치들이었다. 덕분에 마법사들은 마법을 사람들이 사용할 수 있
는 형태로 다룰 수 있었다.

　산에 있는 모든 마법은 아에테르나에서 온 것이었다. 마법사들은 아에테
르나 주변에서 마법의 힘을 뽑는 비법을 알고 있었으며, 몇 백 년 동안 그 비
법을 전수해 왔다. 마법의 힘이 강해질수록 마법사들의 부와 권력도 커졌다.
마법사들은 아에테르나를 온통 마법으로 채웠다. 아무런 한계나 제한도 없
이. 그리고 어느 순간 그 마법의 힘이 도시의 기반까지 깊숙이 스며들었다.

　지금은 전쟁 중에 자기들 집단과 관계를 끊은 몇몇 마법사 외에는 거의 모
든 마법사들이 죽었다. 그리고 한때 화려한 도시였던 아에테르나는 완전히
폐허가 되었다. 세상의 유일한 마법은 그들이 남긴 것뿐이었다. 비토리아를
만든 사람들은 강에서 할 수 있는 한 모든 것을 뽑아냈지만, 절대 마법은 만
들어내지 않았다. 원하기는 했지만 결코 사용하지는 않았다. '마법사들의 전
쟁'이라는 공포를 겪은 후, 카밀라 마스터의 지도하에 있던 마을 의회는 단
하나의 목적으로만 마법을 사용할 수 있게 하였다. 비토리아를 지키는 것!

　옥타비아는 강 위로 어렴풋이 보이는 검푸른 빛을 띠는 오래된 석조 건물

앞에 걸음을 멈췄다. 리버 가는 긴 아치 지붕이 덮여 터널처럼 보이는 길에 있는 건물 아래로 뻗어 있었다. 출입구는 아치 아래 햇빛이 미치지 않는 깊은 그림자 속에 있었다. 문에는 어떠한 표식도 없었다. 하지만 사람들은 모두 이곳이 누구의 공방인지 다 알고 있었다.

옥타비아가 문을 두드린 뒤 잠시 기다리자 멀리서 "들어와."라는 소리가 들렸다. 그녀는 카트에 남아 있던 마지막 빵꾸러미를 쥐고 안으로 들어갔다. 좁은 돌계단을 따라 올라가 커다란 유리창으로 강이 보이는 널찍한 2층 방으로 들어갔다. 가마솥을 올려놓은 난로에는 불이 활활 타오르고 있었다.

60대로 보이는 여자가 긴 작업대에서 허리를 굽히고는 물이 끓고 있는 냄비를 살펴보고 있었다. 턱밑까지 내려온 은발과 좁은 어깨를 가졌으며, 체구가 작고 호리호리했다. 그녀가 바로 비토리아의 가장 위대한 마법사, 플라비아 마스터였다. 그녀는 누구보다 비토리아를 보호하는 일에 앞장섰다. 그녀의 보호 마법은 들판을 에워싸고, 성벽을 따라 엮여 있으며, 헌터의 감시탑을 둘러싸고, 숲의 모든 길에 뻗쳐 있었다. 페록스를 완전히 몰아내는 것은 불가능했다. 페록스는 강력한 마법의 힘을 가지고 있었고, 그 기운은 밤에는 더욱 거셌다. 하지만 플라비아의 능력은 상상 이상이었다.

플라비아 마스터가 작업대에서 옥타비아를 바라보며 인사를 건넸다.

"옥타비아, 안녕. 빵 냄새가 좋구나. 오늘 아침에는 사과빵이니?"

"사과와 향신료를 좀 섞었어요"

사람들은 플라비아 마스터의 밝은 녹마노 빛의 눈 색깔이 그녀의 엄마를 닮았다고 말했다. 눈동자 색은 물론 다 알고 있다는 듯이 보는 눈길까지도 같다고. 하지만 사람들은 플라비아 앞에서는 절대 그 말을 하지 않았다. 플라비아의 엄마가 세상을 파괴한 아에테르나의 마법사인 아그리피나였기 때문이다.

아그리피나는 마법으로 전염병을 만들어 내 퍼뜨린 장본인이었다. 그 병은 높은 산과 낮은 땅을 휩쓸었고, 모든 도시와 마을, 그리고 바다로 가는 모든 길을 휘저어 놓았다. 아그리피나와 거의 비슷한 힘을 가진 사람이 바로 그녀의 동생인 카밀라였다. 그리고 카밀라가 아그리피나를 막았다. 카밀라는 마법을 포기하고 마법사들에게서 등을 돌렸다. 다른 마법사들의 분노를 감수하면서까지 카밀라는 많은 사람의 목숨을 구했고, 결국 비토리아의 생존자들로부터 영웅 대접을 받았다. 하지만 카밀라가 모든 사람을 구해 내진 못했다. 위험한 전염병은 아직 퍼져 있었고, 전염병에 걸린 사람들은 죽어가고 있었다. 아그리피나 때문에 세상에 살아남은 사람은 거의 없었다. 또한 그녀 때문에 비토리아는 아주 위험하게 홀로 남게 되었다.

옥타비아는 언젠가 하나에게 왜 플라비아의 마법이 다른 마법사들보다 더 강력하냐고 물어본 적이 있었다. 그때 하나는 옥타비아에게 숲속의 나무에 새겨진 마법 표식을 따라가는 방법을 가르치고 있었다. 모든 마법사에게는 자신만의 표식이 있는데, 하나는 플라비아의 표식을 따라가는 게 가장 안전하다고 가르쳐 주었다.

옥타비아의 질문을 듣고 한참 생각하더니 하나는 이렇게 말했었다.

"플라비아의 표식이 최고가 아니면 아무도 그녀를 믿지 않을 테니까. 만일 플라비아가 일을 잘못하면 사람들은 그녀가 엄마를 닮아서 그렇다고 손가락질할 거야. 그러니 플라비아는 그 누구보다 비토리아를 걱정하고 있다는 것을 증명해야 했겠지."

아그리피나의 딸인 플라비아가 아이처럼 손뼉을 치면서 말했다.

"사과와 향신료! 내가 가장 좋아하는 거구나. 나에게 차를 가져다 주고 좀 앉을래? 너랑 얘기하고 싶구나."

옥타비아는 그러고 싶지 않았다. 성벽 밖으로 나가 사냥을 하면서 온종일 시간을 보내고 싶었다. 하지만 가장 좋은 고객이자 가장 강력한 마법사이자 카밀라 마스타의 조카인 플라비아의 기분을 상하게 하면 부모님이 분명 크게 화를 낼 것이었다.

옥타비아는 내키지 않지만 대답했다.

"그럼 잠시만요."

옥타비아가 막 창 옆 테이블에 앉아 있는 플라비아에게 가려고 공방을 가로지를 때였다. 갑자기 문이 쾅 하고 열리더니 돌계단을 쿵쿵거리며 올라오는 발자국 소리가 들렸다. 회오리 모양의 검은 머리에 긴 스카프를 두른 10대 여자아이가 방안으로 달려왔다.

"늦어서 죄송해요. 밖에 끔찍한 일이 벌어져서요."

그 여자아이는 울면서 말했다.

"알고 있단다, 페넬로페. 그 소년에 대해 들었어."

찻주전자에 물을 부으려고 불 옆에 있던 주전자를 들어 올리며 플라비아가 말했다. 순간 옥타비아는 차를 함께 마시겠다고 한 결정을 후회했다.

페넬로페는 스카프와 코트를 옷걸이에 걸고는 계속 말을 이어갔다.

"정말 끔찍해요. 사람들이 오늘 아침 와이번 게이트 앞에서 그 소년을 발견했대요."

옥타비아보다 네다섯 살 많은 페넬로페는 플라비아 마스터의 견습생이었다. 하지만 그녀는 결코 브람과 친구였던 적이 없었다. 페넬로페 아버지는 마을 의회의 일원이었다. 하루 종일 염소들과 성벽 밖에서 지내는 사람과는 애초부터 친구가 될 수 없었다.

"아, **끔찍해**. 불쌍한 녀석!"

페넬로페가 다시 한번 말했다. 옥타비아는 주먹을 살짝 쥐면서 물었다.

"그 친구 이름은 알아?"

페넬로페는 마치 옥타비아가 염소로 변하기라도 한 것처럼 그녀를 쳐다보았다.

"뭐라고? 염소치기 소년이잖아. 물론 나는 그 친구를 알아."

옥타비아는 분노가 치밀어 올랐지만 아무런 말을 하지 않았다.

"경비병들이 지금 온 마을을 돌아다니면서 또 사라진 사람은 없는지 물어보고 있어."

"왜 누군가 또 사라졌는지를 물어?"

옥타비아가 물었다. 페넬로페는 옥타비아가 자기를 쳐다보자 옅은 미소를 얼굴에 머금고는 어깨를 으쓱했다.

"경비병들이 우리 아빠한테 보고하기를, 염소치기 소년의 친구들이 그가 숲속에서 누군가를 만났다고 말했대. 다시 성벽 밖으로 나가기 전에 염소들을 데려다 놓았다고. 왜 그랬겠어? 그 애가 누군가를 아무도 모르게 만났던 거야."

페넬로페가 무슨 말을 하는지 알게 되자 얼굴에 슬슬 열기가 오르더니, 결국 점점 화가 치밀어 얼굴이 뜨거워졌다. 브람이 염소를 치러 갔든, 비밀 연애를 했든, 왜 성벽 밖으로 나갔는지는 중요하지 않았다. 그가 죽었다는 게 문제였다. 결코 가볍게라도 웃으며 말할 문제가 아닌 것이다.

"멍청하기는."

옥타비아가 중얼거렸다. 옥타비아는 플라비아 마스터가 뭔가를 고민하면서 눈살을 찌푸린 채 두 사람 바로 옆까지 다가온 사실을 전혀 눈치채지 못했다. 플라비아 마스터는 페넬로페보다 키가 크지는 않았지만 입고 있는 우아한 자수 스커트는 눈길을 끌었다.

"공상은 사실이 아니지. 옥타비아는 이리 와서 나랑 얘기 좀 하자. 그리고 페넬로페는 물을 더 길어 와 줘. 여덟 양동이 정도. 그리고 가마솥을 잘 지켜봐. 끓어 넘치지 않게."

페넬로페는 바로 자리에서 튀어 올랐다.

"네, 플라비아 마스터."

"그 다음 성문 마법을 갱신할 때 필요한 재료들을 모아 놓거라. 시작하려면 말린 오크나무 잎사귀들, 카우플라워, 잿가루가 필요한 거 알지?"

플라비아 마스터는 철커덕거리는 꾸러미를 테이블에 올려놓고는 네 개의 무거운 금속 열쇠가 보이게 꾸러미의 천을 펴면서 말했다. 옥타비아도 플라비아 마스터가 단정하게 줄을 맞춰 열쇠를 놓는 것을 관심 있게 쳐다보았다. 아무에게도 허락되지 않은, 비토리아 네 곳의 성문을 여는 열쇠였다.

"네, 플라비아 마스터."

옥타비아는 방을 가로질러 플라비아를 따라갔다. 약하게 물이 끓고 있는 황동 팬이 놓인 작업대를 지나쳤다. 그 물은 회색과 녹색의 부드러운 소용돌이 모양으로, 넓은 나선형으로 빙글빙글 돌고 있었다. 마법이었다. 옥타비아는 잠시 그것을 가만히 쳐다보았다. 보이지 않던 마법이 보일 때면 늘 마음이 동요되었다.

플라비아는 강이 보이는 창가 옆 작은 테이블로 옥타비아를 데려갔다. 테이블에 놓인 두 개의 컵에 차를 따르면서 플라비아는 의자에 등을 기대고 앉았다.

"옥타비아, 너는 보호 마법에 대해 잘 알고 있지? 그리고 왜 늘 새로운 마법을 개발해서 옛 마법을 갱신하는지 알고 있지?"

옥타비아는 그 자리에 있는 것이 몹시 당황스러웠다. 그녀는 비토리아를 둘러싸고 있는 길과 들판 그리고 초원들은 마법 표식, 꼬아 놓은 밧줄, 부적과 조각품에 깃든 마법 주문으로 보호받고 있다고 알고 있었다. 그 마법 주문들은 밤에 더 사나워지는 페록스들을 막아 낼 정도로 강하지는 못했지만, 최소한 낮에는 그 위험한 괴물들을 성벽에서 멀리 떨어져 있게 만들 수는 있었다.

문제는 페록스들이 마법 주문에 익숙해지면서 더 이상 효과가 없었다는 것이다. 그렇기에 마법사들이 늘 새로운 마법 주문을 개발해야 했던 것이다.

"페록스들이 똑똑하지는 않아. 하지만 무엇이든 한 가지는 잘할 수 있게 만들어졌어. 그래서 페록스들이 마법 주문을 잘 다루는 거야."

하나가 죽기 전이었던 지난 겨울, 옥타비아에게 말했었다. 하나는 산속에서의 사냥 이야기를 해주면서 불로 자기 칼을 날카롭게 벼리곤 했다.

"페록스는 우리를 어떻게 사냥해야 할지 잘 알고 있어. 페록스들도 우리가 사용하는 마법을 똑같이 사용하면서 우리와 싸우거든."

옥타비아는 자기 컵을 물끄러미 바라보았다.

"페록스들이 우리가 알고 있는 마법과 똑같은 마법 주문으로 만들어져서 그런 거 아닌가요? 페록스를 쫓아내기 위해 사용하는 마법은 마치……마치……."

옥타비아는 자기 생각을 설명하기 위해 적절한 예시를 찾았다.

"마치 초원에서 개를 뒤쫓기 위해 개털 뭉치를 사용하는 것과 같지 않을까요? 그건 전혀 그들에게 위협이 안 되는데……."

"우리는 페록스가 공포를 느끼는지 아닌지 알 수 없단다. 그렇지만 넓은 의미에서는 네가 맞아. 마법 주문은 장벽이라기보다는 그들의 주의를 딴 데로 돌리는 역할에 지나지 않아. 본질적으로 마법 주문은 페록스가 다른 곳으로 눈길을 돌리게 설득하는 거야. 물론 그 설득이 강력할수록 그 마법 주문은 우리를 잘 지켜주는 거지. 하지만 페록스에 생명을 불어넣는 마법은 우리의 설득에 대응해 변할 수 있어. 그렇기에 마법 주문이 영원하지 않은 거란다."

"왜 그 마법이 변하는 거죠?"

옥타비아가 물었다.

"많은 이론이 있지만 답은 없어. 우리가 아는 것이라고는 마법이 제멋대로 날뛰고 통제할 수 없을 때 페록스가 나타났다는 거야. 사실 페록스들을 만들어 낸 마법사들은 그들을 통제할 수 있을 거라고 생각했어. 하지만 마법은 결코 길들여지지 않지. 그렇기에 누구였든 간에 페록스를 창조한 사람들은 자신이 죽기 전부터도 페록스를 통제할 수가 없었어."

옥타비아는 더 생각할 틈도 없이 다시 물었다.

"그럼 그 사건이 전염병과 함께 일어난 거예요?"

플라비아 마스터의 손에 들린 컵은 여전히 입술에 닿지 못했다.

시간이 한참이나 지난 후에 그녀가 인정했다.

"나도 몰라. 하지만 거의 맞을 거야. 내 어머니가 마법을 전쟁 무기로 공들여서 만들기 오래전부터 이미 마법을 강력한 치료제로 사용했으니까. 아마도 어머니는 마법이 치료제로 강력한 반응을 보였기 때문에 자신이 전염병을 통제할 수 있다고 믿지 않았을까 생각해. 하지만 그녀는 틀렸어. 페록스를 창조해 낸 마법사가 틀린 것처럼."

플라비아 마스터는 말을 잇기 전에 드디어 차를 한 모금 마셨다.

"넓은 의미에서는 네 말이 맞아. 우리가 사용하는 마법은 야생에 돌아다니는 마법과 똑같아. 그리고 괴물들에게 생명을 불어넣는 마법과 똑같은 우리 마법으로는 괴물들을 무찌를 수가 없지. 우리가 할 수 있는 거라고는 그들을 멀찌감치 밀어내는 것뿐이야. 만약 농장과 초원을 넓히려면 더 강력한 마법 주문이 필요하지.”

“넓힌다고요? 그건 마을 의회에서…….”

옥타비아가 놀라서 말했다.

“헌터들이 경계 너머에서 페록스를 사냥하는 것을 금지했지. 나도 그건 잘못이라고 생각해. 우리는 더 넓은 땅이 필요해. 올해 수확량으로는 위기 상황에서 버티기 힘들어.”

옥타비아는 론리 계곡을 잘 알고 있다. 얼어붙은 강과 드넓은 초원, 그리고 이끼로 덮인 숲. 그러나 그 계곡 너머 세상을 상상할 때면 황량함과 괴물들, 그리고 전쟁 후에 남겨진 텅 빈 도시와 마을만 생각났다. 황무지를 농장으로 가꾸기 위해 뭔가를 시도한다는 것은 불편하겠지만 분명 전율이 일만큼 짜릿했다.

“마을 의회가 생각을 바꿀까요?”

옥타비아가 묻자 플라비아 마스터는 재미있다는 듯 짧은 숨을 뱉었다.

“마을 의회는 한목소리를 내지. 바로 카밀라 마스터의 의중이 담긴 목소리. 그리고 이모는 내가 말하는 것에 아무런 관심이 없단다.”

옥타비아는 의자에 앉은 게 불편한지 이리저리 자세를 바꾸었다. 그녀는 왜 카밀라와 의회가 플라비아 마스터가 의회의 일원이 되는 것을 반대하는지 알고 있었다. 그들은 플라비아가 아그리피나처럼 될까 봐 두려워했다. 모든 사람들이 알고 있지만 누구도 그 이유를 말하지 않았다. 옥타비아는 플라비아에게서 그 얘기를 듣는 게 이상해서 어떤 반응을 해야 할지 알

수가 없었다.

옥타비아는 컵을 들어 차를 한 모금 마셨다. 차는 지나치게 뜨거우면서 살짝 젖은 흙냄새를 풍겼다. 옥타비아는 입술이 찻잔에 닿자 얼굴을 찡그렸다. 그러자 플라비아가 옥타비아의 반응을 잘못 짚었다.

"차가 꽤 쓰지? 하지만 기분 좋게 쓴 맛이란다. 내가 어릴 때 마셨던 조합을 따라해 보려 했는데 불가능한 것 같아. 내가 제대로 기억하는지도 모르겠어. 아에테르나를 떠났을 적에는 내가 너무 어렸거든. 지금의 너보다도 몇 살 아래였지."

"전쟁이 끝나고 나서 떠나셨나요?"

은발의 플라비아 마스터가 아이였을 적을 떠올리자니 너무 이상해서 옥타비아는 자신의 질문이 무례하다는 생각도 못하고 말을 뱉어 버렸다.

"도시에서 끔찍한 싸움이 벌어지는 도중에."

플라비아 마스터가 말했다.

"아에테르나가 너무 위험해지자 어머니께서 당신의 친한 친구에게 나를 도시 밖으로 데려가 달라고 부탁하셨지. 우리는 어머니가 어떤 생각이셨는지 전혀 몰랐어."

플라비아의 목소리가 한결 부드러워졌다.

"얼마 지나지 않아 전염병이 돌기 시작했어. 그리고 나는 어머니를 두 번다시 만나지 못했지."

플라비아 마스터는 차를 한 모금 더 마시고 한숨을 쉬며 컵을 내려놓았다.

"회색곰 산의 북쪽에서만 자라는 작은 도라지꽃이 있어. 그거 없이는 원래의 차 맛을 낼 수 없을 거야."

플라비아 마스터는 찻잔을 내려놓고 양손을 꼭 쥐었다.

"사실 네게 말해 주고 싶은 것이 있단다. 겨울 중순이 지나면 13살이 되겠구나, 맞지?"

옥타비아는 갑작스러운 긴장감에 찻잔에 입을 댄 채 가만히 앉아 있었다. 플라비아는 계속 말을 이었다.

"네 부모님께서 대신 말해 달라고 부탁하셨단다. 부모님께서는 네가 어느 정도 나이가 차면 내 견습생이 되고 싶어 할 거라고 하셨어. 그러고 싶니?"

옥타비아는 달그락 소리를 내며 찻잔을 내려놓았다. 꿀꺽 침을 삼켰다. 그녀는 뭐라 답해야 할지 몰랐다. 아니, 뭐라고 말해야 하는지는 알았다. **아니요**. 그게 그녀의 속마음이었다. 분명하고 확실하게 '**아니요.**'였다. 그녀는 그 일에 흥미가 없었다. 그녀는 13살이 됐을 때 뭘 하고 싶은지 이미 정해 놓고 있었다. 옥타비아는 '헌터'가 되고 싶었다. 죽기 전까지 하나는 옥타비아를 헌터로 훈련시켜 왔다. 하나가 죽고 엄마가 다친 이상, 옥타비아가 그들의 빈자리를 메울 생각이었다. 그녀는 항상 헌터가 되길 원했다.

옥타비아는 아무 말도 하지 않았는데도 플라비아가 말했다.

"알겠다, 부모님께서 네 의사는 묻지 않으셨구나. 그런 거지?"

옥타비아는 고개를 저었다. 눈은 따끔거렸고, 얼굴은 달아올랐다. 그녀는 그 어떤 말도 할 자신이 없었다. 플라비아는 한동안 침묵했다.

"나는 몰랐단다. 아무래도 더 의논하기 전에 부모님과 먼저 대화해 보는 게 나을 것 같구나."

계속 쳐다보기만 하고 아무 말도 하지 않을 수는 없었다. 옥타비아는 스스로를 쥐어짜 겨우 대답했다.

"알겠어요."

"하지만 네가 원한다면 나는 정말로 너를 내 견습생으로 삼아 훈련시키고 싶어. 나는 네가 좋은 크래프터가 될 것 같거든."

더 이상 참지 못하고 옥타비아가 일어나자 그녀가 앉아 있던 의자가 뒤로 밀렸다. 옥타비아가 조금 날카롭게 말했다.

"이만 가야겠어요. 배, 배달해야 할 게 있어서요."

"그래. 너를 붙잡아 두고 싶진 않아."

"그리고 저…… 저는 하고 싶지 않……."

플라비아는 입가에 오묘한 미소를 조금 띠었다.

"네 부모님께 말씀드리렴, 옥타비아. 이건 다같이 의논해 결정해야 하는 일이란다."

옥타비아는 대답하려고 하지 않았다. 그녀는 작업실에서 도망쳤다.

플라비아가 맞았다. 그건 옥타비아와 부모님, 그들 모두가 함께 의논해야 하는 결정이었다. 하지만 옥타비아의 부모는 동의하지 않았다. 그들에게 옥타비아가 뭘 원하는지는 이미 중요하지 않았다.

Chapter 3

불타는 땅

너머

옥타비아는 플라비아 마스터의 작업실에서 나오자마자 루퍼스와의 약속을 깨 버렸다. 그녀는 빈 수레를 빵집 뒤편의 좁은 골목에 대고 누구도 그녀를 알아보기 전에 계속 뛰었다. 지금 당장은 부모님을 보고 싶지 않았다. 그녀에게 묻지도 않고 그녀의 인생을 결정해 버린 부모님의 변명과 이유를 듣고 싶지 않았다. 그녀는 **누구와도** 얘기하고 싶지 않았다. 그녀는 그저 성벽 밖으로 나가고 싶었다.

오차드 게이트의 경비병들은 예상대로 모든 행인들을 붙잡고 통행 사유를 물었지만, 옥타비아는 눈이 내리기 전에 빵을 만들기 위한 재료를 찾아다녀야 한다고 말했다. 경비병들은 옥타비아네 빵집을 알고 있었다. 다른 사람들처럼 그들도 옥타비아네 아빠가 만든 허브롤을 좋아했다. 경비병들은 옥타비아에게 너무 오래 머물지 말라고 경고하며 그녀를 내보내 줬다.

비토리아는 '불타는 땅'이라고 불리는 고리 모양의 땅으로 둘러싸여 있다. 그리고 그곳에는 나무나 덤불이 티끌만큼도 없었다. 비토리아 주민들은 마을 가까이에 페록스가 숨어들 공간을 없애려고, 1년에 한 번씩 한여름에 열리는 생존 제전 동안 그 고리 모양의 땅에 불을 질렀다.

옥타비아는 플라비아 마스터가 말한 농경지 확장에 대해 생각해 보았다. 예전에는 어른들이 수확에 대해 이야기를 해도 전혀 관심이 없었다. 수확량이 충분할 것 같냐고 물어본 적도 없었다. 론리 계곡의 비옥한 토지가 비토리아를 영원히 먹여 살릴 수 있는지를 궁금해할 필요조차 없었다. 그렇다고 사람들이 새로운 개척지를 찾으려고 노력하지 않은 것도 아니었다. 전쟁이 막 끝나고 난 뒤 2년 동안은 성벽 밖을 조심스럽게 탐험해 왔다. 하지만 첫 번째 탐사단은 마을에서 얼마 벗어나지 않은 곳에서 페록스에 의해 갈기갈기 찢겼고, 두 번째 탐사단은 물길을 따라 마을에서 8km밖에 떨어지지 않은 닉스 강과 이라쿤디아 강의 교차점까지밖에 가지 못했다. 세 번째와 네 번째 탐사단은 흔적도 없이 사라졌다.

첫 번째 탐사 이후 8년 뒤에는 카밀라가 직접 다섯 번째와 마지막 탐사를 이끌었다. 심각하게 다치고 공포에 질린 채 그녀 홀로 살아 돌아왔을 때 비토리아는 마침내 인정해야 했다.

그들은 외부로부터 완전히 고립되었다. 그리고 그들은 전쟁의 마지막 생존자들이었다.

옥타비아는 어깨를 펴고 최대한 빨리 불타는 땅을 가로질렀다. 농경지와 수확에 관한 고민은 농부들과 마스터들의 문제였다. 옥타비아는 헌터였다. 그녀는 사냥하기 위해 성벽 밖으로 나왔다.

계단식의 과수원은 선명한 빨강, 주황, 그리고 노랑으로 짜인 퀼트처럼 오후의 햇살 아래 눈부시게 빛났다. 그 강렬한 빛깔들이 옥타비아의 눈을 찔렀다. 단과 단 사이의 흰 돌벽들이 가파른 언덕을 따라 구불구불 이어지며 과수원의 단을 완벽하고 선명한 보석처럼 나누었다. 태양이 옥타비아의 등을 따스하게 비췄고, 파랗고 깨끗한 하늘에는 곧 들이닥칠 폭풍 소식과 달리 구름 한 점 보이지 않았다. 계단식 단들 위로는 중간중간 금빛 낙엽송이 들어선 진녹색 소나무들의 계곡이 과수원에서부터 쭉 이어졌다. 너무 높아서 고개를 있는 힘껏 들어올려야 했지만, 소나무 계곡 위로는 뾰족한 잿빛 산맥과 새하얀 눈밭이 펼쳐졌다.

옥타비아가 흙길을 뛰는 동안 배낭이 등에 가볍게 부딪혔다. 첫 번째 단의 돌벽에 다다르자 그녀는 재빨리 주변을 돌아보았다. 염소나 소에 매단 종소리가 들렸지만, 동물이나 사람의 흔적은 보이지 않았다. 남쪽으로 밭에 남은 밀과 옥수수 그루터기를 베는 일꾼들이 점묘처럼 보였다. 북쪽으로는 낚시꾼 몇 명이 닉스 강에 낚싯줄을 던져 놓은 모습이 보였다.

가까이에는 아무도 없었다. 옥타비아는 돌계단을 뛰어올라 첫 번째, 두 번째, 그리고 세 번째 단들을 지나쳤다. 자두나무와 배나무가 진한 그림자 선을 그리며 자라고 있는 네 번째 단에 다다라서야 멈췄다. 그녀는 오래된 녹슨 성문을 통과해 과수원으로 발걸음을 옮겼다.

그곳에서 옥타비아는 잠시 숨을 돌렸다. 사냥할 때면 언제나 긴장은 했으나 신이 났다. 하지만 오늘은 왠지 더 긴장되고 덜 신났다. 밭과 숲의 으스스한 공허함이 그녀를 불안하게 했다. 눈에 피곤함을 가득 담고는 그녀에게 서두르라고 말하던 경비병들. 산을 넘어 다가오는 컴컴한 구름들. 그녀가 거짓말을 하자 그녀를 바라보던 루퍼스의 시선.

그녀는 애써 불안감을 떨쳐냈다. 열세 살이 되면 옥타비아는 헌터 무리에 합류할 준비가 다 되어 있을 것이니 부모님을 설득할 수 있을 것이다.

몇 주 전에 수확한 마지막 과일들까지 벌써 말리거나 끓여 저장하거나 와

인에 숙성시켰지만, 그 달콤한 향기는 아직도 공기 중에 남아 있었다. 살 날이 얼마 안 남은 파리 몇 마리가 윙윙거리고 새들은 산들바람에 살랑이는 잎들 속에서 밝게 노래했다.

옥타비아는 페록스의 흔적을 발견하기 위해 해그림자로 얼룩진 땅을 이리저리 살피며 신중하게 앞으로 나아갔다. 바삭하게 마른 잎들은 밟지 않으려고 노력하면서 서두르지 않고 발걸음을 옮겼다. 마음이 급해지지 않도록 스스로를 다독였다. 그녀는 나무 그루터기에 난 흠집이나 어지럽게 파인 흙, 완전히 뒤집힌 낙엽들, 또는 작은 먹잇감을 사냥한 흔적일지도 모르는 털과 깃털 뭉치를 찾았다.

어느새 정오가 지났다. 옥타비아는 싸 온 음식도 먹고 목도 축일 겸 작은 샘에 잠시 멈췄다. 새소리를 들으며 땅만 쳐다보는 것도 지루해졌기 때문에, 얼마간은 근처 냇가에서 최근 발톱에 긁힌 자국이 있는 이끼 낀 돌이 있는지도 찾아보았다. 그마저도 지루해지자 위쪽에서는 뭔가 흥미로운 것이 보일까 싶어 과수원 나무를 하나둘 오르기 시작했고, 나중에는 그냥 더 높이 올라가 보려고 계속 나무를 올랐다.

하나는 옥타비아가 지루하다고 불평할 때마다 웃곤 했다.

"만약 땅에 남겨진 흔적이란 흔적을 모두 파악하려고 숲속을 돌아다니는 게 싫다면, 너에게 사냥은 안 맞을지도 몰라. 사냥하는 동안에는 흥분할 때보다 조용해야 할 때가 훨씬 많거든."

그래서 옥타비아는 스스로 인내심을 키우려고 노력했다. 그것이 바로 하나가 옥타비아에게 열심히 가르쳐 주려고 했던 것 중 하나였기 때문이다. 하나는 여우나 토끼보다 별로 크지 않은 페록스를 뒤쫓는 것이 전혀 하찮은 일이 아니라고 강조하고는 했다. 그게 더 큰 것들을 잡는 법을 배우는 유일한 기회이기 때문이다. 겨우 1년간 했던 가벼운 훈련, 식사하면서 나눈 경험담과 조언, 눈 덮인 길들을 따라 걷던 추운 봄날 아침, 그림자 진 숲속에서 새소리를 들었던 따뜻한 여름날 오후만으로는 모자랐다. 절대 충분하지 않았다. 하나는 앞으로 몇 년 동안 계속 옥타비아를 가르치기로 돼 있었다. 그녀는 옥타비아가 모든 것을 배울 때까지 죽으면 안 됐다.

오후가 천천히 지나가면서 옥타비아는 땅으로 내려와 새들 소리와 올해의 마지막 곤충 소리, 산들바람에 부딪는 나뭇잎들 소리, 그리고 샘에서 유유히 흐르는 물소리에 귀를 기울였다. 페록스들은 매처럼 울거나 염소처럼 매매 울거나 다람쥐처럼 조잘거릴 수 있었다. 그러니 다른 소리를 흉내 낼지도 모른다. 하지만 가장 위험한 경우는 그들이 사람의 목소리를 따라 할 때였다. 페록스들은 언제나 도움을 요청하는 목소리를 흉내 내기 때문이다. 엄마는 페록스를 만든 창조자가 그것밖에 가르치지 않아서라고 말했지만, 하나는 사람들이 그들을 사냥하는 법을 아는 것처럼, 그들도 인간 사냥법을 알아서라고 말했다. 전쟁이 끝난 지 몇 년 안 되었을 때, 한 경비병이 오래전에 잃어버린 남동생이 비토리아 밖에서 도움을 요청하는 소리를 들었다. 그녀는 남동생이 전쟁에서 살아남았다고 믿고 싶었다. 남동생이 추위에 얼어 죽게 놔둘 수 없었던 그녀는 그를 안으로 들이려고 결국 성문을 열고 말았다.

그날 밤 헌터들이 페록스를 막기 전까지 스물네 명의 사람들이 죽었다. 그때 이후로 그 어떤 경비병도 해가 지고 나서는 성문을 열지 않았다.

페록스가 서로 부르는 소리는 흉내 내는 소리만큼 정확하지는 않았다. 하나는 그것이 페록스들을 구별해 내는 핵심이라고 말했다. 그리고 옥타비아는 하나의 가르침을 신뢰했다. 하나의 가르침 덕분에 옥타비아는 주변의 과수원이 이상하리만치 고요해졌다는 사실을 눈치챘다.

옥타비아는 발을 내딛다가 얼어붙었다. 천천히, 천천히 나뭇잎 한 장도 밟지 않으려고 무척이나 신경 쓰며 땅으로 몸을 낮췄다. 심장이 고통스럽게 쿵쿵대기 시작했다. 과수원의 나무들은 이제 부드러운 산들바람이 아니라 거센 바람에 흔들렸다. 공기는 더욱 차갑고 음산해졌다. 이제는 늦은 오후였다. 두꺼운 구름들이 하늘을 대부분 뒤덮고 있었다.

옥타비아는 언제 마지막으로 새소리를 들었는지 기억나지 않았다.

그녀는 한 발자국을 내디뎠다. 그리고 또 한 발자국 앞으로 걸었다. 칼을 꺼내려고 조심스럽게 어깨에서 가방을 내렸다. 이번 여름 옥타비아가 하나의 방에 들어가 가져온 하나의 칼이었다. 하나의 방에는 이제 아무도 들어가지 않기 때문에 아무도 눈치채지도 못하고 신경도 쓰지 않았던 것이었다. 그 칼은 헌터들이 하나가 살해된 자리에서 피와 갈기갈기 찢긴 옷 조각 말고는 유일하게 찾은 하나의 유품이었다. 그리고 옥타비아에게는 유일하게 중요한 것이었다.

한 발자국 더 내딛자 가까이에 있던 새의 노랫소리가 터져 나왔다. 딱새의 활기차면서도 단조로운 울음소리였다. 어느샌가 검은 호두나무가 옥타비아를 둘러쌌고, 계단식 과수원은 마을에서 멀리 떨어져 서쪽 계곡 방향으로 휘어졌다. 멀리 아래로는 비토리아의 북쪽 롱로드와 만나는 헤르미트로드의 리본 모양의 흙길도 보였다. 자세히 귀를 기울이면 헤르미트 천이 졸졸 흐르는 소리도 들렸다. 옥타비아는 생각보다 멀리 와 있었다. 이제는 돌아가야 할 시간이었다.

하지만 그녀가 돌아섰을 때 새소리가 딱새의 행복한 지저귐에서 파랑새의 날카로운 울음소리로 바뀌었다.

옥타비아는 심장이 벌렁거렸다. 그건 페록스들이 새소리

를 흉내 낼 때 자주 하는 실수였다. 그들은 서로 다른 새들의 울음소리를 구분하지 못했다. 페록스가 너무 가까이 있어, 옥타비아는 그 냄새까지 맡을 수 있었다. 쇠 냄새, 사향 냄새, 그리고 약간 매운 냄새가 마구 섞여 있었다. 그리고 잎들이 바삭거리는 소리. 뭔가 단단한 것이 나무에 탁탁 부딪히는 소리. 금속이라고는 전혀 없어야 할 과수원에서 금속과 금속이 마찰을 일으키는 소리.

페록스들은 평범한 동물이 아니었다. 그들은 뼈와 금속, 나무, 피부, 덩굴, 돌 등 온갖 물질들을 마법으로 하나로 합친 뒤 움직이게 만든 일종의 무기였다. 그들에게는 헌터들이 노릴 만한 심장이나 뇌가 없었고, 그래서 죽이기 더욱 어려웠다. 페록스를 해치울 수 있는 유일한 방법은 더 이상 마법으로 그 온갖 물질들이 합쳐지지 않을 정도로 갈기갈기 찢어버리는 것이었다. 많은 헌터들이 괴물들의 약한 이음부를 노리고 창이나 벌채용 칼, 혹은 도끼를 가지고 다녔지만, 하나는 언제나 칼로 결정타를 날렸다. 하나는 요령 없이 힘만 쓰기보다 민첩함과 정교함으로 승부 보는 편이 자기에게는 더 잘 맞는다고 했다.

또한 옥타비아가 아직 페록스를 죽일 수 있는 준비가 되지 않았다고도 했다. 하지만 그것도 벌써 몇 달도 더 된 이야기였고, 옥타비아는 사냥할 기회를 계속 기다려 왔다. 그리고 지금이 첫 번째 기회가 될 수도 있었다.

계단식 과수원의 제일 높은 단으로 이어지는 돌벽 맞은편, 옥타비아 오른쪽에서 민첩한 움직임이 보였다. 회색과 흰색 돌들 뒤로 붉은 갈색의 반점이 있는 덩어리가 보였다. 토끼보다 별로 크지 않은 페록스였다. 만약 날카롭고 얇은 등뼈에 이리저리 찢긴 이끼 낀 피부가 뒤덮여 있지 않았다면 옥타비아가 두 손으로 잡을 수 있을 정도로 작았다.

'잡았다.' 옥타비아는 생각했다.

페록스가 돌벽 밑부분에 바짝 붙어 이동했기 때문에 옥타비아는 그것과 더 가까운 경로를 골랐다. 페록스의 온갖 새소리가 섞인 소리가 멈췄다. 옥타비아는 페록스가 자신의 존재를 알아차렸다는 걸 알았다.

그녀는 숨을 죽이고 기다렸다. 달가닥달가닥 소란스러운 소리와 함께 페록스가 부산스럽게 날아올랐다. 옥타비아는 한 손에 칼을 들고 등에 여전히 배낭을 멘 채 그것을 따라갔다.

페록스의 작고 둥근 몸에는 등뼈들이 튀어나와 있었다. 발 크기 정도로 돌출된 날카로운 등뼈들은 스치기만 해도 고통스러울 듯했고 페록스의 몸 전체가 칼날과 막대기들 집합체처럼 보였다. 옥타비아는 진한 적갈색으로 보이는 금속 역시 피가 묻은 게 아니라 녹이 슬었을 뿐일 거라고 짐작했다. 페록스가 달아나면서, 금속 부분에 스친 주변의 나뭇잎과 가지들이 잘려 나갔다. 나무 기둥에는 불길한 긁힌 자국이 생겨났고, 돌들 표면에도 긁힌 자국이 새로이 생겼다. 계단식 돌벽을 따라 달아난 페록스의 움직임이 너무 빨라 명확하게 보이진 않았으나, 옥타비아 역시 빨랐다. 더는 조용히 할 필요 없었다. 그녀는 페록스를 쫓아 호두나무 덤불로 들어갔고, 과수원 끝에 있는 낮은 돌벽을 넘고, 또 다른 냇가를 건너고, 언덕 경사의 아슬아슬한 계단들을 넘었다.

거기서 페록스는 방향을 바꿔 언덕의 경사를 오르기 시작했다. 뜀박질 한 번으로 페록스와 무척이나 가까워진 옥타비아는 그 괴물이 사냥 반경 밖으로 도망치려고 하는 낌새를 느꼈다. 옥타비아는 괴상하게 생긴 꼬리에 매달린 고철 조각을 칼로 떼어낼 수 있을 정도로 페록스 가까이 접근했다고 확신했지만, 실상은 그 정도로 가깝지는 않았다. 괴물은 위로 뛰어올랐다. 페록스의 등뼈가 옥타비아의 손을 스치면서, 그녀의 피부에 작은 상처가 생겼다. 그녀의 목표물은 어쨌든 달아났다. 칼은 허무하게 땅에 내리꽂혔다.

다시 공격을 시도하려면 더 가까워져야 했다. 페록스의 몸통과 연결된 팔다리나 머리의 관절 이음부에 칼을 깊숙이 찔러야 했다. 타격이 빗나가거나 표면만 긁거나 아무 데나 찔러서는 페록스를 얽어 놓은 마법을 풀 수 없었다.

그들은 이제 과수원 밖으로 나왔다. 떨어져 내린 통나무와 무른 돌멩이들로 가득한 경사는 가팔랐다. 옥타비아는 숨을 헐떡거렸다. 목구멍 뒤쪽에서 불쾌한 쇠 맛이 느껴졌다. 경사를 전속력으로 달린 탓에 다리도 많이 아팠다. 공기도 차가워져 숨을 쉴 때마다 하얗게 입김이 올랐다. 페록스가 튀어나온 화강암 위와 쓰러진 나무 아래를 뛰어 다니자 나무껍질이 마구 긁히고 파였다. 옥타비아도 통나무를 뛰어넘으려 했지만, 미끄러지면서 발을 헛디뎠다.

옥타비아는 앞으로 넘어지면서 칼을 떨어뜨렸다. 넘어지지 않으려고 손을 앞으로 뻗으면서 칼을 놓친 것이다. 몸통이 비틀리면서 땅에 있던 두 개의 돌들 사이에 팔꿈치를 세게 부딪혔다. 옥타비아는 너무 아파서 옆으로 뒹굴면서 비명을 질렀다. 가방은 몸 아래쪽에 떨어져 버렸다.

"어휴, 아파, 아야, **아얏**."

옥타비아는 오른쪽 팔꿈치를 문지르며 일어나 앉았다. 통나무에 무릎이 쓸리고 어깨도 돌에 세게 박았지만, 팔꿈치가 가장 아팠다. 뜨겁고 따가운 눈물이 눈가에 고였다. 주위에 아무도 없긴 해도 너무 부끄러워 눈물을 쓱 닦아냈다. 자신이 통나무 따위에 걸려 넘어졌다는 사실을 믿을 수 없었다. 그녀는 사냥 중이었고, 페록스를 꽤 오랫동안 쫓았다. 그 엉덩이에 칼을 꽂을 수 있을 만큼 가깝게 접근했지만, 결국 **멍청하게 통나무에 걸려 넘어지**

고 말았다.

그녀는 얼굴을 찡그리며 팔꿈치를 서서히 폈다. 아프긴 했지만 뼈가 부러진 것 같지는 않았다. 누군가에게 상처에 대해 변명할 때 거짓말을 지어내야 할 정도로 심각한 부상은 아니었다. 그녀는 무릎을 꿇고 하나의 칼을 회수했다.

토끼만 한 작은 페록스는 사라졌다. 더는 페록스가 언덕 경사를 따라 오르는 소리조차 들리지 않았다. 희미한 빛 속에서 그것은 더이상 보이지 않았다.

드디어 옥타비아는 숨을 돌릴 수 있었다. 그녀는 눈을 쥐어짜듯이 꾹 감았다가 떴다. 그녀를 둘러싼 가파른 언덕의 경사와 소나무 숲이 깊고 기분 나쁜 잿빛으로 보였다. 심장이 두근두근 뛰면서 벌렁거렸다. 구름 때문이기를 바라면서 옥타비아는 하늘을 올려다보았다. 구름이 계곡 전체에 두껍고 어둡게 끼어 있기는 했지만, 구름에 가려져서 어두워진 것만은 아니었다.

그 두꺼운 구름 띠 뒤에서 해가 지고 있었다.

너무 오래 밖에 머무르고 말았다.

옥타비아는 서둘러 일어서서 재빨리 언덕을 내려갔다. 다시 과수원으로 돌아가야 한다고 생각해 길을 벗어나 서쪽으로 향했지만, 금세 마음을 바꿔 앞으로 곧장 내려갔다. 헤르미트로드까지 가서 롱로드까지 쭉 따라가는 편이 더 빠를 것이다. 아직은 시간이 있었다. 와이번 게이트는 경비병들이 하루의 마지막 순찰을 마치고 돌아와야 하기 때문에 다른 성문보다 더 오래 열려 있었다. 그곳에는 마을 벽에서 불빛을 뿜어내는 램프와 횃불이 있을 것이었다. 염소지기와 양치기, 농부들이 아직 밭과 목초지에서 돌아오고 있을 것이다. 그녀는 제시간에 도착할 수 있다고 생각했다. 그것이 그녀의 유일한 기회였다.

옥타비아는 하나의 칼을 칼집에 넣어 배낭에 쑤셔 넣으면서 두 번 정도 더 발을 헛디뎠다. 하지만 넘어지면서 칼에 찔리는 것보다는 나았다. 언덕은 그녀가 생각했던 것보다 훨씬 더 가파르고 길었다. 비탈을 따라 자라고 있는 높고 가느다란 소나무는 곧 불어닥칠 폭풍 바람에 몸을 흔들고 있었다. 길 위에 들쭉날쭉 깨져 있는 돌들이 마치 언덕에서 이빨이 튀어나온 것처럼 보였다.

그녀는 아주 잠깐 두려움에 빠졌다. 길을 잃었을까 봐, 혹은 잘못된 방향으로 가고 있을까 봐. 하지만 그럴 리는 없었다. 그녀는 길이나 헤르미트 천을 건넌 적이 없었다. 그러니 경사 급한 언덕길에서 굴러 목을 부러뜨리는 일 없이 언덕 아래까지 내려가기만 하면 됐다. 그녀에게는 시간이 있었다. 시간이 있어야만 했다.

숨을 너무 거칠게 몰아쉬었더니 숨 쉴 때마다 얼음이 목을 긁어내는 것 같았다. 콧물이 줄줄 흐르고, 뺨 위로 뜨거운 눈물이 흐르고 있었다. 옥타비아는 너무 추운 겨울밤에는 눈물이 떨어지자마자 얼어 버린다는 얘기를 들은 게 떠올랐다. 브람이 와이번 게이트 밖에서 웅크리고 있었던 것도 떠올랐다. 그는 차가운 금속을 계속해서 두드렸을 것이다. 도와달라고 소리쳤을 것이다. 망루에 있던 경비병들이 그의 목소리를 들었을지도 모른다.

달리다가 얕은 도랑에 빠져버렸다. 급하게 다시 한 걸음을 내딛자마자 몸 속의 모든 뼈가 삐걱거렸다. 하지만 옥타비아는 넘어지지 않았다. 고개를 들자 드디어 헤르미트로드에 도착했다는 것을 알아차렸다. 이제 길을 따라 올라가 동쪽으로 돌아가면 기다란 나무 구조물이 보일 것이었다. 헤르미트로드를 내려다보는 헌터들의 망루였다.

헌터들의 망루를 보고는 처음에는 안심이 됐다. 하지만 금방 새로운 공포가 찾아왔다. 가장 가까운 망루도 옥타비아 생각보다 비토리아에서 훨씬 멀리 떨어져 있었다. 그녀는 마을에서 거의 5km나 떨어져 있었다. 헤르미트 로드는 보호 마법으로 보호되기는 하지만, 오솔길과 달리 큰 길이기 때문에 마법으로 완벽하게 보호받기는 힘들었다. 두 대의 수레가 양옆으로 충분히 지나갈 만큼 넓게 포장된 흙길을 페록스가 알아차리지 못하도록 위장하기는 거의 불가능했다.

그녀에게는 아직 시간이 있었다. 5km도 안 남았다. 아니, 4km에 더 가까웠다. 해낼 수 있다. 성문은 여전히 열려 있을 것이다. 그녀는 왼쪽으로 돌아 서쪽을 향해 뛰기 시작했다. 비토리아는 여전히 구불구불한 언덕 뒤에 가려져 있었다.

그리고 그녀는 계곡에서 울려 퍼지는 구슬픈 저녁 종소리를 들었다.

안 돼, 안 돼, **안 돼**. 아직 완전히 어두워지지도 않았다. 그녀에게는 **시간**이 더 남아 있어야 했다.

정체 모를 형체가 길로 들어섰다.

옥타비아는 급하게 멈추다가 옆으로 미끄러졌다. 그러다가 하마터면 놀라서 자빠질 뻔했다.

얼마 남지 않은 어슴푸레한 빛이 금속에 부딪혀 반사되면서 정제된 나무를 비추었다. 이음부들이 부딪히며 종처럼 부드럽게 울렸다. 매캐하고 녹슨 냄새가 공기를 메웠다.

옥타비아는 움직일 수 없었다. 두 발은 길 위에 그대로 붙박였다. 공포에 질려 그대로 얼어붙었다.

보기 흉한 생물체로부터 부드러운 목소리가 흘러나왔다.

"도와줘."

그것이 말했다.

"도와줘."

옥타비아는 떨기 시작했다. 그녀는 흐느껴 울지 않기 위해 손으로 입을 꽉 막았다.

"도와줘."

목소리가 말했다.

"나를 도와줘."

페록스였다. 그것이 인간의 목소리로 말하면서 옥타비아에게 점점 다가왔다.

그것은 토끼보다 훨씬, 훨씬 컸다.

Chapter 4

헤르미트로드 위의 위험

어둠 속에서 낮고 거친 신음 소리와 흙을 긁어내는 발톱 소리가 들렸다. 뒷덜미로 오싹 소름이 끼쳤다. 옥타비아는 꼼짝도 할 수 없었다. 보이는 것이라고는 길을 따라 15m 정도 아래에 있는 페록스의 괴상한 형체뿐이었다. 가방끈이 어깨를 누르고 있었지만, 가방 안에서 칼을 꺼낼 엄두조차 나지 않았다. 괴물이 그녀가 움직이는 소리를 들을 게 뻔했다. 옥타비아는 차라리 소리를 내지 않기로 했다.

"도와줘."

괴물이 말했다. 그 목소리는 공허하고 가벼웠지만, 옥타비아는 오싹함을 느꼈다.

"도와줘, 부탁이야. 추워. 제발 나를 도와줘."

페록스는 나무 그림자들에서 나와 도로 한가운데로 움직였다. 마침내 옥타비아는 그것을 볼 수 있었다. 그것은 컸다. 곰만큼, 아니 그보다 더 컸다. 해 질 녘 비토리아 가까이에 있기에는 너무 덩치가 컸다. 보호 마법이 그것이 가까이 다가오는 것을 막았어야 했다. 괴물이 말했다.

"도와줘. 들어가도 돼? 도와줘."

그것은 넓은 코를 땅바닥에 눌러대며 길 위에서 코를 훌쩍였다. 페록스의 코는 동물의 코처럼 생기지 않았다. 입이 있어야 할 자리에서 위로 휘어져, 뿔이나 칼날처럼 뾰족하고 사악하게 생겼다. 어둠 속이라 눈이 보이지는 않았다. 아니, 페록스가 다 눈을 가지고 있지는 않았다. 어떤 것들은 냄새나 소리나 맛으로 사냥했다. 옥타비아는 페록스가 그녀를 보고 있는지 알수 없었다. 하지만 그녀는 알아야만 했다. 페록스는 누군가가 가까이에 있다는 것을 알고 있을지도 모른다. 하지만 그녀가 정확히 어디에 있는지는 모를 수도 있었다. 어쩌면 그녀가 스스로 드러내길 기다리면서 끔찍하게도 인간 목소리를 흉내 내고 있는지도 몰랐다. 그녀는 어떻게 해야 할지 몰랐다. 그녀는 정말 **몰랐다**.

하나가 가르쳐 준 것들은 아무것도 생각나지 않았다. 유일하게 생각나는 건 하나가 죽기 전에 이런 기분이었겠구나 하는 생각뿐이었다. 괴물이 자신을 사냥할 수 있을 만큼 아주 가까이에 있다는 것을 아는 것. 걸리지 않기를 절실히 바라는 것. 그렇지만 걸리지 않기란 불가능하다는 것을 아는 것. 옥타비아는 지금까지 자신의 언니가 느꼈을 공포를 짐작하며 수많은 밤을 지새웠다. 이제는 그 느낌을 더 이상 추측할 필요가 없었다. 그것은 그녀가 상상했던 것보다 훨씬 끔찍했다.

그녀는 떨기 시작했다. 이가 맞부딪히는 소리가 날까 봐 이를 앙다물었다. 갑자기 너무나 오줌이 마려웠다. 그리고 동시에 토하고 싶었다. 그녀는 그 자리에서, 길 한가운데서 바로 얼어 죽을 수도 있었다. 너무 두려워 움직일 수조차 없었다. 그녀는 브람처럼 얼어 죽을 것이었다.

15m밖에 안 되는 거리에서 페록스가 길 한가운데로 움직이더니 멈춰 섰다. 그것이 말했다.

"도와줘. 제발 나를 안으로 들여보내 줘."

마지막 옅은 회색빛이 무거운 구름과 차가운 바람 사이로 사라지면서 황혼은 점점 더 어둡고 음침해지고 있었다. 콧물이 줄줄 흘렀고 목도 점점 조여오면서 간질간질하게 느껴졌다. 얼음처럼 차갑고 단단한 눈송이가 그녀의 얼굴과 손을 때렸다. 부츠 안의 발은 고통스럽게 쥐가 나고 있었다. 괴물이 다시 말했다.

"도와줘."

그것은 소란스럽게 코를 킁킁댔다. 아무도 페록스가 숨을 쉬는 이유를 몰랐다. 제대로 된 장기 없이, 잔해들로 만들어진 마법의 생물체였지만, 그들이 흉내내는 동물들처럼 숨을 내쉬고 킁킁댔다.

괴물은 양쪽으로 머리를 움직였다. 여전히 페록스의 눈이 어디 있는지는 보이지 않았지만, 그것은 분명히 뭔가를 찾고 있었다. 그녀를 찾고 있었다.

그리고 마침내 그것이 그녀를 찾아낸 순간, 옥타비아도 그를 알아차렸다.

아주 길게 느껴지는 끔찍한 순간 동안 그녀는 괴물을 응시했고, 괴물도 그녀를 똑바로 쳐다보았다. 둘 다 꼼짝도 하지 않았다.

괴물이 다시 한 번 코를 킁킁댔다. 그것이 말했다.

"도와줘. 너무 추워."

옥타비아는 뒤돌아 뛰었다. 있는 힘껏 빠르게 뛰어, 두 발이 흙으로 포장된 길을 아프게 내리찍었다. 괴물은 옥타비아 뒤에서 킁킁대며 다가왔다. 이 녀석은 빨랐다. 그녀는 더 빨라야 했다. 가슴이 아파왔고, 추위가 그녀의 목구멍을 고통스럽게 할퀴어댔다. 다리는 화끈거렸다.

그녀는 도망쳐야 했다. 하지만 아무 데도 갈 곳이 없었다. 5km도 너무 멀었다. 그리고 너무 늦었다. 운 좋게 페록스를 지나친다고 해도, 절대 비토리아 안으로 들어갈 수 없었다. 그녀는 마을에서부터, 마법으로 보호된 과수원과 밭에서부터 점점 더 멀어졌다. 그녀는 황무지로 달려갔다.

황무지를 향해, 그리고 헌터들의 망루를 향해. 심장이 갑작스러운 희망으로 벌렁거렸다. 그게 그녀의 유일한 기회였다. 아직 망루는 보이지 않았지만, 그렇게 멀지는 않을 것이다. 분명 얼마 안 가 보일 것이다.

뒤에서 소란스러운 쿵쿵대는 소리가 들리더니, 차갑고 악취 나는 입김이 그녀의 목을 스쳤다. 썩은 고기와 그을린 가죽 냄새, 곰팡이 가득한 깊은 지하실 냄새가 났지만, 그 입김은 너무 차가웠다. 그것을 둘러싼 밤공기보다도 더 차가웠다. 뒤를 돌아봐야 했다. 얼마나 가까운 거지? 그녀는 재빨리 고개를 돌렸다.

괴물은 불과 세 걸음밖에 떨어져 있지 않았다. 커다란 머리와 날카로운 주둥이가 그녀 위에 웅크리고 있었다. 그만큼 가까운 거리에서 그녀는 괴물의 목선을 이루는 뼈들과 가지들을 하나하나 볼 수 있었다. 그것의 녹슨 금속 이빨들까지도 셀 수 있었다.

옥타비아는 뒤로 비틀거리다가 부츠에 발이 걸려 세게 넘어졌다. 한쪽 다리가 안으로 비틀리고 다른 한쪽 다리는 밖으로 삐져나와 완전히 구부정하게 넘어졌다. 이제는 한 걸음 차이였다. 그것이 머리를 낮췄다. 그녀는 공포에 질려 낑낑대며 손가락으로 흙을 긁어댔다. 구르고 기어서라도 벗어나려 했다.

거대한 괴물의 턱이 벌어지더니, 울부짖었다. 울음소리가 얼음처럼 차가운 공기와 함께 옥타비아를 강타했다. 그녀 주위를 에워싸 휩쓸고는 길가의 나무들과 언덕의 바위 비탈에 반사돼 울려 퍼졌다. 그 소리에 귀가 아팠다. 괴물이 그녀를 향해 발톱을 크게 휘두르자 그녀는 벌떡 일어섰다. 발톱은 아슬아슬하게 그녀를 스쳐 길 위의 흙을 움켜쥐었다. 흙은 공중에서 호를 그리더니 옥타비아의 얼굴과 손에 흩뿌려졌다.

밝은 섬광이 번쩍이고, 휘파람 소리가 옥타비아의 귓가를 스치고 지나갔다. 잠시도 주춤거릴 시간이 없었다. 페록스는 다시 울부짖었고, 그 울음소리는 이내 놀란 듯 꺽꺽대는 소리로 바뀌었다. 페록스는 뒷다리로 일어서서는 곰처럼 뒤로 물러서며 자기 머리를 때렸다.

그제야 페록스 주둥이 쪽에서 불타는 화살이 튕겨 나오는 것이 보였다.

"뭐야?"

옥타비아는 너무 놀라서 도망가는 것도 잠시 잊은 채 중얼거렸다.

하지만 충격적이라 해도 멍하니 서 있을 수는 없었다. 그녀는 괴물에게서 떨어졌다. 분명히 망루에 있는 헌터가 한 일이다. 헌터들이 괴물 소리를 듣고 그녀를 도우러 온 것이다. 심장이 다시 한 번 뛰었지만, 이번에는 안도감 때문이었다.

또 한 번 불빛이 번쩍이면서 공중을 가르는 소리가 들리더니, 또 다른 화살이 괴물을 관통했다. 이번에는 페록스의 큼지막한 앞다리와 어깨의 이음새에 꽂혔다. 괴물은 화살을 미친 듯이 씹어대고 울부짖으며 비틀거렸다. 화살 끝에 붙은 불이 괴물의 뼈와 두개골의 날카로운 선들, 혐오스러운 골격을 구성하는 뒤틀린 금속과 그을린 나무를 보여주며 안에서부터 괴물을 비추었다. 괴물이 어설픈 발톱으로 화살을 빼려고 할 때 그녀는 다시 달리고 있었다.

괴물이 그녀 바로 뒤에 있었지만, 바로 앞의 부드러운 커브길 끝에 망루가 우뚝 서 있었다. 망루는 흔들리는 나무들만큼이나 높았다. 어둡고 정교한 실루엣이 밤을 배경으로 솟아 있었다. 꼭대기에는 불빛의 흔적도 없고, 덧문들 사이로 삐져나오는 노란 빛도 보이지 않았다.

페록스는 옥타비아를 다시 공격했다. 발톱이 그녀의 코트와 배낭에 걸렸다. 그 힘에 옥타비아는 세차게 휘둘려 비틀거렸지만 넘어지지는 않았다.

누군가 앞에서 소리를 지르고 있었다. 어두운 사람의 형체가 망루 기반에 있었다. 그는 불타는 화살을 한 대 더 겨누어 당겼다. 그녀는 여태껏 인생에서 뛰었던 그 어느 때보다 더 힘껏 뛰었다.

옥타비아는 그 형체가 화살을 날리는 순간 망루 기반에 도착했다. 그녀는 망루 기반의 돌 계단을 쿵쿵대며 올라가서 망설임 없이 나무 사다리를 기어올랐다. 화살이 괴물에 명중되자 옥타비아 뒤에서 다시 울부짖는 소리가 들렸다. 그 사람도 그녀 뒤를 따라 사다리를 기어올랐다. 사다리 칸에 발을 디딜 때마다 사다리가 흔들렸다.

괴물이 망루의 기반을 들이받자 탑 전체가 흔들렸다.

옥타비아 뒤를 따르던 사람이 비명을 질렀지만, 다행히 여전히 사다리에 매달려 있었다. 망루로 들어가는 뚜껑 문은 이미 열려 있었다. 옥타비아는 허둥지둥 문을 통과하고 돌아섰다. 그녀가 소리쳤다.

"빨리! 빨리 와, 빨리!"

괴물은 불화살 세 대를 맞고는 분노에 차 마구 울부짖으며 탑 밑을 빙빙 돌았다. 드디어 뒤를 따르던 사람이 사다리 꼭대기까지 올라왔다. 그가 문을 통과하자마자, 옥타비아는 그와 힘을 합쳐 밧줄을 당겨 사다리를 들어 올렸다. 도르래가 요란하게 덜컹거렸고, 옥타비아의 손은 밧줄에 심하게 쓸렸다.

사다리를 올려 밧줄을 단단히 묶어놓고는 옥타비아는 무릎을 꿇고 앉아 가쁜 숨을 헐떡이며 말했다.

"고마워요. 오늘 밤에 헌터가 여기 있을 줄은 몰랐어요."

입은 바싹 말랐고, 목은 시리고 아팠다. 그녀는 눈물과 콧물을 닦았다. 그 사람은 뚜껑 문 반대편에 쭈그려 앉았다. 처음에는 망설이듯 일어서더니 머리에서 천천히 스카프를 풀었다. 옥타비아 또래의 여자아이였다. 그녀는 가늘게 뜬 눈으로 옥타비아를 바라봤다. 그녀는 아무 말도 하지 않았다.

안도하는 마음 한편으로 서서히 등골이 서늘한 걱정거리가 닥쳐 왔다. 옥타비아는 견습생들과 마스터들을 포함해 비토리아의 모든 헌터들을 알고 있었다. 하지만 눈앞의 소녀는 그들 중 어느 누구도 아니었다. 옥타비아는 자기와 동갑내기뿐만 아니라 자기와 나이 차이가 얼마 나지 않는 사람들은 모두 알고 있었다. 비토리아는 그렇게 크지 않기 때문에 또래들도 그리 많지 않았다.

이 소녀는 모르는 사람이었다.

옥타비아는 평생 그녀를 본 적이 없었다.

그녀는 이방인이었다.

Chapter 5

존재할 수 없는 소녀

비토리아에는 서로를 모르는 사람이 없었다. 세상에 남은 이들이라고는 그들밖에 없으니 당연한 일이었다. 저지대 사람들이 일으킨 반란을 제압하기 위해 마법사들이 끔찍한 전쟁을 일으킨 이후로, 마법사들이 모든 도시를 전멸시킬 수 있을 만큼 파괴적인 마법 무기들을 풀어놓은 이후로, 페록스가 통제 불가능한 상태가 돼 폭주하게 된 이후로, 그리고 아그리피나가 퍼뜨린 죽음의 전염병 이후로 비토리아를 제외한 모든 것이 파멸했다.

전쟁이 끝나고 몇 년 동안은 비토리아의 탐험가들이 생존자들을 찾으려고 노력했다. 여태까지 다섯 번의 탐사가 이뤄졌고, 모두 실패했다. 카밀라 마스터는 본인이 다섯 번째 탐험에서 너무나 끔찍한 공포를 경험한 탓에 마을 사람들이 다시는 그 끔찍한 고난을 겪지 않도록 탐험 자체를 금지했다. 세계는 텅 빈 도시들, 마을들, 농장들, 그리고 무수히 많은 괴물들로 가득했다. 비토리아 사람들은 잔인하고 끔찍한 황무지로 둘러싸인 작은 땅, 론리 계곡에 갇혀 지내는 법을 터득했다. 다른 선택권이 없었기 때문이다. 그들은 전쟁의 마지막 생존자들이었다. 그들 말고는 아무도 없었다.

따라서 이방인은 없었다. 적어도 지금까지는.

"너, 누구야?"

옥타비아가 따지듯 말했다.

"이름이 뭐야? 가족은 누구고? 어디에 살아?"

소녀는 대답하지 않았다. 옥타비아는 그녀의 얼굴을 자세히 살펴보았다. 그녀의 턱, 입, 코, 크고 짙은 눈동자. 옥타비아보다 나이가 많아 보이지는 않았지만, 그녀는 나이가 많아야 했다. 옥타비아나 옥타비아 형제들이 몰라도 이상하지 않을 만큼, 아주 나이가 많아야 했다. 옥타비아는 가슴이 자꾸만 두근거렸다.

소녀는 여전히 뚜껑 문 사이로 화살을 메긴 활을 들어 탑 밑을 빙빙 도는 페록스를 겨누고 있었다.

"저거, 올라올 수도 있니?"

소녀가 물었다. 그녀의 목소리에는 옥타비아가 알아들을 수 없는 경쾌한 억양이 깃들어 있었다.

"뭐라고? 당연히 못 올라오지. 사다리를 들어 올린 데다가 보호 마법이 페록스를 교란시킬 테니까."

옥타비아가 말했다.

소녀가 잠깐 얼굴을 찌푸리더니 활을 옥타비아에게 겨누고 물었다.

"너, 마법사야?"

"**뭐**? 아니야! 어떻게 그런 걸 물을 수 있어?"

아래에서 굉음이 들렸다. 괴물이 나무 기둥에 몸을 던지자 망루 탑이 흔들렸다. 옥타비아는 몸을 고정시키기 위해 벽에 딱 달라붙었다. 소녀는 뚜껑 문을 열고 다시 화살을 겨누기 위해 무릎을 꿇은 채 일어났다. 그러고는 탑을 빙빙 도는 괴물을 따라 이리저리 움직였다. 옥타비아는 그녀가 다시 화살을 쏘기를 조심스레 기다렸지만, 소녀는 끝내 쏘지 않았다.

얼마 안 있어 소녀는 뚜껑 문 아래로 침을 뱉고 발뒤꿈치를 든 채 앉았다.

"괴물이 가고 있어."

"좋아, 좋아."

옥타비아는 스스로를 진정시키기 위해 숨을 돌려야 했다.

"왜 가는 거야?"

옥타비아는 눈을 깜박였다. 이 소녀는 페록스에 대해 아무것도 모르는 것 같았다. 그런데 어떻게 불화살로 페록스를 맞출 수 있었을까?

"탑 아래쪽 기반의 돌들에 걸린 주문 덕분에 페록스가 우리를 잊고 집중력을 잃는 거야."

"주문이라고?"

"보호 마법말야."

"아까는 마법을 쓰지 않는다며!"

소녀가 잡아채듯 말했다.

"안 써! 나는 주문을 걸 줄 몰라. 크래프터들이 한 거야. 너 **대체 누구야**? 왜 아무것도 몰라?"

"너는 내가 아는 걸 모르잖아! 나는 마법사들을 믿지 않아!"

소녀는 목소리를 뾰족하게 세우며 말했다.

"나는 마법사가 아니라니까!"

옥타비아가 외쳤다. 두 사람은 몇 초 동안 열린 뚜껑 문 너머로 서로를 노려봤다. 어둑어둑한 잿빛 노을의 마지막 빛이 지고, 밤이 점점 깊어지고 있었

다. 또 점점 추워졌다. 나무판자 틈 사이로 바람이 휭휭 불어닥쳤고, 열린 창
문으로 얼어 버린 눈 조각들이 밀려 들어왔다. 옥타비아는 덜덜 떨리는 것을
막으려고 이를 악물었다. 달리면서 흘린 땀이 모두 옷가지 안쪽에 끈적끈적
달라붙었다. 피부가 따끔거렸다.

"이건 말도 안 되는 짓이야."

그녀는 추위에 제대로 생각할 수조차 없었다. 만약 소녀가 옥타비아의 질
문에 대답하지 않고 고집을 피운다 해도 그건 옥타비아 잘못이 아니었다. 그
녀는 배낭을 바닥에 던지고 일어섰다.

"나 쏘지 마. 불 피우려는 것뿐이야. 지극히 평범하게. 마법 없이 말이야."

모든 망루에는 헌터들이 비토리아 밖에서 살아남을 수 있도록 보급품들
이 비축돼 있었다. 그리고 보급품 중에는 자그마한 철제 난로와 불쏘시개도
포함되어 있었다. 어둠에 좀 익숙해지자 옥타비아는 그 물건들을 손쉽게 찾
았지만, 부싯돌만큼은 찾을 수 없었다. 부싯돌 하나 정도는 배낭에 넣어 왔
어야 했다. 헌터라면 누구나 부싯돌을 항상 가지고 다녀야 한다고 하나가 일
러 주었지만, 옥타비아는 그 말을 한 귀로 흘렸었다. 해가 지고 난 다음에 성
문 밖에 남을 줄 전혀 몰랐으니까.

"이리 줘 봐."

소녀가 말했다. 옥타비아는
얼굴을 찌푸리고 주먹을
쥐었다. 손이 얼마나
떨리는지 소녀에게
들키고 싶지 않았지만,
쓸데없이 추위 속에 1분

이라도 더 있기는 싫었다. 그녀는 한 발자국 물러서서 난로를 가리켰다.

"좋아. 네가 불을 붙여."

소녀는 짐꾸러미에서 부싯돌을 꺼내 한 번에 불쏘시개에 불을 붙였다. 빠르고 손쉽게 일을 해내는 소녀를 부러워하지 않으려고 했지만, 쉽지 않았다. 옥타비아는 집에서 불을 피울 필요가 없었다. 빵집 오븐에는 항상 불이 피워져 있었다. 하나가 언젠가 제대로 불붙이는 방법을 알려주겠다고 약속했었다.

소녀가 불꽃을 키우기 위해 입으로 부드럽게 바람을 일으키는 동안 옥타비아는 창문들을 닫아 밖에서 차가운 바람이 들어오는 것을 막았다. 그리고 뚜껑 문을 닫기 전에 아래를 한 번 더 훑어봤다. 페록스는 보이지 않았다.

모든 것을 꼭꼭 닫아 추위와 어둠으로부터 안전해진 뒤에야 옥타비아는 자리에 앉았다. 비로소 낯선 소녀가 잘 보일 정도의 빛이 들어서 있었다.

전쟁이 일어나기 수 세기 전에 바다를 건너 먼 남쪽에서 온 조상들이 비토리아에서 가장 어두운 피부색을 가졌었다. 소녀의 피부는 그 조상들만큼이나 짙은 갈색이었다. 그녀의 갈색 눈은 커다랬고 코는 곧고 강인해 보였으며, 검은색 머리를 땋아 내렸지만 스카프 밑으로 보이는 머리는 땋지 않고 풀고 있었다. 스카프 자체는 밝은 색이었는데, 정교하게 짜인 빨간색, 금색, 초록색, 그리고 파란색이 불빛에 반짝였다. 스카프의 가느다란 가닥들은 양모보다는 실크처럼 보였지만, 그것은 말도 안 됐다. 숲속을 돌아다니면서 값비싼 실크를 두르는 사람은 아무도 없다. 옛날에는 저 멀리 남쪽에 있는 바닷가 도시에서 실크를 수입해 왔다. 하지만 지금은 어디에서도, 어떤 것도 오지 않기 때문에, 남아 있는 귀한 실크를 망가뜨릴 순 없었다.

옥타비아는 배낭에서 가죽 물통을 꺼내 목을 축였다. 목구멍이 건조했다.

망루는 빠르게 따뜻해졌지만 그녀는 계속 몸을 떨었다. 그녀는 전쟁에서, 전염병에서, 그리고 온갖 굶주린 괴물들로부터 살아남은 황야의 외로운 방랑자들이나 황무지의 아이들, 미친 헌터들, 또는 고립된 산울타리의 마녀들에 대해 들은 적이 있었다. 하지만 그 사람들은 모두 할머니가 자기 전에 아이들에게 들려주는 상상 속 공포 이야기에 불과했다. 아무도 그 이야기들을 실제로 믿지는 않았다. 만약 황무지에 그런 존재가 정말 있었다면 헌터들이 벌써 오래전에 흔적을 찾아냈을 것이다.

게다가 소녀는 황무지에서 살아온 것처럼 보이지도 않았다. 그녀의 활과 화살은 정교하게 수리된 질 좋은 무기들처럼 보였다. 입고 있는 옷도 진흙이 튀고 축축하게 젖어 있었지만 누더기는 아니었다. 그녀는 무릎까지 오는 끈이 달린 부츠를 신고, 진하디진한 빨간 색으로 염색된 망토를 두르고 있었다. 긴 파란색 코트는 앞부분에 잘 닦인 뼈 단추들이 일렬로 늘어서 있었다. 그에 비해 옥타비아는 밋밋한 회색 셔츠에, 무릎 부분을 밀가루 포대 조각들로 덧댄 갈색 바지를 입고 있었다. 언니 오빠에게서 물려받아 몸에 잘 맞지 않는 양모 코트와 가죽 부츠도 너무 보잘것없어 보였다. 비토리아에서는 평상복을 짓기 위해서는 양모를 염색하지 않았다. 밝은 색깔은 특별한 날을 위해 아껴 뒀다. 소녀는 여러 겹의 옷을 입었지만, 특별히 두껍거나 따뜻해 보이는 건 없었다. 옥타비아는 처음으로 소녀도 자기처럼 떨고 있음을 알아차렸다.

"이름이 뭐니?"

옥타비아가 물었다. 소녀는 날카롭게 그녀를 쳐다봤다.

"네가 내 이름을 왜 알아야 하는데?"

"네 이름을 알 **필요**는 없어. 그냥 알고 싶을 뿐이야. 나는 옥타비아 실비아야. 우리 가족은 피싱캣 로에서 빵집을 해.”

옥타비아가 말했다. 소녀는 전혀 모르겠다는 표정이었다. 오히려 점점 더 경계심이 심해지는 듯했다. 그녀가 물었다.

“너는 마법사들의 도시에서 온 거야?”

“아에테르나를 말하는 거야? 말도 안 돼!”

옥타비아는 재빨리 고개를 저었다.

“무슨 질문이 그래? 그곳에는 이제 아무도 안 살아. 아무도 안 산 지 벌써 몇 년이나 됐어. 너는 왜 그것도 몰라?”

소녀는 입술을 굳게 다물고 아무 대답도 하지 않았다. 옥타비아는 한숨을 쉬었다. 그녀는 소녀를 놀라게 하지 않으려고 천천히 난로로 다가갔다. 그녀는 가죽 물통을 내밀었다.

“나를 구해 줘서 고마워. 너, 활 잘 쏘더라.”

옥타비아가 말했다. 소녀는 망설였지만 결국 물통을 받았다. 급하게 한 모금 크게 넘기고는 물통을 돌려주었다.

“아에테르나에서 온 게 아니구나.”

소녀가 말했다. 옥타비아가 대답했다.

“응. 나는 비토리아에서 왔어.”

소녀의 두 눈이 커졌다.

“비토리아?”

그녀는 옥타비아가 달에서 왔다고 말하기라도 한 것처럼 믿을 수 없다는 듯이 말했다.

“음, 그래.”

옥타비아가 말했다.

"그런데 너는 마법사가 아니잖아. 네 가족도 마법사가 아니고."

"지금까지 계속 그렇다고 말했잖아! 나는 마법을 쓰지 않아. 우리 가족 중 그 누구도 마법을 쓸 줄 몰라. 우리는 **빵집**을 한다고."

옥타비아가 퉁명스럽게 말했다.

소녀의 어두운 두 눈은 여전히 그녀에게 고정돼 있었다. 그녀는 거의 눈도 깜빡이지 않았다. 옥타비아가 느끼는 불안감은 점점 강해지기만 했다. 그녀는 자신과 낯선 소녀가 서로 전혀 다른 얘기를 하고 있다는 생각이 들었다. 그리고 둘 다 서로의 말을 잘 이해하지 못했다.

옥타비아가 물었다.

"너는 어디서 왔니? 여기에는 어떻게 온 거야?"

소녀는 옥타비아를 잠시 더 바라보다가 자기 가방을 열었다. 가방 안을 이리저리 뒤적이더니 두 개의 깔끔한 끈으로 묶인 가느다란 두루마리를 찾아 꺼냈다. 그녀는 두루마리를 풀어 검은 잉크로 그려진 지도를 보였다. 소녀는 길고 가느다란 선으로 표시된 길을 따라 부드럽게 지도를 훑었다. 길은 지그재그로 그어진 산맥 기호를 가로질러 평지에서 산봉우리로 둘러싸인 다각별에까지 이어지고 있었다. 별은 지도 전체에서 가장 밝고 다채롭게 파랑, 초록, 빨강의 선명한 잉크로 그려져 있었다. 그리고 옥타비아가 읽을 수 없는 글자로 라벨이 붙어 있었다.

그리고 그 근처 산지에 또 다른 별이 들어서 있었다. 일곱 개의 각을 가진 더 작은 별이 강과 길 옆에 그려져 있었다. 라벨을 읽지 못해도 옥타비아는 그 작은 별이 비토리아라는 걸 알 수 있었다. 더 크고 다채로운 별은 아에테르나였다. 비토리아와 아에테르나는 두 줄기의 닉스 강과 롱로드로 연결되어 있으며 여러 개의 산들로 둘러싸여 있었다.

하지만 그 산들은 지도에서 한쪽 구석에 처박혀 있었다. 지도의 나머지 부분은 옥타비아가 알아볼 수 없는 강, 도로, 언덕, 숲뿐 아니라 이름도 읽을 수 없는 도시들과 마을들로 가득 차 있었다. 그것은 지도 맨 아래 푸른색 띠까지 쭉 이어지는 아찔한 지리의 확장이었다.

소녀는 지도가 말리지 않도록 손으로 누르고는 말했다.

"내 이름은 시마야. 그리고 나는 바다 옆에 있는 이베르네에서 왔어."

그녀는 육지와 바다의 경계에 있는 또 다른 별을 가리켰다.

"여기야."

망루 안은 밖에서 불어대는 바람 소리와 불이 타닥타닥 타는 소리 말고는 고요했지만, 옥타비아는 그 방이 가장 사나운 여름 폭풍의 천둥 속에 잠겨 있는 것처럼 느껴졌다. 한순간 모든 것이 어항 속처럼 이상하게 느껴졌다. 그녀는 지도와 그 위의 별들과 그들을 잇는 선들을 멍하니 바라봤다.

불가능했다. 사실일 수 없었다. 남은 이들은 없었다. 50년 동안, 전쟁이 끝나고 나서부터 쭉, 비토리아 사람들은 성문 밖의 세상에 다른 누군가의 흔적이 보이기를 염원했다. 하지만 그동안 아무것도 나타나지 않았다. 옥타비아가 상상할 수 있었던 바깥 세계라고는 페록스가 지배하는 광활하고 끝없는 황무지밖에 없었다. 비토리아의 헌터들은 마을 주변의 안전 거리를 벗어나는, 2, 3일을 넘어서는 탐험은 절대 하지 않았다. 옥타비아는 그 거리도 용감한 사람들만이 갈 수 있는, 끔찍하게 먼 거리라고 생각했다.

하지만 시마의 지도를 보니 그건 아무것도 아니었다. 옥타비아는 눈을 감는 순간 눈앞의 소녀가 사라질까 봐 눈을 깜박이기도 두려웠다. 바다 옆 이베르네에서 온 시마. 존재할 수 없는 이방인.

"그렇지만 어떻게…… 네가 왜……?"

옥타비아는 침을 삼켰다.

"네가 살던 곳에는 사람들이 많이 살아? 전쟁에서 살아남은 사람들이?"

시마는 옥타비아가 진지하게 물어보는 것인지 헷갈린다는 듯 고개를 옆으로 기울였다.

"많은 사람들이 전쟁 중에 죽었지."

"모든 사람이 죽은 건 아니고?"

시마는 놀라운 나머지 콧방귀를 꼈다.

"물론 아니지. 이제는 전쟁 같은 건 없어. 오래전 일이라고."

충격과 갑작스런 눈물로 옥타비아의 시야가 잠시 흐려졌다. 마법사들의 전쟁은 그녀의 부모님이 태어나기도 전에 끝났지만, 옥타비아에게도 여전히 가깝게 느껴지는 사건이었다. 비토리아에서는 전쟁에서 멀어졌다고 느낄 수 없었다. 비토리아 사람들의 삶은 전쟁으로 잃은, 아니, 만약 시마가 진실을 얘기하고 있는 것이라면 잃었다고 믿고 있는 것들에 의해 돌아가기 때문이다.

"우리는 몰랐어."

옥타비아가 축 처져서 말했다.

"우리는 성벽 밖에 다른 사람들이 있는지 몰랐어."

시마는 옥타비아는 읽을 수 없는 표정을 하고 그녀를 바라보았다.

"오래전 일이었잖아."

시마가 다시 말했다. 그들은 둘 다 양반다리를 하고 방의 반대편에서 눈을 크게 뜬 채 서로를 바라보며 조용히 앉아 있었다. 옥타비아에게는 지금 그 작은 방이 엄청나게 커다랗게 느껴졌다. 새로운 생각들과 놀라움으로 가득해 숨쉬기 힘들 정도로 방 안 공기가 희박해진 것 같았다.

비토리아 사람들은 세상이 비어 있다고 믿었다. 매년 기억의식이 열리는 동안 그들은 잃은 사람들의 이름을 속삭였다. 그들은 생존자들을 찾으려다 목숨을 잃은 용감하고 굳센 다섯 팀의 탐험가들을 추모했다. 헌터들은 매일 황무지를 정찰했지만, 괴물들 외에는 아무것도 발견하지 못했다.

그들이 처음부터 틀렸다는 것, 바깥 세상에 계속 사람들이 존재했다는 사실을 바로 받아들이기에는 너무 큰 충격이었다. 옥타비아는 수천 가지 질문이 떠올랐다. 왜 시마는 산속에 있었을까. 그녀는 어디로 가는 중이었을까. 그녀가 온 곳은 어떤 곳일까. 그녀는 왜 혼자였을까. 그녀는 어떻게 사냥하는 법을 배웠을까. 바깥 세상에는 얼마나 많은 사람들이 있을까. 그들은 얼마나 멀리 여행하고, 어떤 길을 걸어 다니고, 그녀가 상상하지도 못하는 곳들 중 어떤 곳들을 가봤을까. 그들은 어떻게 페록스로부터 살아남았을까.

왜 아무도 여태까지 비토리아에 오지 않았을까. 어떻게 비토리아에 있는 사람들은 모두 바깥 세상에 대해 이토록 잘못 알고 있을까.

옥타비아의 배가 갑자기 꼬르륵거렸다. 그 소리에 옥타비아와 시마는 깜짝 놀랐다. 시마의 입술이 재밌다는 듯 씰룩거렸다. 옥타비아는 창피함을 감추기 위해 재빨리 말했다.

"나한테 음식이 있어. 그리고 여기에는 저장 음식도 있어. 헌터들은 언제나 보급품을 준비해 두거든."

충격과 공포 속에서는 배고픔을 느끼지 못했지만, 지금은 따뜻하고 고요하며 비교적 안전했다. 옥타비아의 몸은 그녀가 과수원 개울가에서 점심을 먹은 이후 얼마나 고되게 돌아다녔는지를 빠르게 상기시켰다. 그녀는 으깬 감자와 완두콩 파이를 찾으려고 가방을 뒤졌다. 두 개의 파이는 차갑고 푸석푸석했지만, 익숙한 냄새가 났다. 그리고 그 냄새에 옥타비아는 갑작스럽게 죄책감이 들었다.

지금쯤 부모님이 그녀를 찾고 있을 것이었다. 경비병들에게서 그녀가 오후 일찍 마을을 떠났다는 말을 듣고는 브람의 엄마가 아들을 찾을 때처럼 모든 가게와 친구, 이웃을 찾아다니며 그녀를 봤는지 몇 번이고 묻고 성벽 안 구석구석 그녀를 찾을 것이다. 플라비아 마스터와 페넬로페, 루퍼스와 키케루스, 그리고 부모님이 생각할 수 있는 모든 사람에게 물어볼 것이다. 아마 루퍼스는 옥타비아가 몇 번이나 성문 밖으로 몰래 빠져나가 사냥을 나갔다고 말할 것이다. 옥타비아는 그 일에 대해서는 루퍼스에게 화를 낼 수도 없다. 그는 처음부터 옳았다. 그녀는 좀 더 조심했어야 했다.

옥타비아는 찌그러진 파이를 잘라 시마에게 한 조각을 건넸다.

"이거, 우리 아빠가 만든 거야."

시마는 파이를 받아들고 냄새를 킁킁 맡은 뒤 한 입 베어 물었다.

"고마워."

그녀가 말하고는 자신의 가방에 손을 넣어 작은 천 주머니를 꺼냈다. 그 주머니에서 그녀는 말린 과일과 구운 견과류를 한 움큼 꺼냈다. 그녀는 옥타비아에게 그것들을 건넸다.

"난 이걸 가지고 왔어. 이거랑 차. 만약 물을 데울 냄비가 있다면 말이야."

헌터들의 보급품에는 찰흙 컵 몇 개와 마른 사슴고기 몇 조각, 그리고 냄비가 있었다. 이상하긴 했지만 나름 만족스럽게 식사를 했다. 망루는 점점 따뜻해졌지만 밖에서는 여전히 바람이 윙윙거렸다. 흔들리는 소나무가 끊임없이 외벽을 스쳤다. 옥타비아는 망루에 올라온 이후로는 페록스의 소리를 듣지 못했다. 어쩌면 다른 사냥 거리를 찾아 숲으로 들어가 버렸을지 모른다. 아니면 그들이 어리석은 실수를 하기를 기다리며 탑 아래 그늘에 숨어 있을지도 모른다. 뚜껑 문이 열리고 사다리가 내려오기를 기다리면서. 그들을 사냥할 기회를 노리면서.

옥타비아가 물었다.

"바다에서 왔다면서 산에서는 뭘 하고 있었던 거야? 여기에는 왜 왔어? 왜 혼자야?"

시마는 기름진 빵조각을 잡았던 손가락들을 핥고 있었지만, 옥타비아가 입을 열자 동작을 멈췄다. 그녀의 두 눈이 새로운 의심으로 가느다래졌다.

"왜 알고 싶은데?"

"**이유** 같은 건 없어."

옥타비아가 불만스럽게 말했다.

"그냥…… 누구도 여기에 혼자 있으면 안 돼. 여기는 너무 위험해."

"넌 그랬잖아."

옥타비아의 얼굴이 달아올랐다. 그녀는 부츠의 끈을 잡아당기려고 머리를 숙였다.

"맞아, 하지만 그건 실수였어. 너는 정말로 혼자 다니고 있는 거야?"

시마는 망설이다가 고개를 저었다.

"나는 카라반 사람들과 함께 있었어. 그런데 마법사들의 괴물들에게 공격받았어. 어젯밤에 말이야. 지금껏 다른 사람들을 찾고 있었는데, 난……."

시마는 뒤로 물러서서 어깨를 으쓱했다. 옥타비아는 놀라서 물었다.

"너 어젯밤에도 숲속에 있었던 거야? 어떻게 살아남았어? 뭘 한 거야?"

시마가 말했다.

"나무에 올라갔어. 떨어지지 않으려고 기둥에 몸을 묶었지. 나는 괴물들이 그렇게 크고 빠른 줄 몰랐어. 그렇게 말을 할 수 있는지도 몰랐고."

옥타비아는 그녀를 바라봤다.

"너 페록스에 대해서 아무것도 모르니?"

시마는 얼굴을 찡그린 채 그녀를 바라봤다.

"저지대에는 한 마리도 없어. 그 괴물들은 산속에만 있어. 카라반 사람들은 우리가 그것들을 피하거나 쫓아낼 수 있다고 말했어. 하지만 틀렸지."

옥타비아의 세계관이 다시금 흔들렸다.

"그렇지만 그건 불가능해. 페록스는 어디에나 있어. 그것들이 세상을 파괴했는걸."

시마의 콧방귀는 더 커졌다.

"그 괴물들은 여기에만 있어. 다른 데는 없고. 모두가 아는걸."

"믿을 수 없어."

의심이 마음속에 들어앉기 시작했는데도 옥타비아는 잡아뗐다.

"여기가 다른 곳보다 더 위험하면 네가 왜 여기 왔겠어. 괴물이 없는 저지대에 있지? 그런 짓을 누가 해. 내 생각에 너는 거짓말하고 있어."

말을 마치자마자 실수했다는 것을 알아차렸다. 시마의 표정이 굳어지더니 찰흙 컵을 바닥에 **탁**, 내려놓고는 가슴 위로 팔짱을 끼었다.

"네가 어떻게 생각하든 난 상관없어."

시마가 말했다.

"넌 네가 무슨 말을 하는지도 모르는구나."

그 뒤로는 아무 말도 하지 않았다. 두 사람은 방 맞은편에 앉아 불신에 가득 찬 눈으로 서로를 쳐다보았다. 그렇게 불편한 침묵 속에 앉아 있다가, 너무 피곤해서 자기도 모르게 잠들어 버렸다.

Chapter 6

겨울의  첫날

옥타비아는 어둠 속에서 뼈가 시릴 정도의 추위에 벌벌 떨면서 깨어났다. 벽에 비스듬히 기댄 채 잠들어서 온몸이 뻐근하고 아팠다. 그녀는 담요를 어깨에 더 단단히 두르고는 난로 쪽으로 기어가 불을 다시 피웠다.

시마는 스카프를 말아 올려 머리 밑에 베개처럼 베고는 옆으로 웅크린 채 잠들어 있었다. 땋아 내린 검은 머리를 어깨 위로 넘기고 두려움과 의심을 모두 지워버린 그녀의 얼굴은 평화롭고 예뻐 보였다. 옥타비아는 난로에 나무를 더 넣으려고 재빨리 시선을 돌렸다. 쳐다봐서는 안 됐다.

전날 밤 있었던 일이 모두 꿈같았다. 하지만 시마는 꿈이 아니었다. 그녀는 옥타비아 바로 앞에 있는 진짜 사람이었다. 그리고 몇 마디 말로 옥타비아가 믿고 있던 세상을 완전히 지워 버렸다.

불이 탁탁 소리를 내며 망루에 온기를 가득 채우자 옥타비아는 일어서서 기지개를 켜고는 창문 하나를 열고 바깥을 내다봤다. 밤사이 눈이 내렸다. 먼지뿐만 아니라 나무와 산을 온통 두꺼운 담요로 덮어 숲 전체 모양을 바꿔 놓았다. 뾰족하고 어두웠던 소나무가 지금은 마지막 남은 부드럽고 창백한 별들 아래에서 부드럽게 반짝였다. 구름이 밤바람에 휩쓸려 걷혔다. 하늘이 동쪽에서부터 은은한 장밋빛 홍조를 띠며 밝아오고 있었다.

뒤에서 으윽, 하는 소리가 들렸다. 옥타비아는 담요를 가슴에 끌어안은 채 비몽사몽 중에 일어나 주변을 둘러보는 시마를 보았다. 시마가 중얼거렸다.

"너무 **추워**. 왜 이렇게 추운 거야?"

"겨울이니까. 어젯밤에 눈이 내렸어."

"눈?"

시마의 눈이 휘둥그레졌다. 옥타비아는 열린 창문을 향해 손짓했다.

"그래. 어제 불어닥치던 폭풍 못 봤어?"

시마는 허둥지둥 일어나 열린 창문 쪽으로 와서는 옥타비아 옆에 섰다. 그녀가 몸을 내밀며 주위를 둘러보자 길게 땋은 검은 머리가 자유롭게 대롱거렸다. 그녀의 숨이 공기 중에 따뜻한 김을 불어 넣었다. 시마의 얼굴에 경외심이 섞인 놀라움이 담겨 있었다.

"나는 한 번도 눈을 본 적이 없어."

시마가 조용히 말했다. 옥타비아가 눈을 깜박였다.

"한 번도?"

시마는 그녀를 바라봤다.

"바닷가에는 눈이 내리지 않아. 내륙 지방에서 눈에 대해 들어본 적은 있어. 내가 사는 곳에는 비만 내려. 눈이 정말 많다."

"딱히 그렇지는 않은데."

옥타비아가 말했다. 시마가 못 믿겠다는 듯이 보자 그녀는 말을 이었다.

"첫눈치고는 많은 것 같아. 그런데 앞으로 더 올 거야. 어떨 때는 너무 많이 내려서 네 머리 꼭대기보다도 높게 쌓이기도 해."

시마는 진심으로 옥타비아를 거짓말쟁이라고 부르고 싶은 것처럼 보였다. 하지만 그 생각을 굳이 입 밖으로 꺼내지는 않았다. 그녀는 길 아래 서쪽을 가리켰다.

"비토리아는 저쪽이야?"

"맞아. 이건 헤르미트로드야. 이 길을 따라가면 론리 계곡과 비토리아가 나와."

"마법사들의 도시는? 그건 어딨어?"

"아에테르나를 말하는 거야?"

옥타비아가 북동쪽을 가리켰다.

"저쪽이야."

"얼마나 멀어?"

"48km 정도 돼."

옥타비아는 이상하게도 그 말을 하면서 약간 주저했다. 48km는 가장 용감한 헌터들의 탐험 거리보다도 훨씬 먼 거리라고 생각했는데, 시마는 바닷가에서부터 그보다 10배 혹은 더 먼 거리를 지나왔다.

"위험한 거리야. 페록스가 많이 출몰해. 왜 알고 싶은 거야?"

시마는 대답하지 않았다. 그녀는 옥타비아가 가리킨 곳을 바라보고 있었다. 해가 뜨면서 산들의 웅장한 모습이 점점 선명해졌다. 옥타비아는 가까운 봉우리들 너머로 회색곰 산의 뾰족한 정상을 알아봤다. 산봉우리는 이미 햇빛에 갇혀 황금빛으로 빛나고 있었다. 옥타비아는 시마에게 산봉우리의 이름과 그 주변 산들에 대해 알려줄까 생각했지만, 결국 아무 말도 하지 않았다. 말하다가 **'저기가 우리 언니가 죽은 곳이야.'**라는 말이 나올까 봐 두려웠고, 불안하고 춥고 빛나는 아침에 맞닥뜨리기에는 너무나 아픈 말이었다.

해가 뜨자 그들은 어색한 침묵에 빠졌다. 시마의 어깨가 옥타비아의 어깨를 스쳤고, 옥타비아는 자기가 시마를 두려워하거나 의심하거나 불편하게 생각하지 않는다는 것을 보여주기 위해 그녀에게서 멀리 떨어져야 할지 아니면 기대야 할지 정할 수 없었다. 아니, 이제는 자기가 두려워하거나 의심하거나 불편하게 여겼는지조차 모르게 되었다. 지난밤 이전에는 시마와 마찬가지로 분명 그랬지만, 지금은 어떤 감정을 느끼고 있는지도 몰랐다. 옥타비아의 머릿속은 혼란스러웠다. 그녀가 사실이라고 믿어 왔던 모든 것들이 시마가 알려준 모든 것들과 충돌했다.

잿빛 하늘이 분홍색과 노란색으로 희미해지더니, 마침내 수평선 너머로 해가 비치고 눈으로 뒤덮인 산들이 황금빛으로 물들기 시작했다. 너무 밝고 갑작스럽게 빛이 들이닥쳐서 옥타비아는 눈이 아팠다. 첫 번째의 외로운 종소리가 골짜기 전체에 울려 퍼졌다. 너무나 깨끗하고 순수한 종소리에 옥타비아의 가슴이 메었다. 옆에서 시마가 부드럽게 숨을 들이마셨다.

"저건 뭐야?"

두 번째 종이 첫 번째 종을 뒤따르더니, 곧이어 세 번째 종이 앞의 두 종소리와 합쳐졌다. 종소리는 그녀가 이제껏 들은 것보다 훨씬 더 부드러웠다. 옥타비아는 창문에서 물러났다. 그녀가 말했다.

"비토리아야. 종들이 울리면 이제 밖에 나가도 안전하다는 거야. 페록스는 낮에는 절대 사냥을 다니지 않아."

시마는 짐을 챙기기 전에 마지막으로 바깥을 한 번 더 바라봤다.

"나는 카라반 사람들을 찾아야겠어."

"뭐라고? 그렇지만 어떻게? 공격받았다며!"

"하지만 나는 살아남았어. 그러니까 다른 사람들도 그랬을 거야. 어제 그 사람들을 찾고 있었는데, 아마 교차로에서 다른 방향으로 간 것 같아."

시마가 조금 전에 한 말에는 지난밤 옥타비아에게 말해 줬던 것보다 더 많은 정보가 들어 있었다.

"어느 교차로? 여기서 얼마나 먼데?"

"멀지 않아."

시마가 말했다. 하지만 그녀의 목소리에는 짧은 망설임이 담겨 있었다.

"어제는 어두웠어. 얼마나 먼지 잘 몰라."

옥타비아는 손을 내밀었다.

"네 지도 한 번 더 보게 해 줘."

시마는 거절하려는 듯이 짐꾸러미를 움켜쥐었지만, 이내 마음을 바꾸었다. 그녀는 지도를 꺼내서 바닥에 펼쳤다. 옥타비아는 지도를 자세히 보기 위해 시마 옆에 무릎을 꿇었다. 그녀는 먼저 비토리아와 아에테르나를 찾았고, 다음에 두 곳을 연결하는 희미한 길들을 발견했다. 하지만 자기들이 있는 헤르미트로드는 지도에서 찾지 못했다. 지도에는 헤르미트로드가 없었다. 그녀는 헤르미트 천의 길이를 대충 재면서 그 사실을 시마에게 설명했다.

"네가 비토리아를 지나친 게 아니라면, 분명히 이 길에 있었을 거야."

옥타비아는 길을 가리키며 말했다.

"우리는 이스트로드라고 불러. 여기서 멀지 않은 곳에서 헤르미트로드를 가로지르지. 전쟁 전에는 여관이 하나 있었어."

그녀는 엄마와 하나의 지도에 그려져 있던 자세한 내용을 기억하려고 애쓰느라 얼굴을 찡그렸다.

"그렇게 멀지 않은 것 같아. 그런데 너는 왜 이스트로드에 있었던 거야? 그

길은 아에테르나 말고는 어디로도 연결되지 않아.”

대답이 없어 고개를 들었더니 시마가 눈을 가늘게 뜨고 옥타비아를 살펴보고 있었다. 시마의 입술은 꾹 다물린 채 입꼬리가 아래로 처졌다.

옥타비아는 발뒤꿈치 위에 다시 앉았다.

“잠깐. 너 설마⋯⋯ 아에테르나에 가는 거야?”

시마는 지도를 낚아채 다시 돌돌 말았다.

“나는 카라반을 찾아야 해.”

“하지만 **왜**? 왜 거기로 가고 싶은 건데? 거기에는 아무것도 없어!”

지도를 짐꾸러미에 쑤셔 넣은 뒤 시마는 벌떡 일어서서 사다리의 뚜껑 문을 잡아당겨 열었다.

“네가 그곳에 대해 뭘 아는데? 그 저주받은 계곡 말고 네가 아는 게 뭔데?”

“거기가 위험하다는 건 알아!”

옥타비아가 화가 나 대꾸했다.

“거기는 페록스 천지야! 그리고 너는 여태껏 눈을 본 적도 없잖아! 네가 떠났던 카라반 사람들처럼 너도 결국 공격받아 죽을 거라고!”

시마는 머리를 홱 돌려 옥타비아를 째려보았다.

“그렇게 말하지 마.”

옥타비아는 갑작스러운 죄책감에 침을 꿀꺽 삼켰다.

“그렇게 말하면 안 돼.”

시마는 다시 말했다.

“그들은, 그들은 죽지 않았어. 내가 찾을 거야.”

시마의 목소리는 조용하고 단단했지만, 눈에는 분노 이외에 다른 무언가가 보였다. 그것은 공포였다. 공포, 슬픔, 그리고 죄책감. 옥타비아의 위가 뒤틀렸다. 얼굴은 따뜻했지만, 아침 추위가 약한 불기운을 누르고 작은 방으로 스며들었다. 그녀는 아래를 내려다보면서 무릎 위에서 손가락을 비틀었다. 시마는 여전히 뚜껑 문 뒤에 서 있었지만, 옥타비아는 그녀를 올려다보기 무서웠다. 그녀의 얼굴에 드러난 상처를 보기가 무서웠다.

"누구랑 여행하고 있었는데?"

옥타비아가 물었다. 시마가 말했다.

"우리 엄마랑 남동생. 그리고 이베르네와 저지대에서 온 다른 사람들도."

그녀의 가족들. 옥타비아는 셔츠 소매로 코를 문질렀다. 시마의 가족이 길 위에서 공격받았고, 그녀 혼자 그들에게서 떨어지게 되었다. 그녀는 그들이 무사한지 알지 못해 걱정하면서 두려워하고 있었다. 그리고 옥타비아는 페록스 탓에 벌어진 일을 마치 시마 잘못인 것처럼 그녀에게 소리쳤다. 그녀는 숨을 들이마셨다. 옥타비아가 말했다.

"그래. 교차로는 멀지 않고, 아직 이른 시간이야."

시마는 살짝 고개를 끄덕였다.

"음식 고마웠어. 나는 이제 가 볼게."

"우리는 같이 갈 거야."

옥타비아가 박차고 일어났다.

"저지대 사람이 막 내린 눈 사이를 헤매고 다니게 둘 수는 없잖아. 가족 찾는 걸 도와줄게."

망루 밑 주변의 눈은 긴 발톱을 가진 페록스의 발자국들로 가득했다. 발자국은 깊고 넓게 파여 있었는데, 어떤 발자국은 눈 밑의 흙까지 움푹 파여 있을 정도로 깊었다. 지금은 그마저도 눈으로 덮여 있었지만. 옥타비아는 그

흔적을 정확하게 해석할 수 있었다. 페록스는 어젯밤 돌아갔지만, 눈이 그친 뒤에도 다시 오지 않았다. 그녀는 그것이 페록스가 멀리 가버렸다는 의미이길 바랐다. 페록스가 자기들에 대해 잊어버렸길 바랐다. 지금은 낮이었다. 어둠이 닥치기 전까지 그들은 안전했다.

시마도 발자국을 알아차렸지만 가방과 화살통을 단단히 고쳐 메고는 헤르미트로드를 걷기 시작했다. 맑은 하늘은 아침이 몹시 춥다는 뜻이었지만, 햇빛 조각이 키 큰 나무 사이로 떨어지며 대담하고 눈부신 광선으로 가장 깊은 그림자를 가르고 있었다. 기울어진 소나무에서 눈이 흩날리면서 여기저기 반짝이는 눈송이를 흩뿌렸다. 헤르미트 천이 얇은 얼음 아래와 눈 덮인 돌 주위에 작은 모양을 조각하며 길 옆에서 유쾌하게 재잘대며 흘렀다.

옥타비아는 새벽에 눈이 내리자마자 숲에 간 적은 없었다. 그녀는 눈앞의 풍경이 지금껏 본 풍경 중 가장 아름다운 풍경이라고 생각했다.

이스트로드까지는 2, 3km 이상 떨어져 있지는 않았고, 헤르미트로드는 넓고 따라 걷기도 쉬웠다. 하지만 두 사람이 걷는 속도는 느렸고 들쭉날쭉했다. 어떤 곳은 무릎까지 눈이 쌓여 있었고, 또 다른 곳에는 단단한 얼음판 위에 얇게 눈이 덮여 있었다. 특히 시마는 잘 못 걸었는데, 옥타비아는 자기도 확실하지 않기 때문에 눈 속에서 어떻게 하면 잘 걸을 수 있는지 설명하기도 어려웠다.

얼마 지나지 않아 두 소녀는 조용해졌으며 기분이 언짢아졌다. 지나치게 더웠다. 그들이 교차로에 도착했을 때는 오전 한가운데였다. 눈에 덮인 둥글고 넓은 초원에 도착했다. 초원의 한쪽에는 폐허가 된 건물들이 모여 있었다. 가장 큰 건물은 한때 3층 높이였지만, 지금은 지붕도 없고 창문도 없고 벽의 절반이 무너진 채 불에 탄 껍데기만 남아 있었다.

"저게 교차로 여관이었어."

옥타비아가 말했다. 오랜 침묵 속에 처음으로 말을 꺼냈다.

"저거 지났었니? 내 말은, 공격받기 전에 카라반과 같이 있을 때 말이야."

시마가 생각에 잠긴 채 말했다.

"아니. 어느 쪽이 아에테르나야?"

옥타비아는 작게 웃음이 새어 나오는 것을 참지 못했다.

"여전히 북서쪽. 아까 물어봤을 때와 별반 다르지 않아. 저쪽이야."

그녀가 가리키며 말했지만 시마는 혼란스러워 보였다.

"이베르네에서는 항상 남쪽에 바다가 있어. 바다가 없으면 다 헷갈려."

"하지만 이베르네에도 해는 있잖아, 그렇지?"

"비 올 때 빼고는."

시마는 숨을 헐떡이며 돌아섰지만, 옥타비아가 이미 그녀 입가의 이상한 움직임을 본 다음이었다.

"우리는 저쪽에서 온 것 같아, 내 생각에."

실망스럽게도 눈에는 아무런 흔적도 남아 있지 않았다. 옥타비아는 자기들처럼 시마의 가족도 아직 근처에서 시마를 찾고 있길 바랐다. 하지만 이스트로드에 쌓인 눈은 사슴과 여우의 발자국 몇 개 말고는 완벽하게 깨끗했다. 옥타비아는 걸으면서 시마에게 각 동물들이 남긴 발자국에서 추측할 수 있는 차이점들을 설명했다. 잘난체하는 것처럼 보일 수도 있다고 생각했지만, 시마가 눈과 관련된 것들은 뭐든 놀라워하는 바람에 참을 수가 없었다. 이곳은 눈이 그렇게 깊지 않아서 걷기가 수월했다. 춥긴 했지만 시마와 함께 가는 게 거의 재미있기까지 했다. 옥타비아는 하나가 죽은 이후로 누구와도 숲에 들어간 적이 없었다.

옥타비아가 도로 위에 솟아오른 큼직한 혹을 먼저 보았다. 그녀의 가슴은 갑작스런 공포로 요동쳤다. 그것은 전날 밤에 봤던 페록스보다 더 컸고, 길 한가운데 솟아 있었다. 그녀는 갑자기 멈췄다. 그리고 시마가 뒤에서 작게 놀라는 소리를 들었다.

시마가 그녀를 제치고 달리기 시작했을 때에서야 옥타비아는 자기가 대낮에 거대한 페록스를 본 게 아니라는 것을 깨달았다. 그것은 눈에 덮인 마차였다. 바퀴 두 개가 튀어나온 채 옆으로 뒤집힌 마차. 바퀴에 까마귀 몇 마리가 앉아 있었고, 마차 주변의 눈을 헤집고 있는 까마귀가 몇 마리 더 있었다. 까마귀들은 시마가 그쪽으로 달려가자 요란한 울음소리를 내며 날아갔다.

"엄마! 파비!"

그녀는 소리를 지르기 위해 두 손을 입가에 모았다.

"엄마, 여기 있어요? 파비! 이모! 누구 없어요?"

옥타비아는 더 천천히 따라갔다. 이제 자기가 뭘 보고 있는지 알았기 때문에, 눈을 털어 노란색으로 칠해진 마차 판자를 알아볼 수 있었다. 눈 속에는 더 작은 둔덕들이 도로 주변에 길을 따라 있었다. 그녀는 멈춰서서 가장 가까이 있는 것을 보았다. 숨을 들이마시자 숲과 아침의 냄새 속에서 금속 냄새 비슷한 더러운 냄새를 맡았다. 위가 뒤틀렸다.

"엄마!"

시마가 다시 소리쳤다. 소리가 점점 커지는데도 시마의 목소리는 어느샌가 떨리고 있었다.

"파비!"

옥타비아는 발밑에 있는 둔덕의 눈을 걷어찼다. 말이었다. 그녀가 우려했던 것과 달리 사람은 아니었다. 말이다. 부츠로 몇 번 더 휘젓자 페록스의 발톱이 말의 목과 목구멍을 관통했던 게 보였다. 피는 진흙투성이인 차가운 도로의 바퀴 자국에 스며들어 지금은 얼어 버렸다. 동물의 크고 검은 눈이 그녀를 멍하니 올려다보았다.

"**엄마! 파비!** 어디 있어요?"

옥타비아는 시야가 흐릿해져 빠르게 눈을 깜박여야 할 정도로 죽은 말을 한동안 바라보았다. 그녀는 뒤돌아봤다가 멈추고, 다시 뒤돌아봤다가, 다시 아래를 쳐다보았다. 이번에는 말이 아니고 그 아래 있는 도로였다. 며칠 전에는 진흙투성이였던 도로. 바퀴 자국의 깊이가 어떤 징후일지도 모른다. 이제 진흙은 눈 아래 뻣뻣하게 얼어 있었다. 그녀는 몇 걸음 뒤로 물러나서 다른 장소에 쌓인 눈을 걷어찼고, 똑같은 짓을 다시 하기 위해 길 아래로 몇 걸음 가볍게 뛰었다. 그녀가 외쳤다.

"시마! 이거 봐!"

시마는 즉시 그녀를 향해 달려갔다.

"누가 있어? 왜 아무도 없지? 동물만 있고 사람은 없어! 다른 마차들은 어디 있는 거야?"

"이것 좀 봐."

옥타비아가 발밑의 땅을 가리키며 말했다.

"눈 아래 마차 바퀴 자국과 말발굽들이야. 다른 마차들은 폭풍이 오기 전에도 계속 달리고 있었어."

시마의 표정에 희망이 스며들었다.

"확실해?"

"그래."

옥타비아가 말했다. 시마는 너무나 겁에 질리고 걱정스러워 보였다. 확실해야 했다.

"그들은 계속해서 북쪽으로 가고 있었어."

"그러면 내가 따라가면 돼."

시마가 말했다. 그러고는 길을 따라 걷기 시작했다.

옥타비아는 그녀를 붙잡기 위해 뛰어야 했다.

"기다려! 그냥 그렇게 쫓아갈 수는 없어. 그들은 지금쯤 몇십 킬로미터나 앞서 있을 거야."

"나는 카라반 사람들보다 빨리 걸어."

시마가 말했다.

"그래, 하지만 벌써 하루하고 반이나 지났어, 그치? 너는 음식도 없어. 화살도 얼마 남지 않았고."

옥타비아가 시마의 걸음을 늦추기 위해 그녀의 팔을 잡았다.

"그들을 따라가는 방법도 모르잖아! 너무 위험해!"

시마가 옥타비아의 손을 뿌리쳤다.

"위험에 대해 네가 뭘 알아? 겁쟁이처럼 성벽 안에만 숨어 있잖아! 너는 위험에 대해서는 아무것도 몰라!"

"우리 언니가 페록스에게 죽었어! 나는 그들이 얼마나 위험한지 제대로 알고 있어!"

옥타비아가 소리쳤다.

"그리고 어쩌면 우리 가족도……."

시마는 갑자기 말을 끊고 입을 다물었다. 두 소녀 모두 그녀의 가족이 죽었을지도 모른다는 걸 알고 있었다. 입 밖으로 생각을 꺼내 봐야 도움될 건 없었다.

그들은 말없이 몇 걸음 걸었다. 옥타비아의 분노는 차올랐을 때처럼 금방 사그라졌다. 그 자리에는 대신 하나가 죽은 뒤 몇 달 동안 느꼈던 것과 비슷한 둔한 통증이 남았다. 그녀는 시마가 똑같은 고통을 느끼게 하고 싶지 않았다. 증거가 있을 때까지는 시마의 가족이 죽었다고 믿고 싶지 않았다.

"그들은 괜찮을 거야."

옥타비아가 조용히 말했다. 그녀는 시마의 소매를 잡아당겼다.

"그들이 아에테르나로 향하고 있는 거지? 거기가 카라반이 가는 곳이야?"

시마는 마침내 속도를 늦춰 옥타비아와 함께 걸었다. 그녀는 뻣뻣하게 고개를 끄덕였다.

"그치만 왜? 왜 텅 빈 도시에 가고 싶어 하는 거야?"

그들은 시마가 대답하기 전에 몇 걸음 걸었다. 시마가 말했다.

"우리가 찾는 사람이 거기에 있어. 우리는 오랜 시간 돌아다녔어. 아에테르나로 가면 우리가 원하는 것을 찾을 수 있을 거라고 다른 여행자들이 알려 줬어."

옥타비아는 무의식적으로 아에테르나에는 아무도 없다고 반응하려다 애써 참았다. 원래라면 아무도, **아무 데도** 없어야 하는데, 여기 시마가 있었고, 그녀의 가족과 카라반이 이 길 어딘가에 있었다. 그렇다면 아에테르나에도 누군가 있을 수 있었다. 이제는 뭐든지 가능했다.

"누구를 찾는데?"

한참 후에야 시마가 대답했다.

"동생이 아파. 우리는 내 동생을 도와줄 사람을 찾고 있어. 아에테르나에 있다는 사람을."

"확실해? 너희를 도와줄 다른 사람이 있을 거야. 혹시……."

"아에테르나에 가는 게 유일한 방법이야."

시마가 짧게 말했다.

"나머지는 네가 상관할 바가 아니야."

그녀의 말은 약간 매서웠지만, 옥타비아는 또 싸우고 싶지 않았다. 시마는 겁에 질려 있고, 가족을 걱정하고 있었다. 시마는 옥타비아가 많이 낯설 것이었다. 옥타비아에게 시마가 낯선 만큼이나. 옥타비아가 말했다.

"네가 아에테르나로 가는 걸 도와줄 수 있어. 하지만 나는 우리가 카라반을 따라가면 안 된다고 생각해."

"왜 안 되는데? 나는 그들을 따라잡아야 해."

"충분한 물품이 없으니까. 너는 제대로 된 겨울옷도 없잖아. 먼저 비토리아에 돌아가서……."

시마는 걸음을 멈추고 눈을 가늘게 떴다.

"왜?"

"거기는 내 집이고, 음식과 쉴 곳, 마른 양말, 그리고 공격받지 않고 산들을 넘어 여행하는 법을 아는 수많은 사람들이 있으니까. 숲속에서 하룻밤을 더 보내는 위험을 감수할 수는 없어. 우리는 도움이 필요해."

"내 가족도 도움이 필요해."

"그들은 지금 너무 멀리 떨어져 있어."

옥타비아가 말했다.

"하지만 헌터들이 네 가족을 찾아서 도와줄 수도 있어. 우리는 우리 엄마에게 무슨 일이 있었는지 얘기만 하면 돼. 그러면 엄마가 네 가족이 도움을 받을 수 있게 해 줄 거야."

"정말? 비토리아 사람들이 도와준다고? 그들이 이방인을 도와줄까?"

시마가 의심에 가득 차서 물었다. 사실 옥타비아는 사람들이 시마를 만나면 어떻게 반응할지 전혀 예상할 수 없었다. 비토리아는 50년 동안 고립돼 있었지만, 지금은 그렇지 않았다. 그 반응을 모두 예상하기란 하늘을 전부 뒤덮어버릴 만큼 심한 여름철 뇌우를 한꺼번에 바라보려 하는 것과 별반 다르지 않았다. 자기 감정도 다 헤아릴 수 없는데, 다른 사람들의 반응을 예측하기란 말할 것도 없었다.

하지만 지금 그들이 선택할 수 있는 건 그것밖에 없었다. 옥타비아는 시마가 황무지에서 하룻밤 더 지새우게 만들 수는 없었다.

가능한 한 자신 있게 그녀가 말했다.

"그럴 거야. 약속할게. 네가 네 가족을 찾을 수 있게 내가 도울게."

시마가 마침내 동의하며 고개를 끄덕이자 그들은 길을 따라 내려갔다.

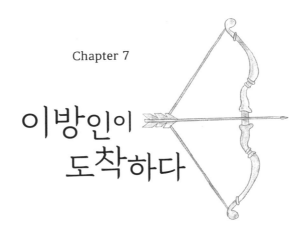

Chapter 7

이방인이
도착하다

옥타비아와 시마가 론리 계곡에 도착했을 즈음 날씨는 꽤 따뜻해져 있었다. 도로 위라 하더라도 설피 없이 깊은 눈을 헤치고 걸어가는 것은 느리고 불쾌한 일이었다. 옥타비아의 부츠는 흠뻑 젖었고, 바지는 무릎까지 축축해졌으며, 어깨는 배낭 끈으로 인해 욱신거렸다. 햇빛에 반사된 눈의 섬광이 그녀의 두 눈을 찔렀다. 태양은 반짝이는 빛으로 숲을 가득 채우고 산비탈들을 온종일 비추어 빛나게 만들었지만, 여전히 추워서 두 소녀가 쉴 때마다 한기가 코트 안으로 스며들었다.

드디어, **마침내** 비토리아의 성벽이 시야에 들어오자 시마는 갑자기 멈춰섰다. 옥타비아는 몇 걸음을 더 터벅터벅 걸어가서야 그녀가 따라오지 않는다는 것을 눈치챘다.

"뭐야?"

옥타비아가 말했다. 그녀는 지금 멈추고 싶지 않았다. 신선한 음식과 마른 옷, 빵 오븐의 따스함이 있는 곳이 금방이었다.

"집에 거의 다 왔어."

"저게 비토리아야?"

시마가 약간 떨리는 목소리로 물었다.

"당연하지. 그게 아니면 뭐겠어?"

옥타비아가 물었다.

"성벽이…… 내가 상상했던 것보다 훨씬 크다."

"아, 그런가. 한 번도 생각해 본 적이 없네."

"다른 사람들이……."

시마는 신중히 단어를 골랐다.

"네가 성벽 밖에 나가는 걸 허락해 준 거야?"

옥타비아의 얼굴이 달아오르면서 다른 쪽을 바라봤다.

"음, 그렇지."

옥타비아는 자신이 성벽 밖으로 나가면 안 된다는, 특히 혼자서는 더더욱 안 된다는 사실을 말하지 않았다. 어쨌든 시마가 그걸 물어본 것도 아니었을 것이다. 얼마 뒤 시마는 다시 걷기 시작했지만, 눈을 떼면 마을이 사라져 버리기라도 하는 것처럼 계속해서 비토리아를 올려다봤다.

옥타비아는 그녀에게 발을 맞췄다.

"내 말은, 나갈 수 있다고. 성벽 안에 갇혀 있거나 그런 건 전혀 아니야. 그냥 멀리 가는 게 위험할 뿐이지."

"너희 괴물들 때문이지."

"걔네는 **우리** 괴물이 아니야. 우리가 만들지 않았어. 한 마법사가 그랬어."

옥타비아는 땀에 젖은 모자 아래의 이마가 근질근질했다.

"그렇지만, 맞아. 그것들 때문에 우리가 멀리 가지 않는 거야."

전에는 그 이유면 충분하다고 생각했다. 하지만 이제는 너무나 멀리에서부터 온, 그리고 하룻밤 만에 황무지에서 페록스 두 마리를 마주치고서도 살아남은 사람 옆에서 걷고 있자니 그것은 이유라기보다 변명처럼 느껴졌다.

밖에서 보니 비토리아는 평소와 똑같았다. 그래서 옥타비아는 살짝 실망했다. 두 번째로 밤을 성 밖에서 보낸 사람이 있다는 것 때문에 사람들이 큰 충격에 빠져 있으리라고 예상했기 때문이다. 하지만 마을에 더 가까이 갈 때까지도 충격의 흔적은 전혀 발견하지 못했다. 목초지에서 동물들을 지켜보는 목동들이 있었지만, 자기들끼리 모여 서서는 불안한 듯 어깨 너머를 살피고 있을 뿐이었다. 채집꾼들이 숲에서 돌아오고 있었지만, 그들은 무기를 빼어 든 헌터들과 동행했다. 롱로드를 따라 갓 베어 낸 통나무를 실은 수레를 끄는 나무꾼들도 있었지만, 수레는 절반밖에 차지 않았고, 그들은 불안한 걸음으로 말을 재촉하고 있었다.

그녀와 시마가 불타는 황무지를 가로질러 와이번 게이트에 다다르자 검은 옷을 입은 경비병들이 그들을 조심스레 쳐다봤다. 그들 중 한 경비병이 다른 경비병을 쿡쿡 찌르자 두 번째 경비병이 입을 열었다.

"너, 빵집 딸이구나."

경비병은 말하면서 눈이 커다래졌다.

"모든 사람들이 널 찾고 있었어! 네 부모님은 거의 미쳐 있고. 이제껏 어디 있었어?"

충격이 아예 없지는 않았던 것 같다. 하지만 옥타비아는 사람들이 자기를 찾고 있었다는 안도감보다 죄책감을 느꼈다. 지난밤부터 부모님이 자신을 걱정하고 있을 것이지만, 막상 만나려고 하니 상황이 더 안 좋게 느껴졌다. 그녀는 우선 엄마와 아빠에게 말해야 했다. 지금은 이스트로드 어딘가에 있을 시마의 가족들이 더 중요했다.

"음, 그래도 지금은 여기 있잖아요."

그녀가 최대한 아무렇지 않은 듯 말했다.

"이제 집에 갈 거예요."

그들이 성문에 들어서자 한 경비병이 그들과 함께 걷기 시작했다.

"내가 같이 가 주마. 사람들이 얼마나 걱정했는지 알기나 하니? 의회가 긴급 회의를 소집하기 직전이었어."

경비병이 시마를 보더니 얼굴을 찡그렸다.

"네가 옥타비아를 발견했니? 너는 어느 집 아이지?"

시마는 옥타비아를 쳐다보았다. 옥타비아는 그녀를 자기 쪽으로 빠르게 끌어당기려고 그녀의 팔을 붙잡았다.

"네, 얘가 절 찾아 줬어요. 얘는 제 친구예요."

그들이 피싱캣 로에 들어서자마자 옥타비아는 빵집 밖에 사람들이 서 있는 것을 보았다. 모두 이리저리 손짓을 하며 말을 하고 있었다. 그때 누군가가 그녀를 발견하고 옆 사람을 팔꿈치로 찔렀다. 모두 그녀를 쳐다보더니 한 남자가 소리를 쳤다.

"그 애가 돌아왔어!"

어쩌면 충격이 **조금은** 더 컸을 수도 있다.

빵집 앞문이 휙 열리더니, 아빠가 나왔다. 그는 옥타비아를 찾아 미친 듯이 고개를 두리번거렸다. 그녀를 향해 달려오는 그의 얼굴이 환해졌다.

"옥타비아! 어디 있었니? 너무 걱정했잖아!"

아빠가 그녀를 너무 꽉 껴안은 나머지 그녀는 땅에서 들려 올라갔다.

"다친 데는 없니? 어디 있었어? 어떻게 된 거야?"

"저는 괜찮아요."

목소리가 아빠 셔츠에 묻혀 버린 채 옥타비아가 말했다. 그녀는 모든 사람이 자기를 쳐다보며 수군거리는 걸 보고 몸을 움츠렸다.

"아빠, 저는 괜찮아요. 이제 내려줘요! 아빠한테 말해야 할 게 있어요."

아빠는 그녀를 품에서 내려놓았지만 여전히 손으로 그녀의 어깨를 잡고 있었다.

"뭔데? 무슨 일이 있었던 거니? 다쳤니? 어디 있었어?"

옥타비아가 대답하기도 전에 경비병이 말을 꺼냈다.

"자, 우린 이제 비켜 줍시다. 여러분이 여기에 페이스트리를 사러 모인 게 아니라는 걸 알아요."

그가 아빠에게 말했다.

"안에 가서 얘기하시죠, 율리우스. 우리가 얘기할 수 있는 곳으로요."

사람들은 투덜댔지만 그들을 지나가게 해 줬다. 빵집 안은 엄마와 헌터들과 경비병들 몇 명만 있었기 때문에 덜 붐볐다. 옥타비아의 형제들은 보이지 않았다. 어쩌면 그녀를 찾으러 밖에 나갔을지도 모른다. 엄마는 아빠처럼 울부짖거나 두 팔 벌려 안아 주지 않았다. 엄마는 아무 말도 하지 않았다. 그녀의 표정은 엄숙하고 냉담했다. 살얼음처럼 차가운 감정이 옥타비아의 가슴에 올라왔다.

그들이 문을 닫고 안에 들어오고 나서야 아빠는 옥타비아가 시마의 소매를 여전히 붙잡고 있음을 눈치챘다. 그가 놀라움에 눈을 깜박이며 물었다.

"이 아이는 누구니? 우리가 아는 애니?"

옥타비아가 재빨리 말했다.

"얘는 제 친구 시마예요. 얘가 페록스를 쏴서 저를 구해 줬고, 이제는 우리가 이 애와 얘 가족들을 도와야 해요.”

“그녀가 뭐라고?”

헌터들 중 한 명이 말했다. 동시에 아빠가 물었다.

“이 애의 가족이 누구니?”

옥타비아가 말했다.

“얘는 저 아래 바다 옆에 있는 이베르네에서 왔어요. 이스트로드를 따라 카라반과 함께 여행하고 있었어요.”

잠깐 동안――정말 아주 잠깐 동안――누구도, 아무 소리도 내지 않았다.

그리고 갑자기 모두가 말하기 시작했다. 경비병들은 헌터들에게, 헌터들은 서로에게, 아빠는 옥타비아에게 말하고 있었다. 그리고 엄마는……

눈 깜짝할 사이에 엄마는 방 건너편에서 시마 바로 앞으로 왔다. 지팡이와 다친 다리에도 불구하고 그녀는 빠르고 민첩했다. 그녀는 옥타비아의 손에서 시마의 팔을 빼내 잡아당겼다. 시마에게 바짝 기대어 시마가 뒤로 흠칫 물러날 정도로 엄마는 그녀의 얼굴을 뚫어져라 쳐다보았다.

“놔 주세요.”

시마가 말했다. 하지만 엄마는 시마의 팔을 아주 꽉 잡고 있었다.

“이베르네에 생존자는 없어.”

시마는 한 발짝 더 물러섰지만, 엄마가 그녀를 못 움직이게 했다. 시마가 말했다.

“생존자들? 거긴 그냥 우리가 사는 곳이에요. 여태까지 우리는 거기서 살았어요. 당신들이 몰랐을 뿐이에요.”

엄마가 멈칫했다.

“우린 정말 알아. 우리는 바깥세상에 아무도 없다는 걸 알아. 밖에는 그 누구도 있을 수 없어.”

헌터들 중 한 명이 말했다.

“어거스타, 어떡하죠?”

“이 아이가…… 아이가 말하는 걸 어떻게 믿죠?”

다른 헌터가 말했다. 옥타비아는 고개를 젓기 시작했다.

“거짓말하는 게 아니에요! 얘가 날 도와줬다고요!”

“얘는 아직 어린애야.”

아빠가 말했지만, 그의 목소리에도 의심이 깃들어 있었다.

옥타비아는 엄마와 아빠가 시마를 바라보는 시선과, 시마가 얼마나 겁에 질렸는지를 숨기려고 애쓰는 모습이 싫었다. 헌터들이 그들에게 가까이 다가와 그들을 둘러싸고 반원을 그리고 선 모습이 너무나 싫었다.

“이건 좋지 않아. 뭔가 불길해. 의회에 알려야 해.”

경비병 한 명이 중얼거렸다.

시마가 떨면서 말했다.

“옥타비아? 저들이 뭐라고 하는 거야? 뭐가 잘못된 건데?”

“우리는 어떤 위험도 감수할 수 없어. 무슨 일이 일어나고 있는지 알아봐야 해요.”

엄마가 말했다.

“무슨 일이 있었는지 방금 말씀드렸잖아요!”

옥타비아는 울었다.

“시마는 도움이 필요해요! 시마는 가족들을 찾아야 한다고요! 엄마. **엄마.**”

옥타비아가 엄마의 옷소매를 잡아당겼다.

“엄마, 얘는 그냥 자기 가족을 찾고 싶은 것 뿐이에요. 제가 우리가 도와

줄 수 있다고 말했다고요."

대답하는 대신 엄마는 빠르게 고개를 끄덕였다.

"얘를 의회 회관으로 데려가요. 우리는 정보가 더 필요해요."

"데려가지 말아요!"

옥타비아는 엄마의 팔을 붙잡았지만, 엄마는 그녀를 뿌리쳤다.

"우리랑 같이 지낼 수 있잖아요! 얘는 우리 도움이 필요해요! 시마의 가족들은 도움이 필요하다고요!"

"옥타비아, 저 사람들 뭐 하는 거야?"

시마는 마침내 엄마 손에서 벗어났지만, 재빨리 그녀의 짐과 활과 화살통을 잡아챈 헌터 때문에 비틀거렸다. 시마는 자기 물건들을 되찾으려 했지만, 시도조차 하기 전에 헌터 두 명이 더 와서 그녀의 팔을 붙잡았다.

"놔! 놓으라고! 놔!"

"다치게 하지 말아요!"

옥타비아가 시마를 도우려고 달려들었지만, 엄마가 옥타비아를 막아섰다.

"엄마! 저 사람들 뭘 하는 거예요? 왜 제 말을 안 들으세요?"

"네가 도와준다며!"

시마가 외쳤다.

"거짓말했어! 네가 도와준다며!"

시마는 열심히 맞서 싸웠지만, 헌터들과 경비병들을 제압할 만큼 강하지 않았다. 시마는 빵집 밖에서 멍하니 쳐다보는 구경꾼들 사이로 끌려 가는 중에도 계속해서 소리쳤다.

문이 탁, 하고 닫혔다. 무거운 고요가 빵집 안에 닥쳤다.

엄마가 말했다.

"위로 올라가거라, 옥타비아. 거기서 기다려."

"하지만⋯⋯!"

아빠가 덧붙였다.

"좀 있다가 올라갈게."

"하지만 저들이 뭘⋯⋯."

"옥타비아. 위로 올라가. 당장."

아빠의 목소리는 날카로웠다.

옥타비아는 엄마와 아빠가 이토록 화가 난 것을 본 적이 없었다. 그녀도 따지고, 소리치고, 시마를 따라 달려가고 싶을 만큼 화가 나 있었기에, 일단은 부모님 말을 따랐다. 그녀는 계단을 올라 2층 가족 주방에서 그들을 기다렸다. 나중에 방으로 가져가려고 코트와 가방을 벗어서 깔끔하게 접었다. 그리고 부츠를 벗어서 벽난로 옆에 놓고 말렸다. 방은 빵 오븐의 굴뚝에서부터 빠져나오는 열기로 따뜻했고, 정오의 해는 창문 사이로 눈부시게 빛났다. 옥타비아는 무척 배가 고팠다. 경비병들이 시마에게 먹을걸 주길 바랐다. 시마가 아무 데도 다치지 않길 바랐다.

옥타비아는 부모님과 헌터들이 아래층에서 하는 말을 들으려고 했지만, 중얼거리는 소리만 들렸다. 오래 기다릴수록 점점 더 불안해졌다. 옥타비아는 자기가 끔찍한 실수를 저질렀음을 알아차렸다. 시마를 비토리아에 데려오지 말았어야 했다.

마침내 계단을 오르는 발소리가 들렸다. 옥타비아의 심장은 목구멍까지 뛰어올랐다. 그녀는 자신도 모르는 새에 일어서 있었다.

"시마를 어디로 데려간 거예요? 그녀를 데리고 뭘 하려는 거예요?"

"앉으렴, 옥타비아."

아빠가 말했다.

"이건 장난이 아니야. 무척 중요한 일이야."

"저도 이게 장난이 아니라는 건 알아요! 왜 저들이 그녀를 데리고 가게 했죠? 저한테 설명할 기회도 안 주셨어요!"

"옥타비아. 앉으렴."

아빠는 절대 목소리를 높이지 않고, 단어를 신중히 고르며 차분하고 조용히 말했다. 엄마는 소리를 지르고 싶은 것처럼 보였지만, 입술을 꾹 다문 채 아무 말도 하지 않았다. 두 사람 모두 식탁에 앉자 옥타비아도 맞은편에 슬며시 앉았다. 뱃속에서 더 이상 꼬르륵거리는 소리는 들리지 않았다. 대신 위산과 신경이 매듭을 지어 꽉 조이듯 이리저리 불쾌하게 움직였다.

아빠가 말했다.

"자, 네가 좀 조용히 들어줬으면 좋겠구나. 할 수 있겠니?"

"하지만 제가 말을 해야……."

"그냥 듣거라."

아빠가 말했다.

"네가 어제 집에 돌아오지 않아서 우리는 정말 많이 걱정했어. 아무도 네가 어디 있는지 몰랐지. 결국 네가 성벽 밖으로 나갔다는 걸 깨달았지."

옥타비아는 의자에 웅크렸다.

"우리는 해가 지고 나서야 그 사실을 알아차렸어."

아빠가 계속해서 말했다.

"성문들은 닫혔고, 이미 밤 순찰대가 돌고 있었어. 너를 찾으러 나가기에는 너무 늦었고. 어젯밤 우리는 너를 걱정하는 것 말고는 아무것도 할 수 없었어. 윌라의 아들처럼 아침이 밝으면 성문 밖에서 너를 발견하게 될까 봐 두려웠어. 우리는 네가 행방불명이 돼서 폭풍우 속에 갇혔을까 봐 걱정했어."

옥타비아는 더 이상 조용히 있을 수 없었다.

"저는 길을 잃은 게 아니에요! 저는 헤르미트로드에 있는 망루에 있었어요. 저는 정말 **괜찮았어요**. 시마가 저를 구해 준 덕분에 저는 따뜻하고 안전했다고요! 그녀는 제 목숨을 구했고, 우리는 망루에서 같이 밤을 보냈어요. 저는 그 아이한테 가족을 찾도록 도와주겠다고 약속했어요! 약속했다고요!"

"너는 마을에서 왜 그렇게 멀리 떨어져 있었니?"

엄마가 물었다. 엄마 목소리는 화가 나 긴장으로 팽팽했다.

"너는 절대 그렇게 멀리 가면 안 돼!"

옥타비아는 한번 말을 시작한 이상 멈추기 어려웠다.

"일부러 그러려고 한 건 아니었지만, 저는 과수원에 있었어요. 아직 낮이어서 작은 페록스를 쫓아가고 있었다고요. 그러다가 너무 멀리까지 가게 된 거고요. 그런데 돌아오다가 페록스를, 이번에는 큰 놈을 맞닥뜨렸어요. 제가 페록스에게 거의 당할 뻔했을 때 시마가 페록스를 쫓아줬어요. 그리고 우리는 망루까지 와서……."

엄마가 벌떡 일어나는 바람에 의자는 뒤로 밀려나고 지팡이는 바닥에 덜컹 떨어졌다.

"그만. **그만해**! 한마디도 더 하지 마."

옥타비아는 입을 다물었다. 가슴이 두근거렸다. 엄마는 몸을 앞으로 숙여두 손을 식탁 위에 올려놓았다. 마치 지하실에서 다락방까지 막 올라온 것처럼 힘겹게 숨을 몰아쉬었다. 얼굴은 분노에 가득 차 뺨 위에 난 붉은 반점을 제외하면 눈처럼 창백했다. 그녀는 더 이상 햇빛에 그을린 갈색 피부가 아니었다. 옥타비아는 여름 동안 엄마가 밖에서 보내는 시간이 줄어들면서 얼굴이 어떻게 변했는지 모르고 있었다.

"왜 과수원에서 괴물을 뒤쫓고 있었니?"

엄마가 물었다. 옥타비아는 대답을 해야 할지 말아야 할지 고민되었다. 그래서 망설이듯 말했다.

"저는⋯⋯ 연습을 하려고요."

"연습이라니?"

"사냥 연습이요."

옥타비아가 말했다.

"**왜** 네가 사냥 연습을 한 거지?"

옥타비아가 반항하듯 턱을 치켜들었다.

"엄마가 저를 가르쳐 주지 않으니까! 아무도 저한테 가르쳐 주지 않을 테니까 혼자 연습할 수밖에요!"

"아무 때나 네가 원한다고 숲속에서 놀 수는 없는 거야! 너무 위험해!"

"저는 놀고 있던 게 아니에요!"

옥타비아가 대꾸했다. 서 있기 힘들 정도로 무릎이 심하게 떨리고 있었지만 그녀는 이제 일어나 있었다.

"저는 훈련 중이었어요! 아무도 저를 도와주지 않는데 제가 어떻게 헌터가 되겠어요?"

엄마가 식탁을 손으로 너무 세게 내리친 나머지 옥타비아와 아빠는 모두 펄쩍 뛰었다.

"**너는 헌터가 되지 않을 거야!**"

그녀가 울부짖었다. 그녀의 목소리가 너무나 컸던 나머지 소리가 방을 둘러싼 벽에 반사돼 옥타비아의 귀를 아프게 때렸다.

옥타비아는 입을 벌린 채 그녀를 바라봤다.

"하지만 저는……."

"안 돼. 절대 안 돼! 이미 플라비아 마스터와 합의해 놨어."

엄마가 단호하게 말했다.

"저한테는 **묻지도** 않으시고……."

"이건 의논할 문제가 **아니야**."

엄마는 균형을 잡기 위해 한 손으로는 식탁을 꽉 잡으면서 지팡이를 잡으려고 몸을 기울였다.

"너는 허락 없이 성벽 밖으로 나갔을 때 의논할 자격을 잃었어."

"하지만 엄마가 그 전에 이미 다 정했잖아요!"

옥타비아가 울먹이며 외쳤다.

"저한테 뭐가 되고 싶은지 물어보지도 않으셨잖아요! 이건 불공평해요, 저는 되고 싶지 않아……."

"이게 마지막이야."

엄마가 이번에는 조금 약하게 식탁을 내리쳤다.

"너는 경비병들에게 거짓말했어. 규칙을 어겼지. 너는 네 아빠와 형제들과 누이를 걱정시켰어. 너는 너 자신과 너를 찾으러 나선 모두를 위험에 빠뜨렸어. 그리고 무엇보다 너는 마을 전체를 위험에 빠뜨릴지도 모르는 뭔가를 가져왔어. 너는 네 마음대로 비토리아에 사는 모두의 목숨을 위험에 빠뜨렸어."

그녀는 식탁에서 휙 뒤돌아 계단을 향했다.

옥타비아는 스스로를 통제할 수 없었다.

"시마는 **뭔가가** 아니에요! 그녀는 사람이에요. 그녀는 도움이 필요해요."

"너는 몰라."

엄마가 뒤돌아보지 않고 말했다. 말하는 그녀의 목소리가 떨렸다.

"너는 저 밖에 뭐가 있는지 몰라. 너는 마법사들의 마법이 얼마나 쉽게 널 헤매게 할 수 있는지 몰라. 너는 그것이 우리를 얼마나 잘 속이는지 몰라."

"시마는 우리를 속이고 있는 게 아니에요."

옥타비아가 말했다. 언제부터 울고 있었는지 몰랐지만, 얼굴 위에는 뜨거운 눈물이 흘러내리고 있었다. 그녀는 더 이상 소리칠 수도 없었다. 말하기도 어려웠다.

"그녀는 아니에요. 제 목숨을 구해줬다고요. 저는 그녀에게 도와주겠다고 약속했어요."

"너는 어린애야. 조종당하기 쉽지."

"하지만 그녀는 아니……."

"나머지 일은 너나 우리한테 달린 게 아냐. 의회가 무슨 일이 벌어지고 있는지 알아내고 뭘 해야 할지 결정할 거야. 그리고 너는……."

"어거스타, 그만. 옥타비아도 이해했어."

아빠가 엄마의 말을 자르며 말했다.

엄마는 부엌에 아빠만 남겨두고 힘겹게 계단을 내려갔다.

옥타비아는 숨기고 싶은 눈물을 비비며 눈을 닦았다.

"엄마는 왜 저렇게 말을 해요? 저들이 시마한테 뭘 하려는 거예요?"

아빠의 눈은 어둡고 슬펐다. 그는 천천히 숨을 내쉬고 의자에 털썩 주저앉았다.

"비토리아 밖에 남은 사람은 없어, 옥타비아. 너도 알잖니."

"아빠가 그걸 어떻게 알아요? 제대로 알아보러 충분히 멀리까지 가지도 않으면서 누가 그걸 확신할 수 있어요?"

"알아봤어. 우리는 전쟁 이후에 몇 년이고 알아봤어. 하지만 한 번도……."

아빠는 다른 말을 하려 했지만, 이내 멈추고 살짝 고개를 저었다.

"충분히 둘러보지 않은 거죠."

옥타비아가 말했다.

"그것보다 훨씬 복잡해. 의회도 그걸 알 거야."

"시마는 그저 자기 엄마와 남동생을 찾고 싶은 것뿐이에요. 제가 그녀를 도와주겠다고 말했어요."

옥타비아가 숨을 멈췄다.

"저는 그저 도와주고 싶었어요."

"안단다. 하지만 이건 네 생각보다 훨씬 큰 문제야."

아빠는 피곤하고 실망스러워 하는 것처럼 들렸고, 옥타비아는 또 다른 죄책감에 휩싸였다.

"너는 사람들이 지금 뭐라고 할 것 같니? 50년이 지나서야 나타난 이방인을? 갑자기 불쑥 나타난 누군가를? 우리 마음대로 뭘 할지 정할 수 없어. 이건 의회가 나서서 처리해야 하는 일이야."

"적어도 누군가는 그녀의 가족을 찾아 나서 줄 건가요?"

"의회가 승인하면 헌터들이 정찰을 떠날 거야. 네 생각에는 그들이 뭘 찾을 것 같니? 네가 기대하는 걸 찾을 것 같아?"

쓰러진 수레. 죽은 말. 눈 아래 길에 팬 바퀴 자국. 그리고 깊은 산속 어딘가, 아에테르나 근처에서 시마가 살아남은 줄도 모르고 여행을 계속하고 있는 카라반 사람들.

아빠의 질문에 대한 답은 명확했지만, 옥타비아는 답하기가 망설여졌다. 아빠는 엄마처럼 소리를 지르지 않았다. 그는 헌터들이나 경비병들처럼 화가 나 있거나 과격하지 않았다. 그 차분함 때문에 옥타비아는 처음으로 스스로를 의심했다.

무려 50년 동안 그들은 비토리아가 세상에 남은 마지막 마을, 전쟁과 전염병이 만들어 낸 추운 황무지에 마지막으로 남은 따뜻한 불꽃, 그리고 셀 수도 없는 죽음에서 마지막으로 살아남은 사람들이라고 생각했다. 그들이 틀렸다는 사실을 아는 것, 그리고 세상에 다른 생존자들이 있음을 아는 것은 축하해야 하는 일이었다. 사람들이 오래 전에 잃어버린 친구들이나 가족이 세상 밖에 있을지도 모른다. 다리 위에서 먼지 쌓이며 말라가는 그 모든 추모 꽃다발들, 기억의식이 열리는 동안 속삭인 그 모든 이름들, 그 사람들이 실제로 살아 있을지도 모른다. 비토리아는 저지대와 해안 도시들과 다시 무역을 할 수도 있을 것이다. 그들은 더이상 성벽 뒤에 숨지 않아도 될 것이고, 며칠간의 조심스러운 여행보다 더 멀리 탐험할 필요도 없을 것이고, 헌터들의 망루 너머를 쳐다보기 두려워하지 않아도 될 것이었다. 모든 사람이 희망을 버렸었다. 옥타비아는 그들이 틀렸다고 믿고 싶었다.

하지만 그렇게 지낸 지 벌써 50년이나 됐고, 옥타비아는 그저 한 명의 어린 여자아이였다. 어젯밤 전까지는 한 번도 성벽 밖에서 밤을 보낸 적이 없는 소녀 한 명. 그것이 아빠가 그녀에게 조용히 알려주려 한 것이었다. 그녀는 50년의 역사에 반해 괴이한 하룻밤을 보낸 한 명의 여자아이에 지나지 않았다. 옥타비아가 말했다.

"시마가 제 목숨을 구했어요. 그리고 도로에는 수레와 수레의 바퀴 자국이 있었어요. 지어 낸 게 아니에요."

"나도 안단다. 하지만 마법, 특히 마법사들이 쓰는 마법이 교묘하다는 것도 안단다. 마법은 사실이 아닌 것을 우리가 보고 듣고 믿게 할 수 있지. 그래서 이 일은 의회에 맡겨야 하는 거란다. 그들이 뭘 해야 하는지 알 거다."

그는 일어나서 옥타비아의 정수리를 부드럽게 쓰다듬었다.

"위로 올라가서 마른 옷으로 갈아입고 밑으로 내려와 뭐 좀 먹으렴. 밑에 갓 구운 고기 파이가 있단다."

그는 계단으로 향했다. 옥타비아가 말했다.

"아빠?"

"응?"

"저는 크래프터가 되고 싶지 않아요. 헌터가 되고 싶어요."

아빠가 그녀를 뒤돌아보며 고개를 저었다.

"지금은 안 된다, 옥타비아. 네 엄마는 하나처럼 너도 잃을까 봐 두려워하고 있어."

아빠는 빵집으로 돌아갔고 옥타비아는 혼자 남겨졌다.

Chapter 8

마법과 아수라장의 차이

　3일 후, 옥타비아는 마침내 외출 허락을 받았다. 그녀는 비토리아로 돌아
온 이후로 외출 금지 상태였다. 그녀는 빵집을 도우며 시간을 보냈지만, 아
무와도 말할 수 없는 빵집 뒤편에서만 있었다. 루퍼스도 못 만났다. 그는 두
번 들렀지만, 두 번 다 아빠가 사과를 하고는 페이스트리를 손에 들려서 돌
려보냈다. 엄마는 그녀에게 전혀 말을 걸지 않았다. 엄마는 헌터들과 의회,
경비병들 등 **모든 사람들과** 만났지만, 옥타비아에게 아무것도 알려주지 않
았다. 시마를 데려온 후 엄마가 옥타비아에게 처음 한 말은 플라비아 마스터
의 견습생 생활을 시작하라는 것이었다.

　덕분에 옥타비아는 집 밖으로 나갈 수 있었지만, 혼자 다니지는 못했다.
부모님은 단도직입적으로 그녀를 믿지 않는다고 말했다. 앨버스가 그녀를
플라비아 마스터에게 데려다줘야 했다. 앨버스가 말했다.

　"네가 뭘 기대했는지 모르겠어. 당연히 엄마 아빠는 너를 혼자 돌아다니
게 두지 않을 거야."

"난 아무것도 **안 할** 거야."

옥타비아의 말에 앨버스는 거의 비웃음에 가까운 콧방귀를 뀌었다.

"너의 아무것도 안 한다는 생각과 부모님의 아무것도 안 한다는 생각은 엄청 다를걸."

"나는 그저 부모님이 뭐라도 알려 줬으면 좋겠어. 엄마, 아빠는 시마에게 무슨 일이 생겼는지조차 알려주지 않아."

앨버스가 말했다.

"엄마, 아빠가 아실지 모르겠다. 내 생각에는 의회가 헌터들에게 별로 정보를 알리지 않는 것 같아. 의회는 헌터들이 평상시 경계선 밖으로 정찰하는 것도 못 하게 할 거야. 그게 엄마가 화가 난 이유 중 하나야."

옥타비아는 앨버스가 자기 기분을 풀어주고 있는 걸 알았지만, 별 효과가 없었다. 그녀는 진실을 알고 있었다. 엄마는 옥타비아 때문에 화가 났다.

그들이 리버 가로 들어섰을 때 옥타비아는 몇몇 사람들이 수군거리며 자기를 가리키는 걸 보았다. 그녀는 고개를 숙이고 그들을 무시하려고 했다. 한 남자가 그녀의 앞을 가로막았다. 앨버스가 팔을 잡지 않았다면 옥타비아는 그와 부딪혔을 것이다.

"도대체 뭘 데려온 거야?"

남자가 그녀의 얼굴에 손가락질하며 캐물었다.

"밖에 있는 괴물들만으로도 안 좋은데, 성벽 안으로 끌고 들어와?"

"아니에요!"

옥타비아가 항의했지만, 남자는 비웃기만 했다.

앨버스는 그녀의 팔꿈치를 잡고 끌고 갔다. 옥타비아는 얼굴을 감추기 위해 스카프를 끌어올렸지만 소용이 없었다. 분노의 말과 의심스러운 수군거림이 시내 중심까지 그녀를 따라왔다.

모두가 그녀가 이방인을 비토리아로 데려온 장본인이라는 것을 알고 있었다. 엄마뿐만이 아니었다. 마을 전체가 화가 났고, 걱정했고, 무척이나 두려움에 휩싸여 있었다.

아침은 쌀쌀했지만 몹시 춥지는 않았다. 공기가 이상하고 무겁게 느껴졌다. 눈은 내리지 않았지만 하늘은 잿빛이었고, 모든 것을 가깝지만 흐릿하고 음침하게 느껴지게 하는 구름이 소리 없이 낮게 흘렀다. 옥타비아는 깨끗하고 하얀 눈과 파란 하늘과 성벽 밖의 짙은 녹색의 숲에 가고 싶었다. 그녀와 시마가 온사방에 햇살이 눈부시게 비치는 길 위, 막 내린 흰 눈을 함께 뚫고 지나갈 때는 정말 단순하고 평화로웠다. 그녀는 그 생각을 멈출 수가 없었다.

옥타비아는 마음속으로 벌써 수천 번이나 성벽 밖에서 밤을 지새웠지만, 왜 엄마가 그토록 시마를 소녀가 아니라 마법 괴물이라고 확신하는지 이해할 수 없었다. 그녀는 엄마가 본 것을 볼 수 없었고, 그래서 그녀의 마음 한 구석이 계속 불편했다. 엄마는 비토리아 밖의 황무지에서 수없이 많은 날을 보내온 숙련된 헌터였다. 엄마는 그 누구보다도 페록스를 사냥하는 법을 잘 알았다. 그녀는 괴물들이 사람을 꾀어내기 위해 쓰는 속임수, 그들이 도움을 요청하는 소리를 얼마나 잘 흉내내는지, 그리고 가장 조심스러운 헌터에게도 얼마나 큰 위험으로 다가오는지 알고 있었다. 페록스가 할 수 있는 일은 무엇이든 엄마는 알고 있었다. 그리고 아무도 사람으로 위장할 수 있는 페록스에 대해서는 들어본 적이 없었다.

옥타비아는 시마의 가족들에 대해 계속 걱정했다. 시마가 난생 처음 눈을 봤을 때 당황하는 모습. 손으로 지도를 조심스럽게 매만지는 모습. 옥타비아의 목숨을 구하기 위해 그녀가 얼마나 빨리 불타는 화살을 페록스에게 쏘았는지를 떠올렸다. 옥타비아는 어떻게 사람들이 시마가 괴물이라고 생각할 수 있는지 이해할 수 없었다. 전혀 말이 되지 않았다.

그녀와 앨버스가 리버 가의 아치형 통로에 다다르자 플라비아 마스터의 작업실 밖에 검은 재킷을 입은 경호원 두 명이 서 있는 모습이 보였다. 옥타비아가 그들에게 뭐라고 할지 생각하고 있을 때, 마침 문이 열렸고 순백의 머리에 키가 크고 호리호리한 여자가 나왔다. 그녀는 허리, 목, 손목에 금속, 나무, 뼈로 된 부적들과 다양한 종류의 금속으로 만들어진 정교한 사슬들을 매달고 있어서, 걸을 때마다 부드럽고 딸랑딸랑거리는 소리를 냈다.

옥타비아는 놀라서 입을 벌린 채 갑자기 멈추었다. 그녀는 바로 그 여자를 알아보았다.

그녀는 비토리아에서 가장 나이가 많고 가장 존경받는 크래프터 중 한 명이자 플라비아 마스터의 이모인 카밀라 마스터였다. 카밀라는 전쟁 전에는, 즉 플라비아의 어머니이자 자신의 여동생인 그 악명 높은 아그리피나가 마법사들의 전염병을 일으키기 전까지는 마법사였다. 그 후 카밀라는 마법과 그녀의 여동생에게 등을 돌렸고, 전쟁을 멈추는 데 힘을 다했다. 전염병은 어쨌든 퍼졌지만, 카밀라의 영웅적인 행동 덕분에 아에테르나와 주변의 산들에 있던 수많은 난민들이 비토리아로 탈출해 살아남을 수 있었다. 그녀는 이제 마을 의회의 일원이었고, 원칙상으로는 다른 의원들보다 힘이 강하지 않았지만, 모두가 그건 사실이 아님을 알고 있었다. 카밀라는 나이 때문에, 전쟁에서 용감하게 자신의 여동생마저 죽였기 때문에, 전쟁 후 생존자들을 찾아 헤매는 탐험들을 이끌었기 때문에, 그리고 비토리아 사람들을 구하기 위해 그녀가 했던 모든 일들 때문에 명목상 평의회의 의장이었다.

카밀라 마스터는 여든이 넘은 나이였으나 그녀의 까만 눈은 날카롭고 영민했으며, 그녀의 미소는 더할 나위 없이 상냥했다. 그녀의 오른쪽 눈에는 긴 흉터가 새겨져 있었다. 소문에 의하면 여동생 아그리피나가 마지막 전투에서 그 부분을 도려내려고 했다. 그와 비슷한 옛 이야기들에 의하면 아그리피나는 카밀라가 결정타를 날리기 전에 실명시킨 왼쪽 눈이 위치한 바로 그 부분에 주문이 반사돼 흉터를 얻고 죽었다.

카밀라 마스터의 시선이 옥타비아에게 닿았다.

"아! 내 조카의 새로운 견습생이군요! 대단한 모험을 하셨던데, 그렇죠?"

옥타비아는 뭐라 말해야 할지 몰라서 중얼거렸다.

"문제를 일으킬 생각은 없었어요."

"아, 우리도 알아요. 모든 사람이 성벽 밖에서 하룻밤을 버텨낼 수 있지는 않지요."

옥타비아는 카밀라 마스터의 말을 어떻게 받아들여야 할지 몰랐다. 칭찬에 우쭐대고 싶기도 했지만, 그보다는 시마 덕분에 겨우 살았으면서 그런 칭찬을 즐기는 자신에 대한 죄책감이 더 컸다. 심지어는 모두가 브람에 대해 이미 잊어버린 듯했다. 브람은 혼자였기 때문에, 성문이 굳게 닫혀 있었기 때문에, 그리고 경비병들이 그를 들여보내 주지 않았기 때문에 살아남지 못했다.

그녀가 어떻게 대답할지 결정하기도 전에 카밀라 마스터가 말을 이었다.

"당신이 초래한 문제에 대해서는, 우리가 잘 해결하고 있어요. 내일 의회 회관에 들러서 회의에 참석하지 않겠어요? 더 진행하기 전에 우리는 당신과 꼭 이야기를 나누고 싶어요."

옥타비아는 그 부탁에 너무 놀라서 앨버스가 그녀를 쿡쿡 찌를 때까지 대답을 못 하고 있었다.

"좋아요! 네, 카밀라 마스터! 갈게요."

그녀가 왈칵 소리지르고 얼굴을 붉혔다.

"아주 좋아요. 내일 아침에 봐요. 우리는 이 문제를 잘 해결할 거예요."

카밀라가 말했다. 플라비아 마스터의 작업실 문이 다시 열리고 페넬로페가 스카프를 두르면서 나왔다.

"전 준비됐어요, 카밀라 마스터! 기다리게 해서 죄송해요."

카밀라는 미소를 지었다.

"걱정 마세요, 페넬로페. 저는 옥타비아를 만나게 돼서 기쁘답니다."

페넬로페는 옥타비아를 노려보고 나서 완전히 모른 척했다.

"그만 갑시다."

카밀라 마스터가 말했다. 그녀가 몇 걸음 걷자 그녀의 페넬로페가 그녀를 뒤따랐다. 그녀는 멈춰서서 옥타비아를 돌아봤다. 그녀의 부적들이 흔들리고 딸랑거렸다. 그녀는 여전히 미소짓고 있었다.

"이제 올라가세요, 옥타비아. 제 조카가 당신에게 가르칠 게 많답니다. 그녀는 다행히도 엄마와 전혀 달라요."

그녀의 눈 위로 짧은 그림자가 스쳐지나갔다. 그것은 아주 잠깐 거의 공포처럼 보였다.

"비토리아에서는 서로를 돌봅니다. 우리는 항상 그래 왔고, 어떤 위험이 닥치더라도 계속 그럴 거예요."

그 말을 남기고서 카밀라 마스터는 아치 통로를 벗어나 마을 광장 쪽으로 사라졌다. 카밀라 마스터가 시야에서 벗어나자 앨버스가 말했다.

"어휴, 마스터들은 정말 이상해. 너도 곧 있으면 그렇게 되겠지."

"내가 원해서가 아니야."

옥타비아가 투덜댔다.

"그래, 그래. 저녁에 다시 와서 집까지 데려다줄게."

"알아."

"문제 일으키지 말고."

"안다고."

앨버스가 장난스럽게 그녀의 어깨를 밀었다.

"나중에 봐."

옥타비아는 걸어가는 오빠를 따라 눈을 굴렸다. 그녀는 작업실로 가는 문을 밀어젖히고 계단을 올라갔다. 플라비아 마스터는 강과 잿빛 아침을 바라보며 창가에 서 있었다. 옥타비아가 들어와도 몸을 돌리지 않아 옥타비아는 어색하게 코트와 스카프를 벗어 옷걸이에 걸었다.

"플라비아 마스터?"

플라비아는 마침내 창문에서 문을 돌렸다.

"좋은 아침이야, 옥타비아. 와 줘서 고마워."

마치 옥타비아에게 다른 선택지가 있었다는 듯이.

"밖에서 카밀라 마스터와 페넬로페를 봤어요."

"아, 그래. 나의 사랑하는 이모가 오늘 아침에 올 줄은 몰랐단다. 이모는 페넬로페가 마을을 돌아다니며 여기저기 방문하는 것을 도와주기를 바라셔. 겨울 상비품을 가지고 장난치는 사람들을 잡아내기 위해서 그런 거라고 생각해. 페넬로페가 남들을 정신 없게 만들면 더 잘 잡아낼 수 있다고 생각하시는 게지."

옥타비아는 플라비아 마스터가 카밀라 마스터에 대해 그렇게 솔직하게 말을 해서 불편한 동시에 이상하게도 자랑스러웠다. 그리고 실제로 남들을 정신 없게 하는 페넬로페에 대해서도.

플라비아 마스터는 대답을 기다리지 않고 바로 고개를 끄덕였다.

"신경 쓰지 말거라. 그러면 자, 시작해 볼까?"

플라비아 마스터는 부적들을 만드는 작업대, 항아리 안에 담긴 재료들이 놓인 끝없는 선반, 모든 재료들을 깨끗하게 씻어내는 세척장, 불이 타닥타닥 타는 화로, 책으로 가득 찬 서재, 그리고 강에서 물을 길어올리는 도르래와 양동이 등 옥타비아에게 빠르게 작업실을 보여 줬다. 옥타비아는 한 번에 모든 것을 기억하려고 애썼지만, 곧 절대로 전부를 기억할 수는 없음을 빠르게 깨달았다.

플라비아가 재료들을 골라내 작업대 위에 쌓아 놓기 시작했다.

"자, 그러면 이제부터 강물에서 마법을 어떻게 빼내는지 보여줄게. 양동이 가득 물을 담아서 여기로 가져오렴."

옥타비아는 양동이 가득 강물을 길어 방을 가로질러 들고 오면서 바지와 부츠가 살짝 물에 젖었다. 플라비아 마스터는 양동이를 작업대에 올리는 것을 도와주고서는 뒤에 있던 스툴 위의 먼지를 털어내고 옥타비아에게 거기 앉으라고 했다. 이전에 플라비아가 보여 줬던 금속으로 된 네 개의 성문 열쇠는 쳐다보기 힘들 정도로 검푸른 광택을 내며 이전보다 훨씬 반짝거리며 작업대 위의 줄에 걸려 있었다. 옥타비아는 플라비아의 말에 집중하기 위해 시선을 애써 돌렸다.

"아주 작은 샘플부터 시작할 거야. 이 냄비에 담긴 건 구리지만, 아무 금속이나 써도 돼."

플라비아가 말했다. 그녀는 강물을 한 국자 퍼서 달궈진 난로 위에 걸린 냄비에 넣고 천천히 젓기 시작했다. 그녀는 옥타비아를 쳐다봤다.

"물어볼 건 없니? 있다면 주저하지 말고 물어보렴. 나도 네가 여기 있고 싶어하지 않는다는 걸 알지만, 그렇다고 지루하게 있는 건 싫단다."

"항상 궁금했는데…… 마법은 어디서 온 거예요?"

플라비아가 눈썹을 치켜들자 옥타비아는 서둘러 설명했다.

"강물이 아에테르나에서부터 마법을 가져오는 것과 마법사들이 강에서 마법을 뽑아낸다는 건 알지만, 그걸 어떻게 한 거죠? 어딘가에서 먼저 마법을 만들어야 하지 않나요?"

플라비아가 냄비를 계속 저었다. 나무 국자는 구리 냄비를 스칠 때마다 부드럽게 긁히는 소리를 냈다.

"최초의 마법사들이 어떻게 마법을 만들어냈는지는 우리도 잘 몰라. 그들은 그걸 비밀에 부쳤고, 자기 견습생들에게만 알려 줬지. 그리고 그 비밀은 오래 전에 잃어버렸어."

"전쟁 이후에요?"

"오, 잃기 시작한 건 그보다도 한참 전이었단다. 전쟁이 시작됐을 즈음에는 마법사들 대부분이 그저 앞세대가 만들었던 마법을 재사용하고 있을 뿐이었어. 물론 우리 엄마와 이모를 포함한 몇몇 마법사들은 그들만의 마법을 창조하는 법을 알고 있었지만. 적어도 우리가 이해한 바에 의하면 마법은 그 마법사에게 소중하고 가치 있는 무언가를 희생해야만 만들어낼 수 있어. 비싸거나 소유물 중 가치 있는 걸 말하는 게 아니야. 그걸 희생하기로 한 사람에게만 의미 있고 정말 중요한 무언가를 말하는 거야."

플라비아가 말했다.

"예를 들면요?"

옥타비아는 그런 것이 무엇일지 떠올리기가 어려웠다.

"좋은 질문이야. 그 답은 마법사마다 다를 거야. 하지만 물론 네가 물어봐도 그들은 대답해 주지 않겠지. 나도 내가 어렸을 때 우리 엄마에게 한 번 물어본 적이 있어."

옥타비아의 숨이 멈췄다. 그녀는 플라비아가 악명 높은 엄마를 그렇게 아무렇지 않게 언급할 줄은 몰랐다.

"그녀는 자신만의 마법을 창조할 수 있었지. 마법에 등을 돌리기 전까지는 카밀라도 마찬가지였고. 그들은 어렸을 적 자기들 어머니에게 마법을 같이 배웠단다."

"마스터의 할머니에게서요?"

"그래, 하지만 나는 그녀를 할머니라고 생각해 본 적은 없어."

옥타비아의 물음에 플라비아가 말했다. 그녀는 생각에 잠긴 채 여전히 물을 휘저으며 물이 소용돌이치는 것을 보고 있었다.

"몇 번밖에 만나지 못했거든. 이상하고 차가운 여자였지. 그녀는 상대를 보는 게 아니라 마치 방해물을 보는 것처럼 보면서 말했어. 엄마는 그녀가 원래 그랬던 건 아니라고 했어. 한때는 따뜻하고 애정이 넘쳤지만, 마법에 모든 것을 쏟아부은 이후로는 그렇게 됐다고 하더구나. 나는 항상 궁금했는데……. 저기 있는 파란 냄비 좀 주겠니, 작은 것 말이야."

옥타비아는 그녀에게 나무 마개가 달린 작은 점토 냄비를 건넸다. 플라비아는 한 손으로 그것을 열어서 그 안의 내용물을 조금 집어 물에 뿌렸다.

"이건 정육점의 장례용 장작에서 나온 먼지란다. 한때 살아있던 무언가로부터 만들어졌기 때문에 사용하지."

플라비아가 물이 든 냄비에 먼지를 넣고 휘저으며 말했다. 옥타비아가 지켜보는 동안 데워진 물은 이상하고 기름진 광택으로 빛나기 시작했다.

"마법은 사람들이 살아 있는 것에서 만들어내기 때문에, 마찬가지로 삶의 기억을 가진 것에서 추출하는 게 가장 좋단다."

옥타비아가 물었다.

"항상 무얼 궁금해하셨나요? 마스터의 할머니에 대해서요."

"아, 그래. 나는 알 수도 없고, 그녀에게 물어볼 수도 없었지만, 그게 할머니가 자기 마법을 만들고 마법사로서 힘을 얻기 위해 희생한 것인지 궁금했어. 딸들에게 베풀었던 온정 말이야. 한때 가지고 계셨던 사랑."

플라비아 마스터는 전혀 중요하지 않은 걸 말하는 것처럼 차분했지만, 목소리에서 어떤 응어리가 느껴졌다. 옥타비아는 그 얘기에 오싹하면서 덜덜 떨렸다. 그녀는 아에테르나의 힘에 목마른 마법사들이 절대적인 힘을 손에 넣기 위해 어떻게 자신을 희생했는지 들으며 자랐다. 하지만 더 강해지기 위해 실제로 자신의 일부분을 도려내는 마법사를 알고 지내는 것이 어떤 느낌일지에 대해서는 전혀 생각해 보지 않았다. 끔찍했다. 더 이상 생각하고 싶지 않았다.

"우리 할머니의 특기는 날씨를 다루는 마법이었어. 엄청난 힘과 대단한 자만심이 필요한 마법이었고, 딸들에게도 물려주지 않았지. 알겠지만 우리 어머니는 능숙한 힐러셨어."

플라비아가 말을 이어나갔다.

"카밀라 이모는 마법을 그만두기 전까지는 뛰어난 형체 마법사였어. 그녀는 마법을 이용해 복잡한 기계를 창조하고 여러 가지 것들을 만들어냈어."

옥타비아가 무슨 말인지 모르겠다는 표정을 짓자 플라비아가 설명했다.

"그녀는 가장 뛰어난 악기들을 고안해 연주하고는 했지. 그녀는 온 마음으로 음악을 사랑했어. 하지만 이제는 그렇지 않지."

"그게 카밀라 마스터가 포기한 건가요?"

옥타비아가 물었다.

"적어도 일부분은 되겠지. 하지만 아마 그것 말고도 더 있었을 거야. 너도 알다시피 내 어머니와 이모는 전쟁 전에는 꽤 가까웠단다. 가장 친한 친구이자 자매였지. 하지만 싸움이 시작되면서부터는 모든 게 바뀌었어. 처음에는 아에테르나의 마법사들은 저지대 도시들의 반란을 진정시키는 방법에 모두 합의했어. 하지만 그 합의는 깨졌고, 마법사들은 저희끼리 싸우기 시작했지. 그리고 거기에 우리 어머니와 이모도 가담했어. 방법과 목표가 달라질수록 사이도 점점 멀어졌지. 둘 다 엄청난 힘을 얻었지만, 그 과정에서 서로 등을 돌리게 됐어."

"두 사람…… 두 사람이 **서로를** 포기한 거예요?"

옥타비아가 겁에 질린 채 물었다. 그녀는 마법과 힘을 갈망해서 하나나 형제들, 부모님, 심지어는 루퍼스나 그의 가족을 저버릴 수 있을지 상상했다. 하지만 불가능했다. 그들에 대한 사랑보다 더 위대한 보상은 없었다. 그녀는 생각하는 것만으로도 죄책감을 느꼈다.

"두 사람은 그걸 선택한 거예요? 더 강력한 마법을 손에 넣기 위해서?"

"나도 확실히는 모른단다. 하지만 그랬을 수도 있다고 의심은 했지. 전쟁 중에 그런 극단적인 선택을 한 것은 둘만이 아니었으니까. 마법사들은 너무 오랫동안 힘에 심취한 나머지 조금이라도 잃을 것 같으면 힘을 지키기 위해 무슨 짓이든 했어."

플라비아가 말하면서 금속 냄비를 가볍게 치고는 물결이 이는 모습을 지켜봤다.

"네 표정을 보니 질문이 더 생긴 모양이구나."

옥타비아는 눈을 깜박였다. 그녀는 플라비아가 이야기의 주제를 바꾸려는 걸 알아챘지만, 뭘 물어보고 싶은지 곧바로 떠올릴 수는 없었다.

"마스터가 하는 마법과 마법사들 마법의 차이가 뭔가요?"

옥타비아가 물었다. 그녀는 시마가 마스터들과 마법사들의 차이를 모르고 있었던 게 떠올랐다.

"여전히 똑같은 마법 아닌가요?"

플라비아는 청회색 빛이 약간 도는 물을 들여다보려고 국자를 들었다.

"마스터들은 전쟁 이후에 만들어진 규율에 합의했단다. 그 규율들이 뭔지 아니?"

비토리아에 있는 모두가 그 규율에 대해 알고 있었다. 매년 여름 열리는 생존 의식에서 비토리아 주변의 땅을 태우는 동안 사람들은 규율을 복창했다. 옥타비아는 의무적으로 규율들을 암송했다.

"우리는 전쟁을 일으키기 위해 마법을 사용하지 않는다. 우리는 다른 사람을 해치기 위해 마법을 사용하지 않는다. 우리는 우리 자신이나 동료인 마을 사람들에게 마법을 사용하지 않는다. 우리는 오직 비토리아와 그 사람들을 지키기 위해 마법을 사용한다."

그녀는 암송을 끝내면서 생각에 잠겨 얼굴을 찌푸렸다.

"그게 유일한 차이인가요? 규율들이?"

"규율들은 말에 불과하지. 하지만 아에테르나의 마법사들은 그것도 만들지 않았어. 그들은 자신들이 노리는 사람에게 하고 싶은 대로 했을 뿐, 저지대 도시들이 반란을 일으키기 전까지는 결과에 대해서 생각도 안 했어."

옥타비아가 천천히 말했다.

"그래서 마법은 같군요. 어떻게 쓰느냐에 따라 차이가 나는 거고요. 사람들을 보호하기 위해 쓰면 다른 거군요."

"정확해. 우리가 내리는 선택에 따른 차이지. 우리는 전쟁 후에 마법이란 공공선을 위해 쓰는 것이지, 개인이 힘을 얻기 위해 쓰는 것이 아니라고 결정했어. 그 점이 수없이 많은 파괴를 저지른 마법사들과 우리가 다른 거야."

냄비에 담긴 물은 점점 뿌예지더니 검은색의 비닐 같은 기다란 가닥들로 가득해졌다. 플라비아가 한숨을 쉬었다.

"집중하지 않으면 이렇게 된단다. 장례용 먼지를 너무 오래 데웠어. 이건 버리고 새로 해 보자꾸나."

날이 저물 무렵 옥타비아는 장례용 먼지, 뼛가루, 그리고 마른 솔잎을 이용해 강물에서 마법을 성공적으로 추출해 낼 수 있게 됐다. 추출해 낸 마법 중 부적으로 쓸 만큼 안정적인 것은 없었지만, 플라비아는 처음 추출해 본 사람에게는 당연한 것이라고 안심시켰다. 그녀는 저녁 종이 울리기 시작하자마자 옥타비아를 집으로 보냈다.

아직 앨버스가 도착하지 않았다. 혼자 집으로 가면 둘 다 혼날 것이 뻔했기 때문에 옥타비아는 추위를 물리치기 위해 제자리 뛰기를 하면서 기다렸다. 비토리아 하늘에 짙은 구름이 낮게 깔려 있었기 때문에 어둠이 빠르게 내렸다.

"너. 너는 빵집 딸이구나."

옥타비아가 뒤에서 들려오는 목소리에 놀라 뜀박질을 하던 도중 몸을 비틀었다. 어설프게 발을 딛는 바람에 넘어지지 않으려고 벽을 짚었다. 아치 입구에 누군가가 서 있었다. 어둠 속에서는 구부정한 어깨와 처진 후드 밖에 보이지 않았다.

옥타비아는 갑작스러운 공포가 목소리에 드러나지 않기를 바랐다.

"그런데요? 뭘 원하시나요?"

그는 가까이 다가와 후드를 벗었다. 브람의 엄마인 윌라였다.

"사람들이 하는 말이 사실이니?"

윌라가 말하면서 더 가까이 왔다. 그녀는 옥타비아보다 크지 않을 정도로 작았고, 얼굴은 제대로 먹거나 자지 못한 사람처럼 수척하고 창백했다.

"성벽 밖에서 사람들을 찾았다고? 네가 그들을 데리고 왔니?"

옥타비아는 한 발자국 물러섰다. 윌라의 눈에 담긴 강렬한 분노의 기색이 마음에 들지 않았다.

"음, 네. 아니요. 제 말은, 네, 제가 그랬어요. 그런데 여자애 한 명이에요. 사람들이 아니라."

윌라가 옥타비아의 코트 앞부분을 잡기 위해 재빠르게 손을 뻗었다.

"그 여자애, 걔가 우리 브람이 만났던 아이니?"

"브람이 누군가를 봤대요?"

"브람이 내게 성벽 밖에서 누군가를 봤다고 말했었어. 그 아이는 그들을 지켜보고 있었어. 그들이 뭘 하고 있었는지 알고 싶어 했어."

옥타비아는 다시 한 발자국 물러서려 했지만 윌라가 그녀의 코트를 꽉 움켜쥐고 있었다.

"브람이 길에서 카라반을 봤나요?"

"카라반 얘기는 없었어. 이방인 한 명을 봤지. 몇 주 전부터 그들을 봤어."

"몇 주?"

옥타비아가 되물었다. 브람이 죽기 몇 주 전이라면 시마네 카라반은 몇 마일이나 떨어져 있었을 터였다. 브람은 죽었다. 하지만 옥타비아는 아에테르나에 있는 누군가를 찾는다고 했던 시마의 이야기와 다른 여행자들이 그녀의 가족에게 어디로 가야 하는지 알려 준 사실을 떠올렸다.

월라는 고개를 끄덕였다.

"수확 전부터 말이야. 그들은 안개 속에 숨어 있었어."

"무슨 말씀이세요, 안개 속에 숨어 있었다니요? 그건 마치…… 일종의 마법처럼 들려요. 브람이 사람을 본 게 확실한가요?"

"꽤 확실해. 하지만 결국에는 그들도 브람을 발견했어. 브람은 그들에게 말을 걸었지. 한 번 이상. 그들은 성벽 밖에 사람들이 있다고 알리고 싶어 했대. 하지만 내가 비밀로 하라고 일렀지."

월라는 옥타비아에게서 눈을 떼지 않았다. 눈 가장자리가 붉어지고 눈물이 고였지만, 그녀의 표정에는 모호함이나 당황함이 없었다.

"나는 브람이 아무에게도 알리지 않으면 안전할 거라고 생각했어. 나는 그 애가 안전하길 바랐을 뿐이야."

옥타비아는 심장이 너무 빠르게 뛰어 월라에게 그 소리가 들릴 거 같았다.

"의회에는 알리셨나요?"

그녀가 물었다. 월라는 고개를 저었다.

"그러려고 했어. 카밀라에게 브람이 말해준 이야기를 하려 했지만, 그녀는 내가 혼란스러워하는 거라고 말했어. 오해했다고 말했지. 그녀는 내게 내 아들이 거짓말을 한 거라고 말했어. 하지만 내 아들은 거짓말하지 않았어."

월라의 목소리에 담긴 분노가 아치 통로에 가득 울려퍼졌다.

"한 번 마법사면 영원히 마법사야. 그녀는 모두를 속이는 거야."

옥타비아는 충격에 휩싸여 월라를 바라봤다. 그녀는 카밀라 마스터에 대해 그런 식으로 말한 사람을 여지껏 보지 못했다. 빵집을 찾아오는 사람들은 가끔씩 카밀라가 제대로 의회를 이끌기에는 너무 늙었다거나 권력을 너무 오래 쥐고 있었다고 중얼거렸지만, 그리고 헌터들이 가끔 그녀가 성벽 밖의 위험을 모두 이해하지 못한다고 투덜댔지만, 아무도 그녀가 아직도 마법을 사용하고 있다는 의심을 제기하지 않았다. 아니면 만약 그랬다면, 비밀리에 그랬을 것이다. 윌라는 거리에 침을 뱉었다.

"우리 아이는 성벽 밖에서 뭘 봤는지 내게 알려줬어. 사람들이 나를 믿지는 않겠지만, 너는 할 수 있어. 너는 증거를 데리고 왔어. 너는 그들이……."

"옥타비아?"

윌라가 코트를 놓아 주자 옥타비아가 뒤쪽으로 뛰었다. 앨버스가 아치 입구에 서 있었다.

"음. 갈 준비 됐니?"

"음, 어, 나는 그냥……."

윌라는 이미 후드를 뒤집어쓰고 서둘러 떠나고 있었다. 잿빛 황혼 속으로 사라지는 그녀는 뒤돌아보지 않았다.

"누구였어?"

앨버스가 물었다.

"브람의 엄마."

옥타비아가 말했다. 앨버스가 눈썹을 치켜 올렸다.

"너한테 무슨 볼일인데?"

옥타비아는 답하기 전에 오랫동안 고민했다.

"브람을 그리워해."

Chapter 9

진실과 거짓의 방에서

옥타비아는 한 번도 의회 회관 안에 들어가 본 적이 없었다. 그녀는 복잡한 이미지들, 기호들, 그리고 더이상 아무도 사용하지 않는 고대 언어로 쓰인 단어들이 새겨진 높은 나무 문들을 지나가면서 어깨를 구부렸다. 잿빛 아침에 기름지고 매끈해 보이는 검은 나무가 마음에 들지 않았다.

누가 그녀를 맞이할지 전혀 모르고 있었지만, 페넬로페는 확실히 생각도 못했다. 옥타비아보다 조금 나이가 많은 그 소녀는 옥타비아에게 희미한 미소를 보이며 말했다.

"아빠가 네게 길을 안내해 주래."

옥타비아는 고개를 끄덕였다. 아침을 먹지 말걸 그랬다고 생각했다. 엄마나 아빠나 심지어는 플라비아 마스터가 함께 있어 주면 좋겠다고 생각했지만, 카밀라 마스터는 분명했다. 옥타비아는 의회와 혼자 얘기해야 했다.

"무서워할 필요 없어."

페넬로페가 옥타비아를 데리고 길고 어두운 복도를 걸으며 말했다.

"무섭지 않아."

옥타비아가 말했다.

"평의원들은 모두 근엄하고 중요한 분들이지만, 정말로 그렇게 나쁘지 않아. 그냥 진실을 알려드리면 돼. 그것만 원하시지. 그러면 모든 것이 일상으로 돌아갈 수 있어."

페넬로페가 아무 말도 없이 몇 발자국을 걷다니 조용히 말했다.

"모든 것이 일상으로 돌아가야 돼."

옥타비아는 뭐라 말해야 할지 몰랐다. 진실을 얘기할 거지만, 진실은 곧 그 무엇도 일상으로 돌아갈 수 없음을 의미했다. 진실은 비토리아 사람들이 사실이라고 믿었던 모든 것을 바꿔 놓을 것이었다.

페넬로페는 복도 끝에 있는 방으로 그녀를 데려갔다. 그녀는 방 안에 들어가거나 옥타비아가 도착했다고 알리지 않았다. 닫힌 문을 당기기 전에 속삭인 것이 다였다.

"행운을 빌어."

방은 길고 좁으며 창문이 없었다. 천장은 높고 바닥은 어두웠다. 빛이라고는 수십 개의 금속 촛대에 꽂힌 촛농이 떨어지는 초들과 방안을 연기로 가득 채우는 높은 화로에서 나오는 것이 다였다. 방의 저 끝에는 높은 등받이의 나무 의자 일곱 개가 곡선으로 놓여 있었고, 의자에는 평의원들이 앉아 있었다.

카밀라 마스터는 중앙에 앉았다. 그녀의 옆에는 카밀라의 앞잡이라고 사람들이 뒤에서 수군대던 에티우스 마스터가 있었다. 옥타비아는 이름은 몰라도 얼굴은 알아볼 수 있는 의원들을 보았다. 맨끝에는 빈 의자가 하나 있었다. 옥타비아는 낙담했다. 그 자리에 없는 평의원이 루퍼스를 훈련시키는

친절한 할아버지 힐러, 키케루스 마스터였기 때문이다. 그녀는 적어도 한 명은 익숙한 얼굴이기를 바랐다.

"좋은 아침이에요, 옥타비아!"

카밀라 마스터가 옥타비아를 부르면서 붐비는 거리에서 손을 흔드는 것처럼 손을 들어올렸다. 그녀의 체인 팔찌에 매달린 부적들이 희미하게 찰랑거렸다.

"오늘 그대가 우리와 함께할 수 있어서 영광이에요."

그녀는 마치 옥타비아에게 선택권이 있었던 것처럼, 마치 의회에서 발언해 달라는 요청을 누구나 거절할 수 있는 것처럼 말했다. 옥타비아는 엄마나 하나처럼 두려워하지도, 망설이지도 않으려고 고개를 치켜들고 어깨를 폈다. 하지만 그녀가 방을 가로지르자 신고 있던 부츠가 잘 닦인 나무 바닥에 쿵쿵 부딪혀 소리를 냈다. 작고 어설퍼서 겨울 코트 안으로 쭈그러드는 것처럼 느꼈다. 뜨개질로 만든 그녀의 모자가 머리를 간지럽혔다. 그녀는 모자를 벗어도 될지 고민하다가 모자와 장갑 둘 다 벗기로 결심했다. 긴장한 채로 그것들을 주머니 안에 마구 쑤셔넣은 다음 평의원들을 향해 걸어가며 흐트러진 머리카락을 정돈했다. 그녀는 어젯밤 윌라가 한 말이 자꾸만 생각났다. **한번 마법사면 영원히 마법사야.** 카밀라가 다시 말했다.

"좋은 아침이에요. 키케루스 마스터가 아직 도착하지 않았지만, 회의를 시작하려고요. 긴급 상황이 생겨서 불려 갔어요."

"여기서도 하는 일이라고는 조는 것밖에 없지만 말이지."

한 평의원이 말하자 몇몇이 킥킥거렸다. 카밀라는 그들을 무시했다.

"긴장하지 않아도 돼요. 우리는 그저 당신이 성벽 밖에서 보낸 그 끔찍한 밤에 대해 몇 가지 질문하고 싶을 뿐이에요."

"그렇게 끔찍하지는 않았어요."

옥타비아가 말하자 카밀라가 웃었고, 다른 평의원들 몇이 점잖게 소리 없이 웃었다. 옥타비아는 창피해 얼굴이 빨개졌다. 카밀라가 말했다.

"이 아이는 아주 용감하다고 제가 그랬죠. 자, 옥타비아, 우리는 당신이 진실을 말해 주길 바라요. 우리의 유일한 관심사는 비토리아 사람들을 보호하는 거예요. 알겠나요?"

그녀는 카밀라가 바라는 대답을 알고 있었다.

"네, 이해했어요."

"아주 좋아요! 그럼 시작합시다. 에티우스가 마스터가 질문할 거예요."

카밀라는 그녀 옆에 앉은 수염난 남자에게 고개를 끄덕였다.

"그가 물어보는 모든 것에 정직하게 답하세요, 옥타비아. 우리는 당신이 거짓말하는 걸 알 수 있답니다."

에티우스 마스터는 회색 머리에 회색 눈동자를 가진 보통 키의 남자로, 한 번도 진흙을 밟지 않은 것처럼 보이는 새하얀 재킷과 부츠를 착용하고 있었다. 옥타비아는 그의 별명 말고는 그에 대해 아는 게 거의 없었다. 비토리아의 규율들과 법을 강화하는 업무를 맡고 있고, 어른들은 카밀라가 은퇴하거나 죽으면 그가 가장 유력한 평의원이 될 거라고 믿었다. 그는 심각한 문제를 일으킨 사람들을 맡았다. 그녀는 에티우스 마스터가 처리하는 문제에 휘말린 사람들은 전혀 몰랐다. 지금까지는. 그녀는 긴장한 듯 침을 삼켰다.

에티우스 마스터가 옥타비아로부터 몇 걸음 떨어진 곳까지 걸어갔다.

"우리에게 거짓말을 해서는 절대 안 됩니다."

그의 목소리는 상상했던 것보다 높았다. 마치 그가 내뱉는 단어들에 공기가 없는 것처럼 살짝 거칠고 씨근거렸다.

"네."

옥타비아가 말했다.

"반드시 진실을 말해야 합니다."

"그럴게요."

"모든 질문에 완전히 정직하게 답해야 합니다."

"그러겠습니다."

옥타비아가 다시 말했다.

"오, 에티우스, 그냥 시작하세요. 하루종일 할 수는 없잖아요."

다른 평의원이 말했다. 에티우스는 옥타비아에게서 눈을 떼지 않았다.

"왜 당신이 성벽 밖에 있었는지부터 얘기하세요."

옥타비아는 이야기를 다시 말했다. 이미 부모님께 모든 자초지종을 말했으니 지금은 더 쉽게 말할 수 있어야 했지만, 에티우스의 창백한 눈과 다른 평의원들의 감시하는 듯한 정적이 그녀를 너무 긴장하게 한 나머지 그녀는 말을 더듬고, 번복하고, 스스로도 헷갈렸다. 그녀는 그들에게 그녀가 헌터가 되고 싶어 연습하던 것과 과수원의 계단식 단을 지나치며 작은 페록스를 추적했던 것이나 마을에서 멀리 떨어지고 헤르미트로드 한가운데에 있음을 알아차리고 나니 어둠이 깔리기 시작했던 것에 대해 말했다.

"저는 마을로 다시 뛰어오려 했어요. 뛰기 시작했는데, 페록스 한 마리가 나타났어요. 앞서 말씀드린 괴물과 다른 페록스였어요. 큰 놈이었어요."

에티우스 마스터가 말했다.

"당신은 날이 어두워졌다고 했는데도, 몸집이 더 큰 페록스를 분명히 봤다는 거군요. 그에 대해 설명하세요."

옥타비아는 그 끔찍한 생물체를 최대한 기억하려 애쓰면서 한동안 생각에 잠겼다.

"아, 알겠어요. 그건 커다란 곰 성체만 한 크기였어요. 대부분 금속과 나무로 만들어져 있었지만, 겉에는 가죽 같은 것에 싸여 있었어요. 놈의 주둥이는 기다랗고 휜 금속 조각이었어요."

"그리고 그것이 당신에게 말을 걸었습니까?"

"네. '도와줘'와 다른 몇 마디를 말했어요."

"어떻게 말하던가요?"

옥타비아는 주춤했다.

"질문을 이해하지 못했어요."

"울고 있었습니까? 소리쳤습니까? 애원했습니까?"

그게 페록스가 낼 수 있는 소리였나? 옥타비아는 경청하고 있는 평의원들을 둘러보면서 의구심이 밀려왔다.

"그건, 음, 그냥 말하고 있었어요. 평범한 목소리처럼요. 같은 말을 자꾸만 반복했어요."

"페록스로부터 나온 목소리라고 확신할 수 있습니까?"

옥타비아는 놀라서 에티우스 마스터를 쳐다봤다.

"네. 제 바로 앞에 있었는걸요."

"거리가 얼마나 됐나요?"

또 다른 나이 든 여자 평의원이 질문했다.

"바로 앞이라면 얼마나 가까이 있었던 거죠?"

"어, 음, 대략······ 나무들 사이에서 처음 나왔을 때는 아마 9m 정도였는데, 저를 쫓아오기 시작했을 때는 훨씬 가까웠어요."

"잘 모르겠습니까?"

에티우스 마스터가 말했다. 옥타비아가 말했다.

"어두워지고 있었고, 저는 정말 무서웠어요. 12m였을 수도 있겠네요. 저는 뛰기 시작했어요."

"9m였습니까, 12m였습니까?"

옥타비아는 점점 초조해졌다. 기억 속의 페록스는 너무나 크고 가까워서 그 커다란 몸집, 냄새, 그리고 괴상하고 끔찍한 사람 목소리가 그녀를 완전히 포위한 것처럼 느껴져서 주변의 나무나 산에 대한 기억이 전혀 나지 않았다.

"모르겠어요. 저는 바로 뛰기 시작했어요."

"당신이 그것보다 더 빨리 뛸 수 있다고 생각했나요?"

다른 평의원이 믿을 수 없다는 듯이 물었다.

"저는······ 아니요!"

옥타비아는 점점 더 긴장해, 시선을 거둬 에티우스를 쳐다봤다.

"저는 그저 달아나고 싶었던 거라고요!"

"당신보다 더 뛰어나고 빠른 훈련된 헌터들도 페록스에게서 달아나려 했지만 실패했습니다."

에티우스 마스터가 말했다.

"당신도 잘 알다시피 당신의 친언니도 바로 그렇게 바보같이 죽었죠."

배에 세게 한 방 먹은 느낌이었다. 옥타비아는 그가 하나를 언급할 것이라고는 예상하지 못했다. 옥타비아는 입을 벌린 채 눈이 얼얼해지는 것을 느끼며 에티우스를 노려봤다. 뭐라 말을 이어야 할지 몰랐다. 에티우스는 무표정하게 옥타비아를 바라봤다.

"당신은 당신 언니도 살아남지 못한 위험에서 벗어날 수 있다고 생각했습니까?"

"아니에요…… 저는 그저…… 저는 그저 아무 생각도 나지 않았어요."

옥타비아가 겨우 말했다. 그녀의 목소리는 속삭이는 것처럼 작아졌다.

"저는 무서웠어요. 시마가 페록스를 쏘지 않았다면 저는 살아남을 수 없었을 거라고 생각해요."

"화살이 꽂혔을 때를 목격했습니까?"

옥타비아는 고개를 끄덕이기 시작하다가 고개를 저었다.

"아니요, 제 말은, 화살이 페록스를 맞혔을 때 봤어요. 화살은 불타고 있었고, 잘은 모르겠지만 페록스의 목구멍이었는지 입이었는지를 맞혔어요."

"확실하지 않군요? 하지만 봤다고는 말하고 있습니다."

에티우스가 말했다.

"저는…… 저는 잘 모르겠어요."

옥타비아가 인정했다. 그녀의 머릿속에서 페록스는 자신을 덮치려고 다가오는 어두운 형체였고, 그러다 그것에 불이 붙었고, 울부짖었고, 그녀는 달아날 기회를 얻었다.

"모든 게 너무 빨리 일어났어요. 저는 망루에 도착하고 싶었을 뿐이에요."

"당신이 망루에 다다라서야 당신의 구원자 비슷한 누군가가 나타났다는 것이 수상하지는 않았습니까?"

"아니요…… 저는 망루를 향해 뛰고 있었어요. 시마가 거기 있었지만, 그녀는 도로를 따라 내려오고 있었어요. 그녀는…… 그녀는 우연히 거기 있었던 거고, 전혀 그런 건 아니었는데……."

에티우스가 말했다.

"그런 거라뇨? 당신을 망루로 꾀어 내려고 하는 것 같은 일 말입니까?"

"아니에요! 걔는 저를 아무데도 데려가려 하지 않았어요! 그녀는 제 목숨을 구해 줬어요."

"그게 확실합니까?"

에티우스가 말하며 앞으로 걸어나왔다. 옥타비아는 뒤로 물러났다.

"제게는 당신이 꽤나 분명하게 속임수에 빠진 것 같이 들리는데요. 진정한 헌터라면 속임수를 분별했겠지만, 어린아이에 불과한 당신은, 게다가 경험도 없는 당신은 가장 어설픈 계략에 빠졌군요."

"아니에요, 그렇지…… 그렇지 않았어요!"

옥타비아가 말했다. 에티우스가 다시 말했다.

"그리고 당신은 당신의 무지함과 순진함 때문에 우리 모두를 위험에 빠뜨렸습니다."

"시마는 위험하지 않아요! 그녀는 나를 다치게 하지 않았어요! 그녀는 저를 도와 줬다고요!"

"당신은 당신의 경솔함 때문에 인해 위험에 빠진 사람들을 자기 이익을 위해 비웃을 것입니까?"

에티우스 마스터가 말했다.

"아니야! 그건 제가 하려던 말이 아니에요, 저는 그저……."

"그만하면 됐어요, 에티우스."

카밀라가 단호하게 말했다.

"당신은 저 불쌍한 소녀를 당황시켰어요."

에티우스의 두 눈은 유리 조각처럼 가늘고 창백했다. 그의 입가에 미소가 살짝 떠올랐다.

"저는 이만 끝내겠습니다. 어떤 일이 있었는지 뻔하군요. 이 아이는 보기 드문 페록스에게 속았습니다."

옥타비아가 따졌다.

"**뭐라고요**? 무슨 소리세요? 그런 식으로 말하실 수는……."

"우리는 그토록 위장에 능숙한 페록스가 있다는 걸 몰랐습니다."

에티우스 마스터가 말을 이었다.

"그밖의 다른 가능성은 없습니다."

"시마를 말하는 건 아니겠죠."

옥타비아는 말하면서 목소리가 흔들렸다. 오해여야만 했다. 에티우스 마스터가 그녀가 이해한 것처럼 생각할 리는 없었다.

"시마는 괴물이 아니에요. 걔는 사람이라고요!"

하지만 평의원들 중 누구도 에티우스의 발언에 놀라지도 않았고, 그렇다고 옥타비아의 말에 관심을 보이지도 않았다.

"어린 여자애 한 명이 페록스의 공격에서 살아남을 수 있다니 믿기 힘들었어요."

평의원들 중 한 명이 말했고, 다른 사람들이 동의하며 중얼거렸다.

"쟤 혼자? 그건 불가능하지."

다른 누군가가 말했다. 그리고 모두가 동시에 말을 하기 시작했다.

"그 괴물들은 애초에 남을 잘 속이게끔 만들어졌어."

"우리는 마법으로 어디까지 만들 수 있는지 제대로 알지 못해."

"지금 바로 헌터들을 파견해야 해."

"인정하기는 싫지만 괴물들의 창조주는 확실히 생각했던 것보다 훨씬 똑똑했어."

옥타비아는 가슴에 내려앉는 공포와 함께 저들이 에티우스가 어떤 말을 할지 전부터 알고 있었음을 깨달았다. 그들은 오직 자기들 결정을 다시금 확인하기 위해 지금 그 사안에 대해 언급한 것뿐이었다. 그들은 벌써 결론을 내놓고 있었다.

"시마가 제 생명을 구했어요!"

옥타비아가 울부짖었지만, 아무도 그녀에게 귀기울지 않았다.

"그건 함정이 아니었어요! 아니에요, 그녀는 저를 도와 줬다고요! 걔는 사람이에요! 저 밖에 사람들이 있다고요! 제가 그녀에게 도와 주겠다고 약속했어요! 여러분은……."

방문이 쾅, 하고 열렸다. 옥타비아는 의원들이 잠잠해지자 주위를 둘러봤다. 경비병 한 명이 방 안으로 뛰어 들어왔다. 그의 얼굴은 창백하고, 눈은 크게 뜨여 있었다. 그는 숨을 들이마셨다.

"평의원 분들! 방해해서 죄송하지만, 저…… 저…… 끔찍합니다, 저기……."

카밀라 마스터가 의자에서 일어났다.

"그대여, 진정하세요. 무슨 일인가요?"

"공격이 있었습니다! 비토리아 안에 페록스들이 들어왔습니다!"

평의원들이 말도 안 된다는 탄성과 고성을 쏟아내면서 질문과 요구를 내뱉었고 그 소리는 방의 높은 벽에 부딪혀 메아리쳤다. 눈 앞의 소란 속에도 목소리가 들리게 외칠 수 있었지만, 그녀는 입이 벌어진 채 아무 말도 할 수 없었다. 마치 뱃속에 무거운 돌이 떨어진 것 같았다.

페록스가 비토리아에 들어오다니. 낮이었다. 밤새 성문들은 잠겨 있었다. 그건 불가능했다.

그렇지 않으면 새롭게 메스꺼움을 느끼며 그녀가 생각했다, **저들이 맞지 않는 한. 페록스들이 이제는 위장할 수 있지 않는 한.**

"조용!"

카밀라 마스터가 외쳤다. 그녀가 요란하게 손벽을 치자 팔목에 매달린 부적들이 작은 종들처럼 쨍하고 울렸다.

"조용! 평의원들이여, 진정하세요!"

다른 다섯 명의 평의원들이 순식간에 말을 멈췄다.

"모든 사실을 알아낼 때까지 침착해야 합니다."

카밀라가 말했다.

"제가 말해도 되겠습니까."

새로운 목소리가 말했다. 목소리는 조용했고, 느린 발소리가 같이 들렸다. 키케루스 마스터가 경비병들 뒤에서 지팡이를 짚으며 방 안으로 들어왔다. 그의 표정은 얼그러져 있었고, 회색 머리는 너저분했다.

"성급히 결론을 내리기 전에 모든 사실을 알아내는 게 말 그대로 가장 좋을 것 같군요."

한 평의원이 발끈하며 말했다.

"무슨 일인지 아십니까? 무슨 일이 벌어지고 있는지 알려 주십시오!"

"공격이 있었나요?"

다른 평의원이 말했다.

"죄수는 여전히 갇혀 있나요?"

"아직도 위험합니까?"

경비병이 말했다.

"제가 피해자를 직접 봤어요! 피로 흥건하게 뒤덮여서……."

키케루스 마스터가 그녀의 팔을 부드럽게 잡았다.

"나와 같이 와 줘서 고맙네. 이제 그만 가도 된다네."

"이게 무슨 일인지 알려 주시죠, 키케루스."

에티우스 마스터가 말했다.

"그럼요, 당연하죠."

키케루스가 지팡이 끝으로 바닥을 틱틱 쳤다. 그는 걱정스럽고 생각도 많은 것처럼 보였지만, 페록스들이 비토리아 안을 마음대로 헤집고 다니는 것을 두려워하는 것처럼 보이지는 않았다.

"내게 묻기 전에, 그래요, 어린 이방인은 아직도 지하 감옥에 갇혀 있습니다. 방금 경비병들에게 물었더니, 거기 갇히고 나서부터 한 번도 벗어난 적이 없다고 하더군요."

옥타비아가 놀란 내색을 하지 않기 위해 입술을 앙다물었다. 시마가 지금 이 건물 지하에 있다. 그리고 만약 그녀가 갇혀 있다면, 그녀는 누구도 해칠 수 없었다.

"그렇지만 여전히 누군가가 해를 입었군요."

카밀라 마스터가 말했다. 키케루스 마스터가 말했다.

"유감이지만 그렇습니다."

"피해자는 얼마 전에 죽은 소년의 어머니인 윌라였습니다. 오늘 아침 그녀의 이웃들이 그녀를 집 안에서 발견하자마자 저를 불렀습니다. 하지만 이미 늦었죠. 그녀는 이미 숨을 거둔 상태였습니다."

"안 돼!"

옥타비아의 숨이 멎었다.

"어쩌다 죽었나요?"

에티우스 마스터가 묻자 키케루스 마스터가 엄숙하게 고개를 끄덕였다.

"잔인하게 공격당한 것 같았습니다. 상처가 여기저기 나 있었어요."

"안 돼."

옥타비아가 힘없이 다시 말했다. 어젯밤 옥타비아에게 다가왔을 때 윌라는 너무나 강하고 매서웠다. 에티우스 마스터가 말했다.

"우리가 처음 페록스에게 정신이 팔린 사이 또 다른 페록스가 몰래 들어온 게 틀림 없습니다. 지금 이 순간에도 마을 어딘가에 숨어 있을 겁니다. 수색대를 보내야 합니다."

키케루스 마스터가 손을 들어 올렸다.

"저는 잔인한 공격이었다고 했습니다. 페록스의 공격이라고는 말하지 않았습니다."

한 평의원이 혀를 찼다.

"페록스 말고 또 뭐가 있단 말입니까? 화가 난 염소요?"

"아니요. 사람일 수도 있습니다."

키케루스 마스터가 차분히 말했다.

그 말에 평의원들은 순식간에 논쟁을 벌였고, 다른 사람이 말하는 도중 말하려 하다 보니 서로 목소리가 커져만 갔다. 그들은 그건 불가능하다고 말했다. 비토리아에서는 발생할 수 없는 일이었다. 아무도 아들의 죽음을 슬퍼하는 여인을 죽일 수 없었다. 짐승의 짓이어야 했다. 괴물의 짓이어야 했다. 말들이 회오리치며 옥타비아의 머릿속을 두드려댔다. 와이번 게이트로 브람의 시신을 들고 왔을 때 윌라는 고통으로 울부짖었다. 그녀가 옥타비아의 코트를 붙잡았을 때 그녀의 손에서는 엄청난 힘이, 그리고 눈에서는 엄청난 분노가 느껴졌다. 너무나 억울하게 죽은 아들에 대한 사랑과 슬픔이 느껴졌다. 그런데 그녀가 죽었다니 믿을 수 없었다.

"우리가 해야 할 일은 명백하네요."

카밀라의 목소리가 방을 가로질러 울렸다. 평의원들이 조용해졌다. 경비병이 들이닥쳤을 때 그녀만 놀라지 않았다.

"우리는 이 공격의 배후에 있는 괴물을 찾아내 저지할 것입니다. 하지만 먼저 옥타비아에게 감사를 표해야 한다고 생각해요. 그녀는 비토리아를 위해 큰 일을 해냈어요."

"네?"

옥타비아가 전혀 예상하지 못한 말이었다.

"그런가요?"

에티우스 마스터가 회의적으로 말했다.

"그럼요. 우리는 페록스가 어떻게 변할지에 대해서 오랫동안 이론만 세웠고, 이제까지 증거는 없었어요. 그들이 사람의 말을 흉내내고, 새로운 형태로 변하고, 먹잇감을 찾기 위해 기초적인 계략을 쓸 줄 안다는 것은 알고 있었어요. 하지만 옥타비아가 데려온 것 덕분에 우리는 이제 그들의 능력이 어디까지 진화했는지 제대로 알게 됐어요. 우리는 이제 그들이 너무나 완벽히 변장해서 최소한 어린 아이 정도는 속일 수 있다는 것을 알게 됐어요. 그리고 그들이 우리의 방어막을 뚫기 위해 다른 페록스와 협업할 수 있다는 것도 알게 됐죠."

"아직 모르는 일이에요."

키케루스 마스터의 부드러운 목소리가 점점 날카로워졌다.

"아까 말했듯, 이 사건은…….."

"들었어요."

에티우스 마스터가 가로막았다. 카밀라 마스터가 말을 이었다.

"그리고 당신의 가설에 대해서도 고려하죠. 그렇지 않으면 무책임하니까요. 하지만 우리 모두 우리 친구들과 주민들이 서로를 아무 이유도 없이 죽이진 않는다는 건 알고 있어요. 지금은 페록스야말로, 항상 그래왔듯이, 우리의 유일한 진짜 적입니다. 그 위험을 부정하는 것은 비토리아와 생존자로서 우리가 지켜온 모든 가치에 반하는 것입니다."

카밀라가 일어서서 앞으로 걸어나왔다. 그녀는 한 손으로 목에 건 정교한 부적 목걸이를 매만졌다.

"에티우스 마스터, 비토리아를 샅샅이 수색할 경비병들을 모아 주세요. 변장한 괴물은 얼마 안 가 발각되겠지만, 여전히 숨어든 침입자가 있을 수 있어요. 즉시 수색하세요. 어디서 왔는지 알아내세요. 또 다른 누군가를 공격하기 전에 막으세요."

"네, 카밀라 마스터."

에티우스가 말했다. 카밀라가 말했다.

"눈앞에 위험이 닥쳤어요. 그러나 이번 비극으로부터 얻은 게 있다고 생각해요. 다음 번에 괴물들이 그런 계략을 쓸 때를 대비해 그들에 대해 연구할 수 있는 절호의 기회예요. 다들 동의하시죠? 내일부터 시작하죠. 이미 붙잡은 그 혐오스러운 페록스를 버리기 전에 연구할 거예요."

그녀의 말들이 옥타비아를 뼛속까지 흔들었다. 카밀라 마스터는 시마를 두고 말한 것이었다. 옥타비아는 평의원들이 말하는 것을 전부 다 이해하지 못했다. 그들이 저리 쉽게 받아들이는 것들 중에 가능한 것이 있기나 한가? 페록스가 저렇게 변하기 전에 헌터들이 아무것도 눈치채지 못했을까? 왜 저들은 윌라가 어떻게 죽었는지에 대해서 더 묻지 않는가? 모든 것이 순식간에 일어났고, 그들의 모든 주장과 의심은 카밀라가 입을 열자 순식간에 사라졌다.

옥타비아가 유일하게 이해한 건, 비토리아에 괴물이 숨어 있다고 해도 그게 시마는 아니라는 것이다. 시마는 사람이었다. 옥타비아의 목숨을 구하고, 눈속을 걷는 것에 대해 투덜거리고, 옆으로 웅크려 누워 잠을 잤다. 그녀는 혼자 갇혀 있었으니 누구도 다치게 할 수 없었다.

카밀라의 말이 그녀의 머릿속을 가득 채웠다. 옥타비아가 말했다.

"잠깐만요. 무슨 말씀이세요? '버린다니' 무슨 말씀이세요?"

아무도 대답하지 않았다. 회의는 끝났고, 평의원들은 이미 나가고 있었다.

"그녀에게 무슨 짓을 할 건가요?"

옥타비아가 따지면서 앞으로 튀어나갔지만, 누군가가 그녀의 팔을 짓눌러 막았다.

에티우스가 그녀를 뒤로 끌어냈다.

"더이상 네가 상관할 바가 아니다."

"그녀를 다치게 할 건가요? 무슨 짓을 할 건가요?"

카밀라 마스터가 옥타비아를 보지도 않은 채 지나갔다.

"회의는 휴회합니다."

그녀가 말했다. 그녀는 문에 다가가면서 동료 평의원들에게 미소 지었다.

"이렇게 신속히 결정을 내릴 수 있다니, 이 의회가 정말 자랑스럽네요. 우리는 비토리아를 지킬 겁니다."

에티우스를 포함한 평의원들이 서둘러 그녀를 따라 나갔다. 마지막으로 나간 것은 키케루스 마스터였다. 그는 옥타비아를 향해 몸을 돌려 종잇장 같이 얇은 노인 목소리로 말했다.

"이 늙은이가 밖에 나가게 해주겠니, 옥타비아, 네가 바란다면."

"저들이 시마에게 무슨 짓을 할 건가요?"

옥타비아가 물었지만 키케루스 마스터는, "나와 함께 나가자."라는 대답 뿐이었다.

키케루스 마스터는 그녀의 도움 없이 혼자 걸을 수 있었지만, 의회 회관에서 나와 잿빛 아침 풍경이 보일 때까지 그녀는 그에게 팔 하나를 내주고 그의 옆에 있었다. 그들이 계단을 내려오자마자 루퍼스가 금세 다가와 그들과 발을 맞췄다. 그는 계속 밖에서 기다리고 있었다. 그의 니트 모자 아래로 금발 머리카락이 삐져나와 있었고, 밝은 초록색 스카프를 목에 둘렀다. 루퍼스의 눈에 담긴 피곤함과 얼굴에 드러난 긴장이 아니었다면 지극히 평상시처럼 보였을 것이다.

"회의는 끝났나요? 월라에 대해서 뭐라고 말하던가요? 뭘 하려는 거죠?"

"에티우스 마스터가 마을 전체를 수색할 거란다."

키케루스가 말했다. 루퍼스는 얼굴을 찡그렸다. 그는 장갑을 끼고 있지 않은 양손을 비볐다. 옥타비아는 그의 소매에 묻은 붉은 얼룩을 발견했다. 피구나, 그녀는 바로 눈치챘다. 그것은 피였다. 키케루스 마스터와 함께 월라의 집에 갔던 것이다. 그녀에게 생긴 일을 목격했던 것이다. 옥타비아는 말했다.

"월라가 나를 보러……."

의회 회관으로 가는 문이 열리고 평의원들 중 두 명이 나오자 옥타비아는 말을 멈췄다. 그들은 키케루스에게 점잖게 인사하고 옥타비아를 경계하듯 쳐다보고 루퍼스는 완전히 무시했다. 그들이 멀어지자 옥타비아가 말했다.

"그녀가 어젯밤 나를 보러 왔었어."

하지만 곧 그녀는 말을 멈추고 긴장한 채 주위를 둘러봤다. 그녀는 입술을 깨물었다. 브람과 윌라에게 문제가 생길까 봐가 아니라 누구근 엿들을 수 있는 공공 장소에서 아무 말도 더 하고 싶지 않았다. 키케루스 마스터가 말했다.

"플라비아 마스터의 작업실에 데려다주마. 가자꾸나, 루퍼스."

셋서서 마스터들의 구역으로 향하면서 옥타비아가 물었다.

"정말로 페록스가 그녀를 죽였나요?"

"확실히 그렇게 보이도록 꾸며져 있었지."

키케루스 마스터가 말했다. 그는 어수선하고 어딘가 정신이 없었다.

" 집 안이 많이 부서진 것을 보아하니 꽤나 격렬한 저항이 있었던 것 같더구나. 하지만 언제 공격을 당한 건지 아직도 의문이야. 한 이웃은 저녁 종이 울리고 나서 바로 소동을 들었다고 하더군. 다른 이웃은 아침 종소리가 울리기 직전에 고함 소리를 들었다고 주장하고 말이야. 하지만 전자는 지하실에서 일하고 있었을 때이고, 후자는 아직 침대에서 자고 있었을 때니까 둘 다 잘못 들었을 수도 있지. 나는 그렇게 잔혹한 공격은 아무런 목격자도 없었을 깜깜한 어둠 속에서 가해졌을 거라 생각한단다."

"정말이지 끔찍했어."

루퍼스가 조용히 말했다. 그들은 리버 가의 아치 통로에 다다랐다. 키케루스 마스터는 플라비아의 작업실 문을 두드리지 않았다. 바로 문을 열고 계단을 올라갔고, 옥타비아와 루퍼스가 뒤따랐다. 그들이 작업실에 도착했을 때 플라비아는 작업대에 앉아 있었다. 그녀는 그들을 보고도 놀라지 않았다.

"벌써 회의가 끝났나?"

그녀가 말했다. 키케루스 마스터가 코트를 벗고 의자 중 하나에 앉았다.

"이미 결정된 사안을 모두가 확인만 하는 거니 오래 걸리지 않지."

그가 말했다. 플라비아 마스터가 놀랍지도 않다는 듯 입술을 오므렸다.

"윌라에 대해서는 들었어. 페넬로페가 소식을 듣고 왔지만, 집으로 보냈단다. 괜찮니, 옥타비아? 의회에서 질문 받는 건 절대로 기분 좋은 일이 아닌 걸 나도 안단다. 나도 그 자리에 몇 번이나 있었지."

옥타비아는 부자연스럽게 어깨를 으쓱였다. 분명 끔찍했지만, 윌라의 죽음이 불러일으킨 공포와 시마가 여전히 직면한 위험에 비하면 아무것도 아니었다. 그녀는 키케루스 마스터부터 플라비아 마스터, 그 다음에는 그녀를 걱정하는 표정으로 바라보고 있던 루퍼스를 차례대로 바라봤다. 그녀는 루퍼스만 따로 불러내 키케루스 마스터를 믿어도 되는지 물어보고 싶었다. 키케루스와 플라비아의 생각을 모두 알고 싶었다.

"시마는 페록스가 아니에요."

옥타비아가 키케루스 마스터에게 말했다.

키케루스 마스터가 굉장히 숱이 많은 눈썹 한쪽을 치켜올렸다.

"우리도 안단다. 페록스가 인간을 완벽히 따라하는 능력을 스스로 발전시켰을 리는 없지. 하지만 카밀라가 한 번 결정을 내리면 우리가 아는 사실은 그리 중요해지지 않는단다. 심지어 그녀가 이성보다는 공포 때문에 결정을 내려도 말이야. 카밀라가 결정하는 바대로 의회가 행동하지. 의회는 그녀의 선택들이 비토리아를 위한 최선인지 아닌지 되묻고 싶어 하지도 않아."

"그녀는…… 의도적으로 거짓말을 하고 있는 건가요?"

옥타비아가 물었다. 키케루스와 플라비아는 심각한 표정을 주고 받았다. 그녀의 질문에 놀란 게 아니라 걱정되고 불확실한 표정을 보였을 뿐이다.

"우리 이모는 자기가 정말로 믿는 바는 누구에게도 말하지 않는단다. 그녀는 항상 비토리아의 안전을 그 무엇보다도 중요시해 왔지만, 그녀의 판단력이 흐려졌을 수도 있지. 증거 없이 그녀의 의도에 의문을 제기해 봤자 소용없단다."

플라비아가 일어나서 작업대 앞에서 왔다갔다 하기 시작했다. 그녀는 유리병들을 들었다 놓고, 생각 없이 메모장을 뒤적이고, 여전히 줄에 매달려 있는 네 개의 검은 성문 열쇠를 툭툭 쳤다.

"이건 낯선 일이야. 우리는 카밀라의 보호를 너무 오랫동안 믿어 와서 그녀가 의심스러울 때는 어떻게 해야 하는지 몰라. 마치 지도 없는 여행자들처럼. 하지만…… 도움이 필요한 아이가 있지. 그건 우리 이모가 어떻게 생각하든 상관없이 거부할 수 없는 사실이야."

"카밀라가 내일 정찰하러 헌터들을 보낼 거야."

키케루스 마스터가 말했다.

"그녀는 지금 헌터들을 막고 있어. 그 때문에 헌터들은 화가 나 있고."

"왜 진작 헌터들을 보내지 않았나요?"

루퍼스가 물었다. 옥타비아의 엄마도 같은 질문을 벌써 며칠 동안 가지고 있었다. 헌터들은 비토리아를 한 번도 벗어난 적 없으면서 그들에게 일일이 간섭만 하는 평의원들을 좋아하지 않았다.

"아마 먼저 더 많은 정보를 얻고 싶었기 때문이 아닐까."

"공격받은 카라반 중 일부가 아직도 길 위에 있어요."

옥타비아가 말했다.

"헌터들에게는 그렇게 먼 거리도 아니에요. 헌터들이 찾아낼 거예요."

"정말로 찾아낼지 의문이구나."

키케루스가 말했다. 루퍼스가 어두운 어조로 덧붙였다.

"아니면 찾았다고 인정할지 말이야."

옥타비아는 헌터들이 거짓말을 하지는 않을 거라고 우기고 싶었다. 하지만 일주일 전까지만 해도 확신했을 헌터들의 정직함을 지금은 주장할 수 없었다. 헌터들이 뭐라고 말할지 알 수 없었다. 엄마도 그녀를 믿지 않았다.

"카밀라 마스터가 시마에게 무슨 짓을 할 생각이신가요? 걔를 다치게 할 작정인가요?"

옥타비아는 숨을 쉬려 말을 멈춰야 했다.

"그 아이를 죽일 생각이신가요?"

플라비아 마스터가 옥타비아를 마주하기 위해 몸을 돌렸다.

"우리 이모는 그렇게 말하지 않을 거야. 왜냐하면 페록스는 살아 있는 생물이 아니니까."

"시마는 페록스가 아니라고요!"

옥타비아가 울부짖었다.

"우리는 그녀를 도와야 해요. 정말…… 걔는 여기 오고 싶어하지도 않았어요. 걔가 여기에 온 건 다 제 잘못이라고요."

그녀는 여정이 위험하더라도 시마가 아에테르나에 가게 놔뒀어야 했다. 지금쯤이면 시마는 그녀를 괴물이라고 믿는 사람들에게 갇히지 않고 자기 가족과 함께 있을 수도 있었다.

키케루스 마스터가 말했다.

"카밀라가 뭘 할지에 대해 토론하며 시간을 낭비하지 말자꾸나. 카밀라는 자기가 원하는 대로 할 거란다. 그건 예상 할 수 있지. 우리가 예측할 수 있는 건 그뿐이야. 더 중요한 질문은 우리가 뭘 할 거냐는 거지."

"우리는 시마를 도와야 해요."

옥타비아가 다시 말했다. 그녀의 목소리는 매우 작았다. 그녀는 눈가의 눈물을 닦고 목을 가다듬었다. 플라비아 마스터와 키케루스 마스터는 그녀의 말에 귀기울이고 있었다. 도와 주려고 하고 있었다. 그녀는 어깨를 폈다.

"우리는 그 아이를 **도울** 거예요."

"하지만 우리가 뭘 할 수 있는데?"

루퍼스가 물었다. 플라비아 마스터가 작업대 위에 매달린 성문 열쇠들을 툭 치려 팔을 뻗자 열쇠들은 부딪히는 소리를 내며 흔들렸다.

그녀가 키케루스 마스터를 향해 미소를 지으며 말했다.

"기억해? 내가 어렸을 때 말이야. 우리는 전쟁 중에 정찰병들을 피해 아에테르나를 떠나려고 통 속에 숨어야 했지."

소중한 친구, 플라비아는 옥타비아에게 그 이야기를 해줄 때 그렇게 말했다. 그 친구란 키케루스 마스터를 뜻하는 것이었다. 키케루스 마스터가 숱이 많은 눈썹 중 하나를 치켜올렸다.

"또 통을 생각하는 거야?"

플라비아가 말했다.

"그렇지는 않아. 하지만 계획을 세울 수 있을 것 같아."

Chapter 10

옥타비아의 약속

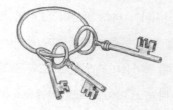

그날 저녁 식사 때 엄마는 지난 일주일 중 어느 때보다 활기찼다.

"모든 게 전처럼 정상으로 돌아올 거야."

엄마는 옥타비아가 몇 달째 듣지 못했던 단호한 목소리로 말했다.

"헌터들은 빠르게 움직일 거야. 그들이 위험 요소를 찾아내겠지."

월라의 죽음과 의회 회의에 대한 소식이 퍼졌고, 마을 사람들은 대부분 걱정과 근심에 차 있었다. 옥타비아가 플라비아 마스터의 작업실에서 집으로 출발했을 때는 아직 어두워지지도 않았는데도 대부분의 상점과 집들은 벌써 문을 굳게 잠그고 커튼을 내렸다. 사람들은 귀가 중인 옥타비아와 앨버스를 피하려고 길을 건너 다녔다. 처음에는 옥타비아를 피하고 있다고 생각했지만, 그들은 서로서로 피하고 있었다. 자기가 잘 알지 못하는 모두를 경계하고 있었다.

옥타비아는 자기 접시만 보고 있었다. 그녀를 향한 시선을 느꼈지만, 차마 올려다볼 수 없었다. 그녀는 착하게 행동하는 중이었고, 상냥하게 굴었다.

그녀는 부모님의 의심을 사지 않기 위해서라면 뭐든지 하고 있었다. 놀랍게도 말을 꺼낸 건 라비니아였다.

"그치만 진짜로 비토리아에 페록스가 있는 건가요? 그게 가능이나 해요?"

"이제 그것들이 변장까지 할 수 있다는 걸 알았으니 우리는 페록스들을 찾아낼 거야."

엄마가 말했다. 라비니아의 질문에 대한 답이 아니었다. 그리고 엄마는 자기도 헌터들과 함께 수색하러 가는 것처럼 자꾸만 **우리**라고 말했다.

"그치만……."

라비니아의 목소리가 작아졌다. 옥타비아가 각오하고 위를 올려다 봤더니 언니가 그녀를 똑바로 쳐다보고 있었다.

"그치만 옥타비아가 말하길……."

"옥타비아가 실수한 거란다."

엄마가 결심한 듯 옥타비아의 곱슬곱슬한 머리를 쓰다듬으려고 자연스럽게 손을 뻗었다. 옥타비아는 움찔했다.

"적이 전략을 바꿨는데 거기에 바로 적응하는 훈련을 하지 않으면 쉽게 저지르는 실수란다."

"헌터들이 뭘 찾았는지는 곧 알게 될 거다. 그 전까지는 서로 꼭 붙어서 안전하게 있는 게 가장 좋단다."

아빠가 말하자 엄마가 눈을 깜박였다.

"그래. 맞아. 헌터들이 문제를 해결할 거고, 아무도 다치지 않을 거야."

"브람의 엄마 빼고요."

아우구스투스가 말했다. 그도 자기 접시를 쳐다보고 있었다. 브람은 그와 동갑이었고, 둘이 친구는 아니었지만 서로 얼굴은 알 정도였다. 비토리아에는 젊은이가 많지 않았다. 엄마 손이 옥타비아 머리에서 떨어졌다.

"물론. 그래서 의회를 신뢰해야 하는 거란다."

그 후의 저녁 식사는 조용하고 불편하게 이어졌다. 옥타비아는 아무 말도 하지 않았다. 그녀는 헌터들이 비토리아를 샅샅이 뒤져 뭘 찾을지는 몰랐지만, 길에서 시마의 카라반이 지나간 흔적을 찾을 거라는 점은 확신했다. 그들은 바퀴 자국을 찾을 것이다. 이스트로드도 수색해서 바퀴 자국이 아에테르나로 이어진 것을 발견할 것이다. 헌터들은 옥타비아가 진실을 말하고 있었음을 알 것이다.

그 다음에 그들이 어떻게 할지 옥타비아는 전혀 예상할 수 없었다. 그녀는 식사를 마치자마자 방으로 돌아가고 싶다고 했고, 아빠가 피곤한듯 고개를 끄덕이며 그녀에게 일찍 잠들라고 일렀다.

옥타비아는 위층으로 올라가다 하나의 방 입구의 커튼 앞에 멈춰 섰다. 몇 초 동안 가만히 귀를 기울이자 그녀의 심장이 쿵쿵 뛰는게 느껴졌다. 아무도 그녀를 따라오지 않았다. 그들은 여전히 식탁에 있었다. 그녀는 커튼을 옆으로 젖히고 방 안으로 들어갔다. 할 수 있는 한 빨리 그녀는 하나의 오래된 가방을 집어들고 겨울철 여행을 위한 장비를 마구 담기 시작했다. 따뜻한 옷들, 질 좋은 가죽 장갑, 부싯돌과 밧줄과 너덜너덜해진 지도. 그녀가 죽기 몇 주 전에 옥타비아가 쓸 수 있도록 다시 줄을 맨 오래된 활들 중 하나. 옥타비아는 이미 위층에 있는 자기 가방 안에 하나의 칼을 넣어 놨다. 가죽 물통을 하나 더 담고는 그녀는 멈춰선 채 가족들이 식탁을 치우는 소리를 들었다.

옥타비아가 하나의 침대 아래에 가방을 쑤셔넣고 커튼을 옆으로 밀어젖혔더니 방 앞에 라비니아가 서 있었다.

"오, 옥타비아."

라비니아는 놀란 표정이었다가, 옥타비아를 지나쳐 하나의 방 안을 쳐다보면서 점점 슬픈 표정으로 부드럽게 바뀌었다. 언니의 시야를 가리지 않기 위해 옥타비아는 커튼을 휙 닫지 않으려고 애를 썼다. 이미 가방을 숨긴 뒤였다. 들킬 만한 것은 없었다. 하지만 만약 라비니아가 뭐라도 봤다면——만약 그녀가 뭔가를 의심했다면——모든 계획이 수포로 돌아갔다.

라비니아가 한숨을 쉬며 슬프게 미소 지었다.

"하나가 너무 보고 싶어. 언니는 엄마가 저럴 때마다 어떻게 해야 할지 알았는데. 나는…… 아니야, 바보 같은 생각이야. 나는 그냥 언니가 그리워."

"나도."

옥타비아가 속삭였다. 라비니아는 팔을 뻗어 옥타비아를 꼭 끌어안았다. 그녀는 따뜻하고 막 구운 빵과 시나몬 냄새를 풍겼다.

"다 괜찮아질 거야. 우리는 괜찮을 거야."

라비니아는 옥타비아를 하나의 방 앞에 혼자 남겨둔 채 슬프고 부드러운 휘파람을 불며 자기 방으로 갔다. 옥타비아는 너무 놀라 움직이지도 못하고 그 자리에서 몇 초 동안 가만히 서 있었다. 가족들은 하나가 얼마나 그리운지 얘기하지 않았다. 가족 중 누구도 입 밖으로 꺼내지 않았다. 옥타비아는 자기만 하나를 그리워한다고 믿기 시작했었다. 이제야 그녀는 라비니아도 똑같이 생각했을지 궁금했다. 그리고 오빠들도, 엄마도 그렇게 생각하는지. 그리고 아빠도. 그녀는 가족 모두가 자기 슬픔을 서로에게 너무 잘 감춰서 모두 같은 감정을 공유하고 있다는 것조차 잊어버렸는지 궁금했다.

아래층에서 목소리가 들려왔다. 엄마와 아빠의 목소리였다. 가끔 그랬던 것처럼 화가 안 난 척하면서 낮고 빡빡한 어조로 말하고 있는 것 같았다. 무슨 말을 하는지는 알아들을 수 없었다. 알고 싶지도 않았다. 라비니아의 포옹이 전해준 온기가 어깨에서 사라지면서 몸이 떨려 그녀는 다락방으로 올라갔다.

옥타비아가 옷도 안 갈아입고 턱 끝까지 담요를 끌어당긴 채 침대에 누웠을 때 앨버스가 방에 들어왔다. 눈을 감고 있었지만, 촛불에서 나오는 따스한 불빛의 깜박임을 볼 수 있었다. 앨버스가 속삭였다.

"옥타비아, 자니?"

그녀는 대답하지 않았다. 움직이지도 않았다. 그가 촛불을 끄고 담요 아래 자리를 잡았을 때도 긴장을 놓지 않았다. 옥타비아는 앨버스가 자기 침대로 항상 기어들어가는 고양이들 중 한 마리에게 뭐라 중얼거리는 것을 들었고, 그의 숨결이 규칙적으로 변할 때까지 기다렸다. 그러고 나서도 그녀는 계속 기다렸다. 아우구스투스가 방으로 들어가는 소리가 들렸고, 엄마 아빠 목소리도 더는 들리지 않았다. 안방 문이 닫혔다. 집 전체가 고요해졌다.

옥타비아는 침대를 빠져나왔다. 가슴 위에 얹어 놓았던 가방을 움켜쥐고 하나의 방에 있는 다른 가방을 가지러 사다리를 타고 내려갔다. 그녀는 헌터들이 긴 여정을 떠날 때 싸는 가방과 최대한 비슷하게 싸려 했지만, 두 가방은 울퉁불퉁하고 무게도 차이가 났다. 가방을 다시 쌀 시간은 없었다. 그녀는 빵집 뒤쪽에 있는 창고로 내려갔다. 견과류와 말린 과일, 소금에 절인 고기와 치즈를 가방 가득 쑤셔 넣었다. 음식이 얼마나 필요할지 가늠할 수 없었다. 넣을 수 있을 만큼 챙기고 난 다음 그녀는 코트를 입고 모자 끈을 조이고, 얼굴에 스카프를 둘렀다.

이제 갈 시간이었다. 아무도 깨지 않았다. 누구도 그녀를 막을 수 없었다.

옥타비아는 숨을 들이마셨다. 코트를 입은 채 서 있었더니 점점 몸이 따뜻해졌다. 가방들은 벌써 무겁게 느껴졌다. 그녀는 한 숨 더 크게 들이마시고는 숨을 참은 채 뒷문을 밀어 열었다.

비토리아의 밤은 항상 조용했지만, 오늘은 평소보다 더 고요했다. 옥타비아는 그림자에 숨어들었을 페록스를 찾는 경비병들과 헌터들이 밤을 돌아다니고 있으리라 예상했고, 그래서 코너를 돌 때마다, 보폭을 크게 해서 걷던 골목마다 누군가와 만날까 봐 겁에 질려 있었다. 하지만 그녀는 아무도 보지 못했다. 만약 밖에 사람들이 나와 있었다면, 이쪽으로는 안 온 것 같았다.

그녀는 중앙 광장에 있는 건물 뒤편으로 이어진 좁은 골목을 발견했다. 그곳은 위에 있는 창문에 빛이 하나도 없이 굉장히 어두웠다. 그림자 속에서 고양이를 마주친 옥타비아는 너무 놀라 거의 소리를 지를 뻔했다. 고양이는 도망갔고, 옥타비아는 숨이 돌아올 때까지 기다렸다가 다시 걷기 시작했다. 그녀는 의회 회관 뒤편에 도착할 때까지 골목길을 살금살금 걸어갔다.

그곳에 도착하자 옥타비아는 자기가 지났던 모든 창문과 문을 확인했다. 키케루스 마스터가 경비병들도 잠긴 줄 알지만 빗장이 풀린 문이 하나 있다고 옥타비아에게 알려 줬다. 어떻게 그 문이 열려 있는지 아냐고 묻자 그는 지루한 의회 회의를 정기적으로 참석해야 하는 사람은 모두 몰래 빠져나갈 비밀 통로를 알고 싶어 한다고 답할 뿐이었다. 건물 중간쯤에 다다르자 부서진 창문이 있었다. 심장이 흥분으로 벌렁댔다. 그녀는 골목 바닥에 가방들을 내려놓고 창문 안으로 꿈틀거리며 들어갔다. 창문은 문 뒤편에서 비치는 은색 빛만 일렁이는 서늘하고 어두운 방으로 이어졌다. 그녀는 눈이 어둠에 적응할 때까지 기다렸다. 창고 같은 방 안이었다. 문 밖에서 아무 소리도 들리지 않아 조심스럽게 문을 열었다. 그녀는 넓게 펼쳐진 계단 아래에 있었다. 주위에는 아무도 없었다.

그녀는 지하로 가는 계단을 찾았다. 아래층도 조용한 건 마찬가지였다. 촛대에 꽂힌 양초들 몇 개가 기다란 복도를 밝혔고, 복도 절반쯤 아래 의자에 앉아 있는 경비병 한 명을 제외하면 텅 비어 있었다.

옥타비아는 그를 보자마자 코너 뒤로 휙 숨었다. 심장이 쿵쾅쿵쾅 뛰고 있었다. 그녀는 숨을 죽였다. 그는 그리 멀지 않은 곳에 있었다. 어쩌면 1.5m 정도. 그녀를 봤을 수도 있었다. 적어도 경비병 한 명 정도는 있을 거라고 예상하고 있었다. 하지만 그가 **바로 저기에** 있을 줄은 몰랐다. 그녀는 눈을 질 끈 감고, 숨을 참은 채 귀를 기울였다.

그녀가 복도 아래에서 숨을 짧게 들이마시는 소리 바로 뒤에 이어져 크게 코 고는 소리가 거슬렸다. 코 고는 소리가 계속해서 이어졌다. 경비병은 잠들어 있었다. 계획한 그대로였다.

옥타비아는 천천히 숨을 내쉬고 다시 복도를 둘러보기 위해 몸을 내밀었다. 경비병은 다리를 쭉 뻗고 머리는 옆으로 기울인 채 의자에 널브러져 있었다. 의자 옆 바닥에 점토로 만든 머그컵이 놓여 있었다. 옥타비아는 수면제 한 잔을 만들어 준 루퍼스와 키케루스 마스터, 그리고 페록스를 잡으라고 다른 경비병들을 밖으로 보낸 의회에 조용히 감사를 표했다.

옥타비아는 코너를 돌아 복도를 살금살금 걸어내려갔다. 키케루스 마스터가 아무리 수면제가 혈관을 흐르더라도 경비병이 깨어 있을 수 있다고 경고했기 때문에, 그녀는 조용히 움직였다. 경비병 코 앞에 다다를 때까지 정말 조용히 움직였다. 한쪽 팔 밑으로 반쯤 가려진 열쇠 고리가 벨트에 매달려 있었다. 옥타비아는 다른 열쇠 꾸러미가 있는지 확인하기 위해 경비병의 몸을 살펴 봤지만, 다른 열쇠들은 없었다. 열쇠를 벨트에서 빼내야 했다.

열쇠를 향해 손을 뻗었지만, 경비병이 코를 골며 자던 자세를 바꾸자 동작을 멈췄다. 옥타비아는 그의 팔을 살며시, 정말 살며시 살짝 들어 올리고 벨트에 달린 고리에서 열쇠 꾸러미를 들어올렸다. 열쇠들이 짤그랑 울렸고, 경비병은 다시 자세를 바꿨다. 그는 알아들을 수 없는 말을 몇 마디 중얼거렸다. 그러나 깨지는 않았다.

옥타비아는 맞는 열쇠를 찾기까지 열쇠 몇 개를 구멍에 맞춰 보았다. 열쇠를 돌리면서 쩔렁거리는 소리가 크게 났다. 놀란 옥타비아는 숨을 죽이고 잠든 경비병을 쳐다보았다. 그는 그녀가 금속 손잡이를 돌려서 문을 여는데도 움직이지 않았다. 문 너머의 방은 어둡고 습하고 며칠 동안 환기하지 않은 것처럼 약간 퀴퀴한 냄새가 났다.

"시마?"

그녀가 속삭였다. 아무 답이 없었다. 무언가가 숨을 참은 채 경계심을 잔뜩 품고 기다리고 있는 것 같은 어둠뿐이었다.

"시마?"

돌에 부딪힌 갈퀴 같은 움직임이 일었고, 예고도 없이 무언가가 그림자에서 튀어나와 그녀를 덮쳤다. 충격을 받은 순간에 생각했다. 옥타비아가 틀렸고, 의회가 맞았다. 그들은 **정말로** 여기에 괴물을 가두고 있었다.

그때 어깨에 놓인 손과 함께 분노에 찬 말이 폭포수처럼 쏟아졌다. 익숙한 목소리였다. 한 줄로 땋은 검은 머리카락. 시마였다. 화가 난 채 소리 지르며 옥타비아의 몸을 빠르게 마구 때리는 시마였다. 괴물이 아니었다. 시마일 뿐이었다.

"잠깐!"

옥타비아가 말했다. 그녀는 시마의 양손을 붙잡으려고 했다.

"잠깐, 잠깐, 잠깐만, 멈춰!"

"너!"

시마가 옥타비아의 팔을 때리고 옆으로 무릎꿇리면서 씩씩거렸다.

"비토리아 사람을 절대 믿지 말았어야 했어! 원래 알고 있었어!"

"시마! 우리 조용히 해야 돼! 나는 너를……."

경비병이 요란하게 숨을 들이마시는 소리가 들렸다. 시마와 옥타비아 둘 다 그를 향해 몸을 돌렸다. 그는 의자에 앉아서 자세를 바꾸고 가슴 위로 팔짱을 끼었지만, 여전히 잠들어 있었다.

"조용히 해야 돼. 내 친구가 그에게 수면제를 줬지만, 여전히 깨어날 수도 있어."

옥타비아가 속삭였다. 시마는 잠시 동작을 멈추더니 이내 옥타비아를 옆으로 밀어제치고는 채 복도로 뛰쳐나갔다. 그녀는 양옆을 두리번거렸다.

"저쪽이야."

옥타비아가 계단을 가리키며 말했다. 시마가 망설였다.

"뭘 원하는 거야?"

"나는 너를 데리고 여길 빠져나갈 거야. 우리는 가야 해."

"왜?"

"여기 있으면 위험하니까!"

옥타비아가 말했다. 경비병이 잠든 채 다시 뭔가를 중얼거리고 있었다.

"가야 돼!"

시마는 움직이지 않았다. 옥타비아가 손을 내밀었지만 시마는 재빨리 그녀의 손을 뿌리쳤다. 옥타비아는 주먹을 쥔 채 말했다.

"나도 내 잘못이란 걸 알아. 너를 여기 데려오지 말았어야 했어. 저들은……."

말이 목구멍에 잠겼다.

"저들은 네가 페록스인 줄 알아. 네가 다른 괴물들도 비토리아 안으로 끌어들이고 있다고 생각해. 우린 너를 여기서 데리고 나가야 돼."

"내게 거짓말했잖아. 나는 네가 하는 말을 하나도 믿을 수 없어."

시마가 말했다. 경비병이 또 소리를 내더니 손을 들어 코를 긁었다.

"날 안 믿어도 돼! 그냥 네가 탈출할 수 있게 돕게 해 줘. 네 가족을 찾을 수 있어!"

옥타비아가 속삭였다.

"왜? 너는……."

그때 경비병이 말했다.

"뭐라고? 누구야?"

그는 눈을 잠결에 흐릿하게 떴다. 그러고는 요란하게 하품했다. 옥타비아가 부드럽게 말했다.

"아니에요. 아무것도 아니에요. 다시 잠들어도 돼요."

"음, 그래."

그의 눈이 다시 감겼다.

옥타비아는 시마를 노려보았고, 시마는 고개를 끄덕였다. 그들은 함께 복도를 살금살금 걸어가 계단까지 갔다. 열쇠를 구멍에 그대로 꽂아놓고 왔다는 걸 뒤늦게 알아차렸지만, 그것은 더이상 중요하지 않았다. 이러나 저러나 경비병이 깨면 시마가 달아난 것을 알 것이다. 그가 깨어났을 즈음에 멀리 가 있으면 그만이었다.

그녀는 시마를 데리고 계단을 올라 창문이 여전히 열려 있는 창고 방으로 들어갔다. 옥타비아는 시마가 창문 밖으로 나가는 걸 돕고 나서 자기도 기어올라 빠져나갔다.

"뭘 하는 거야? 말해!"

시마가 씩씩거렸다.

옥타비아가 가방에서 따뜻한 옷을 꺼내 시마에게 덮어 줬다.

"입고 있어. 우리는 가야 돼. 네가 아에테르나로 가서 네 가족들을 찾고 그들에게 경고할 수 있도록 널 비토리아 밖으로 데리고 갈 거야. 서둘러야 해!"

"뭐를 경고하는데?"

"의회. 헌터들. 그냥 모든 것! 너한테 설명해 준다고 약속할게. 그런데 지금은 가야 돼!"

"네 약속은 이제 믿지 않아."

시마가 말했다. 옥타비아는 울기 직전이었다. 시마가 그녀를 믿지 않는 것은 당연했다. 시마는 옥타비아가 거짓말을 해서 자신을 함정에 빠뜨렸다고 믿었다. 그녀는 옥타비아 때문에 며칠을 갇혀 있어야 했다. 시마에게 다시 신뢰를 주려면 어떻게 말해야 할지 가늠도 안 됐다. 그게 가능이나 할지도. 하지만 지금 뛰지 않으면 그럴 기회조차 영영 잃을 것이 분명했다. 경비병들이 도시를 뒤지고 있었다. 의회는 시마가 두 번 도망치도록 놔두지 않을 것이다.

"나도 네가 날 믿지 않는다는 걸 알아. 그러나 어쨌든 우리는 가야 돼."

옥타비아가 하나의 오래된 활을 꺼내 치켜 들었다.

"이것도 가져. 내가 가지고 있는 것보다 네가 가지고 있는 편이 나아."

시마는 활을 받기 전에 코트를 잡아당기고 가방을 들었다.

"그래. 갈게."

옥타비아는 그녀를 데리고 마을 광장에서 벗어나 강을 건넜다. 그들은 길 끝 너머에서 두 번 목소리와 발소리를 들었지만, 경비병과 맞닥뜨리지는 않았다. 비토리아의 조용한 북서쪽 모퉁이에는 비토리아의 일곱 성문 중에서 가장 작은 올드게이트가 있었고, 바로 옆으로 좁은 관개 수로가 성벽 밑으로 흐르고 있었다. 올드게이트는 옥타비아가 태어나기도 전부터 굳게 잠긴 채 사용되지 않았다.

옥타비아는 성문에 다가가면서 걷는 속도를 줄였다. 시마는 그녀 바로 뒤에서 모든 소리에 흠칫거리면서 잔뜩 경계한 채 주변을 둘러보았다.

어둠 속에서 한 목소리가 속삭였다.

"옥타비아?"

루퍼스였다. 그가 약속했던 바로 그 자리에 있었다.

"좋아, 여기 있었구나. 서둘러야 해."

"옥타비아."

루퍼스가 다시 불렀다. 그는 혼자가 아니었다. 오빠 앨버스가 루퍼스 옆에 서 있었다.

Chapter 11

그림자와 얼음

"옥타비아. 너 지금 **뭐 하는** 거니?"

앨버스가 말했다. 루퍼스가 불쌍하게 말했다.

"미안해. 형이 나를 따라오는 줄 몰랐어."

"나는 애초에 누구를 따라갈 필요조차 없었어야 해! 하지만 네가 밖으로 슬쩍 나갔어. 너를 놓쳤는데, 그러다가 루퍼스를 봤지. **너희 도대체 뭘 하는 거니?**"

앨버스의 말이 그들을 에워쌌다. 시마는 주위를 재빨리 둘러보며 성벽 밖으로 나가기도 전에 도망치려는 듯이 뒷걸음질 쳤다. 다 틀렸다. 앨버스가 여기 있어서는 안 됐다. 그는 지난 몇 달 내내 그랬듯이 아무도 신경쓰지 말고 자기 자신만 생각하면서 침대에 누워 잠들어 있어야 했다. 하지만 그는 여기에서 그들의 길을 막으며 모든 일을 그르치며 있었다. 옥타비아가 잡아뗐다.

"조용히 해! 오빠랑은 상관없어! 오빠는 여기 있으면 안 돼!"

앨버스가 따졌다.

"여기 있어서는 안 될 사람은 바로 **너야**. 너희 다. 문제는 이미 충분히 일으키지 않았니? 쟤가 그 이방인이야?"

그의 시선이 처음으로 시마에게 떨어졌다.

"하지만 나는…… 무언가가 브람의 어머니를 공격했다는데……."

옥타비아는 앞으로 나와 앨버스를 두 손으로 밀쳤다. 앨버스는 뒤로 주춤 밀렸지만 다시 밀쳐지기 전에 옥타비아의 손목을 잡았다.

"시마가 아니야! 그들이 거짓말했고, 나는 그녀가 죽지 않도록 도와주려고 하는 거야!"

시마가 놀라서 물었다.

"브람의 어머니가 누군데? 누가 죽었어? 나는 줄곧 그 방에 있었어. 밖으로 못 나가게 했다고."

루퍼스가 재빨리 말했다.

"우리도 알아. 키케루스 마스터가 쟤는 아무 상관 없다고 의회와 싸우려고 했지만, 그들은 이미 결정을 내린 후였어."

앨버스가 말했다.

"이해가 안 돼. 어쨌든 무언가가 윌라를 죽이긴 한 거잖아, 그치?"

옥타비아가 말했다.

"무언가가 아니면 누군가겠지. 하지만 시마는 아니야. 심지어 플라비아 마스터도 카밀라 마스터가 틀렸다고 생각하셔. 만약, 만약 카밀라가 성벽 밖에 아무도 없다고 믿길 바라는 거라면 어떡할래? 브람이 자기 엄마에게 자기가 밖에서 사람들을 봤다고 했고, 윌라는 그걸 카밀라에게 알렸어."

옥타비아는 차가운 숨을 들이쉬기 위해 잠시 말을 멈췄다.

"그리고 이제 윌라가 죽었어."

옥타비아가 느낀 공포와 같은 감정이 앨버스의 얼굴에도 만연했다.

"너 설마…… 카밀라 마스터가 윌라의 죽음 배후에 있다고 생각하는 거야? 그녀가 무슨 짓을 했다고 생각해?"

"나도 몰라!"

옥타비아가 울부짖었다. 앨버스가 입을 닫았다가 다시 열었다.

"하지만 그건……. 하지만 그건 불가능해, 맞지?"

"나도 몰라."

옥타비아가 다시 말했다. 정말 끔찍한 생각이었다. 비토리아의 모든 사람들이 자신들을 지켜준다고 믿는 여자가 그렇게 끔찍한 짓을 할 수 있다는 것. 하지만 옥타비아는 그 생각을 떨쳐낼 수 없었다. 그녀는 그저 윌라가 얼마나 화가 났는지만 계속 생각났다. 카밀라가 그녀를 믿지 않는다고 생각하는 윌라를. 앨버스가 루퍼스에게 몸을 돌렸다.

"너도 그렇게 생각하는 거야? 네 마스터도 그렇게 생각하시고?"

루퍼스가 말했다.

"저도 몰라요. 하지만…… 만약 마을에 페록스가 자유롭게 돌아다니는 거라면 왜 한 사람만, 그것도 비밀을 가진 한 사람을 콕 짚어 죽였겠어요? 그건 말이 안 돼요."

"내가 아는 건 윌라가 사람들에게 브람이 밖에서 이방인들을 봤다는 사실을 알리려 했다는 거고, 이제는 그녀가 죽어서 아무에게도 그 소식을 알릴 수 없다는 거야."

옥타비아가 말했다.

"너희가 하는 말은 다 말도 안 돼."

앨버스가 말했다. 시마가 불만스럽게 말했다.

"아니, 말이 돼. 너희의 그 카밀라 마스터가 더 이상 발설하지 못하도록 그녀를 죽인 거야. 너희도 다 그렇게 생각하잖아. 그저 입 밖으로 꺼내고 싶지 않을 뿐이야."

시마가 말하고 나서 길고 무거운 침묵이 이어졌다. 아무도 그녀를 반박하지 못했다. 그녀가 옳았기 때문이다. 카밀라가 윌라의 죽음과 연관됐다는 의혹이 든 이후로 옥타비아는 그 생각을 떨쳐낼 수 없었다.

"아무리 사람들에게 이런 말을 해도 아무도 우리를 믿지 않을 거야. 모든 사람들이 이미 시마를 괴물로 생각하고 있어. 그들은 얘를 계속해서 탓하기만 할 거야. 아무도 얘를 도와주지 않을 거야."

"하지만 너는 도와줄 거라고?"

앨버스가 말했다. 그는 여전히 옥타비아의 양손을 붙들고 있었다. 그의 목소리는 낮고 진지했다.

"어떻게 할 건데?"

"나는 그저 시마가 자기 가족을 찾는 것을 도와주고 싶어. 그녀의 엄마와 남동생이 저기 어딘가에 있어. 얘는 그들을 찾고 싶어해."

앨버스는 옥타비아를 풀어줬다.

"이 밤중에 그녀를 혼자 저 밖에 보낼 거라고? 그건 너무 위험해!"

"비토리아도 굉장히 위험해."

옥타비아의 목소리가 미세하게 떨렸지만, 시마가 날카롭게 말했다.

"난 여기 오는 것보다 밖에 있는 편이 더 나았어. 마법사들을 상대하느니 차라리 괴물들을 상대하겠어."

앨버스가 손으로 얼굴을 쓸어내렸다.

"누군가와 상의할 수도 있어. 엄마에게 말해 보자. 그녀는 뭘 할지……."

"엄마는 들으려 하지 않을 거야. 오빠도 알잖아. 엄마는 내 말을 아무것도 믿지 않았어."

루퍼스가 덧붙였다.

"저희는 다른 누군가와 이미 상의했어요. 플라비아 마스터와 키케루스 마스터가 사람들을 설득하려고 할 테지만, 그건 시간이 걸릴 거예요. 우리는 시마를 의회에 맡겨 놓을 수 없어요."

"우리는 지금 시간을 낭비하고 있어. 이쪽으로 가면 밖이지? 나 혼자 갈게. 너희는 다 침대로 돌아가."

시마가 올드게이트에 가까이 가면서 말했다. 옥타비아가 말했다.

"너는 혼자 가지 않아. 나도 같이 갈 거야."

"뭐라고?"

시마가 말했다. 앨버스도 말했다.

"**뭐라고?** 너는 아무데도 갈 수 없어!"

시마가 다시 말했다.

"네 도움 따위 필요 없어! 네가 모든 것을 망가뜨리기 전까지 나는 괜찮았어. 나는 **너를** 구해 줬다고, 기억해?"

옥타비아가 말했다.

"나도 알아! 그게 내가 너를 돕는 이유야. 너는 망루로 가는 길이나 보호된 길이 어디에 있는지 모르잖아. 너는 어떤 길을 택해야 하는지조차 몰랐잖아! 그래서 네가 여기에 혼자 떨어진 거잖아. 나는 너한테 길을 알려줘야 돼. 우리를 막을 순 없어."

옥타비아가 앨버스에게 말했다.

"그리고 만약 오빠가 다른 사람들처럼 잘못된 선택을 하려고 하면, 그래서 만약 저들 때문에 시마가 다치면 그건 오빠 탓이야."

앨버스가 크게 한숨 쉬었다.

"좋아. 좋다고! 너는 어떻게 할 거니?"

앨비스가 루퍼스에게 말했다. 옥타비아가 말하기 시작했다.

"그는 안⋯⋯."

"저도 얘들이랑 같이 가요."

루퍼스가 말했다. 옥타비아가 대답했다.

"무슨 소리야, 아니야! 계획에 어긋나잖아!"

"지금부터 그게 계획이야."

루퍼스가 말했다. 그는 최대한 차분하게 말했지만, 목소리가 떨리고 있었다.

"내가 그 경비병에게 수면제를 줬어. 내가 그랬다는 걸 모두 알 거야. 내가 있으면 키케루스 마스터가 나를 보호하려고 하실 거야. 그리고 결정 때문에 일이 더 어려워질 거야. 내가 마스터를 배신하고 달아났다고 생각하게 만드는 게 나아."

옥타비아는 그를 밀어내고 고집스럽게 올드게이트로 걸어갔다. 그녀는 주머니에서 네 개의 열쇠를 꺼냈다. 그녀가 도망칠 때 어느 성문으로 나갔는지 경비병들이 바로 모르도록, 그리고 헌터들이 어느 방향부터 수색해야 할지 모르도록 모든 열쇠를 다 챙기라고 플라비아가 말해줬다. 결국 찾아내겠지만, 최대한 시간을 벌 수 있으면 좋았다. 처음 두 열쇠는 구멍에 맞지 않지만, 세 번째 열쇠는 열쇠 구멍에 쏙 들어갔다. 아직 돌리지 않았지만 부드럽게 철컥 하는 감각이 느껴졌고, 열쇠는 그녀의 손가락에서 찰랑거렸다. 그녀는 숨을 죽였다. 성문을 둘러싼 그림자들이 흔들렸고, 물 한 방울이 떨어지는 것 같은 소리가 들리더니 바로 희미해졌다. 성문을 굳게 잠그던 마법이 풀렸고, 마침내 옥타비아는 열쇠를 돌릴 수 있었다.

자물쇠가 크게 쿵 하는 소리를 냈다. 성문의 경첩이 삐걱거렸다.

"플라비아 마스터의 주문은 정말 놀라워."

루퍼스가 옥타비아의 생각을 읽은 듯 속삭였다. 그는 아치 통로를 잔뜩 뒤덮은 포도 덩굴들을 뜯어내며 성문을 밀어 열었다.

"이제 갈 수 있어."

시마는 이미 옥타비아와 앨버스를 제치고 밖으로 서둘러 나가고 있었다. 루퍼스가 그녀를 뒤따랐고, 옥타비아도 따라가려고 움직였다. 그때 앨버스가 그녀의 팔에 손을 얹었다.

"어디로 가는 거야?"

앨버스가 물었다. 옥타비아는 갑자기 그를 놔두고 가기 싫어졌다.

"가장 가까운 망루로."

"내 말은, 그 다음에 말이야."

옥타비아는 성문 너머 창백하게 펼쳐진 눈 덮인 불타는 땅과 그 너머에 또 펼쳐진 검은 숲을 바라봤다. 그들이 가는 길을 뒤덮을 커다란 눈송이가 빙빙 돌며 내리기 시작했다. 옥타비아는 아무리 두껍게 껴입어도 다시는 따뜻하다고 느끼지 못할 것 같았다.

"시마가 가족들을 찾기 위해 가야 하는 곳이라면 어디든."

앨버스가 무언가를 말하려 하다 고개를 저었다.

"돌아올 거지? 하루, 아님 이틀 안에? 얼마나 걸릴 것 같은데?"

옥타비아가 말했다.

"나도 몰라. 너무 오래는 아닐 거야."

"내가 뒤에서 성문을 닫아 줄게. 네가 어떻게 나갔는지 모르도록."

"알았어."

옥타비아가 속삭였다. 그녀는 작별 인사를 할 수 없었다. 너무 무거워 마지막 인사가 될 것처럼 느껴졌다. 그래서 그녀는 다시 말했다.

"알았어."

옥타비아는 시마와 루퍼스와 합류하려고 서둘렀다. 성문은 그들 뒤에서 끽 소리를 내며 닫혔고, 마른 덩굴이 아치 위를 쓱쓱 가로질렀다. 옥타비아는 루퍼스와 시마 앞으로 가서 그들을 이끌었다. 발 밑 얼음은 딱딱했고, 공기는 숨쉬기 아플 정도로 차가웠다. 둘러싼 모든 것이 어두운 그림자와 창백한 눈으로 뒤덮여 그들을 위협하는 듯했다. 그녀는 루퍼스와 시마에게 어디로 가야 하는지 보여 주고 싶었다. 그들에게 자신이 겁에 질리지 않았음을 보여 줘야 했다.

하지만 그녀는 움직일 수 없었다. 그들이 저지르고 있는 행동의 중대함이 그녀를 순식간에 덮쳤다.

생각을 하지 않으려고 하루종일 애썼다. 오직 계획에만, 어떻게 해야 시마가 의회 회관과 비토리아에서 빠져나갈 수 있는지에만 집중했다. 어떻게 해야 잠금 장치들과 경비병들과 성문을 빠져나갈 수 있는지, 어른들이 그녀를 의심할 때 어떻게 해야 그들을 속일 수 있는지. 그녀는 단 한 가지 목표에만 정신을 집중했다. 시마를 데리고 나가는 것. 그 이후의 모든 일은 모호했다. 그렇다고 그녀가 아예 무시한 것은 아니었지만, 그녀가 하루종일 고민했던 것은 아니었다. 다음에 해야 할 일들은 눈보라 속으로 걸어들어가면 시야에서 벗어나는 형체들처럼 불분명했다.

이제는 더이상 무시할 수 없었다. 시마는 자유였다. 그들은 성벽 밖으로 빠져나왔다. 밤이었다. 눈이 막 내리기 시작했다. 그리고 얼어버린 광활한 불타는 땅과 척박한 겨울의 밭들 너머에는 괴물들이 득실거리는 어둡고 빽빽한 숲이 있었다.

옥타비아는 배에서 시작된 떨림이 팔과 다리로 뻗어나가는 것을 느꼈다. 지금 뭘 **하고 있는** 거지? 그녀는 이전에 황무지에서의 밤을 겨우 살아 넘겼지만, 지금 다른 두 명을 데리고 다시 성벽 밖으로 나왔다. 충격이 목구멍에 들어섰고, 흐느낌이 터지려는 걸 겨우 참았다. 그들은 밖에 나와 있어서는 안 됐다. 그녀는 얼굴이 창백해지고 눈은 크게 뜬 루퍼스를 바라봤다. 그녀는 하나의 오래된 배낭을 메고 등을 굽힌 채 주위를 긴장해서 둘러보는 시마를 바라봤다. 그녀는 이건 말도 안 되는 끔찍한 짓이라고 판단할 수 있도록, 갑자기 무언가가 그림자들 속에서 튀어나올 **수도 있다고** 누군가 말해 주기를 바랐다. 그들은 어둠이 자욱하게 깔렸을 때 보호용 도구라고는 칼 몇 자루와 오래된 활만 들고 성벽 밖에 나와 있었다. 옥타비아는 발을 움직이는 법조차 잊었다. 그녀는 온몸으로 느껴지는 공포에서 놓여 날 방법을 찾지 못했다.

'너는 언제나 무서울 거야.'

기억 속에서 마치 하나가 바로 옆에 서서 말하는 듯한 음성이 떠올랐다. 하나가 말했었다.

"황무지는 위험해. 페록스들은 언제나 주시하고 있지. 순식간에 날씨가 변할 수도 있어. 만약 네가 두렵지 않다면, 그건 네가 주의를 기울이고 있지 않다는 증거야. 오늘 같은 날에는 특히 위험이 전보다 더 가까이 있다는 게 느껴져."

1년이 채 지나기 전 하나는 옥타비아에게 헌터들이 터놓은 길을 따라가는 법과 눈 속에서 작은 페록스를 쫓는 법을 알려주기 위해 그녀를 비토리아 서쪽 숲으로 데려갔다. 그림자 길이를 줄이는 햇빛이라고는 한 줄기도 보이지 않을 정도로 어둡고 구름이 가득한 날이었고, 옥타비아는 그림자 진 숲 속을 수색하기 두려워했다. 하나가 말했었다.

"하지만 만약 두려움 때문에 네가 멈춘다면 차라리 집에 있는 침대에만 들어가 있어야지. 네가 먼저 가. 헌터들의 길을 찾아."

하나가 장난스럽게 웃었었다.

"헌터들의 길을 찾아."

옥타비아가 속삭였다.

"옥타비아?"

루퍼스가 묻자 옥타비아가 숨을 들이마시고는 한 손을 들어 가리켰다.

"이쪽이야. 저기 밭을 가로질러 고지대 목초지와 망루로 이어지는 헌터들의 길이 있어. 마법으로 보호돼 있을 거야. 저기로 가야 해."

그녀는 가방 끈을 고쳐 멨다. 두 사람이 그녀의 목소리에서 공포를 읽지 않기를 바랐다. 온 몸이 덜덜 떨리는 게 느껴질 정도로 상황은 이미 좋지 않았다.

"가자."

그들은 서둘러 불타는 땅 위에 단단히 굳어 바람에 쓸리는 눈을 가로지르고 낮은 돌벽을 기어올라 밭 가장자리를 따라 반대편에 도착할 때까지 뛰었다. 어둡고 높이 솟은 숲이 마치 어떤 빛도 통과할 수 없는 그림자 벽처럼 그들 앞에 서 있었다. 옥타비아는 그녀만큼이나 요란하게 바스락거리는 소리를 내며 걷는 루퍼스와 시마를 바로 뒤에 두고 밭의 축대를 따라 나무 문에 도착했다. 그곳에서 그녀는 뒤를 돌아보기 위해 잠시 멈췄다. 비토리아는 성벽 위의 경비탑에서 점점이 보이는 빛들 말고는 잿빛 밤하늘을 배경으로 거의 형체가 없는 어두운 벽돌처럼 보였다. 눈이 더 거세게 내리기 시작했지만, 눈송이는 여전히 가볍고, 작고, 피부에 닿으면 얼음처럼 따가웠다.

탑에서 소리치는 경비병은 없었다. 종도 울리지 않았다. 빛나는 횃불도 없었다. 아무도 그들을 보지 못했다.

그녀는 숨을 들이마시고 걷기 시작했다. 한 번에 한 걸음씩. 숲속으로.

"저기 반짝이는 거 보이니?"

옥타비아가 목소리를 낮게 깔고 말했다. 그녀는 한 쌍의 나무 기둥에 새겨진 흔적들을 가리켰다.

"저기에 길을 보호하는 주술이 걸려 있어. 저 사이로 걸어야 돼."

"하지만 주술이 페록스가 못 오게 하는 건 아니잖아. 그것들을 멈출 수 있는 건 없어."

루퍼스 말에 옥타비아는 플라비아 마스터가 어떻게 설명했는지를 기억하려 애썼다.

"맞아, 하지만…… 주술은 페록스가 다른 곳을 쳐다보도록 유혹해."

"우리가 길에서 본 페록스는 다른 곳을 보지 않았어."

시마가 지적했다.

"거기에는 주술이 안 걸려 있었던 거야?"

"있었어. 하지만 주술이 있다고 해서 카라반 전체를 무시하거나 바로 앞을 걸어가는 사람을 무시할 수 있게 하기는 어려워. 그래서 우리는 계속 조심해야 해. 여기서부터 망루까지는 2km도 안 돼. 해낼 수 있어."

그녀는 헌터들의 길에 발을 내밀고 멈춰서 칼을 뽑아들었다. 두 사람에게는 주술도 가끔씩 효력을 잃을 수 있다는 플라비아 마스터의 말을 전해 주지 않을 생각이었다. 그 말은 도움이 안 됐다.

"하지만 혹시 모를 상황을 대비하는 게 좋겠어."

시마는 고개를 끄덕이고 활에 화살을 꽂았다. 루퍼스도 칼을 들었다. 칼을 뽑아들지는 않았지만 칼자루 위에 손을 올려놓았다.

헌터들의 길은 눈 아래 묻힌 나무 뿌리와 돌 때문에 울퉁불퉁하고 좁고 가파랐다. 어둠 속에서 반짝이는 불빛을 보기는 쉽지 않았지만, 경사를 오르면서 옥타비아는 점점 익숙해졌다. 루퍼스는 숨결이 느껴질 정도로 뒤에 꼭 붙어 따라왔고, 시마가 맨 끝에서 걸었다.

숲을 통과하기까지 2km도 남지 않았다. 낮에 하나가 바로 뒤에서 따라오던 때는 정말 가까운 거리 같았다. 하지만 지금은 한 걸음 뗄 때마다, 숨을 쉴 때마다, 바람이 속삭이고 가지가 부딪히는 소리가 날 때마다 옥타비아는 괴물들이 나타날 것 같았다.

산등성이의 경사가 낮아지고 나무들의 두께가 가늘어져 나무 사이사이가 보이기 시작할 즈음 옥타비아는 힘겹게 숨을 쉬면서 얼얼해진 다리와 폐로 겨우 앞으로 나아가고 있었다. 노출된 얼굴 피부가 추위로 따가웠지만, 옷으로 덮인 곳은 너무 덥고 땀 범벅이었다. 너무 두껍게 입었거나, 옷을 잘못 껴입었거나, 잘못된 옷을 골랐다. 모든 게 축축하고 불편했다. 숨을 쉴 때마다 피 맛이 느껴졌고, 가방에서 물통을 꺼내고 싶어서 너무나 멈추고 싶었다. 혀는 거칠고 목은 아팠다. 하지만 그녀는 차마 쉴 수 없었다. 그들은 계속 이동해야 했다. 헌터들의 망루에 도착해서 쉬면 됐다. 이제 눈은 꾸준히 내리며 그들 뒤에 남겨진 발자국을 지웠다.

파랑새의 지저귐을 처음 들었을 때, 그 소리를 전혀 예상하지 못해 옥타비아는 혼란스러웠다. 몇 초 후 그녀는 공포에 사로잡혔다. 옥타비아가 너무나 갑자기 멈춰 서서 루퍼스가 그녀와 부딪혔다.

"뭔데……."

그가 말하기 시작하자 옥타비아는 조용히 하라고 손을 들었다. 시마는 루퍼스 뒤에서 멈춰 섰지만 아무 말도 하지 않았다. 옥타비아는 두 사람이 자기 손짓을 이해하기 바라며 계속 손을 들고 있었다. 아무 말도 하지 마. 아무 소리도 내지 마.

파랑새의 울음소리가 다시 들렸다. 옥타비아는 그 소리가 어디서 나는지 알아차리지 못했다. 그녀는 움직임의 징후나 이상하게 돌출된 그림자를 찾기 위해 숲속을 이리저리 훑어보았다. 너무 쏘아봤더니 눈에 눈물이 차올랐고, 다시 살펴보려면 눈물을 닦아내야 했다. 그녀는 루퍼스와 시마가 숨쉬는 소리, 그리고 그들이 몸을 움직일 때 부츠에서 나는 소리를 들었다. 바람이 나무 꼭대기에서 방향을 틀었다. 눈이 그들 주위에서 희미하게 흩날렸다. 추위가 그녀의 옷, 부츠, 소매와 옷깃에 스며들었다. 모든 피부 세포를 떨게 할 만큼 사무치는 추위가 몸에 깃들었다. 여기 밤새 서 있을 수는 없었다. 그녀는 페록스가 어디에 있는지 몰랐지만, 여기에 오래 있어서는 안 된다는 건 알았다. 너무 추웠다. 그들은 피난처가 필요했다.

그녀는 한 걸음 한 걸음 조심스럽게 얼어버린 눈 위에 발을 올려놓으며 걸었다. 자신들이 여전히 헌터들 길에 있는 불빛 사이에 있다는 것을 확인하기 위해 길을 확인했다. 며칠 밤 동안 꽁꽁 얼어붙은 눈 위를 조용히 걸을 수 있는 방법은 없었다. 그녀가 뒤를 돌아보자 루퍼스는 눈을 크게 뜨고 그녀를 바라보았고, 시마는 여기저기로 활을 겨누고 있었다. 시마가 너무 떨고 있어서, 옥타비아는 그녀가 실수로 화살을 쏘게 될까 봐 걱정스러웠다.

몇 걸음 가지 않아 다시 파랑새 소리를 들었지만, 소리가 채 끝나기도 전에 그 소리는 딱따구리 소리로 바뀌었다. 옥타비아는 몸을 떨며 재빨리 왼쪽을 쳐다봤다. 떨어지는 눈과 바람은 어둠 속에 있는 모든 것이 움직이고, 자리를 바꾸고, 기어오는 것처럼 보이게 만들었다. 저건 통나무일까, 몸을 땅바닥까지 탁 낮추고 살금살금 걷는 페록스일까? 알 수 없었다. 딱따구리 소리가 희미해지더니 대신 올빼미가 부드럽게 호호거리는 소리가 들려왔다. 페록스는 그들을 혼란시키려고 하고 있었다. 여러 가지 소리를 내며 그들을 속이고 충격에 빠뜨리려 애쓰고 있었다.

그걸 안다는 것이 왠지 모르게 옥타비아를 진정시켰다. 페록스는 주술이 그들을 가려주고 있는데도 그들의 존재를 알고 있었다. 그들도 페록스가 어둠 속에 숨어 있음을 알았다. 그녀는 루퍼스와 시마가 바짝 붙어 따라오고 있는지 확인하고는 걷는 속도를 약간 올렸다. 서로 떨어져서는 안 됐다.

부드러운 한편 위협적인 올빼미 울음소리가 그들을 따라 숲에 울려퍼졌고, 곧이어 그마저도 희미해지고 대신 까마귀가 요란하게 까악거리는 소리가 들렸다. 하지만 그 소리는 전과 달리 반대편에서, 즉 오른쪽에서 들려왔다. 다른 페록스였다. 어쩌면 조금 더 떨어진 곳에 있는 페록스. 옥타비아의 심장이 펄떡 뛰었고, 안정감도 사라졌다. 두 마리의 페록스 모두 길과 가까워지고 있었다. 숲속에서 그들을 찾아봤지만, 아무것도 보이지 않았다. 모든 것이 생물처럼 보이다가도 금세 아무것도 아닌 듯했다. 그녀는 얕은 숨을 미친 듯이 몰아쉬고 있었다. 그리고 루퍼스가 그녀의 팔을 건드리기 전까지 멈춰 선것도 전혀 모르고 있었다.

루퍼스 쪽으로 휙 몸을 틀었더니 두 사람 모두 길 앞쪽을 가리키고 있는 게 보였다. 루퍼스는 조용히 뭐라고 말했다. 한 단어였다. 옥타비아는 다시 앞을 바라봤다.

망루가 바로 앞에 있었다. 100걸음도 안 되는 거리였다. 작은 공터에 우뚝 서 있었고, 기다란 사다리가 돌로 된 사각형 기반에서 위로 이어지고 있었다. 흥분한 나머지 옥타비아는 더 이상 조용히 움직이지 않았다. 가볍게 뛰기 시작했다. 배낭이 등에 부딪혔고, 그녀는 뒤에서 루퍼스와 시마의 헐떡이는 숨소리와 그들의 부츠가 눈길을 파헤치며 바스락거리는 소리를 들었다.

새소리가 멈추더니 금속이 철컥거리는 소리로 바뀌었다. 발톱들이라고 생각했고, 달리기 시작했다. 왼쪽인지 오른쪽에서 발톱들이 서로 부딪치는 소리가 났고, 무거운 몸뚱이가 눈을 헤치고 달리는 소리, 그리고 무언가 나무껍질에 부딪히는 소리가 났다. 거의 다 왔었다. 거의 다 왔다. 왼쪽을 봤더니 어두운 형체가 정확한 모양도 파악할 수 없을 정도로 빠르게 길을 따라 숲속에서 달리고 있는 게 보였다. 그 놈은 크지 않았다. 어쩌면 여우만 한 크기였겠지만, 굉장히 빨랐다. 오른쪽에는 다른 페록스가 있었다. 두 마리가 공조하는 건가? 그것은 키가 크고 갸날프고 홀쭉했으며, 달리면 불타는 것처럼 보이는 서로 길이가 다른 다리가 덜커덕 덜커덕 소리를 냈다. 괴물은 그들을 따라 성큼성큼 뛰고 있었고, 그녀가 잠시 다른 곳을 보다가 다시 돌아보니 그들 쪽으로 방향을 바꾸어 돌격했다. 옥타비아는 탑의 기반에 발이 걸려 옆으로 미끄러졌다.

"위로, 위로, 위로!"

그녀가 소리쳤다. 그녀는 루퍼스를 사다리 위로 밀어 주려고 루퍼스의 가방을 움켜쥐었다. 시마에게도 힘을 보탰다.

"가! 가!"

세 사람이 기어오르자 사다리가 심하게 떨렸다. 두 사람 뒤를 빠르게 따라 올라가다가 너무 가까이 붙은 나머지 시마에게 차일 뻔했다.

페록스 중 한 마리가 탑 1층에 몸을 부딪히기 직전에 그녀가 지금까지 들어본 새소리와는 전혀 다른 이상한 피리 소리를 냈다. 그 놈은 요란스럽게 발톱을 부딪치며 뒤로 물러났다. 옥타비아는 폐에서 쇠 맛이 나도록 사다리를 오르고 올랐다. 그들이 뚜껑 문을 쾅 닫기 전 마지막으로 본 것은 탑 아래를 빙빙 도는 페록스 두 마리의 어두운 그림자였다.

Chapter 12

유령들의 골짜기

망루 밖에서 들리는 소음때문에 뒤척였던 춥고 불안한 밤이 지나간 후 사무치게 춥고 눈보라가 이는 잿빛 아침이 찾아왔다. 난로의 불이 죽어서 옥타비아는 다시 여정을 시작하기 전에 몸을 녹이기 위해서 불씨를 되살렸다.

"이렇게 추운 곳에 살 생각을 하다니, 너희는 모두 미쳤어."

시마가 이를 덜덜 떨며 헌터 보급품들을 뒤적거려 음식을 찾으면서 두 사람에게 말했다.

루퍼스는 다른 창고에서 뭔가를 찾을 때까지 담요와 무기들을 이리저리 뒤척이느라 몸을 구부리고 있었다.

"아! 여깄다. 이게 필요할 거야."

루퍼스는 세 켤레의 설피를 꺼냈다. 시마가 그게 뭐냐는 표정을 짓자 그가 설명했다.

"눈이 깊은 곳에서 걷기 위한 거야."

시마는 그가 장난을 친다고 생각하는 듯 얼굴을 찡그렸다.

"얼마나 깊은데?"

옥타비아가 말했다.

"걷기 힘들 정도로 깊어. 높은 산에서는 더 깊어질 수 있고."

"그리고 그곳으로 가야 하는 거, 맞지?"

루퍼스가 시마에게서 견과류와 말린 고기를 한 움큼 받고 발을 질질 끌며 불 가까이 다가갔다.

"옥타비아가 말하길 너는 아에테르나로 가고 싶어한다던데?"

시마는 옥타비아에게 짜증어린 눈빛을 보냈지만, 옥타비아는 눈을 굴릴 뿐이었다.

"루퍼스는 너를 도와주고 있어. 그래서 당연히 재한테는 말했지."

"하지만 네가 왜 그곳에 가고 싶어 하는지는 말하지 않았어."

루퍼스가 말을 이었다.

"우리가 널 네 가족한테 데려다 준다는 건 알고, 헌터들이 네 가족들을 따라잡기 전에 찾을 수 있기를 바라지만, 애당초 네 가족은 왜 아에테르나로 가고 싶어 하는 건데? 거기는 그냥 오래된 폐허에 불과해. 거기에는 아무것도 없어."

시마는 말린 고기를 한 입에 넣고 씹었다. 이제야 그녀를 제대로 보니 그녀는 창백하고 불안해 보였다. 어두운 머리카락은 이리저리 헝클어져 있었고, 눈은 피곤에 그늘이 져 있었다. 적어도 더럽거나 다친 것 같지는 않아서 그나마 다행이었다. 의회 회관의 경비병들이 그녀를 동물처럼 대하지는 않은 것 같아서 다행이었다. 물론 의회는 그녀가 괴물이라고 판단했음에도 말이다.

"그에겐 말해도 돼. 그를 믿어도 돼."

옥타비아가 말하자 마침내 시마가 먹던 음식을 삼키고 말했다.

"내 남동생이 아파. 이베르네에 있는 힐러는 아무도 병을 못 고쳤어. 그래서 병을 고칠 수 있는 사람을 찾아 떠났고, 우리 엄마가 어떤 병이라도 다 치료할 수 있다는 힐러에 대해 들었어. 그 힐러는 몇 달 동안 아에테르나에 있었대. 그래서 거기에 가는 거야."

루퍼스가 비관적으로 물었다.

"어떻게 힐러 한 명이 모든 질병을 다 치유한대? 그게 가능해?"

옥타비아가 덧붙였다.

"게다가 힐러가 도대체 왜 아에테르나에 있는 거래? 거기는 힐러가 가기에 이상한 장소 아니야?"

예상 외로 루퍼스가 옥타비아의 물음에 말했다.

"아, 그건 뻔하지. 모든 마법이 거기에서 나오잖아."

"무슨 소리야? 힐러들은 마법을 안 써."

"예전에는 썼지."

루퍼스가 말하는 동시에 시마가 말했다.

"아니야, 그들도 마법을 써."

"지금은 아그리피나의 전염병 때문에 허락되지 않은 것뿐이야. 비토리아 안에서는 말이지. 우리 마스터들은 마을을 보호하기 위해서만 마법을 쓸 수 있어."

루퍼스가 말하고서는 어깨를 들썩였다.

"비토리아 말고 다른 곳들에 대해 생각하는 게 익숙해지기는 힘들 거야. 키케루스 마스터가 내게 힐러들도 한때는 마스터들이었다고 말해 줬어. 내 생각에는 네가 온 곳에서는 힐러들이 아직도 마스터인가 보지?"

시마가 말했다.

"우리는 마스터라고 부르지 않아. 그들은 힐러일 뿐이야. 이베르네에서는 그들만 마법을 사용해. 전쟁 이후에는 그 어떤 목적을 위해서라도 마법은 금지돼 있어."

루퍼스가 턱을 손 위에 올려 놓았다.

"너무 이상해, 그렇지 않아? 비토리아의 규율과 완전히 반대잖아. 우리는 치료를 위한 마법을 쓸 수 없어, 마법을 사람에게 쓰는 거니까. 하지만 너희 마을에서는 사람에게 쓸 때만 마법이 허용돼 있어. 그리고 두 곳 모두 전쟁 이후에는 그게 최선이니까 그런 규율을 세웠고."

옥타비아는 그가 말하는 바를 이해했기 때문에 고개를 끄덕였지만, 여전히 어딘가 불편했다. **'우리는 비토리아를 보호할 거예요.'** 카밀라 마스터가 말했고, 의회는 비토리아 사람들이 그러는 것처럼 그녀를 믿었다. 그들은 그녀가 비토리아를 보호해 왔다고 50년 동안 믿었다. 하지만 비토리아를 보호하려는 카밀라의 계획은 시마를 가두고, 모두에게 그녀가 괴물이라고 말하고, 그녀가 바깥 세상에 대해 알아낸 것을 조작하는 것이었다. 그렇게 생각하자 옥타비아는 문득 카밀라가 보호라는 명목 아래 얼마나 많은 거짓말을 해 왔을지 궁금해졌다. 시마가 말했다.

"우리는 다른 여행자들에게서 그 힐러는 질병을 치료하기 위해 마법사들의 마법을 쓴다고 들었어. 그래서 사람들은 아에테르나에 치료를 받으러 가기도 하지만, 다른 사람들을 도우려고 그 폐허를 찾기도 하는 거야. 그리고 카라반을 타고 온 사람들은 그곳에 일거리가 있다고 들었기 때문에 모이는 거야. 폐허를 파헤치고, 도시를 수색하고, 마법사들이 남긴 것들이 있는지 찾는 거지."

옥타비아는 하나의 방에서 가져온 지도를 꺼내려고 가방을 뒤졌다. 그녀는 지도를 바닥에 펼쳐놓고 그 옆에 무릎을 꿇고 앉았다. 시마와 루퍼스가 지도를 더 가까이 들여다보려고 몸을 기울였다.

"여기가 우리가 있는 곳이야."

옥타비아가 비토리아 서쪽에 있는 망루를 가리키며 말했다.

"그리고 여기가 해가 지기 전에 우리가 도착해야 하는 곳이야."

그녀는 기나긴 산등성이를 뜻하는 삐죽삐죽한 선을 따라가다 넓은 강과 강을 둘러싼 계곡으로 내려가는 헌터들의 길을 표시한 희미한 선을 따라 손가락을 움직였다. 길은 이라쿤디아 강을 건너 강 건너편에 있는 또 다른 망루가 서 있는 언덕으로 이어졌다.

"그래서 유령들의 골짜기를 통과한다는 거지."

루퍼스가 말했다. 시마가 눈을 가늘게 떴다.

"유령들이라니?"

"예전에는 거기에 도시가 있었어."

루퍼스가 말했다. 옥타비아는 지도의 빗금 쳐진 부분을 가리켰다. 그곳은 비토리아 헌터들의 정찰 구역 너머였다.

"이라라고 불렸지. 아에테르나만큼 크지는 않았지만, 내 추측으로는 비토리아보다는 컸던 것 같아."

시마가 말했다.

"비토리아는 그렇게 크지 않아. 이베르네는 그보다 10배는 더 큰걸."

"음, 어쨌든, 그 도시에는 이제 아무도 살지 않아. 전쟁이 시작된 지 얼마 되지 않아서부터 그랬어. 이라 사람들은 마법사들에 맞서 싸우려고 했지만,

실패했어. 마법사들은 한 방으로 도시의 성벽을 부숴버릴 수 있는 무기를 가지고 있었어."

시마가 말했다.

"마법사들은 저지대에서도 그걸 썼어. 그렇게 많은 도시들을 침략했지. 그렇게 성벽을 부수고 난 다음에 괴물들을 보냈어."

"그들은 그 무기를 이라에 처음 사용했고, 모두가 죽었어."

"전부?"

"전부."

"전쟁 중에 비토리아 밖의 사람들이 모두 죽었던 것처럼?"

루퍼스가 얼굴을 찌푸렸다.

"음. 그래, 네가 맞아. 어쩌면 전부 죽은 건 아닐지도 몰라. 하지만 비토리아에 이라에서 온 사람은 아무도 없어. 만약 생존자들이 있다 해도 그들이 어디로 갔는지는 아무도 몰라. 우리는 이제 그곳엔 유령들만 남아 있다고 생각하기 때문에 그곳을 유령들의 골짜기라고 부르는 거야. 하지만 거기는 이상한 골짜기이기도 해. 거기에는 온천이 엄청 많아서 날씨와 상관없이 항상 안개가 자욱해. 내 생각에는 유령들이 튀어나올 것 같기 때문에 사람들이 그곳을 그렇게 부르는 것 같아."

"그들은 안개 속에 숨어 있었어."

브람이 봤다는 사람들에 대해 윌라는 그렇게 말했었다. 옥타비아의 숨이 멎었다. 브람은 이스트로드와 멀리 떨어진 곳에 있었던 걸지도 모른다. 어쩌면 그가 완전히 반대 방향을 보고 있었던 걸지도 모른다. 브람이 유령들을 바라보며 몇 주를 보냈을 것 같진 않았다.

"유령이건 아니건, 우리는 이제 가야 해."

옥타비아가 말했다. 비토리아의 아침 종소리가 울리고 해는 털실처럼 뭉쳐진 구름 조각 뒤로 가려졌지만, 그들은 해가 떠오르는 때에 맞춰 출발했다. 옥타비아가 다시 선두에 섰다. 밤새 내린 눈이 땅 위에 남은 헌터들의 길의 흔적을 모두 덮었지만, 그녀는 나무 기둥들에 새겨진 불빛과 땅에 떨어진 통나무나 두꺼운 덤불을 보며 끊어진 길을 따라갈 수 있었다. 낮에 이동하니 훨씬 쉬웠지만, 그녀는 여전히 그림자들을 살피고 주변 소리에 귀를 기울였다. 페록스의 창조주는 어둠이 내린 뒤에만 인간을 공격할 수 있도록 했다지만, 옥타비아는 가끔씩 마법이 통제 불능 상태가 될 수도 있다는 플라비아 마스터의 말을 머릿속에서 떨칠 수 없었다. 옛날에는 낮은 곧 안전을 뜻했다. 하지만 예전에 믿던 많은 것들이 사실이 아닌 것으로 드러나고 있었다. 옥타비아는 더이상 사람들이 믿어 온 것을 신뢰하지 않기로 했다.

그럼에도 불구하고 빛 속에서 낮은 안개가 탁 깔린 트인 숲을 걷는 일은 기분 좋았다. 그녀는 길을 추적하는 과제를 즐겼고, 다음 표식을 발견할 때마다 작은 기쁨을 느꼈다. 그녀는 하나가 자신을 자랑스러워 할 거라고 생각했다. 만약 상황이 달랐다면 엄마도 자랑스러워했을지도 모른다.

정오가 되기 전 그들은 나무에 파묻혀 있던 버려진 건물들을 지났다. 건물들은 대부분 반쯤 무너져 있었고, 지붕도 창문도 없었다. 비토리아에서 온 나무꾼들이 몇 년 전에 통나무들을 모두 떼 가고 돌로 만든 굴뚝만 외롭게 남겨뒀다. 시마가 물었다.

"무슨 일이 있었던 거야?"

"다른 곳들과 똑같은 일을 겪었어. 아그리피나의 전염병 때문에 사람들이 떠났지."

옥타비아가 말했다. 시마가 지적했다.

"다른 곳들이 모두 전염병을 겪은 건 아니야. 네가 그렇게 됐다고 생각하는 거지."

"맞아. 나도 알아."

옥타비아가 이제 막 쌓인 눈을 헤치며 나아갔다. 눈앞의 장애물을 치우면서 지나가느라 힘들었지만, 그렇다고 루퍼스나 시마에게 선두를 맡아 달라고 부탁할 수도 없었다. 아직 정오도 채 되지 않은 시각이었다. 그렇게 빨리 지친 걸 인정할 수 없었다.

"그러면 다른 곳에서는 무슨 일이 있었는데? 전염병이 이베르네를 덮쳤을 때는 어땠어?"

"많은 사람들이 아팠어. 어쩌면 죽었을지도 모르지."

시마가 몇 초 동안 아무 말 없이 걸었다.

"어떤 도시들은 병자들을 바다로 내몰았어. 어떤 곳은 아픈 사람들을 가뒀지. 어떤 곳은 쫓아내 버렸어. 하지만 그들을 도우려는 힐러들과 아픈 사람들을 돌보았던 사람들이 있었고, 수 년이 흘러 전염병은 사라졌어. 전염병이 더 이상 퍼지지 못할 정도로 많은 사람들이 죽었어. 하지만 모두 죽지는 않았지."

"내 생각에 비토리아는 아무것도 하지 않고 스스로 고립된 것 같은데."

옥타비아가 말했다. 루퍼스가 조용히 말했다.

"여전히 상상이 안 돼. 얼마나 많은 사람들이 바깥 세상에 있는지. 그들은 알지만 우리는 모르는 것들도."

시마는 그들이 모르는 것들을 나열하기라도 할 듯 말문을 뗐지만, 결국 입을 다물었다. 그들은 정오가 되기 전까지 오전 내내 걸었고 하나의 지도를 들여다볼 때만 잠시 쉬었다. 산등성이는 이제 계속 내리막길이었고, 그들을 둘러싼 숲은 더 촘촘해졌다. 하지만 헌터들의 길은 여전히 빛으로 분명히 표시돼 있었고, 가끔씩 돌무더기가 빛을 대신했다. 옥타비아는 그 즈음 다음 망루가 보이기를 바랐지만, 유령들의 골짜기는 그녀가 생각했던 것보다 더 넓고 깊었다.

"얼마나 더 가야 돼?"

루퍼스가 물었다. 그는 옥타비아보다도 더 피곤해 보였다. 그는 옥타비아처럼 여름과 가을에 성문을 빠져나와 숲속을 누빈 적이 없었다. 그의 얼굴은 평소보다 창백했고, 배낭 때문에 등과 어깨가 아픈지 자꾸만 배낭을 고쳐 멨다. 옥타비아가 말했다.

"이제 이라쿤디아 강을 건너고 쭉 언덕을 올라가기만 하면 돼. 어두워지기 전에 도착할 수 있을 거야."

옥타비아는 자기 말이 훨씬 자신감 있게 들렸기를 바랐다. 자신 있게 말하기는 했지만, 사실 그다지 빠르게 이동하지 못하고 있었다. 깊게 쌓인 눈을 헤치며 길을 따라가는 것은 예상보다 훨씬 더 힘들었다. 그녀는 쉬고 싶었다. 루퍼스가 쉴 수 있도록 해 주고 싶었다. 하지만 더 이상 시간을 낭비할 순 없었다. 그녀는 지도와 음식을 다시 배낭에 넣고 일어서서 배낭을 다시 멨다.

그때 나무들 사이에서 지저귀는 소리를 들었다. 그녀는 숲속을 바라보려고 몸을 틀었지만 보이는 건 어두운 나무 기둥들, 흰 눈, 그리고 푸르른 소나무 가지가 다였다. 그녀는 숨을 참고 귀를 귀울였다. 작은 움직임이라도 포착하려고 숲을 주시했다.

"뭔데? 괴물들이야?"

시마가 물었다. 그녀도 일어서서 옥타비아 옆에 섰다.

옥타비아가 말했다.

"모르겠어. 다람쥐였을지도 모르지."

시마는 옥타비아를 회의적으로 바라봤다.

"정말로 다람쥐였다고 생각해?"

"아니."

옥타비아가 실토했다. 그녀는 한동안 더 소리에 귀 기울였다.

"아직 낮이고 우리는 길 위에 있어. 괴물들이 가까이 오지는 않을 거야."

옥타비아는 정말 그렇게 생각한다는 듯이 말했고, 심지어는 실제로 그렇게 믿고 있다고 스스로에게 되뇌었지만, 다시 출발할 때는 더이상 아침에 느꼈던 것처럼 신이 나지 않았다. 이제는 피곤하고, 춥고, 축축할 뿐이었으며, 나무 삐걱거리는 소리, 새 지저귀는 소리, 가지들이 서로 부딪히는 소리만 들리면 바로 페록스의 흔적을 찾으려고 숲속을 뚫어져라 바라보았다. 낮에는 공격하지 않아. 의심스럽긴 하지만 그녀는 이제껏 한 번도 그 명제가 틀린건 보지 못했다. 괴물들이 어디에 있는지 알고 싶었지만, 그들을 쫓느라 길을 벗어날 수는 없기 때문에 흔들리는 나뭇가지나 툭툭 떨어지는 눈 덩어리 같은 작은 움직임만 확인하게 되었다.

오후 내내 구름은 서쪽 산봉우리들 위로 천천히 하늘을 뒤덮더니 가장 높은 봉우리까지 덮어 산이 희미하게 보였다. 이라쿤디아 강 주변의 온천에서 피어오르는 안개는 날이 추워질수록 점점 더 짙어졌다. 얼마 안 가 유령들의 골짜기 전체에 안개가 자욱하게 깔렸다.

경사가 다시 시작되고 나무들 간격이 멀어지기 전까지 옥타비아는 자신들이 계곡 가장 깊은 곳을 지났다는 걸 모르고 있었다. 이제는 시마가 선두에서 눈을 헤치며 길을 내고 있었고, 옥타비아는 맨끝에서 이동했다. 숲에서 나와 이라의 농지였던 땅에 들어서자 길을 따라가기 훨씬 어려워졌다. 어떤 곳에는 보호 표식을 새길 나무조차 없었고, 오직 돌무더기들만이 한때 목초지를 둘러쌌을 돌벽 위나 옆에 놓여 있었다. 안개때문에 잘 보이지도 않고, 황폐한 수목들에 둘러싸인 온천이 여기저기서 땅에서 솟구쳐 끓어 올랐다. 안개는 가끔씩 얼굴에 따뜻한 기운을 남겼지만, 추위까지 떨치지는 못했다. 모든 것이 차갑고 고요했다. 그리고 주변은 온통 잿빛이었다.

"강물 소리를 들은 것 같아."

루퍼스가 머리를 기울이며 불확실하지만 희망에 찬 목소리로 말했다.

"가까이 온 게 틀림없어."

옥타비아도 멈춰섰다. 강물 소리가 들릴 줄 알았지만, 돌투성이인 바닥에 물이 지나가는 소리가 정말로 들리는지 확신할 수 없었다. 바람이 텅 빈 땅을 횡횡 불며 더 거세졌고, 그들 뒤로 펼쳐진 경사를 가로질렀다. 그녀는 다시 걷기 시작했다, 떨어지지 않기를 바라며.

아무도 입 밖으로 꺼내지는 않았지만, 옥타비아는 모두 같은 생각을 하고 있음을 알았다. 이미 늦은 오후였지만, 그들은 아직 강을 건너지 못했다. 몇 걸음 더 가 그녀는 또다른 소리를 들었다. 부엉이가 부드럽게 호호 우는 소리였다. 바로 다음에 파랑새의 거친 울음소리가 들렸다. 몇 걸음 더 가 시마가 멈춰서 옆을 봤다.

"저거 혹시……?"

"맞아."

옥타비아가 속삭이는 소리보다는 살짝 더 큰 목소리로 말했다.

"가까이 있는 것처럼 들리는데."

루퍼스가 말했다. 옥타비아는 동의해야 했고, 실망이 홍수처럼 밀려들어왔다. 그녀는 바보 같이 페록스들이 그들을 따라 숲 밖으로 나오지 않았기를 바라고 있었다. 그녀는 소리를 오랫동안 듣지 못했다. 하지만 그들은 여전히 저기에, 안개 속 어딘가에 끔찍한 새소리를 흉내 내면서 있었다. 따라오면서. 살그머니. 어둠이 내리기를 기다리며.

시마는 더 빠르게 걷기 시작했고, 루퍼스와 옥타비아가 그녀를 뒤따랐다. 올빼미 울음소리가 설피가 바스락거리는 소리 너머로 살짝 들리면서 그들이 걷는 속도에 맞춰 따라왔다. 옥타비아는 계속해서 오른쪽 안개 속을 쳐다봤다. 한 번인가 두 번은 어두운 형체가 바닥으로 미끄러지는 것도 보았다. 여우나 작은 개보다 크지 않은 페록스였다. 아마도 어젯밤에 그들을 따라왔던 놈일 것이다. 그녀는 그것이 어떻게 하루종일 자기들과 같이 움직일 수 있는지 생각하고 싶지 않았다. 그녀는 그 놈이 만약 혼자라면 작으니 그들이 맞서싸울 수 있을 거라고 계속 되내었다.

그녀는 그 놈이 혼자가 아님을 알고 있었다. 칼집에서 하나의 칼을 빼 들었다. 그녀는 돌벽에 딱 붙어 움직이는 어두운 그림자를 다시 봤다. 그녀는 금속 발톱이 돌을 할퀴는 소리와 눈 위를 밟으면서 나는 소리를 들었다. 안개가 드리워져 보이진 않았지만. 다시 뒤쳐졌던 그녀는 두 사람을 따라가려고 살짝 뛰었으나, 시마와 루퍼스는 길 한가운데에 멈춰 서 있었다.

"상황이 안 좋은데."

루퍼스가 말했다. 옥타비아가 그의 옆에 섰다. 그들은 이라쿤디아 강에 도착했다. 하지만 다리가 없었다. 돌들과 죽은 가지들, 마른 덤불, 그리고 다리가 부서지고 남은 잔해들로 뒤덮인 가파른 강기슭은 그들 바로 앞에서 낭떠러지처럼 밑으로 꺼졌다. 양쪽에 남아 있는 다리의 돌 기반이 무거운 안개를 뚫고 겨우 보였지만, 양쪽을 잇고 있어야 하는 나무 구조물은 무너져 있었다. 대부분의 다리 잔해는 아마도 폭풍우나 홍수에 의해 쓸려가고 없었다. 남아 있는 것이라고는 강기슭 위 돌들 사이에 끼어 있는 통나무들과 나무 판자들뿐이었다.

"건널 수 있을까?"

시마가 물었다. 옥타비아는 잠시 생각하더니 고개를 저었다. 하나가 알려 준 강을 건너는 방법들이 있기는 했지만, 오늘처럼 추운 날, 게다가 이라쿤디아처럼 커다란 강에서는 소용 없었다.

"설령 반대편까지 가더라도 다 젖어서 얼어 죽고 말 거야. 건널 만한 다른 곳을 찾아야 돼."

시마와 루퍼스 둘 다 그녀를 쳐다봤다. 루퍼스가 말했다.

"하지만 그건 곧……."

"길을 벗어나는 거야. 나도 알아. 하지만 여기에 계속 있을 수는 없어. 우리는 계속 움직여야 돼."

"괴물이 우리를 따라오고 있어."

시마가 말했다.

"나도 안다고! 달리 뭘 해야 할지 모르겠어. 낮에는 우리를 공격하지 않을 거야. 우리는 강을 건너서 어둠이 내리기 전에 다시 길로 복귀해야 돼."

"그럴 수 없으면? 우리는 이미 계획보다 느려지고 있어."

루퍼스가 말했다. 옥타비아는 그의 말에 답할 수 없었다. 그들에게는 선택권이 없었다.

"어느 쪽이야?"

시마가 화살을 빼서 활 시위에 메겼다. 옥타비아가 말했다.

"페록스는 강 하류에 있어. 그러니까 강 상류로 갈 거야. 사이에 길을 놔두면 그것을 속일 수 있을지도 몰라."

그녀는 단호히 돌아서서 강 상류로 향했다. 피부에 닿는 오싹한 느낌에 살짝 떨렸다. 한동안 올빼미 우는 소리가 들리지 않았다. 그녀는 돌투성이에 울퉁불퉁한 강기슭을 따라 최대한 빠르게 걸었다. 안개는 여전히 시야를 가릴 정도로 두꺼웠지만, 강을 따라가는 이상 길을 잃지는 않을 것이었다. 그녀는 바위와 돌 무더기, 강물에 떨어져 박혀 있는 나무들을 모두 둘러봤다. 건널만한 것을 찾아야 했다. 페록스는 그들을 따라 오지 않을 수도 있었다. 그녀는 페록스가 헤엄칠 수 있는지 전혀 알지 못했다. 하나가 알려준 적도 없었고, 한 번도 해 보지 못한 생각이었다.

왼편에서 파랑새 소리를 다시 듣고 놀라지는 않았지만 낙담했다. 그녀는 아무 말도 하지 않고 그저 속도를 올렸고, 곁눈에 움직이는 그림자가 포착됐을 때 뛰기 시작했다. 강을 건널 수 있는 곳을 찾으려 강을 뚫어져라 쳐다보느라 앞을 보지 못했다. 결국 돌을 보지 못해 설피 끝이 돌에 걸리면서 땅바닥에 심하게 나동그라졌다. 숨이 턱하고 막혔다.

"저기 두 마리가 있어!"

시마가 말했다. 루퍼스가 말을 이었다.

"일어나, 일어나, 일어나. 옥타비아! 다쳤어?"

그녀는 나무 기둥 밑에 쌓인 돌무더기에 걸려 넘어졌다. 나무는 높고 가늘고 제일 꼭대기에 달린 자그마한 마디를 제외하면 가지가 하나도 없었다. 옥타비아의 시야가 다시 선명해졌다.

나무가 아니었다. 맨 꼭대기에 이상하게 생긴 건 마디가 아니었다.

그것은 커다란 나무 고리가 맨 뒤에 달린 나무 기둥이었다. 가운데 고리에 달린 것은 해골이었다. 사람 해골이었다. 그것은 바람에 이리저리 날리고 뒤틀리면서 고리에 가볍게 부딪혔다.

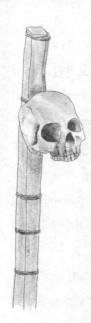

옥타비아는 비틀비틀 일어나 뒤로 물러서다 거칠
게 숨을 내쉬는 루퍼스에게 부딪혔다.

루퍼스가 말했다.

"어디 있어? 어디로 간 거야? 어디 있는 거야?"

옥타비아가 원을 그리며 돌아섰다.

"시마! 시마, 너 어딨어?"

시마는 대답 대신 요란한 소리를 내며 안개에서 튀어나
왔다. 그녀의 설피가 튀어나온 돌에 부딪혀 딱딱 소리가 났
다. 그녀는 다른 화살을 준비할 새 없이 화살을 쏘았다. 페
록스가 그녀 바로 뒤에 있었다. 다른 놈은 길게 휜 금속 이
빨과 만든다 만 것같이 이상하게 생긴 머리가 보일 정도로
점점 가까이 다가왔다. 불에 타고 휘어버린 막대기들로 만들어진 뿔들이 달
려 있었고, 발톱은 길고 창백했으며, 굉장히 **빨랐다**. 사지가 부드럽게 움직
여, 상대방이 당황할 정도로 우아하게 움직였다. 그것의 목표는 분명했다.
그것은 손쉽게 시마에게 가까이 가고 있었다.

옥타비아는 칼을 들었지만, 한 걸음 떼기도 전에 무언가가 그녀의 머리카
락을 휙 하고 지나치는 게 느껴질 만큼 빠르게 귓가를 스쳐갔다. 다음 순간
긴 나무 창이 페록스의 목에 꽂혔다. 또 다른 창이 날아와 두 번째 페록스의
가슴에 꽂혔다. 공기가 마치 작은 종이 울리듯 높은 음으로 울렸고, 바로 안
개 속으로 여린 음이 사라졌다.

두 마리 괴물 모두 창에 맞아 비틀거렸다. 그리고 그들은 가루가 되기 시
작했다. 괴물들을 이루던 것들이 괴물들 위로 무너지기 시작했다. 가죽 부스
러기가 힘을 잃고, 나무 조각들과 나뭇가지들이 불 속에서 시뻘건 석탄이 돼

가는 것처럼 부서졌다. 금속 이빨은 이제 녹슬고 아무런 위협이 되지 않는 조각이 되어 떨어졌다. 뼈가 가장 마지막에 부서졌다. 뼈는 다른 부분처럼 가루가 되지는 않았지만, 바닥으로 떨어져 한 무더기를 이뤘다.

순식간이었다. 너무 순식간이라서 옥타비아는 분명 상상일 거라고 확신하며 눈을 깜박였다. 페록스들은 사라졌다. 창 공격 한 방이 그들을 모두 산산조각냈다. 헌터들이 없앨 때처럼 그저 이음새들을 떼어낸 게 아니라 완전히 없애버렸다. 괴물들은 이제 잔해 부스러기와 뼈 더미에 불과했다.

무언가가 그녀의 등을 쿡 찔렀다. 그녀는 놀라서 소리를 질렀다. 뒤를 돌아보자 그녀를 겨눈 또다른 창이 보였다. 루퍼스를 붙잡고 있는 사람이 한 명 더 있었다.

코트를 입고 옆에 두꺼운 털이 붙은 긴 부츠를 신은 두 사람이 그들을 잡고 있었다. 그들은 머리도 스카프로 완전히 감싸, 세 사람을 의심스럽게 바라보는 두 눈 외에는 무엇 하나 보이지 않았다.

Chapter 13

분노한 죽은 자들의
도시에서

차갑고 날카로운 창 끝이 옥타비아의 턱 밑에 닿았다. 그녀는 재빨리 뒤로 물러나 양손을 들었다.

"잠깐, 잠깐만요! 뭘 하는 거예요? 우리는 페록스가 아니에요! 어떻게 한 거예요? 페록스들에게 뭘 한 거예요?"

창을 들고 있던 사람이 코웃음 쳤다.

"우리도 네가 페록스가 아니라는 건 알아, 꼬마 아가씨."

여자의 목소리는 세 사람을 조롱하는 듯했지만 특별히 놀란 것처럼 들리지는 않았다.

시마가 마침내 다른 화살을 시위에 메기고 옥타비아 옆으로 달려와 여자에게 활을 겨눴다.

"창을 내려 놔. 얘네를 다치게 하지 마."

여자는 움직이지 않았다. 그녀는 자기 동료를 향해 머리를 기울였다.

"쟤네 알아? 세 명이나 있을 거라고는 말하지 않았잖아."

"세 명이나 있어서는 안 되지. 한 번도 본 적 없는 애들이야."

다른 사람이 말했다. 목소리만으로는 성인 남자인자 소년인지 알 수 없었으나, 굉장히 짜증스럽게 들렸다.

"어떻게 한 거예요?"

옥타비아가 점점 더 높아진 목소리로 다시 끈질기게 물어봤다.

"당신들 창 덕분인가요? 어떻게 한 거예요? 어떻게 그렇게 쉽게 페록스를 없앨 수 있었던 거죠?"

"그것도 못하면서 너희는 여기서 뭘 하고 있었던 거니?"

소년이 되받아쳤다. 그는 루퍼스의 목을 겨누던 창을 내려놓았다.

"죽기 좋은 방법이지. 페록스들 중 한 마리가 너를 덮쳤던 거야?"

옥타비아는 루퍼스가 대답하기 전까지 그가 무슨 말을 하는지 몰랐다.

"오. 음. 그런 것 같아요."

그의 왼쪽 다리 아래 바지 사이로 피가 배어나오고 있었다. 루퍼스가 상처를 만지려고 몸을 기울이자 다리가 뒤로 꺾였다. 옥타비아는 그가 넘어지기 전에 그를 부축해 땅 위에 천천히 눕혔다.

페록스의 발톱이 그의 다리에 네 개의 기다란 상처를 남겼다. 바지는 찢겼고, 피부는 그대로 노출됐으며, 상처에서 피가 흘러나왔다. 상처를 보고 있자니 옥타비아는 갑자기 엄청난 메스꺼움을 느꼈다.

"어떡하지?"

옥타비아가 말했다. 그녀는 뭘 해야 할지 알았다. 그녀는 상처를 치료하는 법을 알고 있었다. 루퍼스가 키케루스 마스터에게 배운 것에 대해 얘기할 때마다 그의 이야기를 주의 깊게 들었다. 하지만 머릿속은 새하얀 백지 상태였다. 아무것도 기억이 안 났다.

"뭘 해야 하는지 알려 줘!"

"먼저…… 피를 멈춰야 돼."

루퍼스가 속삭이며 숨을 헐떡거렸다.

"비켜."

낯선 여자가 옥타비아 옆에 무릎을 꿇고 앉으며 그녀를 어깨로 밀쳤다. 그녀가 긴 스카프를 풀자 갈색 머리에 감싸인 둥근 얼굴이 드러났다. 추운 바람에 피부가 모조리 튼 상태였다. 그녀는 루퍼스의 다리를 펴서 찢어진 바지를 살짝 벗기더니 상처를 살폈다.

"상당히 깊은걸. 힐러가 필요해."

루퍼스가 숨을 거칠게 내쉬며 말했다.

"알아요. 출혈이……."

"여기서 할 수 있는 것만 해 줄게."

여자가 그의 다리 주위로 스카프를 단단히 매었다.

"어디서 왔니? 우리 땅에서 뭘 하고 있는 거야?"

옥타비아와 시마는 서로를 바라봤다. 시마는 어깨를 으쓱였고, 옥타비아는 시마도 어떻게 답해야 할지 모른다고 여겼다. 옥타비아가 말했다.

"음, 저희는 여기가 당신네 땅인 줄 몰랐어요. 죄송해요."

옥타비아는 유령들의 골짜기에 영토를 소유한 사람들이 있는 줄도 몰랐다는 사실을 받아들이려고 하지 않았다. 거기에 사람들이 살고 있었다는 사실마저도. 마음속에서는 그들에게 유령이냐고 묻고 싶어했다. 그저 반드시 확인해야 할 것 같았다. 그보다 이성적인 자아는 일련의 생각들로 가득 차 있었다. 그들은 유령이 아니다. 그들은 그저 사람이다. 왜냐하면 비토리아 밖에도 사람들이 있으니까. 이라 주위의 온천들에서 뿜어나오는 안개에 가려진 사람들. 공격 한 번으로 페록스를 무찌를 수 있는 사람들. 그들은 아주 가까이 살고 있었고, 루퍼스는 도움이 필요했고, 그녀는 그들의 창을 한 자루 가지고 싶었다. 그녀는 정말로 그들의 창을 한 자루 가지고 싶었다. 하지만 루퍼스가 도움을 받는 게 먼저였다. 그녀는 딱히 거짓말을 할 필요가 없다고 판단해 말했다.

"다리가 무너져서 저희는 강을 건널 곳을 찾고 있었어요. 혹시 힐러를 아세요? 얘를 도와 주실 수 있으신가요?"

여자가 그녀를 올려다보더니 자기 동료를 쳐다봤다.

"네 비밀이 탄로 날 것 같구나."

소년이 투덜대더니 이제는 땅과 수직으로 들고 있던 기다란 창에 이마를 가져다 댔다.

"큰일났군. 나는 얘들을 몰라!"

"그들은 비토리아 길에 있었어."

여자가 말했다.

"맞아, 하지만 그들은 아니……."

소년이 말을 멈췄다.

"돌아가야 돼. 어두워지고 있어."

옥타비아와 시마가 루퍼스가 일어나는 걸 돕는 동안 여자와 소년은 던졌던 창을 회수했다. 여자는 선두에 서서 나무는 한 그루도 없고 해골이 걸린 나무 기둥들 몇 개만 드문드문 서 있는 광활한 땅을 가로질러 강 상류로 그들을 데려갔다. 나무 기둥들이 모두 사람의 해골이 걸린 것은 아니었다. 어떤 건 곰이나 늑대나 뿔이 달린 산양 같은 동물의 해골이었고, 어떤 것들은 페록스의 생기다 만 해골들이었다. 안개 속에서 아래를 내려다 보며 구부러

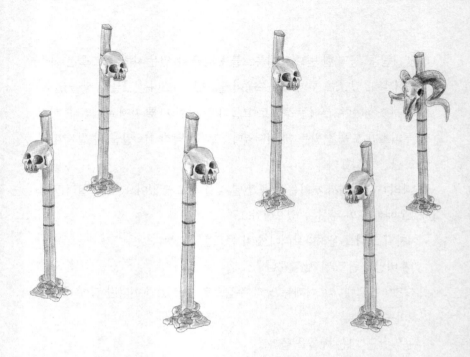

진 나무 기둥에 달려 길 쪽으로 기울어져 있었다. 여자와 소년은 그들이 죽인 페록스를 확인하거나 쳐다보지 않았다. 남은 잔해에도 전혀 관심이 없었다.

옥타비아와 시마는 가는 내내 다리를 절룩거리는 루퍼스를 옆에서 부축했고, 소년은 맨 끝에서 걸었다. 여자는 자기 이름이 브리안이라고 말했고, 자기 사촌인 소년의 이름은 파이퍼였다. 옥타비아가 어디로 가는지 묻자 브리안이 말했다.

"집으로. 멀지 않아."

"집이 따뜻했으면 좋겠네요."

루퍼스가 말했다. 그는 옥타비아와 시마에게 몸을 완전히 기대고 있는데도 걸을 때마다 느껴지는 고통 속에서도 분명히 용감한 표정을 지으려 애썼다.

"저들을 믿어도 될까?"

시마가 목소리를 낮게 깔고 물었다. 옥타비아가 말했다.

"다른 선택지는 없는 것 같아. 우리를 공격하려고 하지는 않는 것 같고."

시마가 사색에 잠겨 흠칫거렸다.

"저들이 우리를 도와줄까? 이제는 아에테르나까지 얼마나 남았어?"

옥타비아는 다시금 이전에 시마에게 비토리아에 가자고 설득했을 때 느꼈던 것과 비슷한 죄책감을 느꼈다. 알고 보니 그녀는 정말 잘못 생각하고 있었다. 그녀는 시마를 도와야 했지만, 자꾸만 상황이 꼬였다. 시마가 내뱉는 모든 말 속에는 자기 가족이 이미 죽었을지도 모른다는 공포가 깔려 있었다. 옥타비아는 카라반에 무슨 일이 생겼는지 확실히 알기 전까지는 시마를 안심시키는 말이 모두 거짓말처럼 느껴졌기 때문에 뭐라 할 말이 없었다.

옥타비아는 정말 궁금한 것이 있었지만, 아직 입 밖으로 꺼내고 싶지는 않았다. 파이퍼는 밖에서 누군가를 만날 거라고 예상했던 게 틀림 없었다. 비토리아에서 온 누군가를. 그가 전에 마주쳤던 누군가를.

며칠째 옥타비아는 브람이 자기 엄마에게 얘기한 사람은 시마네 카라반처럼 아에테르나로 이어지는 길을 따라 이스트로드를 가던 또 다른 여행자일 거라고 추측하고 있었다. 시마가 들려준 그 대단한 힐러를 찾으러 아에테르나로 향하는 몇몇 사람들의 이야기는 그녀의 가설에 설득력을 더했다.

하지만 어쩌면 완전히 틀렸을 수도 있다. 그녀는 윌라에게 브람이 어디서 그 이방인을 목격했는지 묻지 않았다. 어쩌면 브람은 이 근처 어딘가에서, 비토리아 북서쪽 이라쿤디아 강 근처에서 누군가를 만났던 건지도 모른다. 어쩌면 그 누군가가 지금 그들 뒤에서 페록스들을 막을 수 있는 창을 들고 걷고 있는 소년일 수도 있었다.

그녀는 묻고 싶었지만, 먼저 파이퍼와 브리안, 그리고 그들의 집에 대해서 알고 싶었다. 옥타비아는 그들에게 브람이 죽었다고 말하기 전에 그들이 어떤 사람인지 먼저 알고 싶었다.

강 상류로 갈수록 안개는 점점 짙어졌지만, 여자와 소년은 걱정없는 것처럼 보였다. 그들이 걷는 길은 한때 강물 위로 계곡 사이를 잇고 있던 높은 돌벽의 잔해들로 이어졌다. 대부분의 벽은 거대한 주먹으로 깬 것처럼 지금은 부서져 있었다. 그들은 우뚝 선 열린 성문들을 지나 복잡하게 얽힌 길로 들어섰다. 주위에는 온통 무너진 건물들, 잡석 더미, 나무로 뒤덮인 광장, 그리고 돌들 사이로 스며들어 벽이 되어버린 굵은 덩굴들이 우거진 아치 통로들로 가득했다. 모든 것이 두터운 눈으로 뒤덮여 있었고, 매우 고요했다. 옥타비아가 물었다.

"여기가 이라인가요?"

"그것 말고 다른 도시가 있겠어?"

파이퍼가 말했다. 브리안이 어깨 너머로 쳐다봤다.

"못되게 구는 것도 그만해, 파이퍼. 그래, 여기가 이라야. 여기는 분노한 죽은 자들의 도시지."

'분노한 죽은 자들의 도시?' 옥타비아가 속으로 브리안의 말을 따라했다. 그녀는 이라가 그렇게 불리는 것을 한 번도 들어보지 못했다. 브리안은 여러 개의 아치 통로를 통과해 좁은 길로 그들을 이끌더니 계단을 걸어내려가 마침내 큼직한 건물의 지하로 들어갔다. 첫 번째 방은 길고 차가웠으며, 거기 있는 벽에는 모두 겨울철 옷과 장비들이 걸려 있는 고리와 선반이 매달려 있었다. 브리안이 말했다.

"여기에 설피를 벗어 두렴. 파이퍼, 너는 가서 마르타를 데려와."

그녀가 루퍼스를 보며 말을 덧붙였다.

"그녀가 힐러야. 빨리 따뜻한 안쪽으로 들어가렴."

기다란 방의 맨 끝에 있는 출입구는 벽에 달린 촛불로 환하게 밝혀진 복도로 이어졌다. 벽 높이 달린 눈으로 덮인 창문을 통해 밖에서 약하게 빛이 들어와 전혀 지하를 걷는 것처럼 느껴지지 않았다. 옥타비아는 연기와 함께 배에서 꼬르륵 소리가 나게 만드는, 매콤하고 고기 굽는 냄새를 맡았다. 복도는 높은 천장과 세 개의 돌 굴뚝 아래 놓인 세 개의 화로가 있는 크고 기다란 방으로 연결됐다. 각각의 화로에는 불꽃이 타오르고 있었는데, 방이 너무나 따뜻해 그들을 환영하는 듯했다. 옥타비아는 안도감에 거의 울음을 터뜨릴 뻔했다. 몸을 녹이기 위해 불가로 뛰어가고 싶었지만, 루퍼스를 먼저 도와야 했다. 그의 얼굴은 어둡고 창백했으며 눈썹에는 땀이 맺혀 있었고 눈가에는 눈물이 글썽였다.

브리안은 그들을 벽 앞의 긴 의자로 데려가 거기에 있으라고 일렀다. 방에는 대략 스무 명의 사람들이 있었고, 대부분은 요리용 냄비와 주전자를 들고 불가에 모여 있었다. 바닥에 있는 찰흙으로 된 배기 구멍이 온천에서부터 온기를 끌어왔다. 많은 사람들이 호기심에 차서 새로 온 사람들을 쳐다보려 몸을 돌렸지만, 걱정스러워 하거나 적어도 이방인이 그들 앞에 나타나서 놀란 것처럼 보이지는 않았다.

옥타비아는 루퍼스가 앉는 것을 도왔고, 시마는 그가 코트와 부츠를 벗는 것을 도왔다. 브리안의 스카프로 급히 감은 곳에 피가 잔뜩 배어 있었다. 루퍼스는 무릎을 구부리거나 발을 움직일 때마다 고통으로 앓는 소리를 냈다. 그는 옥타비아가 그를 걱정스럽게 바라보는 것을 눈치채고 애써 웃음을 지었다.

"적어도 따뜻하기는 하네. 그리고 음식 냄새가 나는걸."

"그들이 힐러를 데려오고 있어. 괜찮아질 거야."

그도 이미 알고 있는데도 그녀가 다시 말했다.

"헌터들이 마법으로 페록스를 그토록 쉽게 없앨 수 있었다면, 그들의 힐러들은 얼마나 더 대단할지 궁금한걸."

루퍼스의 말에 옥타비아는 가슴 속에서 간질거리는 흥분을 느꼈다. 똑같은 의문을 가지고 있었다. 그녀는 페록스들을 그렇게 흩어 버린 마법 같은 것을 본 적이 없었다. 그런 일이 가능한지조차 몰랐다. 비토리아의 마스터들이 고안한 보호 주술이나 격퇴용 마법 중 그 어떤 것도 그렇게 강력하지 않았다. 그것은 그녀를 질투하게 했고, 궁금하게도 했으며, 약간은 화나게 하기도 했다. 만약 그렇게 대단한 마법이 가능하다면, 그들은 **왜** 알지 못했을까? 만약 플라비아 마스터가 그런 마법 무기를 만들 수 있었다면, 비토리아는 더 수확을 늘리기 위해서 밭과 목초지를 늘리거나 다른 사람들을 만나러 더 멀리 여행하거나 헌터들을 황무지에 보내 놓고도 그들이 꼭 돌아올 것이라고 쉽게 믿을 수 있었을 것이다.

"왜 저들은 여기를 분노한 죽은 자들의 도시라고 부르는 걸까?"

시마가 묻자 답이 들려왔다.

"왜냐하면 우리는 절대 잊고 싶지 않으니까. 아에테르나의 마법사들이 전쟁을 시작했을 때 우리에게 등을 돌렸던 모든 자들을."

세 명 모두 다 깜짝 놀라 위를 올려다봤다. 그들이 올려다본 여자는 옥타비아가 여지껏 본 여자들 중 가장 몸집이 컸다. 방을 가로지르는 천장의 나무 대들보에 머리가 닿을 정도로 키가 컸고, 어깨부터 발끝까지는 나무 통만 할 정도로 폭이 넓었다. 그녀는 다른 사람들처럼 털이 달린 동물 가죽을 입고 있었고, 머리카락은 윤기 나는 검은색이었다. 그녀는 머리를 길게 땋아 머리 위에 따리처럼 틀어 올렸다. 옆에는 그녀에 비해 왜소해 보이는 나이 든 여자가 돌돌 말린 붕대를 들고 있었다. 그녀는 머리가 하얗게 세고 갈색 피부와 갈색 눈을 가지고 있었다. 그들 뒤로는 파이퍼가 작은 점토 냄비들과 가죽 파우치들을 팔에 가득 든 채 있었다.

나이 든 여인이 루퍼스의 다리 옆으로 무릎을 꿇고 앉아 한 손은 파이퍼에게서 물건을 받기 위해 들어 올리고는 다른 손으로는 상처를 감기 시작했다. 하지만 옥타비아는 키가 큰 여인에게서 눈을 뗄 수 없었다. 여인은 휘어버린 이빨들을 보이며 웃어 보였다. 그녀는 그들이 앉은 의자 옆의 나무 기둥에 몸을 기대고 팔짱을 끼었다. 그녀의 양손 중 하나는 거칠고 햇빛에 그을렸으며 못이 박혔고 새끼 손가락이 없었다. 옥타비아는 그녀의 다른 손에서 시선을 거둘 수 없었다. 그것은 손도 아니었다. 두껍고 어두운 털과 긴 발톱을 지닌 곰의 커다란 발이었다.

"이게 좋니?"

여자가 웃으며 말했다. 손이 더 잘 보이도록 그녀는 옷소매를 걷었다.

"여기서는 다들 익숙해져서 더이상 아무도 감탄하지 않아."

옥타비아는 자신도 모르게 입을 벌리고 있다는 것을 알아차렸다. 그녀는 말을 꺼낼 수가 없었다. 시마가 더듬거리며 말했다.

"당신은 혹시…… 저건……"

하지만 진짜 질문을 한 것은 루퍼스였다. 눈이 커진 채 그가 물었다.

"어떻게 그게 가능한가요?"

여자는 그의 질문에 당혹스러워하는 기색도 전혀 없었다.

"여기 마르타가 해 준 거야."

머리가 하얗게 센 여인이 부드럽게 미소 지었다.

"장담컨대 그건 정말 까다로운 상처였어."

"벌써 15년도 더 됐지. 여기 있는 파이퍼가 그저 갓난아기였으니까."

키가 큰 여인이 다른 손으로 파이퍼의 머리를 쓰다듬었다. 그는 얼굴을 찌푸리고 머리를 숙이면서 중얼거렸다.

"할머니, **하지 마세요**."

그녀가 말을 이었다.

"싸우는 도중 팔을 잃었지만, 내가 무찌른 것에서 팔을 대신할 것을 얻었지. 하지만 걱정마. 마르타는 더 이상 가망이 없을 때만 네 팔 다리를 떼어낼 거야."

여자는 스툴을 끌어당겨 그들을 내려다보며 앉았다.

"나는 우르사란다. 분노한 죽은 자들의 마을 우두머리야. 왜 비토리아에서 온 세 명의 어린 친구들이 우리 땅을 침입했는지 무척 알고 싶구나."

시마가 재빨리 말했다.

"저는 비토리아에서 오지 않았어요."

마르타가 루퍼스의 다리에서 눈을 들어 올렸다.

"아! 그 억양 오랜만에 들어보는구나. 너는 남쪽에서 왔구나?"

시마는 깜짝 놀랐지만 기뻐 보였다.

"네. 제 이름은 시마예요. 저는 바다 옆 이베르네에서 왔어요."

파이퍼의 눈이 커졌다.

"네 말은…… 바다라고? 저 남쪽에 있는? 진짜 바다?"

시마가 짜증나는 듯 한숨을 쉬며 말했다.

"그래. 맞아, 나는 바다에서 왔어. 맞아, 거기에도 사람이 살아. 아니, 우리는 전부 죽거나 괴물들로 변하지 않았어. 아니, 우리 지역에는 눈이 내리지 않아. 맞아, 여기는 매우 추워."

마르타가 웃었다.

"신경쓰지 말거라, 파이퍼. 우리는 항상 저지대 사람들이 여전히 있을 거라고 믿었고, 그저 이 부근에서 그들을 한 번도 보지 못했을 뿐이란다."

우르사가 루퍼스와 옥타비아를 향해 고개를 내밀며 말했다.

"너희 둘은 비토리아에서 왔고."

그들은 각자 자신을 소개하고 비토리아에서 왔다고 말했다. 옥타비아가 덧붙였다.

"저희는 남의 땅을 침입하는 줄 몰랐어요. 저희는 회색곰 산의 서쪽 경사에 있는 망루로 가려고 강을 건널 방법을 찾고 있었어요."

"너희는 비토리아가 평상시 보내는 정찰대가 아니구나. 그들과 늘 거리를 두고 지켜보지만, 멀리서도 대부분 알아볼 수 있어. 그리고 그들 중 어린 아이는 없었어."

옥타비아가 우르사의 꿰뚫어보는 듯한 시선 아래서 불편하게 자세를 고쳤다. 그녀는 이 사람들이 헌터들이 정찰하는 것을 멀리서 지켜봤다는 이야기를 어떻게 받아들여야 할지 몰랐다. 그녀는 이들이 헌터들의 길과 가까이 있기 때문에 피할 수 없는 일이라고 생각했지만, 여전히 이들이 그녀보다 헌터들에 대해 더 잘 알고 있다는 사실이 마음에 들지 않았다.

시마는 옥타비아를 쳐다보고 있었다. 몇 초 뒤에 옥타비아가 살짝 고개를 끄덕였다. 그들이 성벽 밖으로 나온 것은 시마 때문이었다. 그녀야말로 위험에서 달아나고 있었다. 따라서 그녀가 낯선 사람들과 얼마나 많은 정보를 공유할지를 결정해야 했다.

"저는 제 가족을 찾고 있어요."

시마가 말했다. 그녀는 그들에게 남동생을 위해 힐러를 찾으러 아에테르나로 가던 것과, 어떻게 그녀가 길에서 가족들과 떨어지게 됐는지를 얘기했다. 왜 그들이 비토리아에서 도망가야 했는지를 설명해야 할 때가 되자 그녀는 망설이며 옥타비아를 쳐다봤다. 옥타비아가 빠르게 생각하며 더듬거렸다.

"저희는, 음, 저희는 그녀를 도와줬어요. 의회는 저희가…… 그들은 그녀를 풀어주지 않으려 했어요."

우르사는 아무 감정 없이 그들을 바라보았다.

"우리도 비토리아가 외부인들과 교류하지 않는다는 걸 안단다."

"괴물들을 피해 성벽 뒤에 숨어서 밖을 내다보기 두려운 거지."

파이퍼가 어둡게 말했다.

"모두 그렇지는 않아. 네가 브람이 만났다는 사람이니?"

옥타비아가 순식간에 말했다. 파이퍼의 눈이 놀라서 커졌다.

"뭐? 아니, 나는…… 나는 무슨 말인지 모르겠는데."

우르사가 놀랍지 않다는 듯 그를 바라봤다.

"파이퍼?"

옥타비아는 훨씬 더 확신했다.

"너였지? 그가 엄마에게 안개속에 누군가가 숨어 있었다고 했어."

"파이퍼."

우르사가 말했다.

"일부러 그런 게 아니었어요! 저는…… 저는 평상시처럼 정찰하고 있었어요. 일부러 그에게 저를 노출한 건 아니라고요."

파이퍼가 말했다.

"하지만 우리에게 알리지 않았잖니. 그 소년과 이야기를 나눴고."

우르사가 말했다. 파이퍼가 바닥을 쳐다보며 어깨를 으쓱거렸다.

"그냥 몇 번이요. 그리고 저는 브리안한테 말했어요. 그녀가 눈치채고 난 다음이지만."

"그래서 네가 최근 들어 정찰 시간대를 그렇게 자주 바꾸고 싶어 했던 거 구나."

그가 또다시 어깨를 으쓱댔다.

"위험하지 않았어요, 할머니. 그는 그저 질문을 한 바가지 쏟아 낸 게 다 였어요."

그가 어깨를 낮게 움츠렸고, 목소리는 작았다.

"그 아이랑 얘기하는 게 재밌었어요."

옥타비아는 파이퍼와 브람이 숲과 안개를 가로질러 저 멀리서부터 서로를 처음 발견하는 장면을 떠올렸다. 둘 다 신기해하다 서로에게 접근할 용기를 끄집어냈을 것이다. 그녀는 갑작스럽게 슬픔을 느꼈다. 비토리아 너머를 탐험하는 헌터가 되기 위해 정말 애썼던 브람은 파이퍼가 알려줄 수 있는 모든 것을 알고 싶어했을 것이다. 우르사가 고개를 저었다.

"나중에 네 엄마와 규율을 어긴 것에 내릴 처벌에 대해 얘기하겠다. 혹시 비토리아에서도 그 소년이 곤경에 처했었니? 너희도 지켜야 하는 규율이 있 을 테니 말이다."

그녀가 옥타비아에게 물었다.

다른 사람들이 옥타비아를 쳐다봤지만, 그녀는 뭐라 말해야 할지 알 수 없 었다. 시마는 비토리아에 대해 잘 몰랐던 반면, 우르사와 파이퍼는 이미 비토리아가 완전히 고립됐다는 것을 알고 있었다. 하지만 그들은 비토리아 사람들이 마치 여우가 밖에서 어슬렁거리는 것이 두려워 굴에 숨어버린 것처럼, 일부러 성벽 안에 숨었다고 생각하는 것 같았다. 훨씬 넓은 세상에 비하면 보잘것 없는 들쥐처럼 작고 겁에 질린 채. 그녀가 비토리아에 대해 생각하던 것과는 너무나 달랐기에, 우르사에게 진실을 어떻게 설명해야 할지 곤혹스러웠다. 진실은, 비토리아의 규율이 브람을 죽였고, 비토리아의 고립이 그의 엄마를 죽였다. 그들의 죽음을 생각하니 옥타비아는 죄책감이 들었고 화가 났고 부끄러웠다.

저지대 사람들은 산 사람들에 대한 이야기들을 만들어냈다. 비토리아 밖의 무리들은 성벽 안에 있는 사람들에 대한 이야기들을 만들어냈다. 그리고 비토리아는 자기들을 제외한 세상에 대한 이야기들을 만들어냈다. 그리고 비토리아가 꾸며낸 이야기말로 가장 틀렸으며, 진실에서 너무나 벗어나 있었다. 옥타비아는 어떻게 말을 해야 할지 감이 잡히지 않았다. 자기 자신도 납득하지 못하는데 그걸 낯선 사람들에게 설명하려니 더 어려웠다.

루퍼스가 갑자기 말했다.

"아! 이상한 느낌이 들어요! 약간 간지러워요. 출혈이 멈추는 건가요? 이제는 거의 아프지 않아요."

루퍼스는 마르타에게 몸을 돌리기 전에 재빨리 옥타비아에게 시선을 보냈다. 윌라와 브람에 대해 설명하지 않아도 되게 말을 꺼냈던 것이다. 모두의 관심이 창백하고 반짝반짝 빛나는 슬러리를 상처에 바른 그의 다리로 쏠렸다. 딱지가 생기진 않았지만, 피는 거의 나지 않고 있었다. 루퍼스가 신기한 듯 들여다봤다. 마르타가 웃었다.

"출혈을 멈추고, 고통을 줄이고, 소독 효과도 조금 있지. 다음은 피부가 아물도록 찜질약을 쓸 거란다.”

“바늘 없이도 하실 수 있나요?”

루퍼스가 말했다. 마르타가 말했다.

“이런 상처에는 가능하지. 상처가 조금 더 깊었더라면 찜질약을 조금 더 빨리 써야 했을 거야. 그래야 더 깨끗하게 아물고 덜 고통스럽지.”

“그 안에는 뭐가 들었나요? 어떻게 그렇게 되는 거예요?”

마르타가 웃자 그녀의 얼굴 전체에 주름이 졌다.

“어디 보자. 산토끼 잡초, 봄 팬지, 북쪽 경사에서 채취한 이끼 조금, 그리고 기분을 좋게하고 진정 효과가 있는 야생 민트 얼마. 제때 수확하고 섞는 것이 중요하단다. 그래야만 마법이 가장 강력해지지. 이제 가만 있으렴. 그래야 내가 상처 전체에 약을 바를 수 있단다.”

“강물에서 마법을 추출하지 않아도 되는 건가요?”

옥타비아가 물었다. 마르타가 말했다.

“굳이 어렵게 왜? 닉스 강에 흐르는 물이 풀과 꽃들을 자라게 하고 비와 눈으로 구름을 채워 높은 산봉우리에 내리게 하는 거란다. 이 산에서 통제 불능이 돼 버린 마법은 계절에 따라 강해졌다 약해졌다 하지만, 한번 그 패턴을 익히면 아무 데서나 마법을 얻을 수 있단다.”

그녀는 찜질약을 루퍼스의 다리에 발랐다. 약은 강과 냇가 옆에 자라는 토끼풀처럼 밝은 녹색이었고, 민트 향이 났다. 그것은 옥타비아가 플라비아 마스터의 작업실에서 보고 마법이라 여겼던 소용돌이치는 그림자는 없었지만, 차분한 연못에 이는 물결 한 방울처럼 사람을 사로잡는 광택이 깃들어 있었다. 마르타는 찜질약 위로 새로운 붕대를 감고 말했다.

“자, 며칠 동안 쉬어야 할 게다.”

루퍼스는 발가락을 움직여 보고 무릎을 구부렸다.

"이제는 거의 아프지 않아."

마르타가 그의 다른 쪽 무릎을 가볍게 두드리며 일어섰다.

"근육은 여전히 부어 있고 살은 아직 약할 거야. 마법을 써도 그만큼밖에는 못하지."

우르사가 말했다.

"다시 여행할 수 있을 때까지 여기 머물러도 된단다. 비토리아에서 온 아이들이라 해도 우리는 아이들을 이 추운 날에 밖으로 내몰지는 않아. 파이퍼가 몸을 씻을 곳으로 안내해 줄 거야. 그러고 나서 우리와 함께 저녁을 먹자꾸나."

세 사람은 우르사와 마르타가 떠나기 전에 감사를 표했다.

"이런 힐링은 본 적이 없어. 그게 가능한지조차 몰랐어."

루퍼스가 경탄으로 가득 찬 목소리로 말했다.

파이퍼는 여전히 팔 한가득 마르타의 물건들을 든 채 얼굴을 찌푸렸다.

"도대체 아는 게 뭐야? 비토리아에는 겁쟁이밖에 없어."

그가 그자리에서 몸만 돌려 방 맨끝에 있는 출입구 쪽으로 고갯짓했다.

"화장실은 저기야. 너희한테 악취가 나."

그들은 유유히 걸어갔다. 옥타비아의 첫 반응은 그가 한 말과 확신에 찬 목소리로 한 모욕에 대해 분노하는 것이었다.

"친절해 보여."

시마가 쓸쓸하게 말했다. 그 말을 듣자 분노가 사그라들고 옥타비아가 키득거렸다.

"앨버스 같아. 조금 더 퉁명스럽지만."

"둘을 한 방에 가둬놔야겠는걸."

루퍼스가 발목을 이리저리 돌리며 붕대를 감은 다리를 쳐다보면서 생각에 잠겨 말했다.

"두 사람은 그저 서로를 바라보다가 잠들고 말 거야. 고양이들처럼."

옥타비아가 웃었고, 그녀가 느끼던 짜증은 경솔함처럼 느껴졌다.

갑자기 새로운 생각이 그녀의 머릿속에 떠올랐다. 비토리아 사람들은 지난 50년 동안 그랬던 것처럼 살지 않아도 된다. 비토리아에는 많은 규율들이 있지만, 규율들이 바뀔 수도 있다. 키케루스 마스터와 플라비아 마스터처럼 이미 그렇게 생각하는 사람들이 있었다. 그들은 카밀라만큼 강력하지는 않을지도 모르지만, 그것마저도 바뀔지도 모른다. 전쟁 전에는 산에서부터 저 아래 바다까지 모든 사람들이 아에테르나의 마법사들은 전지전능하고 위험해서 대적해도 이길 수 없다고 생각했다. 그에 비해 한 여자와 그녀의 말 잘 듣는 의회에 도전하는 것은 그렇게 위협적인 것처럼 보이지 않았다.

옥타비아는 시마를 돕는 데 너무나 열중한 나머지 모든 계획은 비토리아 성벽 너머 밖을 향해 있었다. 하지만 지금 이 따뜻한 방에 앉아 친절하고 자기들을 도와 주는 사람들에 둘러싸여 루퍼스의 다리가 마법으로 치유되는 것을 보고 있자니 문득 궁금해졌다. 한쪽 구석에는 젊은 여자와 남자 몇 명이 서로 자기 것을 자랑하는 수다를 떨면서 창에 정교한 문양을 새기고 있었다. 아이들이 밖과 이어진 출입구로 눈에 뒤덮인 채 깔깔대며 들어왔지만, 아무도 해가 지고 난 다음에 밖에 나갔다고 다그치지 않았다. 분노한 죽은 자들의 무리는 페록스를 두려워하지 않았다.

처음으로 옥타비아는 시마가 가족과 다시 만난 다음에 뭘 할지를 생각했다.

그녀는 비토리아로 돌아가고 싶었다. 풀이 죽어 집으로 돌아가 부모님과 의회가 결정한 처벌을 군말 없이 받아들이지는 않을 것이다. 아니, 오히려 고개를 치켜들고 성벽 밖에서 배운 것들을 무기 삼아 당당하게 돌아갈 것이었다. 옥타비아는 비토리아 사람들에게 성 밖에서 알게 된 도시들과 그 도시 사람들, 먼 길을 이동하는 카라반들에 대해 얘기하고 싶었다. 더이상 비토리아가 고립되지 않게 하고 싶었다. 그녀는 카밀라를 권력의 자리에서 밀어 내고 싶었다.

그녀는 비토리아에 있는 모두가 진실을 알기를 바랐다.

Chapter 14

서로 다른 길들

옥타비아는 깜짝 놀라 깨어났다. 혼란스러웠다. 그녀는 다른 간이 침대에서 코를 고는 앨버스가 있는 자기 다락방에 있는 게 아니었다. 하루의 시작을 알리기 위해 울리는 종소리도 없었다. 그녀는 애초에 침대에 누워 있지 않았고, 목 아래로는 지나치게 더웠고, 얼굴은 시원했다. 그렇다고 그녀가 작고 바람이 휭휭 부는 망루에 있는 것도 아니었다. 그녀를 둘러싼 공간은 너무 크게 느껴졌다. 주위에서 중얼거리는 목소리가 들렸다.

그녀는 기억해 냈다. 물에 휩쓸린 다리. 페록스와 그들을 먼지로 만들어 버린 창들. 이라와 분노한 죽은 자들의 무리.

그녀는 일어나 앉아서 하품을 하고 눈을 비볐다. 큰 방은 맨끝에 높게 치솟은 밝은 불 주위를 둘러싸고 모인 자그마한 무리 외에는 조용했다. 옥타비아는 우르사를 실루엣으로 알아봤다. 그들을 페록스에게서 살려낸 브리안도 거기 있었다. 루퍼스와 시마도 불 옆에서 담요를 두르고 나무 머그컵에 담긴 김이 나는 차를 마시면서 그들과 있었다. 건물의 다른 곳에서는 발걸음

소리와 여러 목소리가 들렸다. 분노한 죽은 자들의 도시는 벌써 잠에서 깨어나 하루를 시작하고 있었다.

옥타비아는 겨우 일어나 앉아서 담요에서 빠져나왔다. 목 아래서부터 발끝까지 전부 부어 있었다. 이토록 피곤해 본 적은 없었던 것 같다. 그것은 그녀가 빵집에서 오랜 시간 일해서 피곤한 것이나 심지어 하나와 숲에서 보낸 기나긴 여름날들에 느낀 피곤과는 차원이 달랐다. 그녀는 어깨를 돌리고 기지개를 폈다. 아직 쌀쌀하지만 몸을 풀어야 했다. 그래서 스웨터를 껴입고 화장실로 서둘러 갔다. 그 기다란 방 밖은 더 추웠다. 그녀는 바람이 지붕과 천장 들보를 들썩이며 윙윙거리는 소리를 들었다. 창문 밖을 흘끗 보니 벌써 새벽이 지났고, 하늘은 구름 한 점 없이 새파랬다.

그녀가 기다란 방에 돌아오자 우르사가 옥타비아에게 불가로 오라고 손짓했다. 옥타비아는 시마 옆 긴 의자에 몸을 끼워넣었고, 시마가 담요 끝자락을 들춰 옥타비아와 담요를 같이 덮자 기뻤다.

"우리의 밤 정찰대가 막 돌아왔단다."

우르사가 말했다.

"**밤** 정찰대도 있다니."

루퍼스가 놀라움이 가득찬 목소리로 중얼거렸다. 브리안이 말했다.

"우리는 절대 닉스 계곡 안으로는 들어가지 않아. 거기서는 괴물들이 너무 강해지거든. 그렇지만 좀 떨어져서도 그곳이 잘 보여."

"무슨 말씀이세요, 괴물들이 더 강해진다니? 비토리아 가까이에서 훨씬 강해진다는 건가요?"

옥타비아가 말했다. 브리안이 고개를 끄덕였다.

"우리도 왜 그런지는 모르지만, 우리가 감당할 수 없는 위험 없이 얼마나 멀리 갈 수 있는지는 알지. 파이퍼가 들렸을 때는 확실히 너무 멀리까지 간 거야."

또다시 옥타비아는 브람에게 어떤 일이 생겼는지 파이퍼에게 알려주지 않은 것에 죄책감을 느꼈다. 언젠가 그에게 알려야 한다는 걸 알고 있었지만, 지금은 그가 주위에 없어 안도했다.

옥타비아는 산 속 어딘가에서는 페록스가 그렇게 강하지 않을 거라고 생각하지 못했다. 시마가 모든 곳에 페록스가 있는 것은 아니라고 얘기할 때도 그게 무슨 말인지 완전히 이해하지 못했었다.

평생 동안 옥타비아는 괴물들로 뒤덮인 세상에서 비토리아가 유일하게 밝고 안전한 장소라고 생각했었다. 하지만 그건 틀렸다. 비토리아는 빛이 아니라 어두운 곳이었으며, 페록스가 들끓는 위험하고 죽기 쉬운 지역이었고, 다른 곳들은 서서히 전쟁의 그림자에서 벗어나고 있는 동안 지겹도록 오랫동안 전쟁으로 인한 후유증을 겪고 있는 곳이었다.

"정찰하는 동안 뭘 보셨나요?"

루퍼스가 브리안에게 물었다. 브리안이 말했다.

"연기. 강 합류 지점에 있는 비토리아 정찰대의 망루에서 나오는 연기. 어젯밤 누군가 거기 있었던 거야."

닉스 강과 이라쿤디아 강이 만나는 지점에 서 있는 망루는 롱로드를 쭉 따라가는 비토리아 바로 북쪽에 있었다. 만약 거기에 헌터들이 있었다면, 그 말은 모든 헌터들이 동쪽으로 카라반을 찾으러 가지는 않았다는 뜻이었다. 옥타비아는 그것이 일반 정찰대일지도 모른다고 생각했지만, 확신하지는 않았다. 더 이상 아무것도 일상적이지 않았다. 비토리아 밖에 있는 헌터는 모두 시마를 찾고 있을 것이었다. 시마가 옥타비아의 옆구리를 찌르며 말했다.

"뭔데? 걱정 있어 보여. 무슨 뜻인데?"

"그들이 아에테르나로 향하던가요?"

루퍼스가 옥타비아의 생각을 말로 옮겼다.

"그들이 이스트로드까지 정찰하던가요?"

옥타비아가 말했다.

"동쪽으로 가는 또 다른 무리가 있을지도 몰라. 모든 방향으로 수색하고 있는 걸지도."

"너희 길 위에 사람들이 있을 것 같니?"

우르사가 물었다. 옥타비아는 대답하기 전에 한동안 생각했다. 그녀는 몇 년 전, 매우 크고 굉장히 대담한 페록스가 어떻게 비토리아 남쪽의 높은 여름 목초지에 있는 양치기들을 따라다녔는지 회상했다. 낮에는 절대 공격하지 않았지만, 그것의 존재 때문에 양치기들이 너무나 걱정하자, 엄마가 이끄는 헌터 무리가 그것을 찾으러 나갔었다. 그들이 사냥에 성공해 의기양양하게 돌아온 뒤, 엄마는 그날 저녁 행복하게 페록스를 사냥한 방법을 이야기했다. 그들은 두 무리로 나누어 한 무리는 페록스가 낮 동안 숨어 있는 장소에서 나오게끔 도발했고 그 사이 다른 무리는 페록스가 도망갈 것이라고 예상한 경로를 막았다.

지금도 그 방법을 쓰는 것일 수도 있었다. 이스트로드 위의 무리는 옥타비아와 친구들을 찾아내려 애쓰고 있는 동안 롱로드 위의 무리는 그들이 다른 길을 찾아 산에서 빠져나오기를 기다리고 있는지도 모른다.

"그들이 우리를 추적하고 있는지도 모르겠어."

옥타비아가 말했다. 그녀가 피곤한 듯 얼굴을 비볐다.

"어쩌면 말이야."

우르사가 어두운 표정을 지었다.

"우리는 비토리아로부터 거리를 두지. 우리 정찰대는 절대 그들과 만나지 않으려고 신경 쓴단다. 내가 말했던 것처럼 비토리아에서 온 아이들이라 해도 아이들을 절대로 이 추운 날 밖으로 내보내지 않아. 하지만 만약 너희 정찰대가 이곳으로 이어지는 너희 흔적을 따라온다면, 우리는 스스로를 보호할 거야."

헌터들은 옥타비아처럼 이라의 폐허 속에 사람이 살고 있다는 것을 알고는 깜짝 놀랄 것이었다. 그녀는 사람들이 진실을, 비토리아 밖에 사는 모두에 대해 완전한 진실을 알기를 원했지만, 이렇게는 아니었다. 헌터들이 비토리아 성벽 안에서 무고한 여인을 살해했다고 믿는 괴물을 수색하는 중에는 아니었다. 카밀라가 만나는 사람마다 비범한 페록스가 변장한 것일지도 모른다고 의심하라는 명령을 내린 지금은 아니었다. 지금처럼 위험한 상황에서는 비토리아 사람들과 분노한 죽은 자들의 무리가 만나면 절대로 안 됐다.

옥타비아가 말했다.

"저희가 떠날게요. 그들을 여기로 끌어들이지 않을 거예요. 그들이 당신들로부터 멀어지도록 다른 길로 가는 발자국을 다시 남길게요."

"더 좋은 생각이 있어."

루퍼스가 자기 나무 머그 컵을 내려놓으며 말했다. 볼에 핏기가 맴돌고 있었고, 다리를 움직일 때 불편한 듯 살짝 찡그리는 것 외에는 어젯밤보다 한결 편안해 보였다.

"내가 혼자 발자국을 따라 되돌아갈게. 나, 조금 걸을 수는 있지만 아에테르나까지 너희를 따라가는 건 불가능해. 그러니까 내가 돌아가서 망루에 있는 헌터들을 찾아가서 그들에게 우리가 헤어졌다고 말할게. 여기서 길을 잃었고 너희는 다른 곳으로 가고 있다고.”

시마가 말했다.

“남쪽 저지대로 간다고. 산 밖으로. 내 가족들에게서 멀리.”

옥타비아가 고개를 끄덕였다.

“그리고 여기서도 멀리.”

브리안은 회의적이었다.

“너희 헌터들이 그렇게 쉽게 속을까?”

옥타비아가 말했다.

“그렇지는 않아요. 하지만 그들은 확인하려 할 거예요. 그들은 멍청하지는 않지만, 자존심이 상당하죠. 조사하지 않고 돌아가지는 않을 거예요.”

“그들이 네 다리에 대해 물으면 뭐라 말할 거야? 상처가 이미 낫고 있는 것에 대해서?”

시마가 루퍼스에게 말했다. 그가 어깨를 으쓱했다.

“그냥 생채기였다고 말하지, 뭐. 그들은 확인하지 않을 거고, 나도 그들에게 붕대를 풀어서 보여 주지 않을 거야. 나는 힐러의 견습생이야. 그들은 이미 내가 상처를 더럽히지 말라고 핀잔 주는 것에 익숙할걸.”

“그러면 이렇게 하자꾸나.”

우르사가 논쟁의 여지를 남겨두지 않을 듯한 단호한 어조로 말했다.

“루퍼스는 강 하류로 다시 가겠지만, 우리는 너를 혼자 두지 않을 거야. 걱정하지 말거라.”

루퍼스가 뭔가 말하려 하자 그녀가 곰 발을 들며 말했다.

“우리 정찰대는 발각되지 않을 정도로만 따라갈 거야. 우리는 네가 비토리아 사람들을 찾을 때까지만 안전할 수 있도록 동행할 거란다. 다친 소년을 추운 겨울날에 혼자 밖에 내버려둘 수는 없어."

루퍼스의 볼이 발그레해졌다.

"정말 감사합니다."

우르사가 옥타비아와 시마를 바라봤다.

"그리고 너희 둘은 여전히 아에테르나로 가는 거니?"

둘 다 고개를 끄덕였다.

"닉스 강에 가까이 갈 필요 없이 너희 헌터들의 길보다 아에테르나에 더 빨리 갈 수 있는 길을 알아. 쉬운 길은 아니니까 빨리 떠나는 것이 좋겠지. 브리안이 길을 안내해 줄 게다."

그렇게 옥타비아가 그에 대해 생각해 볼 틈도 없이 작별 인사를 해야 할 때가 찾아왔다. 우르사는 시마를 위해 화살촉에 마법이 걸린 화살들이 담긴 화살통을 주었고, 옥타비아를 위한 창과 함께 음식과 보급품들을 주었다.

"너희는 페록스가 들끓는 곳과는 멀리 떨어진 곳으로 갈 테지만, 그곳까지 간 사람과 맞닥뜨리면 이것들이 너희를 보호할 거야."

우르사가 말했다.

"이걸…… 그냥 저희에게 주시는 건가요?"

옥타비아가 놀라서 물었다. 그녀는 번쩍이는 창끝을 매만졌다. 두 종류의 금속으로 만들어져 나무 자루와 완벽하게 이어지는 정교한 패턴으로 묶여 있었다.

"어떻게 작동하는 건가요? 어떤 종류의 마법인 거죠? 당신들의 모든 무기는……."

우르사가 그녀의 말을 잘랐다.

"그 모든 걸 설명할 시간이 없단다."

그녀가 미소를 지으며 말을 부드럽게 건넸다.

"이미 이번 겨울은 충분히 이상해. 저지대 사람들이 아에테르나로 향하고 있어. 비토리아에서 온 아이들은 성벽과 괴물들 사이를 몰래 빠져나왔지. 상황이 바뀌고 있어, 그렇지 않니? 어쩌면, 미래에는 우리의 지식을 공유할 수 있을지도 모르겠구나."

그것은 원래의 화제로 돌아가지 않겠다는 말이기도 했지만, 그렇다고 영원히 그 비밀을 알려주지 않겠다는 으름장도 아니었다. 옥타비아는 고개를 끄덕이고 창을 굳게 잡았다. 그녀가 말했다.

"감사합니다."

루퍼스는 이미 짐을 멘 채 떠날 준비를 마치고 밖에 있었다. 옥타비아와 시마가 받은 무기를 그에게 보여주자 그가 말했다.

"그녀가 그것들을 너희에게 그냥 줬다니 아직도 안 믿겨. 우리 마스터들이 자기들 마법을 그렇게 그냥 주는 걸 상상할 수 있어?"

옥타비아가 수긍했다. 그녀는 배낭 끈을 고쳐 메려고 창을 돌벽에 비스듬히 세워 놨다.

"정말 엄청난 문제에 휩싸일 거라는 건 너도 알지?"

루퍼스가 말했다.

"알아. 그들에게 그냥 네가 나를 속였다고 말할게."

옥타비아가 그를 노려봤고, 그가 웃었다.

"키케루스 마스터와 플라비아 마스터에게는 모든 걸 말할 거야."

"좋아. 그들이 뭘 해야 할지 알 거야."

둘 다 한동안 침묵했다. 이라쿤디아 강이 근처에서 빠르고 차갑게 흐르고 있었다. 아침은 하늘에 구름 한 점 없이 맑고 밝았으며, 산들은 드넓게 펼쳐진 초록색과 파란색 아래로 흰 눈이 반짝이는 아름다운 경관을 자아냈다. 시마, 브리안, 그리고 파이퍼가 몇 발자국 떨어진 곳에서 햇빛을 받으며 옥타비아를 기다리는 동안 분노한 죽은 자들의 무리의 다른 두 사람은 반대 방향에서 루퍼스를 기다렸다.

"너희 부모님한테는 뭐라고 말씀드릴까?"

루퍼스가 말했다. 옥타비아는 몇 가지 대답을 생각해 봤지만, 끝내 이렇게 말했다.

"내가 집에 가면 모든 걸 말씀드린다고. 그게 다야."

"알았어."

루퍼스가 고개를 끄덕이고는 돌아서다가 재빨리 앞으로 와서 옥타비아를 안아 줬다.

"얼마 안 가 마법사들의 도시를 볼 수 있다니 부러운걸. 시마의 가족들이 무사하길 바라."

그들은 작별 인사를 하고 손을 흔들며 갈라졌고 서로 다른 방향으로 나갔다.

브리안은 그들을 이라 한가운데서 이라쿤디아 강을 건너는 넓은 돌다리로 이끌었고, 서쪽으로 방향을 틀어 강 상류로 향하는 눈 덮인 길을 따라갔다. 너무 추워서 모두 스카프로 얼굴을 감싸 대화를 나누기 어려워졌다. 옥타비아는 신속하게 움직이면서 그들이 어디로 가는지 파악하는 데 집중했다. 그녀가 꿈꿨던 것보다 비토리아에서 훨씬 멀리 탐험하고 있다는 사실이 마음 한구석에서 울려퍼지며, 걸을 때마다 흥분을 주체할 수 없었다. 서리를 맞은 독미나리, 황량한 참나무, 우뚝 솟은 소나무, 새들과 바위, 소나무 가지를 가로지르는 바람 소리. 그 모든 것이 익숙하면서 새로웠고, 그녀는 그 모든 광경을 빠짐없이 눈에 담았다.

이라의 서쪽에서 그들은 강 지류 옆 길을 따라가기 위해 북쪽으로 방향을 틀었고, 거기서부터 그들은 계속해서 올라가기 시작했다. 올라가고. 또 올라가고.

길은 강에서 벗어나 구불구불한 산길로 바뀌었고, 그들은 계속해서 올라갔다. 옥타비아는 힘든 기색이 하나도 없는 브리안과 속도를 맞추기 위해 그냥 계속해서 올라갔다. 시마는 옥타비아보다 훨씬 더 거칠게 숨을 헐떡였다. 그녀는 몇 번 불쌍하다는 얼굴로 옥타비아를 돌아봤다. 말을 하기에는 숨이 너무 찼다. 휴식은 물 한 모금 겨우 마실 수 있을 정도로 짧았고 바로 다시 출발했다. 그들은 소나무들이 빽빽하게 들어선 그늘진 숲을 통과했고, 가파른 언덕을 따라 꼬불꼬불한 길을 계속 지나서 한 번 방향을 틀 때마다 옥타비아는 어지러웠다.

최근에 누군가가 다녀간 흔적이 보이는, 오래된 도로와 만나는 수목 한계선에 다다랐을 때는 정오였다.

"이 도로는 누구의 영토도 아니야."

옥타비아가 도로에 대해 묻자 브리안이 설명했다. 그녀는 멈춰서 창을 짚고 쉬었다.

"어떤 부족도 자기네 땅이라고 할 수 없어. 그렇게 해야 모든 부족이 안전하게 도로를 이용할 수 있지. 이 시기에는 눈에 뒤덮여 있기 때문에 거의 아무도 다니지 않지만, 네가 말한 대로 아에테르나에 사람이 모이고 있다면 다른 부족들도 이 도로를 주시할지도 모르지."

그들은 다른 부족들에 대해 얘기한 적이 있었지만, 옥타비아는 여전히 페록스를 두려워하지 않고 다른 부족과 교류하며 영토와 도로에 대해 합의하며 살아가는 산 속의 또 다른 부족들을 떠올리기 어려웠다. 파이퍼가 말했다.

"그들은 아마도 비토리아를 주시하고 있을 거야. 진짜 위험이 도사리고 있는 곳이니까."

시마가 눈썹을 치켜든 채 옥타비아를 바라봤고, 옥타비아는 그 표정을 완벽하게 읽어낼 수 있게 됐다. 시마는 옥타비아가 파이퍼의 말에 대꾸할지 궁금해하고 있었다. 옥타비아가 산을 오르느라 땀에 젖어 숨을 헐떡이고 있지만 않아도 그녀는 시마가 자신을 이미 잘 알고 있다는 사실에 기쁜 동시에 창피해서 얼굴을 붉혔을 것이다. 끝내 옥타비아가 물어봤다.

"너는 왜 그토록 비토리아를 싫어하는 거야?"

파이퍼가 거칠게 웃었다.

"너는 왜 그렇게 세상을 모르니?"

"파이퍼."

브리안이 경고라는 듯 말했다. 그가 눈을 굴렸다.

"네가 아무것도 모르는 건 내 탓이 아니야. 정작 네가 해야 할 질문은 왜 **너는** 비토리아가 전쟁 중에 한 짓을 알고도 비토리아를 싫어하지 않을 수 있냐는 거야."

그는 옥타비아와 시마를 옆으로 밀치고 길을 계속해서 따라갔다.

브리안이 천천히 숨을 내뱉었다.

"무시해. 그냥 까다롭게 구는 거야."

옥타비아가 물었다.

"비토리아가 전쟁 중에 무슨 짓을 했는데? 전쟁 중에 생긴 일에 대해 **우리**가 말하는 건 알고 있어. 하지만 내가 배운 대부분의 것들은…… 그건……."

"거짓말이라고?"

시마가 말을 이었다.

"음. 그래. 아니면 적어도 그게 전부는 아니었어. 나는 파이퍼가 뭘 말하는지 모르겠어."

브리안은 전보다 천천히 걸으면서 파이퍼가 앞으로 갈 수 있게 비켜 줬다. 도로는 그들이 나란히 갈 수 없을 정도로 좁았다.

"너도 우리 도시 밖에 있는 죽은 자들의 숲을 봤겠지."

"음, 네. 못 보고 지나칠 수 없었죠."

옥타비아가 나무 기둥 위에 달린 고리에서 이리저리 움직이던 해골들을 떠올리며 몸을 떨면서 말했다.

"그건 기억하기 위한 표식이야. 죽은 자들의 기둥이 서 있는 동안 우리는 전쟁 초기에 이라에 닥쳤던 일을 잊을 수 없어."

옥타비아가 말했다.

"마법사들이 공격한 거죠, 아닌가요? 그들은 마법 무기를 시험하고 있었어요. 우리는 모두가 죽었다고 배웠어요."

브리안은 옥타비아를 곁눈질했다.

"처음에는 성벽으로 쉽게 막을 수 있는 화살만 가지고 있는 것처럼 보였어. 이라의 지도자들이 불필요한 유혈 사태를 막기 위해서 마법사들에게 협상을 제안했어. 하지만 마법사들은 협상할 마음이 전혀 없었어. 그들은 화살을 마법 장치를 사용해 다른 무언가로 바꾸었지. 그 장치들은 기둥 위에 달린 고리에 불과한 듯했지만, 화살이 그 고리들을 통과하자 돌을 종이처럼 깨부술 수 있을 정도로 강력해졌어. 모두가 죽은 건 아니었지만, 정말 많은 사람들이 즉사했지. 그러고 나서 마법사들은 잡석으로 마법 생명체들을 창조해 생존자들을 도시에서 내몰았어."

옥타비아는 명치를 한 대 맞은 것 같은 느낌이 들었다.

"저는 그들이 그토록 이른 시점에 페록스들을 만들어 냈는 줄은 몰랐어요. 나중에 만든 줄 알았어요."

브리안이 어깨를 으쓱했다.

"나도 잘은 몰라. 이야기들을 통해 들은 것들이지. 그 이야기들은 마법사들이 이라를 부순 폐허 어디서든지 괴물들이 탄생했다고 했어. 소수의 사람들만 살아남았고, 그들은 모두 공포에 질리고 혼란에 빠졌어. 그들은 비토리아에 가서 도움을 요청했지. 하지만 외면당했어. 비토리아 사람들은 성문을 걸어 잠궜지. 그들은 이라의 생존자들에게 마법사들이 하는 짓은 이라 사람들이 알아서 감당해야 하는 일이고, 비토리아는 간섭하지 않겠다고 말했지."

"끔찍해요. 너무 잔인해요."

옥타비아가 부드럽게 말했다.

"그래. 그랬지. 우리 부족 사람들은 그날 거기에 없었어. 우리는 그저 나이 든 사람들이 우리에게 들려준 것만 알아. 마법사들은 우리 도시를 괴물로 만들어 우리를 쫓아냈고, 비토리아는 자기들만 안전하기를 선택했어. 그게 우리가 잊을 수 없는 역사야."

그들은 눈길을 묵묵히 걸었다. 날은 여전히 맑고 밝고 구름 한 점 없었다. 옥타비아는 뾰족하고 눈으로 뒤덮인 산봉우리에 이만큼 가까워진 적은 없었다. 그녀는 말 없이 그것을 보고 감탄했지만, 자꾸만 산봉우리들을 뒤돌아보았다. 산봉우리들은 이라쿤디아 강의 넓디 넓은 계곡 위로 우뚝 솟아 있었지만, 이라는 산어깨 뒤로 가려져 더 이상 보이지 않았다. 이렇게 높은 곳에는 아무 도시도 없어서 사는 사람도 없고 폐허도 없고 그들을 반기는 사람도, 반기지 않는 사람도 없을 것 같았다.

"페록스를 창조한 마법사의 이름을 아세요?"

옥타비아가 물었다. 브리안은 깜짝 놀라 그녀를 쳐다봤다.

"아니. 그 이름은 잊혀졌어. 왜 묻는 거니?"

"잊혀진 줄 알았던 많은 것들이 그렇지 않은 것으로 드러나고 있어요."

옥타비아가 말했다.

"우리 부족 중에는 아무도 몰라. 다른 부족들도 마찬가지고."

브리안이 아무 말도 하지 않고 몇 발자국 걸었다.

"해가 지기 전에 이 도로를 넘어야 해. 반대편에 하룻밤 쉴 수 있는 쉼터가 있어."

Chapter 15

마법의 도시

다음 날 아침이 밝고 황금빛으로 물든 맑은 하늘이 펼쳐지자 옥타비아는 난생 처음 아에테르나를 보았다. 그들은 도로 북쪽 바로 밑에 있는 조그마한 돌 오두막에서 밤을 보냈다. 그들은 불을 끄고 다음 여행자들을 위해 장작을 보충한 다음 소지품을 챙겨 다시 한 번 추위에 대비해 옷을 든든히 입었다. 브리안과 파이퍼는 이라로 돌아갈 것이고, 옥타비아와 시마는 그들끼리 여정을 계속할 예정이었다. 그들이 오두막을 떠나자 브리안이 눈 위에 가방을 내려놓고 말했다.

"너희에게 보여주고 싶은 게 있어. 이쪽으로."

그녀는 옥타비아와 시마에게 나무들 사이로 이어진 그늘지고 구불구불한 길을 따라오라고 손짓했다. 공기가 옥타비아의 코와 목구멍에 들어가자 마치 얼음처럼 느껴졌다. 브리안은 몇 발자국 앞에서 멈춰섰다. 그곳은 더이상 나무들이 보이지 않았고 땅은 밑으로 푹 꺼져 있었다.

"와서 보렴."

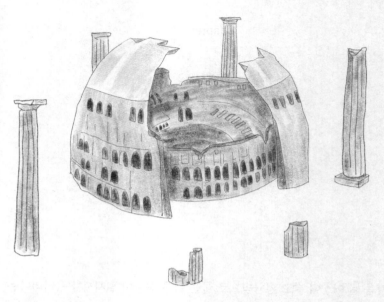

그녀가 말했다.

아래에는 아침 햇살이 비추고 있는 아에테르나가 있었다. 그것은 얼음으로 뒤덮인 강물이 줄기라면 마치 그 위에 핀 눈부신 하얀 꽃처럼 계곡을 꽉 채우고 있었다. 끊어지지 않고 길게 이어진 도시의 성벽이 계곡을 가로질러 서쪽에서 동쪽까지 쭉 뻗어 있었고, 가파르게 산비탈을 따라 숲으로 파고들었다. 북쪽으로는 산기슭을 따라 굽이치며 계곡의 더 높은 지점까지 이어져 있었다. 성벽 밖 강 계곡의 바닥은 밭과 계단식 단들로 조각돼 있었다. 성벽 안으로는 대부분 비토리아의 건물과 마찬가지로 흰 돌로 지어진 여러 모양과 크기의 건물들로 가득한 아에테르나의 광경이 펼쳐졌다. 도시 가운데에는 부서진 거대한 돔이 있었다. 옥타비아는 그것이 곧 지도자 마법사들이 모였던 포럼이라는 것을 알았다. 그것의 번쩍이는 유리 지붕은 전쟁 중에 깨져버렸다. 다양한 높이의 여러 탑들이 그것을 둘러싸고 있었으며, 몇 개는 부서지지 않은 채 남아 있었지만 몇몇 탑들은 부서져서 고꾸라져 있었다.

건물들과 거리들, 광장과 공원들은 믿을 수 없을 만큼 컸다. 부서진 돔과 손상된 탑들에도 불구하고 도시는 전쟁이 끝나고 나서 버려진 폐허처럼 보이지 않았다. 언제든지 삶의 활기로 다시 가득 찰 수 있는 것처럼 보였다.

"봐. 저기가 그들이 있는 곳이야."

시마가 조용히 말하며 가리켰다. 산산조각난 마법사들의 돔과 성벽 사이에 위치한 도시의 남쪽 절반에 해당하는 구역에서 연기 가닥들이 이리저리 피어올랐다.

"저들이 저기서 무얼 하고 있든 소수의 사람들은 아니야. 우르사가 그에 대해 알고 싶어 할 거야. 자, 이제 봐."

브리안이 말했다. 그녀는 해가 산 사이 계곡으로 스며드는 동쪽을 향해 돌아섰다. 옥타비아는 시마의 카라반이 여행하고 있었을 이스트로드처럼 보이는 구불구불한 선을 겨우 알아볼 수 있었다. 그것은 계곡 바닥에서 닉스 강 옆으로 롱로드와 만나고 있었다. 브리안이 말을 이었다.

"이 도로를 따라서 쭉 내려가. 내려가고 있다면 맞게 가고 있는 거야. 이 길은 닉스 강을 건너는 다리까지 이어질 거야. 그 다리를 건너면 롱로드에 도착하지. 하지만 결코 길을 잃지는 않을 거야. 도시는 바로 저기 있으니까."

도시는 정말로 저기 있었고, 옥타비아는 거기서 눈을 떼기 어려웠다. 하지만 만질 수 있을 정도로 가까이 있어 보이지만 실상은 그녀와 시마 앞에 몇 킬로미터나 되는 길이 놓여 있었다. 그녀는 마지못해 눈앞에 보이는 경치에서 등을 돌려 브리안을 따라 파이퍼가 기다리고 있는 오두막으로 돌아갔다.

그들이 작별 인사를 나누고 반대 방향으로 걷기 시작하고 나서야 옥타비아는 말할 용기를 얻었다. 그녀는 침을 삼키고 입술에 침을 발랐다.

"파이퍼, 너한테 말해 줄 게 있어."

파이퍼가 얼굴을 찌푸렸다.

"뭔데?"

"브람은…… 브람은 죽었어."

파이퍼의 입이 벌어졌다.

"뭐라고? 어떻게……."

"너무 늦게 마을로 돌아왔어. 그는 밤새도록 춥게 성벽 밖에 있었어."

옥타비아가 마치 더이상 망설이면 말을 할 수 없을까 봐 두려운 듯 빠르게 말했다.

"경비병들이 성문을 닫고 열어 주지 않았어. 그들은 여전히 성문을 닫아. 비토리아는 여전히 도움이 필요한 사람들 눈앞에서 성문을 닫아 버려. 그들은 그를 도와야 했어. 그를 안으로 들여보내야 했어. 그의 엄마가 그들에게 그의 말을 전하려 했지만——그는 엄마에게 너에 대해 얘기했어——이제는 그녀도 죽었어. 내 생각에는…… 우리 생각에는 우리 지도자들 중 한 명이 그녀를 죽인 것 같아. 브람이 엄마에게 한 이야기 때문에 말이야. 그녀가 아무에게도 비토리아 밖의 사람들에 대해 말하지 못하도록. 이런 얘기를 전하게 돼서 미안해."

사과는 공허하고 부족하게 느껴졌지만, 옥타비아는 다른 적당한 말을 생각해 낼 수 없었다. 그 감정을 고스란히 담아 낼 수 없는 단어는 없었다.

"미안해."

그녀는 파이퍼와 눈을 맞추고 그의 대답을 기다렸다. 브리안이 그의 팔을 잡으려고 손을 뻗었다. 파이퍼는 목을 가다듬는 소리를 내더니 목이 메어 단어를 반쯤 말하려다 그녀로에게서 홱 벗어나 몸을 돌렸다. 그는 길을 따라 서둘러 걸어가기 시작했다. 브리안이 한동안 그를 바라보다 옥타비아와 시마를 돌아보았다.

"네 가족을 찾을 수 있었으면 좋겠구나. 조심히 가렴."

브리안이 말했다. 그녀는 파이퍼를 따라잡으려고 서둘렀다.

옥타비아와 시마 둘만 남겨졌다. 시마는 무언가 말하고 싶어하는 것 같았지만 마음을 바꿨다. 그녀는 침묵 속에서 걷기 시작했다. 옥타비아는 안도했고, 이어 안도감이 들었다는 데 대해 죄책감을 느꼈지만, 그녀는 더 이상 브람과 윌라에 대해 말하고 싶지 않았다. 그녀는 시마와 발걸음을 맞췄다. 가슴의 통증을 가라앉히기 위해서 몇 번 깊게 숨을 들이마셨다.

오랫동안 산을 오르는 동안이나 저녁이 됐을 때도 페록스는 한 마리도 보이지 않았다. 그래서 옥타비아는 페록스가 정말로 비토리아를 중심으로 모여든다는 얘기가 믿을 만하다고 느꼈다. 그녀는 그 공포의 괴물들의 땅이 어느 정도인지 가늠하려고 애쓰며 하나의 오래된 지도를 들여다봤지만, 그녀에게는 정보가 별로 없었다. 그녀는 어떻게 비토리아 사람들이 50년 동안 괴물들을 제외하고는 세상이 텅텅 비었다고 믿을 수 있었는지 도무지 이해할 수 없었다. 실상은 정반대였는데. 브리안과 파이퍼는 물론 시마도 그 점을 전혀 이해하지 못했다. 그들은 비토리아에서 자라지 않았다. 그들은 온 세상을 안전한 성벽 안과 위험한 성벽 밖으로 나누고 여지껏 믿어 온 구분이 거짓말이라는 걸 알게 되는 게 어떤 일인지 이해하지 못했다.

그녀는 자기 걱정거리에만 몰두한 나머지 시마 역시 그녀만의 생각으로 가득 차 있음을 눈치채지 못했다. 옥타비아는 설피 앞부분에 낀 얼음을 빼내고 배낭 끈을 고쳐 메려고 멈췄다. 하지만 시마는 옥타비아를 바라보지도 않은 채 지나쳤다.

"야, 잠깐만."

옥타비아가 시마를 따라잡으려고 약간 이상하게 뛰어가며 말했다. 어제의 긴 등반 이후 빠르게 움직이기가 힘들었다. 옥타비아는 오늘 걷는 길이 대부분 내리막길이어서 안도했다.

"우리는 붙어 다녀야 돼."

시마는 옥타비아가 있다는 걸 잊어버렸다는 듯이 눈을 깜박였다.

"아, 그래. 네가 선두에 서도 돼."

"선두에 선다는 게 아니야. 도로는 우리가 나란히 걸어도 될 만큼 넓어. 그냥 서로 떨어지면 안 된다는 거야."

시마가 영혼 없이 고개를 끄덕이며 살짝 눈썹을 찌푸렸다. 옥타비아가 물었다.

"뭔데? 너 괜찮아?"

그녀는 시마가 평소처럼 눈을 굴리고 금방 생각을 떨쳐버릴 거라고 예상했지만, 시마는 인상을 더 찡그렸다. 시마가 말했다.

"만약 그들이 저기 없으면 어떡해?"

"그들 누가…… 아!"

옥타비아는 걱정스러워 명치가 쪼그라드는 듯한 느낌이 들었다.

"네 가족들?"

"만약 그들이 아에테르나에 없으면? 여기까지 오지 못했다면?"

"아…….."

옥타비아가 다시 말했다. 무력함이 그녀를 덮쳤다. 이스트로드에서 부서진 마차와 죽은 말을 발견했을 때부터 그녀는 페록스가 카라반의 생존자들을 추적해서 공격했을 수도 있다고 생각해 왔다. 시마도 그 점을 잘 알고 있을 터였다. 하지만 둘 중 누구도 차마 그 걱정을 입 밖으로 꺼내지 못했다. 그리고 설령 카라반이 페록스에게서 도망쳤더라도 도로 위에는 여전히 많은 위험들이 도사렸다. 착하고 도움을 주고 싶어 하는 부족 사람들조차 침입자들을 막으려고 영토 안에 해골들을 달아 놓았다. 옥타비아가 모르는 부족들은 어떨지 예상할 수 없었다. 곰이나 늑대나 고양잇과의 야수 같은 짐승들도 있었다. 아에테르나에서 피어오르는 연기가 그 표식이라면 도로 위에는 다른 여행자들이나 카라반들이 있을 가능성이 높았다. 추위와 눈과 순식간에 닥치는 눈사태도 고려해야 했다. 일이 잘못될 수 있는 수만 가지 가능성이 있었고, 카라반을 타고 있는 사람들이 다치거나 흩어지거나 죽을 수 있는 수만 가지 가능성이 있었다. 비토리아의 헌터들도 있었다. 옥타비아는 그들이 이방인을 마주쳤을 때 무슨 짓을 할지 몰랐다.

비토리아는 가족이 무사할 거라고 시마를 안심시키고 싶었지만, 정말로 그럴지는 모를 일이었고, 그녀는 거짓말을 하고 싶지 않았다. 그녀는 팔을 뻗어 시마의 팔에 손을 올려놓고 살짝 꼬집었다.

"만약 그들이 아에테르나에 없다면 이스트로드로 찾으러 가면 돼. 우리는 그들을 만날 때까지 계속 찾을 거야. 무슨 일이 생겨도."

그녀가 말했다. 시마는 진지하고 생각에 빠진 듯한 어두운 눈으로 그녀를 오랫동안 바라봤다. 그러고 나서 그녀는 살짝 미소 지은 후 옥타비아의 장갑 낀 손을 잡았다. 손을 잡은 채 설피를 신고 터벅터벅 걸어가는 것은 힘들었기 때문에 얼마 뒤 그들은 손을 놨지만, 그 후 옥타비아의 손가락에는 오랫동안 간지러운 따뜻한 감촉이 남아 있었다.

그들은 정오 즈음에 강 계곡의 평평한 바닥에 다다랐고, 너무 밝아 눈을 찌르는 빛나는 눈덮인 밭들을 가로질렀다. 무거운 코트를 벗어야 했다. 신선한 공기가 옥타비아의 두 팔을 기분 좋게 감쌌다. 눈은 곳곳에서 녹고 있었고, 걸을 때마다 축축한 땅은 슬러시처럼 질척였다. 그들이 닉스 강을 건너 롱로드로 돌아섰을 때는 훨씬 더 심하게 질척거려 무척 더러웠다. 오래 전 도로 건설자들이 수놓은 흰 돌들은 두꺼운 진흙과 눈으로 뒤덮이고 말 발굽과 마차 자국들로 얼룩져 있었다. 옥타비아는 그 자국들 중에 시마의 카라반이 있기를 바랐다.

위에서 보니 계곡은 광활하고 도시는 멀리 있는 것처럼 보였다. 하지만 햇빛을 쬐며 롱로드를 빠르게 걷기 시작하자 순식간에 아에테르나의 성문 앞에 도착한 것 같았다.

도시 안으로 들어가는 정문은 흰 돌로 만들어진 높은 아치형 문이었다. 철문은 열려 있었고, 나무와 덩굴들로 너무 심하게 뒤덮인 탓에 전쟁이 끝난 이후로 한 번도 닫히지 않은 것처럼 보였다. 세 사람이 햇빛 아래 성문 밖에 앉아 있었다. 그들도 코트와 모자를 벗고 있었다. 그들 중 한 명은 벤치에 누워 한 팔로 눈을 가린 채 낮잠을 자는 듯했다. 다른 두 명은 옥타비아와 시마가 다가가는 것을 알아채기 전까지 대화를 나누고 있었다. 그들은 느릿느릿 도로를 향해 돌아섰다. 한 명은 등 뒤로 화살통을 매고 활을 든 채 무장했고, 다른 한 명은 무기를 들고 있지는 않았지만 성문 근처에 비스듬히 기대 놓은 기다란 창이 있었다.

활을 든 여인은 회색 머리카락이 듬성듬성 섞인 어두운 머리카락과 햇빛과 바람으로 주름진 피부를 지녔고, 나이는 마흔쯤 돼 보였다. 그녀는 무릎까지 올라오는 부츠와 털 달린 가죽 조끼를 입은 간단한 차림새였다. 그녀가 활기차게 말했다.

"반갑습니다, 여행자들이여. 치유의 도시에 오신 걸 환영해요."

옥타비아는 아에테르나를 그렇게 부르는 건 처음 들었지만, 여기 강한 힐러가 산다면 그렇게 부르는 것도 이상할 건 없다고 생각했다.

"이렇게 좋은 날 무슨 일로 여기 오셨나요?"

여인이 물었다. 어조는 친절했지만, 눈은 예리하고 호기심이 어려 있었다. 그녀는 그저 예의상 물어보는 게 아니었다.

시마가 앞으로 나섰다. 그녀는 손을 비비더니 스카프 끝을 잡아당겼다. 옥타비아가 여태껏 본 것에 비해 훨씬 긴장한 표정이었고, 평소에는 분노에 찬 허세가 깃든 목소리가 연약한 희망으로 떨리고 있었다.

"저는 제 가족을 찾고 있어요. 저희는 카라반을 타고 이동하고 있었는데, 그만 헤어지고 말았어요. 가족들은 여기로 오고 있었어요."

여인이 입술을 오므렸다.

"지난 며칠 동안 몇몇 무리가 여기에 도착했죠. 당신의 억양은…… 해안가 저지대 사람들 중 한 명이군요?"

시마의 표정이 밝아졌다.

"네. 그들이 여기 왔나요? 카라반이 여기에 도착했나요?"

"저지대 사람들의 카라반이 며칠 전에 도착하기는 했어요."

시마가 성문을 지나기만 하면 답을 찾을 수 있을 것이라고 기대하듯 여인 옆을 쳐다보며 시마가 신이 나서 앞으로 나섰다.

"그들이 여기에 왔다고요? 아픈 소년도 그들과 함께 있었나요? 다른 사람들은 잘 있나요?"

여인이 손을 들었다.

"그들이 있는 곳으로 안내해 줄게요 그들에게 직접 듣는 건 어떤가요?"

동료 경비병들에게 그녀가 말했다.

"이 아이를 캠프로 데려갈 거야."

그녀가 낮잠 자는 남자의 발을 찼다.

"도움이 되고 싶다면 하루종일 자고 있으면 안 되잖아."

그가 눈을 뜨지 않은 채 그녀에게 손을 흔들었다.

"하지만 지금은 날씨가 너무 좋은걸."

또 다른 경비병은 더 어린 여자였는데, 고개를 저었다.

"먹을 거리를 가져와. 이 게으른 자가 빵을 이미 먹어 버렸어."

나이든 여인이 고개를 저으며 중얼거렸다.

"예, 예."

시마와 옥타비아를 성문 사이로 이끌며 그녀가 말했다.

"또다른 폭풍우가 닥치겠지만, 오늘은 날씨가 얼마나 좋은지 몰라요. 산 속에서는 날씨가 순식간에 변할 수 있다고 하더군요."

"당신은 산 사람이 아니군요?"

시마가 물었다. 그녀는 저지대 사람들을 빨리 만나고 싶어서 몇 걸음 앞서서 여인 옆에서 걸었다.

"저요? 아니요, 저는 여기 여름부터 있었어요. 저는 바리아 강 주위의 언덕이 자리한 동쪽에서 왔어요. 그곳을 아시나요?"

옥타비아와 시마 둘 다 아무 말이 없자 그녀는 어깨를 으쓱댔다.

"아무렴 아무도 모르죠, 거기에는 흥미로운 게 없으니까."

시마가 물었다.

"당신도 여기에 힐러를 찾으러 오셨나요?"

"처음에는 아니었어요. 저는 그저 똑같은 이웃들과 똑같은 농장을 매일 쳐다보는 게 지겨워서 여행을 떠났죠."

여인이 양쪽에 흰 돌로 지은 건물들이 늘어선 드넓은 광장으로 들어서며 도시를 둘러보았다.

"산 부족들이 사람들이 여기로 모여든다고 말하기에 도대체 무슨 일이 벌어지나 보고 싶어서 온 거예요. 여기는 둘치아 수녀가 다시 도시를 짓고 있어요. 1년밖에 되지는 않았지만, 이곳을 다시 살 만한 곳으로 만드는 데 굉장히 많은 일들을 해냈죠. 저도 한동안 여기 있을지도 몰라요."

"둘치아 수녀요?"

"그녀가 당신이 찾는 힐러예요."

여인이 말했다. 둘치아 수녀. 힐러에게 어울리는 이름이 현실감을 높였다. 옥타비아는 시마가 조용히 입술을 움직이며 그 이름을 몇 번이고 반복해 곱씹는 걸 봤다.

아에테르나의 좁은 길들과 높은 돌로 된 건물들을 보며 옥타비아는 이상하게 비토리아가 생각났다. 다음 골목을 돌면 그녀의 가족이 운영하는 빵집 냄새가 나거나 시장에서 정육점 주인들이 다투는 소리나 자갈에 흔들리는 수레 바퀴 소리가 들릴 것 같았다. 건물들과 길들이 똑같이 생긴 것에 비해 도시는 으스스하게 텅 비어 있었다. 창문은 모두 어두웠다. 모든 굴뚝이 차가웠다. 많은 문들이 경첩에 대롱대롱 매달려 부서져 있거나 아예 통째로 사라졌고, 대부분의 창문은 어두운 구멍처럼 그림자로 위협을 뿜어내고 있었다. 그들은 여기저기 아직도 흰 돌 파편에 그을린 자국이 남아 있는 무너진 건물들을 지났다. 옥타비아는 산산조각 난 굴뚝에서 새 무리가 화르륵 날자 깜짝 놀랐다.

하지만 여기저기 변화의 흔적이 있었다. 넓은 도로 옆에는 길 위에 건물 파편들과 자재들이 쌓여 있었다. 온전한 몇몇 건물들에서는 사람 목소리와 도구들이 부딪치는 소리가 울려퍼졌다. 어떤 곳에는 가을의 마지막 식물들이 여전히 말뚝에 매달려 있거나 땅을 따라 굽이진 정원들에 심겨 있었다. 그런 장면들이 1년이나 일한 것치고 좋은 성과라고 생각하지는 않았지만, 분명 변화는 있었다.

도시 안쪽으로 더 깊숙이 들어갈수록 더 많은 사람들이 보였다. 젊은 남자들과 여자들이 세탁물을 줄에 널고 있는 햇빛이 쨍쨍한 광장을 지났다. 말다툼을 하는 노인 부부가 당나귀와 수레를 이끌고 반대 방향으로 가고 있었다. 깔깔 웃는 한 무리의 아이들이 큰 소리를 지르며 이쪽 저쪽으로 광장을 가로지르기도 하고, 그리고 다른 광장으로 뛰어다니며 서로를 쫓고 있었고, 조금 뒤 10대 아이가 그들을 쏜살같이 쫓아가 그만두지 않으면 당장 부모님에게 이르겠다고 소리쳤다.

그녀의 목소리가 희미해지자 옥타비아는 사람들이 낮은 목소리로 수군거리는 것을 들었다. 그들이 골목을 돌아 크고 열린 광장으로 들어서자 그 소리가 어디서 난 건지 알게 되었다.

광장에 가득 찬 사람들이 지난 며칠 간 옥타비아가 본 사람들보다 훨씬 많았다. 무리를 이루어 너무 많은 텐트와 마차들이 있었기 때문에 옥타비아는 그 수를 셀 수조차 없었다. 그녀는 벤치들과 의자들이 장작불을 둘러싸며 만든 몇십 개의 동그라미를 볼 수 있었고, 그중에는 심지어 도시 건물과 똑같이 흰 돌로 만들어진 간이 굴뚝 오븐마저 있었다. 근처 울타리 안에 갇힌 염소들이 짜증난다는 듯 매매 울었고, 몇 명의 아이들이 그 옆으로 덥수룩하고 뚱뚱한 소 몇 마리를 끌고 지나갔다. 도시 광장 동쪽으로 뻗은 오른편에 음식과 여러 물건들을 펼쳐놓고 파는 매대들과 테이블들로 이루어진 두 개의 기다란 열이 있었다. 옥타비아는 매콤하게 구운 고기 냄새를 맡자

배가 꼬르륵거렸다. 광장을 둘러싼 건물들의 창문에는 빨래가 걸려 있었고, 굴뚝에서는 연기가 피어올랐으며, 사람들은 문 안팎으로 바쁘게 드나들었다. 닭들이 발밑을 쪼아대며 꼬꼬댁 울었고, 어느 곳이든 사람들은 대화하고, 웃고, 물건을 교환하고 있었다.

"별의별 장소에서 사람들이 몰려 온답니다."

경비병이 말했다. 광장을 둘러보며 말하는 그녀의 목소리는 따뜻하고 친절했다.

"점점 사람들이 많아지고 있지만, 우리는 최대한 빠르게 건물들을 수리하고 있죠. 봄 이후부터는 상당히 많이 진척됐어요."

오늘 아침 아에테르나에서 피어오르는 연기를 보고 나서부터 그녀는 이곳에 사람이 있다는 것을 알고 있었다. 하지만 얼마나 많은 사람들과 얼마나 다양한 사람들이 있을 줄은 전혀 예상하지 못했다. 그녀는 몇백 명은 있을 거라고 생각했고, 그들은 모두 수많은 물건을 가져온 듯했다. 그녀는 여러 억양과 언어를 들을 수 있었다. 도시의 광장에서는 음식과 동물들과 차와 사람 냄새가 풍겼다. 고요한 산들과 바람만 불어대는 숲에서 오랜 시간을 보내다 보니 이 모든 광경이 압도적이었다. 시마는 전혀 동요하지 않은 듯했고, 옥타비아는 이베르네가 비토리아의 10배는 될 거라는 시마의 말을 기억해 냈다. 이건 아마 그녀에게 아무것도 아닐 것이다. 시마는 주변을 빠르게 둘러보기 위해 발꿈치를 들었다.

"어디 있는 거지? 이베르네 사람들은 어디 있나요? 밝은 색의 텐트 안에 있을 텐데. 우리 엄마는 작공이자 염색공이에요. 색깔이 화려한 텐트들을 보셨나요?"

여인이 턱을 들어올려 가리켰다.

"내 생각에는 분수 옆에 있는 것 같네요. 저쪽, 서쪽으로요. 저기 머리가 없는 여인 돌조각상이 삐져나온 곳이 보이나요?"

옥타비아가 동상을 찾기도 전에 시마는 벌써 그 쪽으로 가고 있었다. 그녀는 시마를 따라잡으려 뛰었고, 경비병은 그들 뒤에서 천천히 따라왔다. 그들은 광장을 몇 분간 구불구불 뚫고 나갔다. 시마가 갑자기 멈춰섰다가 뛰기 시작했다. 그녀는 건초 더미와 장작, 보급품들을 실은 색칠된 마차들과 몇 마리의 윤기나는 말들을 가두고 있는 간이 우리에 둘러싸여 있는 4, 5개의 다채로운 텐트들을 향해 직진했다. 야영지는 경비병이 말한대로 물이 말라 버린 분수대 바로 옆, 머리가 없는 동상 뒤에 있었다. 사람 몇 명이 건초 더미 위에 앉아 있었고, 한 여자가 도구를 손에 든 채 마차 옆에 구부려 앉아 있었다.

"올레나? 말릭?"

시마의 목소리가 들리자 텐트 밖에 있던 사람들이 고개를 들었다. 마차 옆에 있던 여자가 쨍그랑 소리를 내며 도구를 떨어뜨리더니 제자리에서 펄쩍 뛰었다. 몇 초 동안 그녀는 시마를 쳐다보기만 했다. 이윽고 입을 열어 소리쳤다.

"레일라! 레일라, 이리 나와 봐!"

그녀는 말을 마치기도 전에 시마를 향해 뛰어오더니 그녀를 꼭 껴안았다. 다른 몇 명의 사람들도 그녀처럼 시마를 둘러싸고 그녀를 부둥켜안고 여러 언어들을 섞어가며 속사포처럼 말했다. 옥타비아는 몇 마디밖에 알아듣지 못했지만, 그들이 시마가 괴물들에게 끌려가 죽은 줄 알았다고 말하고 있다는 건 알아들었다.

한 텐트의 천막이 열렸고, 검은색 긴 머리의 여자가 나왔다. 시마는 그녀를 발견하자 다른 사람들 사이에서 빠져 나왔다. 그녀는 양팔을 넓게 벌리고 여자를 향해 달려갔다.

"엄마!"

"시마야! 오, 시마야!"

시마의 엄마가 그녀를 양팔에 꼭 껴안았다. 아이들 몇 명과 매우 나이 많은 여인을 포함한 사람들이 텐트에서 나왔고, 모두가 말하고 놀라워하고 웃고 울고 있었다. 옥타비아는 그들로부터 한 발짝 물러서 있었다. 그 모든 광경을 보고 있자니 이상하고 어색했다. 그녀는 이 재회가 그녀가 시마와 만나고 성벽 밖에서 하룻밤을 보내고 난 뒤 비토리아에 돌아갔을 때의 상황과 얼마나 다른지 생각하지 않을 수 없었다. 그녀는 질투하지 말자고 스스로를 다독였다. 전혀 같지 않았다. 하지만 옥타비아는 엄마가 너무 화가 나서 자신을 안아주지도 않았던 걸 잊을 수 없었다. 성문에서부터 같이 온 경비병이 옥타비아 옆에 서더니 그녀에게 말을 걸었다.

"허. 결국에는 모두 찾았나 보네요."

"엄마, 파비는요? 걔는 괜찮아요? 모두 괜찮아요?"

시마가 물었다.

"우리는 모두 괜찮단다."

시마의 엄마가 말했다. 그녀는 시마를 다시 안았다. 그녀의 볼 위로 눈물이 흘렀다.

"파비는 둘치아 수녀님이 보살피고 계시단다. 파비도 잘 있어. 우리는 너만 걱정하고 있었단다."

그녀는 시마의 양쪽 볼에 모두 키스하고 이마에도 입을 맞췄다.

"우리는 도로를 따라가면서 너를 찾았지만, 네가 보이지 않았어. 어디서 온 거니?"

시마가 행복하게 엄마 옆구리 사이로 몸을 비집었다.

"저는 완전히 다른 길로 왔어요. 제 친구 옥타비아가 저를 도와줬고, 산에 사는 부족 사람들도 도와줬어요. 옥타비아는 비토리아에서 왔어요. 옥타비아, 여기 우리 엄마야."

이베르네 사람들은 처음으로 옥타비아가 옆에 서 있는 것을 알아차렸다. 그녀는 어색하게 웃으며 말했다.

"안녕하세요."

그리고 그녀는 그렇게 많은 낯선 사람들이 그녀를 쳐다보고 있어도 괜찮은 척했다.

"옥타비아라고 했지? 내 딸을 도와줘서 정말 고맙구나."

시마의 엄마가 말했다. 옆에 있는 경비병이 말했다.

"…… 비토리아라고 했나요?"

옥타비아가 불안함에 몸을 떨었다.

"그런데요?"

경비병이 신기하다는 듯 그녀를 쳐다봤다.

"얘기하지 않으셨잖아요."

"물어보지 않으셨잖아요."

옥타비아가 대꾸했다. 시마의 엄마가 앞으로 걸어나왔다. 얼굴에 미소 대신 걱정 어린 표정이 떠올랐다.

"시마를 도와줘서 너무 고마워. 들어와서 우리와 함께 식사하지 않을래?"

"지금 당장은 안 되겠어요."

경비병이 말했다. 그녀가 옥타비아의 어깨에 무겁게 손을 올려 놓았다.

"먼저 둘치아 수녀님께 가서 얘기해야 해요."

"뭐라고요? 왜요? 저는 힐러를 안 봐도 돼요. 저는 아프지 않아요."

옥타비아가 놀라서 물었다.

"뭐가 문제인데요?"

시마가 물었다. 경비병이 말했다.

"문제되는 건 없어요. 그냥 둘치아 수녀님이 원하셔서요. 저녁 먹을 때까지는 돌아올 거예요. 갑시다."

그녀는 옥타비아를 형형색색의 텐트에서 데리고 나왔다.

"이해가 안 돼요. 무슨 일이죠? 왜 그녀가 저와 얘기하고 싶어하는데요?"

옥타비아가 떨리는 목소리로 말했다. 경비병이 말했다.

"그녀는 비토리아에서 온 모든 사람들을 만나고 싶어 해요. 겁낼 필요는 없어요. 그저 대화하시고 싶은 거니까요."

옥타비아는 경비병이 그녀를 도시의 광장 사이로 이끄는 동안 긴장한 채 침을 꿀꺽 삼켰다. 지금까지는 누구도 위협적이거나 공격적이지 않았다. 어쩌면 둘치아 수녀는 정말로 얘기만 하고 싶은 걸지도 몰랐다. 전혀 걱정하지 않아도 될지도 몰랐다.

옥타비아가 갑자기 멈췄다. 경비병이 그녀와 부딪쳤다. 옥타비아가 몸을 돌리며 말했다.

"무슨 말씀이세요? 비토리아에서 온 모든 사람들이라니요? 저 말고 비토리아에서 온 사람들이 또 있다는 건가요?"

경비병이 그녀를 앞으로 밀었다.

"그녀를 만나면 직접 물어 보세요. 갑시다."

Chapter 16

힐러

경비병은 도시 광장의 한쪽으로 길게 뻗은 건물로 옥타비아를 데려갔다. 높은 문들로 이어지는 넓은 돌계단들과 도시를 향해 난 끝없이 펼쳐진 창문들을 갖춰 한때는 무척 웅장했을 것이다. 하지만 아에테르나에 있는 다른 모든 것들처럼 그 건물도 지금은 손상돼 있었다. 대부분의 창문들은 부서졌고, 흰 돌은 얼룩지고 금이 갔으며, 지붕의 기와가 벗겨진 곳에는 나무판자들이 들어서 있었다. 사람들이 바쁘게 정문을 드나들었지만, 아무도 옥타비아와 경비병을 주시하지 않았다. 문은 거대한 강당으로 이어졌고, 강당은 또다시 넓은 안뜰로 이어졌다. 경비병이 말했다.

"여기로. 그녀는 이 시간에 정원에서 쉰답니다."

안뜰로 들어가니 마치 겨울에서 빠져나와 따뜻하고 부드러운 계절로 들어선 것 같았다. 3층 보행로와 하얀 돌기둥들이 우아한 정원을 둘러쌌다. 한때는 머리 위로 유리 천장이 있었겠지만, 지금은 기둥들 위의 뾰족뾰족한 유리 파편들만 남아 있었다. 정원은 여기저기 만개한 꽃들이 흩어져 있어 여전히 초록빛으로 물들어 있었지만, 몇몇 나무들은 빨간색과 금색으로 물들기 시작했다. 마치 정원은 속도가 느려 바깥의 변화하는 날씨를 따라잡지 못한 것처럼 보였다. 눈이나 얼음은 그림자 진 곳에도 없었다. 부드러운 초록색 이끼들이 가지들에 매달린 채 내려와 나무뿌리들을 덮었다. 정원 가운데에는 선명한 파란색과 초록색, 노란색 타일로 만들어진 긴 사각형 모양의 연못이 있었다. 많은 타일들이 부서져 있었지만, 전부 아주 깨끗했다. 수련이 물 위에 듬성듬성 떠 있었다. 개구리가 개굴개굴 우는 소리가 안뜰에 울려 퍼졌고, 작은 종달새들이 빨간색과 갈색이 섞인 자그마한 솜사탕 같은 몸뚱이를 날쌔게 움직이며 이 나무 저 나무로 돌아다녔다.

풍경이 근사했던 것만큼 옥타비아를 둘러싼 습한 온기에 그녀는 경계심을 곤두세웠다. 정원을 따뜻하고 푸르게 유지하는 것은 유리나 벽이 아니었다. 그것은 마법, 그것도 상당히 강력한 마법이었다. 더 이상 아무도 방법을 모르는 마법이었다. 전쟁 전부터 원하는 대로 언제든지 폭풍우를 잠재우거나 불러일으키는 등 날씨를 목적에 맞게 바꿀 수 있는 마법사들에 대한 이야기가 있었다. 그 이야기들은 대체로 좋게 끝나지 않았다.

연못 맨 끝 벤치에 하루의 마지막 햇빛을 쬐며 앉아 있는 여인이 있었다. 옥타비아가 보기에 그녀는 적어도 여든이나 아흔은 됐을 정도로 매우 나이 들어 보였다. 그녀의 어깨는 살짝 구부러졌고 손은 매우 가늘었다. 무릎 위에는 책이 펼쳐져 있었지만, 그녀는 눈을 감고 태양을 향해 얼굴을 들고 있었다. 경비병이 말했다.

"둘치아 수녀님, 당신이 만나야 하는 사람을 데려왔습니다. 여행자예요."

나이 든 여인이 미소 지었다.

"오! 사랑스러워라."

경비병이 말했다.

"비토리아에서 왔습니다. 행방불명이었던 이베르네 소녀와 같이 도착했습니다. 이베르네 사람들이 죽었다고 생각했던 소녀 말이에요."

"그 소녀가 살아 있다고요? 레일라가 딸을 다시 만나게 돼서 정말 안심했겠군요. 최악의 상황이 올까 봐 두려워하고 있었는데 말이에요."

나이 든 여인이 마침내 햇빛에서 몸을 돌려 눈을 떴다. 그녀의 오른쪽 눈은 초록색이었지만, 왼쪽 눈은 완전히 흰색이었으며 주위에는 희미한 상처들이 나 있었다. 둘치아 수녀가 말했다.

"가까이 오렴. 얘야, 내 옆에 앉거라."

옥타비아는 경비병이 옆구리를 찌르기 전까지, 멍하니 여인을 바라보고 있었다는 걸 모르고 있었다. 심장이 두근거렸고, 정원의 습한 온기 사이로 갑작스럽게 냉기가 스며드는 느낌이 들었다. 그녀는 배낭을 땅에 내려놓고 나이 든 여인에게서 최대한 멀리 떨어져 앉았다. 둘치아 수녀의 머리는 하얗게 셌고, 피부는 주름져 있었다. 그녀의 멀쩡한 한쪽 눈은 선명하고 밝았다. 그녀는 허리를 로프 벨트로 확 죈 간단한 갈색 드레스를 입고, 작은 몸에 비해 너무 커 보이는 부츠를 신고 있었다. 그녀는 옥타비아가 경계하는 모습을 흥미롭다는 듯 희미하게 미소 지으며 보고 있었다. 초록색 눈, 광대뼈 모양, 턱의 기울기, 어깨를 곧게 편 모습, 심지어는 미소까지. 그녀의 모든 모습은 묘하게도 그녀와 똑같이 타고난 자신감과 온화한 힘을 가진 플라비아 마스터를 연상시켰다. 어딘가 익숙한 모습에 기묘한 감정은 쉽게 가시지 않았고, 그것은 옥타비아를 더욱 긴장시켰다.

"나갈 때 코라에게 차를 내 오라고 해 주겠어요?"

둘치아 수녀가 경비병에게 말했다. 경비병은 둘치아 수녀가 뒤돌아보기 전까지 움직이지 않았다.

"걱정할 건 없답니다."

옥타비아는 경비병이 그녀 때문에 망설이고 있었음을 알아차렸다. 더러운 옷을 입고 머리는 산발이 된, 피곤에 찌든 배고픈 열두 살짜리 소녀가 둘치아 수녀에게 위험이 될 수도 있다고 생각했던 것이다. 너무 터무니없는 생각이라 옥타비아는 웃고 싶었지만, 점점 불편함이 커져 그러한 반응을 철저히 안으로 숨겼다. 경비병은 입구로 가기 전에 옥타비아를 엄한 눈빛으로 쳐다봤다. 마치 경고처럼. 그러고는 빠르게 몸을 돌려 정원을 가로질렀다.

옥타비아는 기다리고, 쳐다보고, 또 기다렸지만 나이 든 여인은 아무 말도 하지 않았다. 그녀는 그저 미소 지은 채 멀쩡한 한쪽 눈과 앞이 보이지 않는 다른 쪽 눈으로 옥타비아를 바라볼 뿐이었다. 옥타비아가 먼저 말을 꺼내야 했다. 그래서 그녀가 물었다.

"당신이 힐러인가요?"

"그래, 내가 힐러란다. 다른 사람들처럼 둘치아 수녀라고 불러도 돼. 네 이름은 뭐지?"

"옥타비아요. 당신이 정말로……."

어린 여자아이가 안뜰로 서둘러 들어오자 옥타비아는 말을 멈췄다. 그녀는 찻주전자와 찻잔 두 개를 올린 쟁반을 들고 있었다. 찻잔은 옥타비아가 이제까지 써 본 적이 없는 고운 사기로 만들어진 것이었다. 소녀는 옥타비아를 쳐다보다가 물러나기 전에 둘치아 수녀에게 가볍게 머리를 숙여 인사했다. 그녀가 갑자기 들어왔다 나가는 모양새가 옥타비아가 빵을 배달할 때 옆문을 쓰라고 알려주고는 그녀가 주방 안에 진흙을 묻히자 짜증스럽게 혀를 찼던 비토리아 평의원들의 집 하녀들을 떠올리게 만들었다. 그렇게 빠르게 온 것으로 보아 소녀는 둘치아 수녀가 차를 요청하면 언제든지 내올 수 있도록 하루 종일 물을 데워 놓고 있는 게 분명했다. 옥타비아는 광장에서 닭들과 염소들 옆으로 텐트와 마차에서 자는 사람들이 모두 둘치아 수녀가 이 오래된 마법사들의 궁전 안에 따뜻하고 조용하고 푸르른 정원을 가지고 있다는 사실을 아는지 궁금했다.

"나에게 뭔가 물어보고 싶은 게 있니?"

둘치아 수녀가 말했다.

"정말로 어떤 병이라도 고칠 수 있나요?"

옥타비아가 물었다. 사실은 심장이 쿵쿵 뛰고 목이 타들어 가는데도 최대한 아무렇지 않은 척 행동하려 애쓰며 여인의 얼굴에서 시선을 거뒀다. 그녀는 둘치아 수녀를 만나기 전에 아에테르나 사람들을 더 알았으면 좋았겠다고 생각했다. 둘치아 수녀가 킥킥대며 말했다.

"미안하지만, 아니야. 저들이 나에 대해 그렇게 말했니? 이 세상 그 누가 모든 병을 고칠 수 있겠니. 하지만 많은 병을 고칠 수 있지. 내가 할 수 있는 한 많은 질병을 고쳐 보려고 한단다."

"어떻게요?"

작게 소리 내 웃던 그녀가 이제 큰 소리를 내며 웃었다.

"아, 지금 당장 그걸 설명하려면 평생이 걸릴 거야. 내가 지금 알고 있는 걸 배우느라 평생이 걸렸으니까. 어떤 병은 마법을 써서 치료하고, 어떤 것들에는 다른 방법들을 쓰지. 나는 힐러로서 그다지 특별할 게 없단다."

옥타비아는 눈을 가늘게 떴다. 그녀가 경험한 바에 의하면 특별할 게 없다고 주장하는 사람들은 사실 그 정반대였다. 둘치아 수녀가 말했다.

"나는 그저 사람들을 돕고 싶을 뿐이고, 그렇게 하려고 노력하며 평생을 보냈단다."

"시마의 남동생은요? 음, 레일라의 아들은요? 그를 도와주실 수 있나요?"

둘치아 수녀가 주전자 안을 들여다보려고 주전자 뚜껑을 들어올렸다.

"아직은 완전하지 않은 것 같아. 파비는 아주 아픈 소년이란다. 하지만, 그래, 나는 그 아이를 도울 수 있다고 생각해. 네가 정말로 묻고 싶은 걸 물어보지 그러니, 옥타비아? 두려워하지 말거라. 최선을 다해 답해 주마."

옥타비아의 어깨가 긴장해서 딱딱하게 굳었다. 그녀는 **두렵지** 않았다. 과수원에서 만났지만 순식간에 사라진 작은 페록스같이, 마음 한쪽으로 떠오르는 의심들이 있었고, 묻고 싶은 것들이 너무나 많았다. 사람들이 아에테르나에 힐러를 만나려고 모이고 있다는 시마의 얘기를 들었을 때, 그녀는 10~20명 정도의 사람들이 집으로 돌아가기 전에 잠깐 그 도시에 들르고 싶어 하는 거라고 상상했다. 그들이 여기에 머무르려고 전쟁 중에 망가진 건물들을 치우고 수리하고 정원들을 수리하고 폐허의 잔재를 치우고 열린 성문에서 이방인들을 맞이할 줄은 한 번도 생각해 보지 않았다.

옥타비아는 성벽 밖의 세상에 대한 진실을 알고 싶었지만, 시마를 만나고 나서 그녀가 배운 것들과 아에테르나에 사람들이 모이고 있는 현상이 어떻게 이어지는지 이해할 수 없었다. 그녀에게 아에테르나는 그저 전쟁의 도시였다. 망가지고 잊히고 폐허가 된. 그녀를 둘러싼, 수련이 꽃피고 종달새들이 지저귀는 푸른 정원은 발에 맞지 않는 부츠처럼 부적절하고 불편하게 느껴졌다. 그녀가 물었다.

"여기서 뭘 하고 계신 건가요? 제 말은, 아에테르나에서요. 저 경비병이 당신이 벌써 1년째 여기 있었다고 알려주던데요?"

"여기 머문 지 그리 오래 되지는 않았단다. 처음 여기 온 사람들은 지난겨울이 끝나갈 때쯤 도착했단다. 그 이유는……."

둘치아 수녀가 사색에 잠긴 표정으로 연못 너머를 바라봤다.

"여기는 한때 정말 아름다운 도시였지. 그래, 나도 안단다. 한편으로는 상당히 끔찍하기도 했지. 여기에는 엄청난 힘을 너무나 끔찍한 방식으로 휘둘렀던 많은 사람들이 있었고, 그 때문에 많은 이들이 죽었지. 하지만 지난 몇 년간 나는 여행 중에 다른 사람들처럼 산에서 살아온 부족 사람들을 만났고, 그들도 내가 아에테르나의 아름다움을 기억해 주기를 원했지. 그 후로 나는 아에테르나를 통제되지 않은 힘의 도시가 아니라 치유의 도시로 재건할 수 있을지 궁금해졌단다. 그렇게 된다면 정말 좋지 않겠니?"

옥타비아는 그 말이 별로 좋게 들리지 않았다. 오히려 거짓말처럼 들렸다.

"왜 저와 얘기를 나누고 싶으신지 알려주시지 않았어요."

옥타비아가 말했다. 둘치아 수녀가 사색에 잠긴 듯 머리를 기울였다.

"무슨 말이니?"

"경비병이 말하길 당신이 비토리아에서 온 모든 이들과 대화하고 싶어 하신다면서요."

"아, 그래."

둘치아 수녀가 잔에 차를 따르기 전에 찻주전자의 뚜껑을 열어 보고는 만족한 듯 고개를 끄덕였다. 그녀는 한 잔을 옥타비아에게 건넸고, 자신은 두 번째 잔에 담긴 차를 마셨다.

"여기에 비토리아에서 온 다른 사람들이 있는지 알고 싶은 게구나. 우리에서 벗어나 자유를 찾은 다른 이들 말이다."

옥타비아는 우리라는 말도, 그 단어를 내뱉으며 둘치아 수녀가 지은 미소도 마음에 들지 않았다. 그녀는 찻잔을 들어 차를 한 모금 마셨다. 맛을 느끼기에는 너무 뜨거웠다. 둘치아 수녀가 계속해서 말했다.

"비토리아는 50년 동안 고립돼 있었지. 하지만 그 높은 성벽 너머의 세상은 매우 광활하고, 밖을 돌아다니는 사람이 보기엔 그리 멀리 있지도 않지. 그동안 너희의 그 높디높은 성벽 너머를 아무도 들여다보려고 하지 않았다고 생각하는 건 아니지? 더 이상 무늬만 안전한 곳에 갇혀 있지 않으려는 사람들이 없다고 알고 있으면서?"

그게 바로 옥타비아가 며칠 전까지만 해도 믿고 있었던 것이었다. 바깥세상에는 아무것도 없기 때문에 비토리아를 떠나야 할 이유도 없었다. 그러다가는 죽을 게 뻔했다. 그게 그녀가 어린 시절부터 배워 온 바였다. 성벽은 높았고, 성문은 굳건했고, 마스터들은 강력했으며, 비토리아는 세상에 유일하게 남은 안전한 장소였다. 그녀는 이제 그것이 사실이 아님을 알았다. 그녀가 배운 것 중 아주 소수의 것만 사실이었다.

그런데도 둘치아 수녀의 질문이 거슬렸다. 비토리아를 떠나는 사람들이 없다고 **알고** 있다고? 누군가 하룻밤이라도 돌아오지 않으면 모두가 알았다. 만약 누군가가 그보다 훨씬 길게 나가서 돌아오지 않았다면 그들은 분명 알았을 것이다. 어떤 사람들은 비토리아를 떠나서 다시는 돌아오지 않았다.

그녀는 차 한 모금을 더 마셨다. 사람들은 성벽 밖에서 발이 묶여 페록스에게 끌려갔다. 사람들은 숲에서 죽었다. 강물이나 산, 호수에 빠져 죽었다. 갑작스러운 겨울 폭풍우에 얼어 죽고 봄이 와도 시신을 찾을 수 없었다. 자주 있는 일은 아니었고, 죽은 사람을 애도했지만, 몇몇 사람들은 **정말로** 비토리아에서 사라졌다. 그저 모두가 그들이 성벽 밖에서 죽었을 것이라고 생각했을 뿐이다. 그들 중 얼마나 많은 이들이 실제로 죽었을까? 얼마나 많은 사람들이 둘치아 수녀가 지난 몇 년간 만났던 여행자가 되려고 비토리아를 떠났을까? 그들이 그녀에게 비토리아에 대해 뭐라고 알려 준 걸까?

가슴이 쿵쾅거렸다. 그녀는 차를 한 모금 더 마셨다. 차는 뜨겁고 썼으며, 잔에서 피어오르는 김에서는 향긋한 봄 정원의 흙냄새가 났다. 불쾌하지는 않았고, 대신 뭔가 익숙한 느낌이 들었다.

옥타비아의 심장이 더욱 거세게 뛰었다. 찻잔을 내려놓았다. 둘치아 수녀를 보다가 금세 시선을 돌렸다. 작은 몸집과 흰 머리. 하나밖에 없는 초록색 눈, 그리고 하얗고 더 이상 앞을 볼 수 없는, 상처로 둘러싸인 왼쪽 눈. 옥타비아가 떨리는 목소리로 물었다.

"이건, 음, 맛이 좋네요. 어떤 종류의 차인가요?"

둘치아 수녀가 잔에서 올라오는 김을 들이마셨다.

"여름 도라지꽃 맛이란다. 내 딸이 달콤한 건 싫어하는 이상한 꼬마였기 때문에 그 애가 좋아할 만한 것을 찾기까지 꽤 애를 먹었지."

"기분 좋게 쓴 맛이란다."

플라비아 마스터가 그날 아침 작업실에서 그렇게 말했다. 그녀가 어린 시절부터 기억하고 있던 도라지 맛. 불가능했다. 옥타비아는 손을 덜덜 떨며 잔을 내려놓았다. 그녀를 둘러싼 세상이 그녀가 앉아 있는 단단한 돌 벤치와, 옆에 차분하게 앉아 있는 나이 든 여인이 존재하는 푸르른 안뜰 정원으로 쪼그라들었다. 다른 것은 없었다. 귓가에 윙윙거리는 소리가 맴돌았다. 차에서는 흙 맛이 났고, 아랫배가 죄어들며 속이 메스꺼워졌다.

플라비아 마스터의 엄마인 악명 높은 마법사인 아그리피나는 전쟁 막바지에 죽었다. 카밀라가 전염병보다 더 악질적인 마법 무기를 만들지 못하도록 자기 언니를 직접 죽였다. 그녀는 죽었다. 모두가 그렇게 알고, 그렇게 믿고 있었다. 카밀라가 그렇게 말했기 때문에 그리 알고 있었다.

하지만 카밀라는 모두를 속였다. 카밀라는 시마에 대해 거짓말을 했다. 그녀는 윌라에 대해서 거짓말을 했다. 그녀는 모든 것에 대해 거짓말을 했다. 그녀는 언니를 죽였다고 거짓말했을 수도 있다.

옥타비아가 틀렸을 수도 있다. 그녀는 자신이 틀렸기를 바랐다. 카밀라가 결정타를 날렸다고 주장했던 왼쪽 눈이 없는 여인, 눈은 플라비아 마스터처럼 같은 이끼 같은 초록색이었으며, 똑같은 눈 모양에 웃을 때도 똑같은 방향으로 휘어졌다. 게다가 플라비아 마스터의 엄마처럼 매우 뛰어난 힐러. 옥타비아 앞의 나이 든 여인은 심지어 자기 이름이 둘치아 수녀라고 말한 적도 없었다. 그녀는 다른 사람들이 자기를 그렇게 부른다고만 했다. 둘치아 수녀가 아그리피나였다.

옥타비아는 갑작스럽게 플라비아 마스터의 아치 통로에 있던 카밀라의 얼굴에서 보았던 것이 떠올랐다. 카밀라는 플라비아가 엄마와 닮지 않았다고 말하는 순간 아주 잠깐 미묘한 표정을 지었다. 옥타비아에게는 공포처럼 보이는 것이었다.

입구 근처에서 나는 발소리에 안뜰의 정적이 깨졌다. 숨을 헐떡이는 여자가 고집스럽게 우기면서 말을 이어가는 소리가 안뜰 통로의 타일에 울려 퍼졌다.

"안 돼요, 잠시만요, 그녀는…… 꼭 봐야 돼요! 그들이 말하길 그녀가 꼭……, 저는 봐야 돼요, 저는……."

옥타비아의 입이 벌어졌다. 둘치아 수녀, 아니 아그리피나가, 아니 누군가가 뭔가를 말했지만, 마치 물속에서 말하는 것처럼 뭉뚱그려 들렸고, 아무 말도 귀에 들어오지 않았다. 그녀의 모든 관심은 정원 너머의 목소리에, 그림자 속에서 나오는 사람의 형체에 집중돼 있었다. 잘 익은 살구 같은 머리

색. 별처럼 코를 가로질러 나 있는 주근깨. 사람들은 비토리아에서 사라졌고,
모두 그들이 죽었다고 생각했다.

"옥타비아!"

하나였다.

Chapter 17

비밀 아래의 비밀

옥타비아가 일어섰다. 자기가 서 있다는 것조차 알지 못했다.

하나였다. 그녀는 분명히 보려고 눈을 깜박였다. 상상이 아니었다. 살아 있고 건강한, 연못 옆을 돌아서 뛰어오는, 눈을 크게 뜬 채 그녀를 향해 뛰어오는, 놀라서 입을 벌린 채 울부짖는 하나였다.

"옥타비아! 여기서 뭐 하는 거야?"

옥타비아는 비틀거렸고, 시야가 흐려지면서 하나의 품에 안겼다. 하나가 그녀를 꼭 껴안고 그녀를 몸 가까이 끌어당겼다.

"사람들이 비토리아에서 온 주황색 머리의 여자애가 있다고 했어."

하나가 떨리는 한편 눈물이 나올 정도로 기뻤기 때문에 울먹이는 목소리로 웃으며 말했다.

"나는 아니, 나는 확실히 확인해야 했어. 여기서 뭐 하는 거니? 여기까지 어떻게 온 거야?"

언니의 얼굴을 보려고 뒤로 몸을 젖혔지만, 옥타비아는 여전히 하나를 꼭 붙들고 있었다. 하나를 놓치면 하나가 사라지거나, 길 위의 오두막에서 잠들어 있다가 깨거나, 아니면 최악으로는 하나는 여전히 사라진 채 집에 있는 그녀의 다락방에 가만히 앉아 있는 상황일까 봐 두려웠다. 하고 싶은 말이 너무 많았다. 하나의 질문들에 대한 대답들과 그녀가 가지고 있던 수만 가지의 질문들. 그 모든 것들이 도랑을 한가득 채우는 가시덤불처럼 목구멍으로 차올랐다. 눈에 눈물이 고였지만, 그녀는 눈물을 재빨리 닦아냈다. 그녀가 소리쳤다.

"우리는 언니가 죽은 줄 알았어! 헌터들이 언니의 칼을 찾았다고! 모두가 언니가 죽은 줄 알아!"

하나의 얼굴에 옥타비아가 알아볼 수 없는 감정들이 계속 들이치며 표정이 바뀌었고, 전부 이해할 수 없었다. 일직선으로 내려오는 그녀의 코와 주근깨, 파란 눈, 옥타비아가 태어나기 전에 낚싯줄을 매다가 실수로 고리에 찢겨서 남은 윗입술의 흉터 등 하나의 얼굴은 옥타비아가 기억하는 대로였지만, 옥타비아는 하나의 표정을 읽을 수 없었다. 하나가 조용히 말했다.

"나도 알아. 알아, 정말 미안해. 내가 설명할게. 나한테 화를 내도 전혀 이상하지 않아. 많은 일들이 있었어."

둘치아 수녀가 말했다.

"그럼, 그랬지. 우리는 많은 것들을 성취했고, 하나가 많이 도와줬단다."

옥타비아는 하나의 등장에 너무 압도된 나머지 나이 든 여인에 대해서 거의 잊고 있었다. 그녀는 여전히 언니를 꼭 붙잡은 채 몸을 살짝 떨며 돌아서서 벤치 옆에서 손에 찻잔을 들고 서 있는 둘치아 수녀를 봤다. 그녀는 미소짓고 있었고, 얼굴에는 따뜻함과 친절함만이 맴돌았다. 하나가 미소로 화답하며 말했다.

"치유의 도시에서 모두 함께 이뤄낸 거죠."

하나가 옥타비아의 어깨를 꾹 눌렀다.

"너한테 빨리 모든 걸 말해 주고 싶어. 그런데 너 배고프겠구나! 둘치아 수녀님도 해야 할 일이 있으셔. 그녀는 항상 우리를 위해 열심히 일해 주신단다. 그녀를 더 이상 번거롭게 하지 말자."

너무나 달콤하고 부드러운 목소리로 하나가 말했다. 옥타비아가 그녀의 원래 목소리와는 전혀 다른 그 목소리를 마지막으로 들었던 때는 그들이 하루 종일 마을 남쪽 숲에서 페록스를 추적하고 사냥한 뒤에 비토리아로 돌아오던 여름날 저녁이었다. 남쪽 성문을 정찰하던 경비병들이 그들을 엄하게 심문했지만, 하나는 그저 미소를 지으며 고개를 끄덕이고 그들이 말하는 모든 것에 동의하면서도 둘이 갔던 곳에 대해서는 전혀 알려주지 않았다. 성문을 통과하자 그녀는 낄낄대며 웃었고 옥타비아도 그녀를 따라 웃었다.

옥타비아는 지금 웃고 싶지 않았다. 그녀는 왜 둘치아 수녀에게 그 목소리로 말하는지 이해할 수 없었다. 불편할 때 그런 목소리를 낸다는 것은 확실히 알았다. 그리고 하나가 나타나서 생각을 흐트러뜨리기 전에 했던 모든 생각들이 다시 쏟아졌다. 아그리피나, 쓴 도라지 차. 카밀라 마스터가 어디까지 거짓말을 늘어놓았는지, 그 모든 것들을 그녀의 먹구름 낀 머릿속에 담아 놓고 있자니 너무 부담스러웠다. 그녀는 코를 훌쩍이고 머리를 숙이며 숨을 크게 들이마셨지만 소용이 없었다. 그녀는 울음을 참을 수 없었다.

"오, 옥타비아. 너무 지쳤구나."

하나가 말했다. 그녀는 옥타비아의 어깨를 놓아 주고 대신 그녀의 짐을 들었다.

"이거 네 거 맞지? 동생한테 음식을 좀 주고 쉬게 할게요."

둘치아 수녀가 말했다.

"물론. 이야기할 시간은 나중에도 많으니까. 만나서 좋았단다, 옥타비아."

옥타비아는 겨우 고개를 끄덕이고 꺽꺽거리며 말했다.

"감사합니다…… 둘치아 수녀님."

그녀는 그 이름을 말하기 망설였고, 나이 든 여인이 자기 반응을 알아채지 못했길 바랐다.

하나는 그녀를 안뜰 정원에서 나와 건물의 현관을 지나 황금빛으로 물든 오후로 이끌었다. 해는 폭풍우 구름들이 산봉우리들 위로 일렬로 몰린 서쪽 산 아래로 지고 있었고, 낮의 온기는 어느새 상쾌한 냉기로 바뀌어 있었다. 사람들이 저녁을 나기 위해 모닥불 주위로 모이면서 도시 광장은 연기로 가득 찼다. 하나가 말했다.

"네 이베르네 친구는 어디에서 지내는 거야? 널 거기로 데려다줄게."

"뭐라고? 싫어! 언니랑 같이 있고 싶어."

옥타비아가 말했다. 겨우 다시 찾은 그녀를 시야 밖으로 보내기 싫었다.

"여기서 뭐 하는 거야? 계속 여기 있었던 거야? 무슨 일이 있었어? 왜 집에 오지 않은 거야?"

하나는 계단을 내려가면서 그녀를 몸 가까이 끌어당겼다.

"설명할 게 많아."

"그러니까 설명하라고! 우리는 언니가 죽은 줄 알고 있었다니까!"

옥타비아가 울부짖었다. 하나가 멈춰서 옥타비아를 다시 안아주었다.

"알아. 나도 알아, 그리고 설명해 줄 거야. 하지만 나는 오늘 밤 경비 임무가 있고, 네가 모르는 사람들 사이에서 외롭게 2층 방에 갇혀 있지 않길 바라. 지금은 네 친구에게 돌아가는 게 좋을 거야."

"하지만 뭘⋯⋯."

하나가 말했다.

"아침이 밝자마자 너를 찾아가겠다고 약속할게. 물어보고 싶은 게 많다는 걸 알아. 내일 다 답해 줄게."

옥타비아가 아랫입술을 깨물었다. 그녀는 아침까지 기다릴 수 없었다. 미루기에는 너무 중요한 것들이 있었다.

"하나만 지금 말해 줘. 왜 집에 오지 않았던 거야? 우리는 언니가 죽은 줄 알았어. 엄마는 언니를 찾다가 다쳤어. 심하게 다쳤어. 그리고 모두가⋯⋯. 왜 집에 안 왔어?"

하나가 그녀의 질문이 고통스럽다는 듯이 잠시 눈을 감았다.

"좋은 이유라고 할 만한 게 있을지 모르겠어. 그걸 설명하려면 다른 것들도 모두 알려 줘야 하고, 그러려면 시간이 걸려. 하룻밤만 기다려 줄래? 제발."

옥타비아는 하룻밤보다 훨씬 짧은 1분도 더 기다리고 싶지 않았다. 하나가 살아서 다치지 않고 그녀 옆에 있는 것이 행복한 만큼, 답하지 않은 그 모든 질문들은 폭풍우 구름이 산을 뒤덮듯이 점점 모이고 자라서 빨리 이야기하고 싶었다.

하지만 하나가 무언가를 부탁한다는 건 드문, 아니 예전에는 드물었던 일이었다. 너무 많은 것들이 바뀌었다. 어쩌면 하나도 변했을지도 몰랐다.

"그럴게. 시마의 가족들은 저기 있어."

옥타비아가 광장을 가로질러 형형색색의 텐트들과 마차들이 있는 분수대 동상을 가리켰다. 다른 손으로는 하나의 팔을 더 꼭 붙잡았다.

"지금 가야 되는 거야?"

"이미 경비 임무에 조금 늦었어."

하나가 끄덕였다. 그녀는 광장에서 벌어지는 모든 움직임과 혼란스러움을 자연스럽게 헤치고 지나가며 옥타비아와 함께 분수대를 향해 걸어갔다.

"그리고 둘치아 수녀님이 좋아하시지 않을 거야."

옥타비아가 그 나이 든 여인의 언급에 살짝 몸을 떨었다.

"둘치아 수녀……."

옥타비아는 망설였다. 얼마나 자기 생각을 얘기하고 물어보고 싶은지. 그녀는 하나가 자기 의심에 화를 낼지도 모른다고 생각했다.

"혹시 그녀가……. 언니, 그녀에 대해 잘 알아?"

하나가 갑자기 멈췄다. 손가락으로 가볍게 옥타비아의 입술을 누르며 가까이 다가와 속삭였다.

"여기서는 안 돼."

그리고 하나는 손을 내리고 미소 지었지만, 시선은 왼쪽, 오른쪽을 두루 살피며 근처에 누가 있는지 확인했다. 아무도 그들을 보고 있지 않은 것 같았지만, 옥타비아의 목덜미 털이 여전히 곤두서 있었다. 하나가 다시 말을 걸었을 때는 목소리가 훨씬 컸다.

"그녀는 대단한 여인이야, 인정해. 그녀와 함께 있을 수 있어서 행운인걸."

"맞아."

옥타비아가 희미하게 말했다. 하나가 그녀를 다시 꼭 껴안았다.

"내일 네게 모든 것을 말해 줄 수 있어서 너무 기뻐. 하지만 이제는 경비 임무를 하러 가야 돼."

그녀는 도시 광장의 분수 옆, 이베르네 사람들 캠프에서 멀지 않은 곳에 옥타비아를 두고 떠났다. 그녀는 걸어가면서 두 번 뒤를 돌아 손을 흔들었고, 옥타비아는 그녀가 자기를 안심시키려고 하는 것을 알았지만, 모든 것이 이상하게 느껴지는 때에 안심하기란 불가능했다.

옥타비아는 시마네 캠프까지 가는 나머지 길을 천천히 걸으며 이런저런 생각으로 머릿속이 뒤죽박죽 엉켰다. 하나가 살아 있었다. 하나가 **살아** 있었고, 여기 있었고, 모두 전쟁으로 폐허가 된 줄로만 알았던 이 마법의 도시에서 스스로를 대단한 힐러라고 주장하는 마법사 아그리피나를 위해 경비병 임무를 하고 있었다. 모든 게 말이 되지 않았다. 그녀는 하나를 쫓아가 **지금 당장** 대답하라고 따지고 싶었지만, 그녀는 잘 알고 있었다. 하나는 옥타비아에게 걱정할 필요가 없다거나 알 필요가 없다고 말하지 않았다. 그녀는 설명해 주겠다고 약속했다. 옥타비아가 언니를 마지막으로 본 지 벌써 반 년 이상이 됐지만, 그녀는 하나가 그렇게 변할 거라고 생각하지 않았다. 하나는 여전히 옥타비아를 어린아이가 아니라 그녀의 친구처럼, 동료처럼, 어른들이 아이들은 알 필요 없다고 생각하는 모든 것들마저 다 알아야 마땅한 사람처럼 대해 줬다. 그녀는 하나가 다음 날 아침 더 많은 것들을 알려 주겠다는 약속을 신뢰할 수 있었다.

그녀는 이베르네에서 온 여행자들이 식사를 하러 모닥불 주위로 모이던 캠프에 다가갔다. 여자들 중 한 명이 그녀를 먼저 발견해서 다른 사람들에게 뭐라고 말했고, 그러자 시마가 빠르게 몸을 돌려 옥타비아에게 뛰어왔다. 옥타비아는 또 안길 거라고 잠시 생각했지만, 시마는 그녀 바로 앞에 멈춰 서서 어색하게 옆구리 즈음에 팔을 내려뜨렸다.

"어디로 데려갔던 거야? 뭘 원하든?"

그녀가 꼬치꼬치 물었다. 옥타비아는 애매하게 광장 뒤를 손짓했다.

"그저…… 힐러는…… 그저 보러…… 내 생각에는……."

그녀는 뭐라고 해야 할지 생각이 나지 않았다. 제대로 설명하는 게 불가능했다. 시마가 눈을 가늘게 뜨며 물었다.

"뭘 봤는데? 뭐라고 하는 거야?"

"언니가 여기 있어."

옥타비아가 불쑥 말했다.

"내 언니 하나. 죽지 않았어. 여기 있어. 그녀는…… 나도 몰라……. 그녀는 아니야……."

"뭐? 잠깐. 이리 와 봐."

시마가 옥타비아의 팔을 붙잡고 야영지 가운데 있는 불가로 끌고 갔다. 거기서 그녀는 빈 나무 상자를 들고 와 호기심 어린 눈으로 둘을 흥미롭게 바라보던 다른 사람에게서 약간 떨어져 앉았다. 시마가 옥타비아를 나무 상자들 중 하나에 밀어 앉혔고, 다시 불가로 쿵쿵 걸어갔다. 얼마 안 있어 그녀는 따뜻하고 부드러운 납작 빵에 감싸인, 양념이 배어 군침 도는 고기와 야채들을 가져왔다. 시마가 말했다.

"자, 먹어. 그리고 말해 봐."

옥타비아는 해가 지고 아에테르나에 어둠이 내리기 시작하자 그녀가 시킨 대로 했다. 그녀는 시마에게 둘치아 수녀와 그녀의 수상한 정원, 그리고 하나의 깜짝 등장과 다음 날 아침 더 많은 것들을 설명해 주겠다는 하나의 약속에 대해 알려 줬다. 그러다 시마에게 한 번도 하나가 죽은 줄 알았던 것이나 엄마의 부상에 대해 말하지 않았다는 것을 깨닫고는 그 부분에 대해서도 마저 다 얘기했다. 시마는 옥타비아가 앞뒤로 왔다 갔다 하며 이야기를 해서 이해가 잘 되지 않았을 텐데도 별로 질문도 하지 않고 옥타비아가 일단 이야기하도록 놔뒀다. 그녀는 저녁을 다 먹어 치웠고——그녀는 무척 배가 고팠다——식사를 마치자마자 시마의 엄마가 차 두 잔과 헝겊에 싸인 씨앗 케이크 조각을 들고 옆에 나타났다.

"우리 시마를 도와줘서 정말 고맙구나."

레일라가 말했다. 그녀의 미소는 따뜻하고, 목소리는 부드러웠다. 그녀는 시마와 똑같은 갈색 피부에 갈색 눈, 검은 머리카락, 이리저리 천을 덧댄 화려한 색의 옷을 입고 있어서 시마와 무척 닮아 보였다. 불빛에 반사된 그녀의 긴 스카프 실들은 금색으로 반짝였다.

"너희 도시는 도울 생각이 없었는데도 시마를 도와주다니 정말 용감하구나."

옥타비아의 얼굴이 뜨거워졌다.

"시마가 길에서 저를 먼저 도와줬어요."

레일라의 미소가 사라졌다. 그녀가 손으로 시마의 머리를 부드럽게 쓰다듬었다.

"우린 시마를 정말 걱정했단다. 둘 다 정말 용감했어. 오후에 힐러를 만났니?"

"음, 네."

옥타비아가 시마를 쳐다보고 나서 그녀의 엄마를 다시 쳐다봤다. 레일라의 표정은 차분했지만 옥타비아의 반응을 읽고 있었다.

"그녀에 대해 어떻게 생각하니?"

레일라가 물었다. 옥타비아는 망설였다. 그녀는 레일라가 자신을 시험한다는 생각이 들었지만, 그것이 어떤 종류의 시험인지 몰랐고, 어떻게 답해야 할지도 몰랐다. 옥타비아는 레일라가 높은 확률로 아그리피나일, 그리고 그녀 주장처럼 평범한 힐러는 절대 아닌 둘치아 수녀에 대한 자기 생각을 알지도 모른다고 생각했다. 하지만 만약 그녀가 정말로 시마의 남동생을 돕고 있는 것이라면, 옥타비아는 그것을 위태롭게 할 어떤 것도 말하고 싶지 않았다. 그녀가 조심스럽게 말했다.

"제 생각에는 그녀는 마법사였던 것 같아요."

레일라가 고개를 끄덕였다.

"나도 다른 사람들처럼 그렇게 생각한단다. 다만 우리 모두 몰래 말할 뿐이지. 시마가 알려 줘서 알았지만, 우리는 너희 비토리아 사람들만큼 마법으로 병을 고치는 것을 불신하는 것은 아니지만, 여전히 비토리아 사람들처럼 생각하는 사람들도 있단다."

"하지만 그녀는…… 그녀는 사람들을 돕고 있는 거잖아요, 그쵸? 당신 아들을 포함해서요?"

레일라가 말했다.

"그래. 그 어떤 힐러도 고치지 못한 고통이나 질병을 가진 많은 사람들이 그녀를 보러 여기에 왔고, 그들 중 대부분이 나았단다. 둘치아 수녀가 대단한 힐러라는 것에는 의문을 품을 수 없지."

"그렇다면 뭐가 **의문**인데요, 엄마? 엄마는 항상 수수께끼처럼 말씀하시잖아요."

시마가 투덜거렸다. 레일라가 미소를 지으며 시마의 땋은 머리를 잡아당겼다.

"나는 내 수수께끼로 널 괴롭히는 게 참 재밌거든. 하지만 이번에는 그다지 좋은 수수께끼가 아니거나, 아니면 적어도 그다지 좋은 답은 아닌 것 같구나. 나는 그저 치유된 사람들이 고향으로 돌아가지 않고 왜 아직도 여기에 남아 있는지가 궁금하단다. 둘치아 수녀와 그녀를 가장 가까이에서 돕는 조력자들이 이 도시에 1년 가까이 있었고, 이제는 벌써 겨울이야. 떠나고 싶은 사람은 이미 길을 떠났어야 해. 다만…….”

레일라가 도시 광장을 바라보려 몸을 돌렸다.

“그들은 여기에 남아 있지. 그들은 둘치아 수녀가 그들에게 치우라고 하는 건물들을 치워. 땅을 파고 수리하고 건물을 다시 지으면서 떠나는 것에 대해서는 절대 언급하지 않아.”

그녀가 그들을 향해 다시 미소 지었다.

“차와 케이크를 다 먹고 텐트 안으로 가렴. 모두 오늘밤 눈이 내릴 거라고 하더구나. 그러니까 찬 공기에 너무 오래 앉아 있지 말거라.”

그녀가 모닥불로 다시 걸어간 다음 옥타비아가 말했다.

“무슨 말씀이셔? 여기 사람들은 떠나면 안 되는 거야?”

시마가 고개를 저었다.

“아니, 그런 건 아니야. 그들이 밖에 나가서 사냥도 하고 도로를 살핀다는 걸 알아. 그리고 다른 무리의 몇몇 카라반 운전자들과 가이드들은 떠났어. 올레나가 편지를 부치는 것에 대해 그들과 얘기했으니까. 어쩌면 그저 떠나고 싶지 않은 것일 수도 있지.”

“하지만 너희 엄마가 맞아. 겨울은 훨씬 더 깊어질 거야. 모두 집이 있다면 모를까, 아에테르나에서 텐트를 치고 겨울을 난다는 건……. 내 생각에 너희 저지대 사람들은 무슨 일이 닥칠지 잘 모르는 것 같아.”

옥타비아가 몸을 떨었다. 시마가 말했다.

“나도 몰라. 하지만 알고 싶네.”

“하나는 알 거야. 내게 알려 줄 거야. 그래야만 돼. 그리고 그녀가 모르는 게 있다면 스스로 알아낼 거야.”

옥타비아가 말했다. 시마가 힐끗 곁눈질을 했지만, 반박하거나 대답하는 대신 자기 어깨를 옥타비아의 어깨에 부딪쳤다. 다가오는 폭풍우의 구름들이 하늘의 별들을 천천히 가리는 동안 그들은 거기서 차를 마시고 달콤하고 잘 부스러지는 케이크를 먹으면서 조금 더 앉아 있었다.

Chapter 18

부러진 것을 고치려면

밤사이 구름이 몰려들었고, 아침이 밝자 얼음같이 살을 에는 듯한 눈이 아에테르나를 가로지르며 윙윙 불어대는 차가운 바람에 이리저리 흩날리면서 낮게 깔린 잿빛 하늘에서 회오리치며 내려왔다. 도시 광장에 있는 모든 텐트들이 시끄럽게 펄럭거렸고, 불에서 피어나는 연기는 이리저리 뿜어져 나왔으며, 사람들은 서둘러 망토의 모자를 깊게 눌러썼다. 옥타비아가 빵집 일을 자발적으로 도와주고 싶은 날씨였다. 오븐에서 뿜어 나오는 따뜻한 기운에 둘러싸여 아침거리를 손에 들고 다시 추운 바깥으로 나가야 하는 손님들을 불쌍히 여길 만한 날씨였다. 그러나 아에테르나에 있는 저지대 사람들은 선을 조이고 수레와 통의 위치를 조정해 보호용 벽을 만들면서 얼마나 많은 눈이 내릴지에 대해 열정적으로 수다를 떨었다. 걱정보다는 흥분한 것 같았다.

아에테르나에서 영업 중인 빵집은 도시 광장의 시장 가운데쯤에 주차된 수레 뒤편에 있는 것이 유일했다. 두 명의 수염 난 남자들과 아이들이 시장 안쪽으로 길게 줄을 선 손님들에게 창문을 통해 바삭바삭한 빵과 소금을 뿌린 롤을 팔았다. 제빵사들이 하나의 이름을 부르며 그녀를 반겼고, 옥타비아를 자기 여동생이라고 소개하자 미소를 지어 보였다.

"아빠가 만든 빵만큼 맛있지는 않지."

하나가 제빵사들이 들을 수 없는 거리만큼 멀어지자 말했다. 그녀는 걸으면서 롤을 한 입 베어 꼭꼭 씹었다.

"저들은 다른 종류의 밀을 쓰는데다가 꿀 대신 꽃 꿀로 빵을 달게 만들어. 그리고 저지대 사람들이 만드는 건 뭐든지 너무 짜. 재료가 떨어질까 봐 걱정할 필요도 없는데다가 저지대의 더운 날씨에는 뭐든지 금방 상하니까 그렇겠지. 그래도 꽤 먹을 만해."

빵은 너무 **짰고**, 옥타비아는 이미 시마 가족과 아침을 먹었기 때문에 배가 고프지도 않았다. 하나가 아빠의 빵 굽는 솜씨에 대해 얘기하는 것을 듣자 그녀는 약간 향수를 느꼈다. 그녀는 하나도 고향이 그리운지, 엄마와 아빠가 지금 뭘 하고 있는지 궁금한지, 이제는 그들이 딸들 중 두 명이나 죽었다고 믿고 있을지, 앨버스가 올드 게이트에서 옥타비아를 잡았던 것에 대해 부모님께 털어놨는지, 아우구스투스와 라비니아가 울고 있을지, 싸우고 있을지, 아니면 모두 괜찮은 척하려고 애쓰고 있을지에 대해 궁금하냐고 묻고 싶었다. 옥타비아는 루퍼스가 헌터들을 만나 집에 무사히 도착했을지도 걱정스러웠다.

옥타비아는 전날 밤 잘 자지 못했다. 그녀는 하나와 둘치아 수녀, 아에테르나와 그녀가 새로 알게 된 모든 것과 아직 알지 못하는 모든 것에 대해 생각하며 몇 시간이나 잠들지 못하고 누워 있었다. 그녀의 마음은 피곤함과 혼란스러움으로 뒤죽박죽 돼 있었다. 그녀가 말을 꺼내려고 숨을 들이쉴 때마다 하나가 "여기서는 아니야."라고 속삭이며 그녀의 입술에 손가락을 갖다

대던 장면을 떠올렸다.

사람들에 둘러싸인, 도시 광장에서는, 여기서는 아니야.

누군가가 듣고 있을지도 모르는 여기서는 아니야.

그래서 그녀는 말을 꺼내지 않고 광장의 북쪽 모서리로 가면서 하나가 날씨와 빵을 비롯한 사소한 것들에 대해 얘기하도록 놔뒀다. 하나는 지나가면서 사람들과 무리들과 야영지들을 하나하나 소개했다. 그녀는 대부분의 사람들이 어디서 왔는지, 그리고 그들이 왜 아에테르나에 왔는지를 알고 있었다. 대부분의 사람들은 하나의 이름을 부르며 손을 흔들고 미소를 지은 채 그녀를 반갑게 맞았다. 두 명 이상의 사람이 그녀를 멈춰 세우고는 다가오는 폭풍우에 어떻게 대비해야 할지를 물었다. 하나는 빠짐없이 그들의 질문에 답했다. 그녀가 옥타비아에게 어떻게 숲속에서 사냥하고 페록스를 추적해야 하는지를 알려 주는 것만큼 저지대 사람들에게 이것저것 설명하는 것에 능숙한 것 같았다.

옥타비아가 세는 것을 포기했을 정도로 많았던 방해와 우회 끝에 그들은 도시 광장의 맨 끝 모서리 부근에 다다랐다. 남쪽에서부터 아에테르나의 중심을 가로질러 올라오는 넓은 돌 포장도로가 거기서도 이어지고 있었다. 그 도로는 포럼에 있었으며 햇빛이 없는데도 반짝반짝 빛나는 부서진 돔으로 쭉 이어졌다. 돔은 건물의 반이 무너졌음에도 여전히 아에테르나에서 가장 커다란 건물이었지만, 주위에는 그보다 더 높은 탑들이 서 있었다.

"저 건물이 이만큼 클 줄은 전혀 상상하지 못했어. 사람들이 저 이야기를 들려 줄 때 나는 훨씬 작은 건물을 떠올렸거든."

하나가 말했다. 옥타비아는 완전히 반대로 생각하고 있었다.

"나는 훨씬 더 클 줄 알았는데. 나는 건물이 비토리아 전체를 덮을 정도로

클 거라고 생각했어."

"허. 재밌네, 같은 이야기를 듣고도 머릿속으로는 그렇게나 다른 그림을 그리다니 말이야."

하나가 아무 말도 하지 않은 채 몇 발자국 더 걸어갔고, 그 다음에 어깨 너머를 돌아봤다. 그들은 도시 광장에서 멀리 떨어져 있었다. 주위에는 아무도 없었다.

"이제 말해도 돼. 아무도 이쪽으로는 올라오지 않아. 사람들은 포럼에 대해 의심쩍어 하거든."

잠깐의 정적이 흐르고 하나가 말했다.

"나에게 정말 화가 많이 났을 거라는 걸 알아."

옥타비아는 뭐라 말해야 할지 몰랐다. 자신이 화가 났을지도 모른다고 생각했지만, 어떻게 설명해야 할지 모르는 너무 많은 감정을 동시에 느끼는 데 이미 지쳐 있었다.

"모두가 언니가 죽었다고 생각해."

옥타비아가 말했다. 하나가 말했다.

"언제나 돌아가려고 했어. 나는 **돌아갈 거야**. 영원히 떠나 있을 생각은 없었어. 이렇게 오래 밖에 있으려고 하지도 않았어. 그냥…… 일이 복잡해졌어."

옥타비아가 물었다.

"어떻게? 비토리아는 그렇게 멀지 않잖아. 언니는 길을 알잖아."

"알아. 그냥……."

넓은 도로에 바람이 거세게 불어닥치자 하나가 그녀의 스카프를 더 단단히 잡아당겼다.

"어떻게 시작됐는지부터 말할게, 괜찮지? 나한테 화를 내도 되고, 네가 원하는 만큼 소리를 질러도 되지만, 적어도 내가 모든 걸 너한테 설명하게 해 줘."

옥타비아가 어깨를 으쓱였다.

"그래."

"나는 동쪽 산등성이에 있는 회색 곰 산 주위를 정찰하고 있었어. 화창한 정오였고, 그래서 닉스 계곡 전체가 잘 보였어. 그리고 북쪽에서 나는 연기를 봤어."

그들은 넓은 도로가 끝나는 곳에 있는 건물 안으로 이어지는 폭이 넓은 돌계단을 오르며 포럼에 다가가고 있었다. 한때 건물 앞면에는 어른 키의 두 배쯤 되는 두 개의 문이 세트로 총 다섯 쌍이 있었지만, 그 문들은 이미 오래 전에 떨어져 나갔다. 다섯 쌍의 출입구는 이제 눈도 깜박이지 않고 도시를 내려다보는 공허한 눈처럼 보였다. 위대한 돔에서 부서져 나온 유리 파편들은 건물 앞 도로와 계단 사방에 흩뿌려져 있었다. 부서지고 더럽혀지고 먼지로 차츰 갈려 나가는 유리 조각들마저 옥타비아의 눈이 인식할 수 있는 것보다 훨씬 다양한 색깔로 반짝였다. 그녀는 계단을 올라가면서 부츠로 더 이상 유리 파편들을 밟지 않으려고 신경 썼다. 하나가 계속해서 말했다.

"나는 처음에 강이 굽이치는 북쪽에 있는 망루에서 피어오른 연기인 줄 알았어. 아무도 거기에 있어서는 안 됐지만 말이야. 하지만 그건 그보다 훨씬 북쪽에서 나고 있었어. 그래서 나는 길에서 벗어나 더 좋은 시야를 확보하기 위해 산의 북쪽 지역을 돌아다녔어. 나는 그 연기가 별로 중요한 게 아니라고 생각하고 있었어, 알겠니? 겨울철 번개를 맞은 흔적이나 이라쿤디아 강 위쪽에 온천들이 있을지도 모른다고 생각했지."

"그게 다 온천은 아니야. 거기에 사람들이 살아. 온천의 김이 그들이 지피는 불의 연기를 감춰 줘."

옥타비아가 하나에게 말했다. 하나가 고개를 저었다.

"그건 나도 이제 알아. 내 생각에는 이라의 폐허에 사는 무리가 있는 것 같아. 비토리아와 너무 가깝지만, 우리는 전혀 몰랐지."

"분노한 죽은 자들의 무리야. 그들이 나랑 시마를 도와줬어."

"아, 이제야 너희가 어떻게 서쪽 길을 따라 왔는지 알겠네. 그들이 너희를 도와줬다니 다행이다."

"언니는 뭘 봤는데? 연기가 나는 곳을 보러 갔을 때?"

"사람들."

하나가 간단히 말했다.

"동쪽 산에서 나와 롱로드를 따라 내려오는 대여섯 개 정도 되는 수레들과 카라반 한 대. 나는 내가 보고 있는 광경을 믿을 수 없어서 북쪽으로, 강 위쪽으로, 그들을 더 잘 보기 위해서 갔어."

하나가 출입구를 통과해 포럼 안으로 걸어 들어가면서 그녀의 목소리가 울려 퍼졌다.

"익숙하지 않은 영토였고 이미 늦은 오후였지만, 나는 망루로 돌아가기 전까지 지켜볼 시간은 충분하다고 생각했어. 하지만 거기 집중하다가 조심하지 못했어. 나는 내가 페록스에게 쫓기고 있다는 것을 전혀 몰랐어."

"언니가 항상 나한테 앞을 보는 것만큼 뒤를 확인하는 것도 중요하다고 일러 줬잖아."

옥타비아가 말했다. 하나가 웃으며 말했다.

"아, 맞아. 내가 말한 걸 내가 지키지 않았네. 그 때문에 해가 막 질 무렵에 페록스를 만난 거야."

그들은 포럼의 희미한 입구를 통과해 돔 정중앙으로 나아갔다. 그들을 괴롭히던 바람이 없으니 갑자기 조용해졌고, 눈이 천천히 빙글빙글 돌며 내려왔다. 옥타비아는 돔의 곡선을 따라 부서진 곳을 머리를 젖혀 쳐다봤다. 새들이 저 높은 곳 어딘가의 구멍에서 불쑥 튀어나와 잿빛 하늘에 새겨진 작은 검은 점들처럼 날아다녔다. 하나가 계속 털어놓았다.

"공격당하고 난 다음에는 무슨 일이 있었는지 솔직히 잘 기억나지 않아. 사람들이 내가 겨우 겨우 도로로 기어 올라왔고, 카라반의 개들 중 한 마리가 나를 찾았다고 알려 줬지만, 내가 기억하는 건 여기 아에테르나에서 깨어났을 때야. 나는 낯선 사람들에게 둘러싸여 있었어. 그들 중 한 명이 둘치아 수녀였어. 나는 나중에서야 그녀와 몇몇 사람들이 몇 달 전에 아에테르나에 이미 도착했고, 나를 발견한 사람들은 그녀를 따라 여기에 온 최초의 무리 중 하나였다는 걸 알게 됐어."

"많이 다쳤었어?"

옥타비아가 물었다.

"응. 둘치아 수녀가 내 상처가 며칠 안에 나을 거라고 했을 때는 그녀를 믿지 않았어. 나는 어떤 힐러도 그렇게 할 수는 없다고 생각했어. 하지만 그녀는 해냈어. 며칠 후에 나는 두 발로 서서 돌아다닐 수 있었어."

옥타비아가 눈썹을 찡그렸다. 하나의 이야기에서 무언가가 마음을 심란하게 했다.

"헌터들이 회색 곰 산에서 언니의 칼과 피를 발견했다고 그랬어."

옥타비아가 말했다. 하나가 그녀를 쳐다봤다.

"그렇게 말했다고? 그건 사실이 아니야. 페룩스가 계곡으로 내려오는 이스트로드까지 나를 내몰았어. 하지만 그 말은…… 설령 그들이 카라반을 보지는 못했더라도 도로 위에 난 바퀴 자국들을 봤을 거야. 그거에 대해서는 아무 말도 하지 않았어?"

옥타비아가 그녀의 말을 이해했다.

"안 했어. 그리고 엄마가 언니를 찾다가 다친 이후로 의회는 헌터들이 더 이상 새로운 영토에 가지 못하도록 결정했어. 그 후로 헌터들은 항상 비토리아 주변만 다녔어. 그들은 북쪽 망루만큼 멀리 가지도 않았어."

하나가 손으로 얼굴을 비볐다.

"하지만 그건……. 그들은 뭔가를 봤을 텐데."

"틀림없이 카밀라 마스터가 그들에게 거짓말을 하도록 시켰을 거야."

옥타비아가 말했다. 말은 빠르게 흘러 나왔지만, 한번 속마음을 꺼내고 나니 그녀는 가볍게 간질거리는 안도감을 느꼈다.

"헌터들이 그녀에게 바퀴 자국을 봤다고 알려 줬지만 그녀는 그들에게 거짓말을 하게 시켰을 거야. 그들도 여기에 사람들이 다녀갔다는 걸 몇 달 동안이나 알고 있었던 거야. 엄마도 알았을 거야!"

하나는 아직도 믿지 않는 듯했다.

"어쩌면."

옥타비아는 그녀의 의심에 기가 꺾였다.

"그러면 달리 어떻게 설명할 수 있는데?"

"어쩌면 헌터들이 바퀴 자국을 보지 못했을지도 모르지. 그들이 거짓말을 하지 않았을 수도 있고. 어쩌면 그들이 정말로 회색 곰 산에서 내 물건들을 찾았을지도 모르니까."

"하지만 어떻게……."

옥타비아가 마침내 하나의 말을 완전히 이해하며 눈썹을 찌푸렸다.

"누군가가 일부러 다른 길로 그걸 옮겼다고?"

"여기 있는 사람들은 모두 비토리아에서 멀리 떨어지라고 경고를 받았어. 다른 사람들도 그렇고."

하나가 말했다. 옥타비아가 말했다.

"하지만 왜……. 아, 둘치아 수녀가 경고했다는 거지? 그리고 그녀가 누군가를 보내 언니 칼을 다른 곳으로 옮겨 헌터들이 잘못된 길로 가도록 했다는 거지?"

"그랬을지도. 그렇게 행동할 만한 좋은 의도가 있을지도 몰라."

하나가 말했다. 시마의 경험이 증명하듯 저지대 사람들은 비토리아를 피할 만한 이유를 가지고 있었다. 산속의 무리들도 그들의 비참한 역사가 증명하듯 비토리아를 피할 만한 이유를 가지고 있었다. 하지만 둘치아 수녀의 이유는 개인적이었다.

"언니…… 언니도 그녀가 누군지 알지, 그치? 그녀의 눈이……."

옥타비아가 말했다.

"그래!"

저 높은 곳에 있는 둥지 속의 새들을 깜짝 놀라게 할 만큼 큰 소리로 하나가 말했다. 그리고 옥타비아는 전혀 예상하지 못했지만 그녀는 살짝 웃은 뒤 옥타비아를 끌어당겨 갑자기 안았다.

"넌 그 눈을 보자마자 그것이 무슨 의미인지 바로 깨달았을 줄 알았어. 아무도 그걸 몰라. 처음에 내가 다른 사람들에게 그녀의 눈에 대해 물어 보려고 했을 때는 내가 잘못 기억하거나 다른 것과 헷갈린 줄 알았어. 그들은 내가 미쳤다는 듯이 날 봤지. 나는 그들이 카밀라가 마지막 전투에 대해 한 이야기를 듣지 못했기 때문에 모를 수밖에 없다는 걸 알아차렸지."

"그리고 그녀는 힐러야, 아그리피나처럼."

옥타비아가 덧붙였다.

"그리고 그녀는 플라비아 마스터를 닮았어."

"내 말이. 너도 그 점을 알아차리니 내가 얼마나 안심이 되는지 넌 모를 거야."

하나가 말했다.

"그녀에게 한 번도 그에 대해 물어 본 적 없어?"

"물어 봤어. 그녀는 내가 맞다고 말해 줬지만, 사람들은 그 사실을 모르는 편이 낫지. 만약 알게 된다면 그녀의 도움을 더 이상 받으려 하지 않을 테니까. 그녀는 사람들을 돕고 있어. 둘치아 수녀는 아그리피나지만, 그건 곧 그녀가 힐러라는 걸 의미하기도 해. 그녀는 지금까지 살아 있었던 거야. 카밀라는 그녀를 죽인 적이 없었어. 그건 거짓말이었어."

"카밀라가 하는 말은 모두 거짓말이야."

옥타비아가 쓸쓸하게 말했다. 하나가 아무렇지 않게 돔의 파편을 발로 차자 그것은 포럼의 넓은 타일 바닥을 가로질러 쭉 미끄러졌다.

"카밀라가 더 멀리 나가면 죽을 거라고 했기 때문에 비토리아 주위의 산들에서 발이 묶여 지냈던 그 모든 시간들이……"

하나가 부서진 돔을 다시 쳐다봤다. 눈이 더 빠르게 내리고 있었고, 추위가 옥타비아의 옷깃 사이로 스며들었다.

"조금만 더 멀리 나가면 됐을 텐데. 하지만 우리는 한 번도 그러지 않았어. 카밀라가 저 멀리에는 죽음 말고는 아무것도 없다고 했으니까. 둘치아 수녀와 다른 사람들을 보자마자 나는 비토리아에 있는 누군가도 이 사실을 알고 있을지 궁금해졌지. 그동안 누군가는 분명히 뭔가를 봤을 거야. 몇몇 사람들이 비토리아를 떠났어. 둘치아 수녀가 그들 중 몇몇을 만났지."

"하지만 그들은 절대 돌아오지 않았어. **언니도** 돌아오지 않았잖아."

옥타비아가 말했다. 하나가 돔에서 시선을 돌려 옥타비아의 눈을 바라봤다.

"내 생각에는 그들 중 몇몇은 돌아가려고 했던 것 같아. 페록스들은 우리를 비토리아 안에 가둬 놓는 것만큼 다른 사람들이 비토리아에 접근하는 것을 막는 데도 효과적이지."

옥타비아는 돌아가는 길에 위험이 있을 것이라고는 생각하지 않았다. 막상 지금 하나가 그 문제를 꺼내자 머릿속에 걱정이 물밀듯 차오르기 시작했다. 루퍼스가 돌아갔다. 헌터들은 그를 다치게 하지 않았을 것이다. 키케루스 마스터가 의회로부터 그를 보호했을 것이다. 그녀는 그랬을 거라고 믿어야 했다. 그는 무사해야 했다. 지금 당장은 그를 걱정할 수가 없었다. 하나가 그녀에게 알려줘야 하는 것들이 남았을 때는 말이다.

"돌아오려고 노력하기는 했어?"

옥타비아가 물었다.

"성공했을지도 모르잖아. 돌아올 수 있었을지도 모르잖아."

"나는 항상 가려고 했어. 항상."

"하지만 그러지 않았지."

하나가 한숨을 쉬었다.

"모든 사람들에게 그들이 알고 있는 모든 세상이 거짓말이라고 알려 주는 것은 쉬운 일이 아니야. 나는 거짓말을 더 늘어놓기보다 확실하게 진실을 알려 줄 수 있을 때까지 기다리고 싶었어."

그녀는 돔의 부서진 조각을 주우려고 몸을 숙였다. 그것은 이상하고 기름진 표면에 여러 가지 색깔을 반사시키며 겨울의 햇빛 속에서 희미하게 빛났다. 그녀는 마치 연못에 물수제비를 뜨는 것처럼 포럼을 가로질러 그 파편을 던졌다.

"내가 둘치아 수녀에게 누구인지 물었을 때, 그녀는 돕고 싶었기 때문에 산속으로 들어왔다고 했어. 그녀는 몇 년 전에 비토리아를 떠난 누군가를 만났다고 말했어. 너, 레피라고 기억해?"

옥타비아가 고개를 저었다. 하나가 살짝 고개를 끄덕이며 말했다.

"그럴 줄 알았어. 그는 네가 아직 아기였을 때 사라졌어. 그는 나무꾼이었고, 어느 날 도끼를 가지고 숲속으로 들어가서는 다시는 돌아오지 않았어. 모두 그가 페록스에게 당했다고 생각했지만, 내 생각에 그는 여전히 무탈하게 살아 있고, 저지대에서 살고 있는 것 같아. 아니면 그가 둘치아 수녀를 만났을 때는 그랬겠지. 그가 그녀에게 비토리아의 일을 말해 줬어. 그가 그녀에게 페록스와 혹독한 겨울과 경비병들과 의회, 그 모든 것들에 대해 말해 줬어. 그때 그녀는 아에테르나로 돌아오기로 결심했대. 물론 계획을 제대로 실천에 옮기는 데는 몇 년 더 걸렸지만."

"왜? 그녀는 뭘 하고 싶은 건데?"

옥타비아가 물었다.

"그녀는 비토리아 사람들이 다른 세상에 대해 여전히 무지한 채 있는 것은 옳지 않다고 말했어. 그녀는 도와주고 싶어 해. 때가 되면 내가 비토리아로 돌아갈 수 있게 도와주겠다고 했어. 하지만 더 많은 사람들이 우리와 계속해서 합류하고 있고, 둘치아 수녀는 그들도 돕고 싶어 해. 정말이야. 그건 거짓말이 아니야. 그래서 나는 그녀를 돕기 위해 여기 남았던 거야. 여기서 그녀를 돕는 게 매일 하루 종일 실제로는 맞서 싸울 수도 없는 괴물들과 싸우는 것보다 낫다고 생각했어."

"나는 언니가 헌터 일을 좋아하는 줄 알았어."

옥타비아가 조용히 말했다.

"그랬지. 하지만 내 생각에…… 나는 사람들을 도우면서 비토리아 밖으로 나올 수 있었기 때문에 그 일을 좋아했던 것 같아. 나는 안에 갇혀 있는 걸 한 번도 좋아한 적이 없어. 너도 항상 그걸 싫어했다는 걸 알아."

하나가 걸으면서 그녀의 부츠가 돔에서 떨어진 부서진 유리 조각들을 으스러뜨렸다. 눈이 가느다란 먼지 층처럼 땅에 쌓이기 시작했고, 하늘에서 떨어지는 눈이 점점 무거워졌다.

"하지만 실제 세상이 내가 배운 세상과 완전히 다르다는 걸 안 이상, 나는 내가 뭘 좋아하는지 더 이상 확신할 수 없게 됐어. 내가 정말로 뭘 할 수 있는지 배울 기회가 전혀 없었으니까."

옥타비아는 루퍼스가 마르타의 치유 마법을 보고 얼마나 놀라워했는지를 떠올렸다. 난생 처음 눈 덮인 산들을 보자 시마의 두 눈이 얼마나 확 커졌는지도. 비토리아를 둘러싼 도로가 저 아래 바다까지 이어졌다는 사실을 알고 느낀 그녀의 기대감도. 세상은 그녀가 여태까지 생각했던 것보다 훨씬 넓었다. 그녀는 스스로 진실을 알아내고 모두 그것을 알게 하고 싶었다. 하지만 그녀는 진실이 어떻게 날마다 자라고 변하고 사람에 따라서 얼마나 다르게 해석될 수 있는지 전에는 알지 못했다. 옥타비아가 물었다.

"그녀가 비토리아를 어떻게 도와줄 심산인데?"

"나도 정확히는 몰라. 그녀는 우리에게 오래된 마법사들의 탑이나 집들 같은 폐허 속에서 무언가를 찾게 했어. 나도 여기에 있는 많은 것들에 마법이 걸려 있다는 것을 알고, 그녀도 병을 고치기 위해 마법을 쓴다는 걸 알지만······ 내 생각에 그녀에게는 또 다른 의도가 있는 것 같아."

옥타비아는 사람들이 오래된 도시의 폐허를 파헤치기 위해 아에테르나로 온다는 시마의 이야기를 기억했다. 그 단서는 폐허가 된 건물들과 잔해 더미 등 온갖 곳에 있었지만, 옥타비아는 그저 사람들이 도시를 다시 살 만하게 만들려는 거라고만 생각했다. 하나가 말을 이었다.

"그리고 나는 그게 뭔지 모르겠어. 발굴 작업을 도와야 하는 사람들도 대부분 몰라. 그녀에게 물어 볼 때마다 그녀는 비토리아를 돕기 위한 일이라고만 해. 나는 그녀의 말을 이해했다고 생각했어. 그런데 이제는 아니야."

하나가 한숨을 쉬고 하늘을 올려다봤다.

"돌아가야겠어. 눈이 점점 거세지는데다가 너무 오랫동안 자리를 비우면 누군가가 눈치 챌 거야."

하나가 옥타비아의 손을 잡으려고 손을 뻗었다. 그들이 부서진 돔을 나가 시내로 다시 돌아가는 동안 눈은 더 차가워지고 빙글빙글 돌면서 조용히 그들 주위에 내렸다.

Chapter 19

폐허가 숨긴 것

눈은 하루 종일 내리다가 밤중에 그쳤다. 아침에 옥타비아가 텐트 밖으로 나가자 바람은 한결 부드러워졌고 구름이 흩어지기 시작했다. 아에테르나의 도시 광장에 있는 야영지에서는 새롭게 쌓인 흰 눈 밑을 파내는 작업이 시작되고 있었다. 시마가 옥타비아를 따라 텐트 밖으로 나오며 얼굴을 찡그렸다.

"난 이제 너를 믿어. 얼마나 눈이 많이 내릴 수 있는지 네가 얘기한 게 이제 믿겨져."

옥타비아는 무릎 높이만큼 쌓인 눈을 발로 차고, 시마가 비명을 지르며 눈을 피하는 모습을 보면서 깔깔댔다.

"이거? 이건 아무것도 아니야. 지붕 높이만큼 쌓이지 않으면 그건 많이 내린 게 아니야."

"어젯밤은 그렇게 춥지 않았어. 왜 눈이 더 내리면 덜 추운 거야?"

시마가 물었다.

"나도 몰라. 원래 그런 거야. 눈이 사람 사는 곳 안쪽의 온기를 보존해 주나 보지."

시마가 눈을 한 덩어리 집어서 수레 측면에다가 던졌다.

"흥! 내 담요를 쓰면서 나한테 착 달라붙고는? 뜨겁게 달궈진 따개비야말로 안을 따뜻하게 해 주는 거야."

"뜨겁게 달궈진 **뭐**?"

옥타비아가 말했다. 시마가 전혀 도움이 안 되는 손짓으로 따개비를 그렸다.

"있잖아, 따개비라고. 배들과 해안가 바위들에 조개껍질을 붙여 놓고 사는 작은 해양 생물 말이야."

"그게 뭔지 전혀 모르겠어. 하지만 네가 나를 놀리는 것 같은데.

옥타비아가 털어놓았다. 시마가 입술을 비틀며 말했다.

"무슨 짓을 해도 걔들을 떼어낼 수 없지."

옥타비아가 얼굴이 붉어져 시선을 돌렸다. 오늘 아침에, 그녀는 어젯밤은 마침내 잘 수 있었다는 데 살짝 놀라며 따뜻하고 안락한 기분으로 일어났다. 시마와 같이 쓰는 이불 밑으로 시마 옆에 딱 붙어 누웠으나, 머릿속은 이런저런 생각들로 가득 차서 팔이 시마의 팔에 스치거나 시마의 머리카락이 그녀의 피부를 간지럽힐 때마다 놀라서 깨어났다. 아에테르나의 모든 것이 이상하고 놀라웠지만, 모닥불의 마지막 불빛으로 한결 부드러워진 밝은 색깔들이 가득한 시마의 텐트 안에서는, 그리고 그곳에서 조용히 자는 시마 옆에서는 모든 불안이 사라졌다.

그녀가 품고 있던 모든 걱정과 질문이 다시 돌아왔다. 옥타비아는 이베르네 사람들이 캠프를 정리하는 걸 도와주면서 어느 정도 생각을 덜 할 수 있어서 좋았다. 그녀는 텐트에서 눈을 털어내고, 동물들의 우리에서 눈이 녹아 내려 질척거리는 흙덩어리를 파내고, 습기를 줄이기 위해 따뜻한 모닥불 옆에 이불과 옷가지들을 늘어놓는 일을 도왔다. 오전이 반 정도 지나자 레일라가 의무실에 있는 파비를 보고 돌아왔다.

"오늘은 훨씬 상태가 좋더구나."

시마가 파비가 어떤지 묻자 그녀가 말했다.

"누나가 보고 싶대. 솔직히 말하면 거기 있기 지루해 할 정도로 나아졌더구나."

"지금 가도 돼요?"

시마가 꼭 가고 싶다는 듯 방방 뛰며 물었다. 레일라가 미소를 지으며 시마의 땋은 머리를 정성스럽고 익숙하게 쓰다듬는 사이, 시마는 눈을 이리저리 굴리며 그녀의 대답을 기다렸다.

"물론이지. 오늘 아침 해야 할 일은 다 했잖니."

시마가 옥타비아의 손을 잡았다.

"파비 보러 가자."

"나도 같이 가자고?"

옥타비아가 물었다. 시마가 당연한 듯 말했다.

"음, 어. 파비가 심심하다면 새로운 사람을 만나고 싶어 할 거야. 가자."

의무실은 둘치아 수녀의 정원이 있는 건물의 2층에 있었으며, 도시 광장을 내려다보고 있었다. 그곳은 사람들이 음식 쟁반과 세탁물 바구니를 안팎으로 나르고, 가족들과 친구들이 사랑하는 병든 이들을 보러 들르는 바쁘고 분주한 곳이었다. 환자들은 모두 건물 끝에 있는 커다랗고 밝은 방에 모여 있었다. 벽에 달린 세 개의 창문을 통해 신선한 공기가 드나드는 곳이었다. 한 줄당 20개 정도 되는 침대가 두 줄로 놓여 있었고, 대부분의 침대가 차 있었다. 어떤 환자들은 다채로운 퀼트 이불을 덮은 채 일어나 앉아 웃고 떠들며 먹고 있었다. 어떤 이들은 조용히 엎드려서 잠들어 있거나 고통 속에서 누워 있었다. 또 어떤 이들은 기침을 하고, 어떤 이들은 붕대를 감고 있었고, 어떤 사람들은 상처와 두드러기로 뒤덮여 있었고, 어떤 이들은 창백한 피부와 피곤에 찌든 눈을 제외하면 아픈 기색이 전혀 없었다. 만약 루퍼스가 있었다면 각 환자마다 어떤 병을 앓고 있는지 알았겠지만, 옥타비아는 가늠할 수조차 없었다.

시마의 남동생인 파비는 여덟 살이었고, 시마가 말한 것과는 다르게 그는 옥타비아보다 시마에게 질문 폭탄을 던지면서 즐거워했다. 새로운 사람들을 만나는 것은 파비에게 그렇게 드문 일이 아니었지만, 누나가 괴물들과 싸우는 이야기는 굉장히 새로웠다. 그래서 옥타비아는 그와 시마가 떠드는 동안 그의 침대 옆에서 조용히 앉아 있었지만, 의무실에서 어떤 일들이 벌어지고 있는지 관찰할 기회를 얻었기 때문에 별로 상관하지 않았다. 특히 그녀는 둘치아 수녀를 지켜볼 기회를 얻었다.

힐러가 도착하자 입구에 작은 소란이 있었다. 사람들이 그녀에게 인사를 하거나 질문을 던지며 그녀를 불렀고, 그녀는 미소를 지으며 모두의 이름을 부르며 대답해 줬다. 옥타비아는 그녀가 환자들 사이를 걸어 내려오며 한 명 한 명과 대화를 나누고 그들의 상태를 확인하기 위해 멈추는 것을 지켜보았다. 그날 아침 그녀는 별다른 치유 활동을 하지 않는 듯했지만, 모두 그녀를 볼 수 있어서 좋아했다.

옥타비아는 바라보고, 듣고, 들을 수 있는 모든 단어에 귀를 기울이고, 볼 수 있는 모든 손짓을 주시했다. 하나는 아무도 둘치아 수녀가 아그리피나라는 사실을 알지 못한다고 생각했고, 옥타비아는 그녀의 말에 거의 동의했다. 그녀는 둘치아 수녀를 경계하는 듯한 사람을 아무도 보지 못했다.

옥타비아는 아무도 그녀를 의심하지 않을 때 그런 정보를 안다는 사실이 불편했다. 둘치아 수녀는 분명히 그 사람들을 돕고 있었다. 한 나이 든 남자는 자기 다리가 더 이상 아프지 않다는 것을 보여 주기 위해서 침대에서 뛰어 내렸다. 한 젊은 부부는 더 이상 열이 나지 않는 아기에게 달콤하게 속삭이며 노래를 불러 줬다. 두 명의 자매는 자기들 엄마가 마침내 고통 없이 쉴 수 있음에 감사하며 울면서 둘치아 수녀를 안았다. 옥타비아는 사람들을 아에테르나로 불러들인 이야기들이 거짓이 아님을 쉽게 확인할 수 있었다.

옥타비아의 마음속 안의 어떤 부분은 그 자리에서 벌떡 일어나 외치고 싶어 했다. **'바로 그녀예요. 그녀가 바로 전염병을 만들어 낸 마법사라고요. 그녀가 전 세계를 대상으로 전쟁을 일으켰어요!'** 옥타비아는 그 마음이 마치 그녀 안에서 계속 남아 맴돌며 속을 곪게 만드는, 어디도 가지 않는 일종의 커다랗고 검은 비밀의 그림자처럼 느껴졌다. 아에테르나의 마법사들은 너무나 많은 피해를 줬고, 너무나 많은 죽음을 야기했으며, 아그리피나는 그들 중에서도 가장 악질이었다. 이제는 사람들을 도우며 당연하다는 듯이 그들에게서 감사와 칭찬을 기꺼이 받는 아그리피나를 보고 있자니, 옥타비아는 마치 물살이 굽이치는 강을 기울어지고 흔들거리는 통나무 외다리에 서서 건너는 것처럼 위태롭게 느껴졌다. 그녀는 하나도 그녀처럼 저 여자의 존재 자체로 인해 공포에 떨거나, 친절한 미소 뒤에 도사린 마법사 아그리피나는 배제한 채 힐러로서의 둘치아 수녀만 볼 수 있는 법을 터득했는지 궁금했다. 전염병은 벌써 오래 전 일이었고, 둘치아 수녀는 여기서 가족들이 침대 곁에서 걱정하고 있는 사람들을 도와주고 있었다. 시마와 그녀의 남동생은 둘치아 수녀 덕분에 같이 웃고 이야기를 나눌 수 있었다.

옥타비아는 전염병처럼 끔찍한 일을 잊기에는 시간이 충분히 지나지 않았다고 생각했다. 지금 사람들을 구해 준다고 전쟁 중에 사람들을 죽인 행위를 덮을 수 있다고 생각하지 않았다. 하지만 한편으로는 그녀가 용기를 내서 진실을 외쳐도 사람들이 그녀의 말을 귀담아 듣지 않을 것이라고 생각했다. 그녀는 차츰 하나가 어떻게 여기에서 결정을 내리지 못하고 몇 달이나 머무르게 됐는지 이해하기 시작했다. 옥타비아는 옳은 일을 하고 싶었지만, 어떤 것이 옳은 것일지 가늠할 수 없었다. 그녀는 어떻게 해야 가장 많은 사람들을 도울 수 있을지 몰랐다.

둘치아 수녀가 파비의 침대에서 몇 발자국 떨어진 곳에 있는 침대에 있는 나이 든 여인과 담소를 나누기 위해 앉았다. 파비는 시마에게 괴물들을 한 방에 무찌를 수 있는 부족의 무기들에 대해서 얘기해 달라고 벌써 세 번째 부탁하고 있었기 때문에 옥타비아는 둘치아 수녀가 하는 얘기를 엿들으려고 아무렇지 않게 파비와 시마를 무시할 수 있었다.

"저도 보고 싶네요."

나이 든 여인이 가느다란 실같이 희미한 목소리로 말했다.

둘치아 수녀가 그녀의 손을 잡고 있었다.

"그러실 거예요. 매일 나아지고 계세요."

"저는 너무 지쳤지만, 그래도 계속 살아 있네요."

나이 든 여자가 말했다.

"제 아이들과 손주들에게 전령을 보내고 싶어요. 그들에게 우리가 다 함께 굶주리지도, 아프지도, 겁먹지도 않고 살 수 있다고 말해 주고 싶어요."

둘치아 수녀가 다시 말했다.

"그러실 거예요. 오래된 것들의 상처를 치유함으로써 새로운 길을 열 거예요. 제가 드린 약속을 의심하지는 않으시죠?"

"절대로요. 절대 당신을 의심하지 않아요."

여인이 말했다. 그녀가 미소를 짓고 눈을 감았다. 둘치아 수녀가 그녀의 손을 가볍게 두드렸다.

"이제 쉬세요."

그 나이 든 여인이 순식간에 잠에 빠져들었다. 둘치아 수녀가 다음 환자에게 가려는 찰나에 병실 입구에서 요란한 소리가 들려왔다. 하나가 들어와서 재빨리 주위를 둘러본 다음 쭉 나열된 침대들을 따라서 둘치아 수녀에게 와서는 무언가를 그녀에게 속삭였다. 부츠는 진흙으로 덮여 있었고, 옷에는 붉은 흙이 덕지덕지 묻어 있었으며, 벨트에는 두꺼운 가죽 장갑 한 쌍이 끼어 있었다. 그녀는 도시에서 땅을 파는 일을 도와주고 있었던 것이다. 옥타비아의 피부가 따끔거렸다. 하나가 말하는 동안 둘치아 수녀의 눈이 가느다래지더니 말이 끝났을 때는 눈이 확 커졌다.

"어디요?"

그녀가 낮은 목소리로 말했다.

"포럼 서쪽의 붉은 벽돌 탑 밑입니다."

하나가 답했다. 둘치아 수녀가 고개를 끄덕였다.

"아, 미리 알았어야 했는데 말이죠. 저를 그리로 데려가 주세요."

그녀는 어깨에 숄을 두르고 병실 간호사들에게 말하러 갔다. 하나는 옥타비아를 짧게 쳐다보고는 그녀를 따라갔다. 그녀는 고개를 살짝 기울이고 옆구리 즈음에서 손을 살짝 흔들었다. 옥타비아는 그 뜻을 알아차렸다. **'따라와, 하지만 조용히.'**

둘치아 수녀의 사람들이 그들이 찾던 것을 발견한 모양이었다. 옥타비아가 시마의 말을 자르며 말했다.

"야. 나, 가야겠어."

"뭐? 어디?"

시마가 물었다. 둘치아 수녀와 하나는 이미 문을 향하고 있었다. 옥타비아가 일어섰다.

"나중에 알려 줄게. 만나서 반가웠어, 파비."

옥타비아는 하나와 둘치아 수녀가 광장의 북서쪽에 있는 도로를 향해 질척거리는 길을 따라가고 있는 도시 광장을 향해 병실 밖으로 서둘러 나갔다. 광장을 벗어나서는 이제 막 내린 눈에 덮인 길이 하나밖에 나 있지 않았기 때문에 더 수월하게 그들을 따라갔다. 미로처럼 복잡하게 나 있는 도로들을 왔다 갔다 하더니 붉은 벽돌 탑의 1층에 도착했다.

옥타비아는 그림자를 들키지 않도록 조심스럽게 다가갔다. 탑의 벽은 도로에서도 내부가 보일 정도의 높이까지 무너져 내려 있었고, 구멍이 난 곳 바로 밖에는 거대한 양의 흙더미와 돌무더기가 쌓여 있었다. 둘치아 수녀와 하나는 다른 여덟 명의 사람들 사이에 합류했고, 그들 중 몇몇은 삽에 기대거나 손수레에 걸터앉아 있었다. 모두 하나처럼 옷이 빨간 먼지로 더러워져 있었다. 그들은 자기들끼리 얘기하고 있었고, 목소리가 묘하게 무너진 탑에 부딪쳐 울려 퍼져 옥타비아는 그들이 하는 말을 알아들을 수 없었다.

더 가까이 가야 했다. 그녀는 탑과 마주 보고 있는 길 건너 건물 안으로 들어가는 입구를 찾아서, 둘치아 수녀 바로 뒤편에 있는 창문에 도착할 때까지 안으로 살금살금 들어갔다.

"계속하세요. 당신들이 무엇을 찾았는지 어서 보고 싶군요."

둘치아 수녀가 다른 사람들을 향해 고개를 끄덕이며 말했다.

"좋아요. 조심스럽게 합시다."

또 다른 여자가 말했다. 그녀가 인부 무리를 통솔하는 듯했다.

"네 명은 아래로, 다섯 명은 위로. 갑시다."

하나를 포함한 네 명의 사람들은 밧줄을 풀어 어둠 속으로 사라지며 발굴된 탑의 기반으로 내려갔다. 그들의 목소리가 뭔가에 긁히는 소리와 철컥 부딪치는 소리와 함께 안에서부터 울려 퍼졌다. 마침내 누군가가 불렀다.

"준비됐어!"

리더가 대답했다.

"자, 간다!"

길에 남아 있던 인부들이 밧줄을 끌어당겼다. 요란스럽게 끙끙거리고 씩씩대는 소리를 내며 그들은 밧줄을 당기고 당기고 당겼다. 마침내 탑 밑에서부터 어떤 거대한 물체를 대낮의 햇빛 속으로 끌어올렸다. 안에 있던 하나와 다른 세 명이 물체를 뒤에서 밀면서 올라왔다. 그들은 탑 밖의 평평한 도로 위로 물체를 옮기고 나서 뒤로 물러섰다.

그것은 2.5m 정도 되는 높이에 완전히 나무로 만들어져 있었고, 광택이 나는 커다란 기반과 나무줄기 같은 기둥 모양이었고 맨 위에는 고리가 매달려 있었다. 모양 자체는 어딘가 익숙했지만, 옥타비아는 그것이 뭔지 전혀 가늠할 수 없었다. 나무는 갈라지거나 썩은 곳은 전혀 보이지 않았다. 오히려 흩어지는 구름들 사이로 햇빛이 내리쬐자 진하고 윤기가 반지르르한 빛으로 반짝였다. 빛 속에서 옥타비아는 나무에 새겨진 금속 선들과 그 옆에 그을린 깊은 자국들을 볼 수 있었다.

"둘치아 수녀님? 이게 그거죠, 맞죠?"

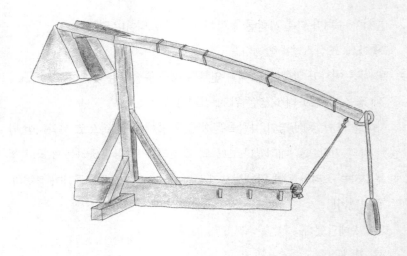

인부들 중 한 명이 약간 긴장한 상태로 말했다.

둘치아 수녀가 나무 기반부터 꼭대기에 달린 고리까지 살펴보며 물체 주위를 천천히 한 바퀴 돌았다. 옥타비아는 점점 더 커져가는 공포를 느끼며 그녀를 지켜봤다. 그녀는 불과 며칠 전에 그 장치의 괴상한 모양을 본 적이 있었다. 그녀는 자신이 잘못 짚었길 바랐다.

"그래요."

둘치아 수녀가 말했다. 인부들의 어깨가 안도감에 푹 내려갔다. 그들은 미소를 지으며 고개를 끄덕이고 자축하면서 서로의 등을 토닥였다.

"여전히 작동할까요?"

그들 중 한 명이 물었다.

"아, 그건 문제 되지 않을 것 같네요. 그러나 시험해 보기는 해야겠죠. 이걸 수레에 실으세요. 도시의 끝으로 가죠. 모두 이것에서부터 안전거리를 확보하도록 확실히 알려 주세요."

둘치아 수녀가 말했다. 하나가 물었다.

"이건 어디에 쓰실 건가요?"

둘치아 수녀가 물체의 고리를 다시 한번 올려다봤다. 그녀의 하나밖에 없는 초록 구슬 같은 눈이 햇빛에 반짝였다. 그녀가 말했다.

"저는 비토리아의 성벽을 부숴 버리고 그 안에 갇힌 사람들을 풀어 줄 거예요."

그녀의 말은 옥타비아가 틀리지 않았음을 증명했다. 그 장치는 이라 밖의 들판에 서 있던, 꼭대기에 해골이 달려 있던 나무 기둥 숲과 똑같은 모양이었다. 브리안에 의하면 마법사들이 그들의 성벽을 허물고 도시를 침략할 때 썼던 무기였다.

이라의 성벽은 이미 무너졌다. 아에테르나의 돔과 탑들도 무너졌다. 산속 도시 중에서 무너지지 않은 곳은 딱 한 군데뿐이었다. 비토리아 사람들은 그들의 성벽을 부숴 버릴 수 있는 무기가 있다는 것을 전혀 모르고 있었다.

옥타비아는 충분히 봤다. 그녀는 이제 둘치아 수녀가 무슨 계획을 가지고 있는지 알았다. 그녀는 창문에서 떨어져 기어가려고 몸을 돌렸지만, 얼마 안 가 발걸음을 멈췄다. 한 손이 그녀의 코트 뒷자락을 붙잡고 그녀를 땅바닥으로 넘어뜨렸다.

Chapter 20

둘치아 수녀의
내일

"괜찮아요. 나오세요. 이리 더 가까이 와서 봐도 돼요."

둘치아 수녀가 밖에서 불렀다. 옥타비아의 코트를 잡고 있던 남자가 그녀를 건물에서 밖으로 내몰았다. 옥타비아는 남자의 손아귀에서 벗어나려고 몸부림쳤지만, 무리에 가까이 가자마자 그녀를 놓아주었기 때문에 그럴 필요가 없었다. 그녀는 살짝 비틀댔고, 하나가 그녀를 붙잡아 주려고 그녀 옆으로 훌쩍 뛰어왔다. 둘치아 수녀가 미소 지었다.

"아! 너일 줄 알았단다, 옥타비아."

"그녀는 여기 있어서는 안 돼요. 여긴 위험해요."

대장 인부가 말했다. 둘치아가 말했다.

"그녀는 문제를 일으킨 게 아니에요. 호기심을 가지는 건 자연스러운 일이랍니다. 놀라운 것들로 가득 찬 이 도시에서 우리가 찾고 있던 게 뭔지 궁금해 한다고 옥타비아를 비난할 수는 없지요. 옥타비아, 이게 뭔지 아니?"

옥타비아는 그것이 뭔지 정확히 알고 있었지만, 둘치아 수녀가 그것을 뭐라고 설명할지 듣고 싶었다. 그녀는 가슴 위로 팔짱을 꼈다.

"마법과 관련된 뭔가겠죠?"

"마법과 관련된 뭔가라, 맞아."

둘치아 수녀가 웃었다. 그녀는 손가락 끝으로 나무 기둥을 만지려고 부드럽게 손을 뻗었다.

"이건 아주 영리한 발명품이란다. 마법은 여기 보이는 맨 꼭대기의 고리에 깃들어 있어. 이 장치가 제대로 준비되면 저 고리에 무언가를 통과시켜서 완전히 다른 성질을 부여할 수 있어. 아주 유용한 도구가 될 수 있지."

"무기란 말이네요."

옥타비아가 그녀를 노려봤다. 하나가 경고의 의미로 그녀의 어깨를 움켜잡았지만, 둘치아 수녀의 표정은 바뀌지 않았다.

"망치 한 자루도 어떤 사람이 특정한 방식으로 휘두르면 무기가 될 수 있지만, 그렇다고 망치가 물이 새는 지붕을 수리하는 데 유용한 도구라는 사실은 변하지 않지."

"어쩌면요. 하지만 당신은 그걸 가지고 물이 새는 지붕을 고치려는 게 아니잖아요, 그렇지 않나요?"

옥타비아가 말했다. 몇몇 인부들이 불편한 시선을 서로 주고받았고, 하나가 옥타비아의 어깨를 더 세게 눌렀다. 둘치아 수녀가 두 번 눈을 깜박였다. 그녀는 움직이지 않았고, 여전히 기분 좋은 미소를 띠고 있었지만, 옥타비아는 산들바람이 불지 않는 것에서 느껴지는 냉기에서 분위기가 변했다는 걸 느꼈다. 몇 초 동안 아무도 말을 하지 않았다.

그 찰나의 침묵은 자갈 위를 철컥거리며 이동하는 발굽과 수레바퀴 소리에 의해 깨졌다. 수레 하나가 길 모퉁이를 돌았다. 탑 앞에 수레를 세우기 위해 마부가 말들의 고삐를 잡아당겼다. 둘치아 수녀가 양손을 모아 깍지를 꼈다.

"좋아요! 바로 시험할 수 있게 이걸 여기에 실읍시다. 아니에요, 당신까지 도울 필요는 없어요."

하나가 다른 인부들에 합류하려고 옥타비아를 풀어주자 그녀가 말했다.

"당신과 당신 여동생과 대화를 나누고 싶네요. 방해가 되지 않게 우리는 물러나 줍시다."

둘치아 수녀가 다른 사람들이 엿들을 수 없을 정도로 탑에서 떨어진 길 건너로 그들을 데려갔다.

"아주 솔직한 소녀인 것 같구나, 옥타비아."

둘치아 수녀가 말했다.

"그러니 나도 솔직해야겠지. 우리 속에서 제공되는 보호만 누리고 살아온 사람에게는 그것의 제약들이 잘 보이지 않지."

"비토리아는 우리가 아니에요."

옥타비아가 말했다.

"그래?"

둘치아 수녀가 물었다. 옥타비아는 장치를 수레에 싣는 인부들을 쳐다보려고 시선을 돌렸다. 그것을 실으려고 낑낑 대며 애를 쓰는 것을 보아 장치는 보이는 것보다 훨씬 무거워 보였다.

"저걸 쓰면 사람들이 다칠 거예요."

옥타비아가 말했다. 하나가 그들 사이에서 혼란스러워했다.

"이해가 안 돼. 옥타비아, 저게 뭔지 네가 어떻게 알아?"

"저게 마법사들이 다른 도시들을 공격할 때 성벽들을 부수는 데 썼던 무기야."

옥타비아가 말했다. 하나가 그녀를 바라봤다.

"그래? 네가 어떻게 아는데?"

"나도 그 점이 궁금하구나. 이 무기는 비토리아에 한 번도 쓰인 적이 없었지. 그리고 언니가 이렇게 놀라는 걸 보니 비토리아의 아이들이 배우는 역사에 포함돼 있지도 않은 것 같은데."

둘치아 수녀가 말했다. '당연히 아니지.'라고 생각하면서 옥타비아는 화가 나기 시작했다. 카밀라는 전쟁 이후에 태어난 사람들에게 비토리아의 성벽이 얼마나 취약한지 가르치게 놔두지 않았을 테니까. 옥타비아가 말했다.

"비토리아는 잊어버렸을지도 모르지만, 이라는 여전히 기억해요. 그들이 알려줬어요. 그들의 성벽 중 부서지지 않은 잔해들이 여전히 서 있어요. 무기가 성벽을 뚫은 곳을 보실 수 있어요."

"둘치아 수녀님, 당신은…… 당신은 그걸 비토리아에 쓰시려는 건 아니죠? 그렇죠?"

하나가 떨리는 목소리로 말했다.

"저게 뭘 하든, 옥타비아가 옳아요. 사람들이 다칠 거예요. 마을에 성벽 바로 앞에 지어진 집들이 있어요."

둘치아 수녀가 갑자기 웃었다.

"오, 얘들아, 나는 저걸 **사용**하려는 생각은 추호도 없어. 그렇게 터무니없는 파괴 작전은 나도 참을 수 없는걸."

하나는 옥타비아만큼 회의적이었다.

"그러면 왜 저게 필요하죠?"

"비토리아 안의 생활이 어떤지 들은 순간부터 나는 비토리아를 도와주고 싶었어. 하지만 내가 그냥 성문 앞에 걸어가서 들여보내 달라고 할 수 없다는 걸 잘 알지. 나는 애초에 따뜻하게 환영받지도 못할 거야."

둘치아 수녀가 마치 머나먼 곳 혹은 아주 오래 전의 무언가를 보는 듯한 표정을 지었다. 그런 표정을 짓자 그녀는 플라비아 마스터는 물론 카밀라와도 닮지 않았다. 그 모호한 표정은 오직 그녀만 지을 수 있었다.

"그래서 나는 카밀라의 힘이 절대적이지 않다는 것을 일깨워 줄 수 있을 때 돌아가겠다고 결심했지. 비토리아라는 우리의 열쇠를 영원히 잠그고 있을 수는 없다는 걸, 그녀가 속인 사람들이 밖을 내다볼 기회를 누려야 마땅하다는 걸 알리려고. 이 무기를 만든 건 그녀의 견습생들 중 한 명이었어. 알지. 그들은 언제나 이렇게 귀엽고 영리한 장치들을 만들고 있었지."

"여전히 이해가 안 돼요, 둘치아 수녀님. 이걸로 무얼 하실 건가요?"

하나가 애걸했다. 둘치아 수녀가 말했다.

"나는 그녀에게 성문을 열라고 설득할 거야. 채찍이 얼마나 아픈지 아는 말에게 항상 채찍질을 할 필요는 없지. 채찍 모습이 살짝이라도 보이면 바로 행동을 하니까. 카밀라는 이 장치의 위력을 알고 있어. 그녀는 결국 성문을 열 거고, 그러면 우리를 더 이상 무시하지 못할 거야. 비토리아 사람들은 진실을 알게 되겠지."

"왜냐하면 당신이…… 뭔가요? 그냥 그들에게 알려 줄 건가요?"

옥타비아가 말했다. 사실상 그녀의 계획은 진실을 품은 채 비토리아로 돌아가 진실을 말하는 것밖에 없었다. 하지만 그녀는 굉장한 위력의 파괴 무기를 지닌 악명 높은 마법사가 아니었다. 비토리아 사람들은 옥타비아를 페록스에게 홀린 어린아이 정도로 보겠지만, 아그리피나가 정체를 드러냈을 때는 훨씬 더 큰 오해를 할 게 뻔했다. 그들은 50년 동안이나 그녀를 자신들의 가장 큰 적, 세상의 모든 엄청난 비극의 원인이자 그들이 고립되고 고통받는 원인으로 여겨 왔다. 그들은 그녀의 입에서 나오는 말들을 절대로 믿지 않을 것이었다. 둘치아 수녀가 말했다.

"너에게는 통했잖아, 그렇지 않니? 너희 모두 말이야. 너희가 비토리아 밖의 진실을 보자마자 관점이 완전히 달라졌지. 너희는 거짓말에서 진실을 분간해 낼 줄 알게 됐어. 다른 사람들도 똑같을 거야. 나는 비토리아를 자유롭게 할 거야."

입술을 꼭 깨물고 머나먼 곳을 바라보는 듯했던 그녀의 표정은 이제 훨씬 날카롭고 어두운 표정으로 바뀌었다. 그녀가 다시 말하기 시작했을 때 그녀의 목소리는 더 이상 차분하지 않았다. 오히려 딱딱하고 분노에 살짝 떨렸다.

"아주 오랫동안 나와 내 동생은 같은 편에 서 있는 줄 알았어. 하지만 전쟁이 계속될수록 나는 전쟁을 막기 위해서 내가 할 수 있는 것을 해야 한다고 깨달았지. 그래서 그 일을 일으킨 거야. 완전히 성공적이었지. 하지만 카밀라는 거기에 만족할 수 없었기 때문에 전쟁을 계속하고 싶어 했어. 그녀는 전쟁에서 파생된 공포와 혼돈에 중독됐어. 그녀는 권력을 사랑했지. 그래서 나는 그녀와 반대되는 편에 서야겠다고 생각했어. 하지만 얼마 안 가 그럴 필요도 없어졌어. 절대로 그녀가 굴속에 숨은 짐승처럼 자기가 만들어 낸 자기만의 영역에 안전하게 숨어들도록 놔둬서는 안 됐어. 아주 오랫동안 나는 그녀가 그저 불쌍하게 사라지거나 잊힌 줄 알았어."

아그리피나의 의중은 옥타비아의 마음속에서 맑은 아침에 울리는 종들처럼 울려 퍼졌다. 그녀는 전쟁을 멈추기 위해서 전염병을 창조해 냈다고, 더 이상 사람들이 서로 싸우지 못하도록 수많은 도시와 땅을 가로질러 많은 사람들에게 병을 퍼뜨리고 그들을 죽였다고 말하고 있었다. 더구나 그녀는 그것이 옳은 행동이었다고 믿고 있었다.

하나는 손을 뻗어 옥타비아의 손을 꼭 잡았다. 그녀의 눈은 커져 있었고 입은 살짝 벌어져 있었다. 옥타비아는 하나의 표정을 읽을 수 있었다. 두 사람은 모두 충격에 휩싸여 할 말을 잃었고, 둘치아 수녀의 이야기는 아직 끝나지 않았다. 둘치아 수녀가 분노로 떨리는 목소리로 말했다.

"50년이라는 세월은 그녀가 세상에 가한 해를 지우기에 충분하지 않아. 남들에게 시킨 나쁜 일을 보상하기에도. 500년도 모자라. 그녀를 오래 전에 뿌리 뽑았어야 했어."

옥타비아는 플라비아 마스터가 그녀의 이모와 엄마에 대해 말했던 걸 기억했다. **'마법은 그 마법사에게 소중하고 가치 있는 무언가를 희생해야만 만들어 낼 수 있어.'** 카밀라는 점점 더 강력해질수록 음악 연주를 그만뒀다. 자매들은 전쟁이 최고조일 때 서로 갈라섰다. 아그리피나는 전염병을 만들어 내기 직전에 그녀의 딸을 내쳤다.

옥타비아는 마법을 어떻게 만들어 내는지 몰랐다. 하지만 어떻게 사람이 힘을 얻기 위해서 자기가 사랑하는 누군가를 끊어낼 수 있는지 이해할 수 없었다. 옥타비아는 아그리피나가 여동생에 대해 후회나 슬픔이나 그리움이나 재회의 감정이 아니라 오직 분노만 가지고 있다는 걸 알았다.

그리고 그녀의 분노는 겉으로 드러나자마자 순식간에 사라졌다. 차분한 고요함이 둘치아 수녀의 표정을 누그러뜨리고 가면을 쓴 것처럼 선들과 눈이 부드러워졌다. 옥타비아는 몸을 떨지 않으려고 참아야 했다. 그녀는 갑자기 그녀에게서 멀리 떨어지고 싶어졌다.

"아, 준비가 다 됐구나."

둘치아 수녀가 미소를 띤 채 말했다. 인부들이 장치를 수레에 싣고 밧줄로 묶은 다음 그것을 어디로 옮겨야 할지 의논하고 있었다.

"내가 그들과 함께 갈 테니 하나는 광장으로 돌아가렴. 너에게 다른 부탁이 있어."

옥타비아는 하나를 뚫어져라 쳐다보고 있었기 때문에 그녀가 어떻게 걱정을 감추는지 파악할 수 있었다. 하나가 물었다.

"뭐가 필요하신가요?"

둘치아 수녀가 말했다.

"하나는 여기 있는 누구보다도 비토리아로 가는 길을 잘 알고 있지. 그 길을 장치가 지나갈 수 있어야 해. 우선 내일 한 무리의 사람들과 먼저 떠나서 길의 상태를 파악하고 어떤 장애물이든지 치운 뒤에 나에게 보고해 주길 바라. 마부들과 고된 일을 할 수 있는 사람들을 데려가렴. 며칠 걸릴 거라고 생각해."

"내일이요?"

하나가 놀라서 물었다. 둘치아 수녀가 말했다.

"기다릴 이유가 없어. 우리가 필요한 것을 얻었으니까."

하나가 어깨 너머로 그 장치를 보고 옥타비아를 바라봤다.

"하지만 저는……. 서두를 필요가 있나요? 날씨가 한동안 안 좋을 거예요. 겨울에 여행하는 것은 별로……."

"하나, 나는 이 산들의 분위기를 몇 십 년 전에 익혔어. 나는 날씨를 잘 알고 있단다."

둘치아 수녀의 목소리가 날카로웠다. 하나가 입을 꾹 다물었다. 둘치아 수녀가 말을 이었다.

"꽤 놀라운걸. 나는 네가 최대한 빨리 비토리아를 그 우리에서 해방시키는 걸 돕고 싶어 하는 줄 알았어. 그게 네가 원하는 건 줄 알았어. 다른 사람들이 무지한 채 있으면 네 마음에 있는 그 사슬을 끊어낼 수 없다는 걸 잘 알잖아."

"알죠. 알아요. 그러고 싶어요."

하나가 조용히 말했다. 그녀가 옥타비아의 손을 너무 세게 잡은 나머지 손이 아팠다.

"오늘 오후에 준비하렴. 내일 아침에 출발할 거야."

둘치아 수녀의 표정이 부드러워지고 다시 한번 미소 짓고 있었다.

"이건 우리에게 아주 중요한 임무란다, 하나. 만약 우리가 가는 길이 잘 정리돼 있지 않으면 우린 아무것도 할 수 없어. 네가 잘 알 거라 믿어."

둘치아 수녀가 다른 사람들과 합류하기 위해 떠났다. 수레가 움직이기 시작하니 장치가 흔들렸고, 아에테르나의 거리 안쪽으로 깊숙이 들어가며 덜커덕대기 시작했다. 하나는 그들을 지켜보다가 옥타비아의 손을 향해 손을 뻗었다. 옥타비아는 둘치아 수녀 사이에 몇 개의 거리를 사이에 둔 채 도시 광장을 향해 몇 블록 걸으면서 계속 기다렸다.

"그녀 말을 믿어?"

옥타비아가 물었다. 하나가 한숨을 쉬었다.

"어느 부분에 대해? 나는 그녀가 비토리아 사람들을 돕고 싶어 하는 거라고 생각해."

옥타비아에게는 비토리아를 돕고 싶다는 둘치아 수녀의 말이 꼭 그녀가 카밀라의 권력을 낚아채고 싶다는 뒤틀린 욕망처럼 들렸다. 그 두 가지 욕망이 너무나 복잡하게 얽힌 나머지 둘치아 수녀조차 두 가지가 다른 것이란 걸 깨닫지 못하고 있는 듯했다. 옥타비아는 하나도 마찬가지로 분간을 하지 못할 수도 있다고 생각했다. 비토리아에서 벌써 몇 달째 떠나 있었기 때문이다. 그녀는 지난 겨울부터 비토리아의 높은 성벽 아래에 있지 않았다. 그녀는 그녀의 죽음이라는 사건 이후로 모두가 얼마나 겁에 질렸는지 몰랐다.

옥타비아는 머릿속에 너무 많은 일들이 가득했기 때문에 카밀라가 그 일로 권력을 더욱 더 휘어잡았는지도 몰랐다. 언니의 죽음과 엄마의 부상, 그리고 헌터들을 성벽 가까이 묶어두는 의회, 브람이 안개 속에서 유령을 사귄 일, 리버 가에 있는 아치 통로에서 만난 윌라의 분노, 그리고 그녀의 집에서 벌어진 피비린내 나는 죽음, 그들이 시마를 괴물로 단정하면서 거기서 얻을 것에 대해 얘기하며 미소 짓는 카밀라, 그것은 모두 같은 이야기였다. 하나의 실종이 카밀라로 하여금 경계하게 만들었고, 그녀는 이미 비토리아에서 사라진 사람들이 모두 황무지에서 죽은 건 아니라는 사실을 알고 있었다. 그녀는 이방인들이 접근하지 못하게 만드는 페록스들을 사냥하지 못하도록 헌터들을 비토리아 가까이 묶어 두었다. 그녀는 윌라가 숲에서 브람이 만난 친구에 대해 얘기하기 전까지, 아에테르나가 사람들로 점점 북적이는 동안 비토리아를 더욱 고립시켰다. 시마가 길에서 카라반과 떨어지기 전까지. 옥타비아가 의회 앞에 서서 그녀가 알고 있던 진실을 말하기 전까지. 카밀라는 비토리아를 계속 고립된 채로 두고 싶어 했다. 그녀는 성문에서 계속 검문이 이뤄지고, 페록스가 득실거리는 황무지를 계속 지나갈 수 없고, 성벽은 계속 높고 단단하기를 바랐다.

옥타비아는 비토리아 사람들이 마을 밖에 있는 세상에 대해 알기를 원했지만, 그러기 위해서는 비토리아 안에서 벌어지고 있는 일에 대해서도 알아야만 했다. 그녀는 마침내 깨달았다. 그녀도 둘치아 수녀와 같은 것을 원한다는 사실을. 하지만 둘치아 수녀와 같은 방법으로, 같은 이유로 그걸 원하는지는 의문이 들었다. 그녀는 비토리아 안에 있는 사람들 중에서 둘치아 수녀가 그녀의 여동생만 생각한다는 점이 마음에 들지 않았다. 옥타비아가 몇 분을 더 침묵 속에 걸은 다음에 말했다.

"저 장치 말이야, 그녀가 정말로 저걸 안 쓸 거라고 생각해?"

"나는 그녀가 사람들을 다치게 하고 싶지는 않을 거라고 생각해."

하나가 말했다.

"다른 방법들도 있어. 그녀는 비토리아에 몇 달 전에 갔을 수도 있었어. 아니면 언니나 다른 누군가를 보내거나."

"나도 알아. 나도 다 알아. 하지만 그녀는 사람들을 도와. 너도 봤잖아. 내 생각에 그녀는 정말로 돕고 싶어 하는 것 같아. 그녀는 그저 사람들이 자기 말을 듣기를 원하는 것 같아."

하나가 처량하게 말했다. 옥타비아는 걸음을 멈췄다. 하나도 멈춰 서게 하려고 하나의 손을 잡아당겼다.

"이라 사람들에게도 똑같이 말했어."

옥타비아는 산등성이에 지은 집에서 자기 부족의 역사와 아직도 아물지 않은 50년 된 상처에 대해 얘기하는 브리안의 창백한 얼굴과 조용한 목소리를 떠올렸다.

"마법사들이 그들에게 대화하고 싶다고, 전쟁에서 이라가 아에테르나를 지지할 방법에 대해 협상하고 싶다고 그랬어. 이라 사람들이 자신들은 전쟁에 관여하고 싶지 않다고 하자 마법사들은 저 장치를 써서 그들의 성벽을 부수고 페록스들을 도시 안으로 들여보냈어."

옥타비아가 하나를 이해시키려고 그녀의 손을 살짝 더 단단하게 쥐었다.

"그들은 대화만 하고 싶다고 말했지만, 대화가 원하는 대로 흘러가지 않자 바로 도시를 파괴했어. 그리고…… 나도 몰라, 어쩌면 다를지도 모르지. 어쩌면 둘치아 수녀는 정말로 카밀라를 제외한 아무도 다치게 하고 싶지 않을지도 몰라, 하지만……."

"하지만 실제로 사용할 계획이 아니라면 무기를 찾느라 몇 달을 허비하지는 않지."

하나가 긴 숨을 내뱉었다.

"네가 맞아. 인정하고 싶지 않았어. 그녀는 좋은 일을 너무 많이 했으니까. 하지만 이건…… 그녀는 카밀라에게 집착해. 우리가 사람들에게 알려야 해. 어쩌면 아무도 우리를 믿지 않을지도 모르지만, 그녀가 여전히 무기를 가지고 있다는 걸 알려야 해. 아무것도 하지 않는 것보다는 경고라도 하는 게 나아."

"어떡하지?"

옥타비아가 물었다. 하나가 살짝 웃었다.

"성문 앞까지 당당하게 걸어가 경비병들에게 길에 있는 마법사들을 잡으라고 말해 주면 과연 도움이 되긴 할까 생각하고 있었어. 카밀라가 페록스들이 이제는 사람처럼 변신하고 행동할 수 있다고 사람들을 속이고 헌터들과 경비병들이 그런 페록스를 수색하고 있지 않다면 말이야. 네게 좋은 생각이 있기를 바랐는데. 너야말로 지난 며칠 동안 이리저리 돌아다니며 죄수를 풀어 주고 괴물들과 싸우고 한 번도 본 적 없는 이상한 부족과 어울렸잖아."

하나는 옥타비아의 손을 놓고 옥타비아의 몸 주위로 팔을 둘러 그녀를 꼭 껴안았다. 옥타비아가 눈을 감은 채 고마움을 느끼며 언니에게 몸을 기댔다. 갑자기 그녀가 눈을 퍼뜩 떴고, 다시 몸을 세웠다. 그녀가 말했다.

"언니 말이 맞아."

하나가 말했다.

"당연히 내가 맞지. 내가 가장 나이가 많은데. 그런데 뭐가 맞는데?"

"난 **정말로** 그걸 다 했어."

하나가 옥타비아의 니트 모자 가운데를 다독였다.

"그래, 너는 아주 용감했고 바보 같았어."

옥타비아는 몸을 숙여 그녀의 손을 떼어 냈다.

"아니, 내 말을 들어 봐. 계획이 있어. 언니는 나를 데려가야 돼."

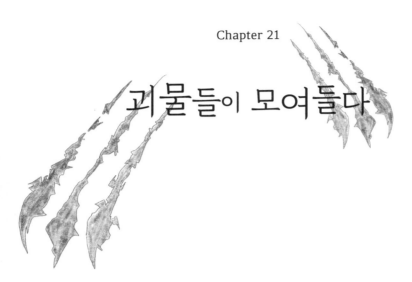

Chapter 21

괴물들이 모여들다

수레 뒤편에 있는 나무 의자 밑에서 따끔거리는 마대들로 몸을 숨긴 채 다양한 도구와 무기들에 모든 각도에서 몸을 찔리며 하루 종일 누워 있는 동안, 옥타비아는 자기 계획에 대해 다시 생각하고 있었다.

"새로 생긴 상처는 모두 네 탓이야."

수레가 또 다른 둔덕을 넘어가며 서로 부딪히자 시마가 중얼거렸다.

"나랑 같이 오지 않으면 됐잖아."

옥타비아가 재빨리 받아쳤다. 그녀는 부탁하지도 않았다. 비토리아로 돌아가는 일은 시마에게 너무나 위험했다. 하지만 시마는 옥타비아의 거절을 듣지 않았다. 시마가 콧김을 뿜었다.

"지금 당장 담요를 몇 겹이나 둘러싸고 불가에 앉아 있을 수도 있었어."

하지만 그녀는 몸을 돌려 옥타비아의 손을 잡고 꼭 쥐었다. 옥타비아가 웃으면서 얼굴이 붉어졌다. 시마의 얼굴이 보이지 않아서 실망하는 동시에 시마가 자신의 얼굴을 보지 못해서 다행이라고 생각했다. 옥타비아는 덜 부끄러운 말을 찾아서 여러 가지 대답을 생각했고, 마침내 말을 꺼냈다.

"얼마나 멀리 왔을지……."

하나와 함께 움직이는 인부들 중 한 명이 앞에서 뭐라고 소리쳤고, 수레는 갑자기 요란하게 멈췄다. 하나는 무리에게 뭐라고 소리치며 명령을 내렸다. 그들이 움직이면서 중얼거리는 목소리들이 사라졌다. 길 위에 있는 또 다른 나무. 옥타비아는 구름이 띄엄띄엄 떠 있는 파란 하늘을 살짝 내다보는 것 말고는 할 수 있는 게 없었지만, 그들이 아에테르나 주위의 남쪽 평지를 한동안 돌아다니고 있었을 것이라고 추측했다. 쓰러진 나무들의 수를 통해 숲속 깊숙한 곳으로 들어왔다고 짐작했다.

길 앞쪽에서 도끼들로 나무를 베는 소리가 희미하게 들려왔고, 몇 분 뒤 발자국들이 수레로 접근했다. 발자국 소리는 옆에서부터 들려왔고, 뒤편에서 멈췄다. 옥타비아는 숨을 참았다. 하나가 조용히 말했다.

"지금 다들 일하느라 바빠. 너희 배낭과 설피를 꺼내 줄게. 내가 인부들에게 돌아가 그들을 혼란스럽게 만들 시간을 벌어야 하니까 너희는 내가 자리를 뜨고 나서 숫자를 30까지 세. 그 뒤에 너희 물건을 챙겨서 언덕 위쪽으로 올라가 숲속으로 가."

목소리가 울려 퍼지지 않도록 낮추면서 옥타비아가 물었다.

"우리 어디쯤에 있는 거야?"

하나가 그들의 보급품을 수레에서 들어 올리면서 부스럭거리는 소리가 났다.

"북쪽 망루에서 3km 정도 남쪽으로 떨어진 곳이야. 길은 내가 예상했던 것보다 훨씬 정돈돼 있어."

그녀의 목소리는 걱정스럽게 들렸다. 길이 정돈되어 있다는 건 곧 하나가 아에테르나로 돌아가자마자 둘치아 수녀가 출발할 수 있다는 뜻이었다.

"어둠이 내리기 전까지는 강이 굽은 곳에 있는 망루에 도착할 수 있겠지만, 조심해야 해. 헌터들이 거기 있을지도 몰라."

"알아. 조심할게."

옥타비아가 말했다. 하나가 말했다

"할 수 있는 한 그녀의 출발을 늦출게. 하지만 며칠 뒤면 비토리아 성문 앞에 낯선 사람들이 나타날 거야. 썰매와 튼튼한 말들이 있거든. 일단 출발하면 비토리아까지는 이틀도 걸리지 않을 거야."

"알아. 언니도 조심해야 돼."

옥타비아는 하나의 얼굴을 보고 그녀를 한동안 꼭 껴안고 싶었다. 하지만 시간이 없었다.

"우리는 오늘 밤 아에테르나로 돌아갈 거야. 내 걱정은 하지 마. 나는 다시 도로 앞쪽으로 갈게. 너희가 숲속으로 들어갈 때까지 모두 다른 방향을 수색하도록 할게."

하나의 발걸음이 수레에서 멀어졌다. 옥타비아는 하나가 알려 준 대로 숫자를 세기 시작했고, 30까지 다 세자 시마가 그녀의 손을 놓았다. 이제 떠날 시간이었다.

그들은 수레 뒤편에서 꼼지락거리면서 밖으로 나와 배낭과 설피를 잡으려고 몸을 웅크렸다. 벌써 오후 중반이었다. 옥타비아가 수레의 의자 아래 숨어서 계획했던 것보다 훨씬 늦었다. 해가 지기까지 두 시간 남짓 남아 있었다. 날카로운 산들바람이 계곡을 가로질러 불면서 차가운 밤을 예고했다. 하나와 다른 사람들은 30m 정도 떨어진 곳에서 길을 가로막은 커다란 나무의 가지들을 베어 내고 있었다. 아무도 수레와 보급품들은 신경 쓰지 않았다. 옥타비아와 시마는 도로에서 뛰쳐나가 배낭을 등에 메기 위해 잠시 멈출 때까지 언덕을 계속 올라가 숲속으로 들어갔다.

그들은 상당한 거리를 산등성이를 따라 기어갔으며, 다른 사람들이 그들을 더 이상 볼 수 없을 만큼 멀어졌을 때 비로소 도로로 다시 내려왔다.

다시 롱로드 위에 올라서자 그들은 설피를 발에 묶고 남쪽을 향해 뛰었다. 길 위에는 거의 아무런 장애물도 없었다. 그들은 빠르게 앞으로 나아갔다. 하지만 그것은 둘치아 수녀도 일단 출발하면 빠른 속도로 비토리아로 온다는 의미였다. 그리고 옥타비아는 내일이나 모레 정도로 빠른 시일 내에 이루어질 일이라고 느꼈다. 발걸음을 내디딜 때마다 서둘러야 할 필요를 더욱 강하게 느꼈다.

해가 지고 나서 점점 어두워질 때쯤에서야 그들은 망루에 도착했다. 그들은 나무들에 둘러싸인 안전한 곳에서 망루를 한동안 지켜봤지만 불이나 연기의 흔적은 없었다. 여기에는 헌터들이 없었다.

옥타비아와 시마는 망루의 공기를 따뜻하게 데우려고 불을 켰고, 계획과 일이 틀어질 상황을 대비한 모든 것들을 얘기하면서 빠르게 저녁을 먹었다. 시간이 늦어질수록 말수가 점점 줄었고, 자려고 이불을 깔았을 때는 거의 아무 말도 나누지 않았다. 그들은 저녁 내내 페록스 소리를 한 번도 듣지 못했다.

"나는 여전히 네가 따라오지 말았어야 한다고 생각해."

옥타비아가 램프의 불을 끄고 자려고 누운 다음에 말했다.

"너무 위험해. 만약 그들이 너를 다시 붙잡으면……."

시마가 그녀 쪽으로 몸을 틀면서 부스럭거리는 소리가 어둠 속에서 들려왔다. 옥타비아도 그녀를 바라보기 위해 몸을 틀었다. 그들은 코가 겨우 몇

뼘 정도 떨어져 있을 만큼 가까이 붙어 있었다.

"옥타비아, 네게도 위험해."

"알아, 하지만 비토리아는 우리 마을이고……."

"이건 우리 모두에게 위험한 수준을 벗어났어. 비토리아뿐만이 아니야. 이건 더 중요해."

시마가 말했다. 옥타비아가 조용해졌다. 그녀는 시마가 말을 이어 나가길 기다렸다. 시마의 목소리는 조용했지만 매우 진중했다.

"우리가 여행하면서 만난 모든 저지대 사람들에게 전쟁은 벌써 오래 전 일이야. 전쟁을 기억하는 이들조차 그건 벌써 오래 전 일이라고 말하고, 더 이상 그런 일은 없을 거라고 생각해. 그들은 마법사들과 괴물들이 더 이상 존재하지 않는다고 말하지만, 그건 그런 존재들이 산속에만 있기 때문이야. 그들은 그런 오래된 문제들이 비토리아에만 해당되는 이상 저지대 사람들에게는 문제될 게 없다고 생각해. 하지만 전쟁은 그렇게 오래되지 않았잖아, 그치? 그렇게 먼 일이 아니었어. 그건 우리가 비토리아와 산속 사람들에 대해 걱정할 필요가 없다고 스스로 위안하기 위해 하는 말들이야. 성벽은 단순한 돌과 기둥에 지나지 않아. 그것들을 정말 강력하게 만드는 건 사람들의 믿음이야."

시마를 만나기 전까지만 해도 옥타비아는 비토리아가 위험과 공포와 어둠이 도사리는 세상에서 유일한 빛이라고 생각하고 있었다. 시마를 만나고 성벽 너머의 세상에 대해 조금씩 배우면서, 그녀는 비토리아를 저지대 사람들과 산속 부족들과 둘치아 수녀가 보는 것처럼 생각하기 시작했다. 전쟁의 후유증에서 벗어나고 있는 세상에서, 지겹도록 고집 세게 남은 전쟁의 상처로.

어둠 속에서 시마의 부드러운 말들을 들으면서 그녀는 고향에 대한 자기의 두 관점 모두 틀렸음을 알았다. 왜냐하면 비토리아는 그저 또 하나의 마을이었기 때문이다. 그것의 성벽은 단순한 성벽에 불과했다. 그것은 언제나 열릴 수 있고, 페록스를 무찌르기 위해 성벽 밖 사람들과 협력할 수도 있고, 여행자들을 받아들이고 사람들에게 밖을 돌아다니게 할 수도 있다. 비토리아는 아직 그런 선택을 하지 않았을 뿐이다. 이제부터 바뀔 수 있었다. 비토리아는 마법사들의 일을 과거로 남겨둘 수 있었다. 이것은 자그마한 진실이자 아주 커다란 진실이기도 했다. 그녀는 자신이 사람들을 이해시킬 수 있기를 간절히 바랐다.

다음 날 아침 그들은 새벽이 밝기 전에 출발했다. 옥타비아는 배낭을 짊어지고 설피의 끈을 조이면서 둘치아 수녀도 같은 날 아침 아에테르나를 출발했을 수도 있다는 사실을 인지하고 있었다. 닉스 강의 넓은 귀퉁이에 세워진 망루는 우르사의 정찰병들이 며칠 전에 헌터들을 발견했다는 이라쿤디아 강과 닉스 강의 합류 지점에 있는 망루에서 고작 6km밖에 떨어져 있지 않았다. 옥타비아는 우르사의 정찰병들을 찾으려 했지만 그들의 흔적은 어디에도 없었다. 그녀는 정찰병들이 지켜보고 있을 것이라고 되새겼지만, 그것은 그녀의 바람일 뿐이었다.

그곳에서부터 비토리아까지는 길들여지고 보호된 밭들을 가로질러 나 있는 관리가 잘 된 깨끗한 도로를 따라서 쭉 남쪽으로 가면 됐다. 멀리 북쪽을 내다보면 그들이 다가오는 것을 볼 수 있는 도로였다.

도로에 은신처가 하나도 없었기 때문에 그들은 닉스 강의 동쪽으로 가려고 이라쿤디아 강 남쪽에 있는 다리를 건넜다. 헌터들의 길이 계단식 밭 위로 그곳에서부터 숲 안쪽으로 굽이굽이 나 있었다. 마지막으로 눈이 내렸을 때 이후로 길은 쓰이지 않았다. 어쩌면 그보다 더 오래 쓰이지 않았을지도 몰랐다. 눈을 뚫고 나아가는 일은 느리고 힘든 과정이었다. 옥타비아는 길을 따라가는 데 너무 집중한 나머지 정오나 돼서야 그들 주위의 땅에 아무것도 없다는 사실을 알아챘다.

길 위에 아무도 없을 거라는 건 예상하고 있었지만, 밭이나 목초지에도 아무도 없었다. 그녀는 동물들을 부르는 목동이나 소의 고리나 양 목에 매달린 종소리도 하나도 듣지 못했다. 길을 정찰하는 경비병들이나 헌터들도 없었다. 보호 벽과 울타리를 수리하거나 조사하는 마스터들도 없었다. 강에서 낚시하는 사람도 없었을 뿐더러 어떤 날씨나 계절에도 매일 낚싯줄을 던져놓고 있던 중년의 무리조차 없었다. 페록스들을 제외하곤 아무도 없었다.

정오의 짧은 휴식을 막 끝냈을 때에야 그녀는 처음으로 어떤 소음을 들었다. 계절에 맞지 않는 새의 울음소리에 옥타비아는 화들짝 놀랐고, 그 소리를 듣자마자 더더욱 경계심을 끌어올렸다. 그녀는 눈과 진흙 속에서 발자국을 보기 시작했고, 얼마 가지 않아 둘 다 토끼와 다람쥐만 한 크기의 페록스들이 수풀 아래로 뛰어다니는 모습을 발견했다.

"정말 많은데."

시마가 몇 분 동안 경계심을 세우고 위에 있는 언덕에서 들려오는 이상한 새소리를 들은 후에 말했다.

"원래도 이렇게 많아?"

울음소리가 천천히 멀어졌다. 옥타비아가 고개를 저었다.

"아니. 이건 전혀 평범하지 않아."

그녀는 하나와 함께, 또는 혼자 비토리아 주위의 숲속에서 수많은 오후를 보내 왔다. 하지만 이렇게 많은 페록스들을 하루에 본 것은 처음이었다.

페록스를 한 마리도 보지 못했던 어제와는 극명하게 대조됐다. 페록스들은 보통 항상 사람들이 있고 보호 마법이 걸려 있는 비토리아 근처에 모여들지 않았다.

뭔가가 그들을 마을 가까이로 몰려들게끔 바뀌었다. 옥타비아는 무엇 때문인지는 몰랐지만, 좋지 않은 상황이라는 건 알았다. 페록스들이 사람들을 비토리아 안에 가두고 있는 것인지, 낯선 사람들이 비토리아에 접근하지 못하도록 막는 것인지는 상관없었다. 비록 별로 위협적이지 않은 작은 것들이라 해도 그렇게나 많은 페록스들이 낮에 뛰어다니는 것은 이상한 일이었고 걱정스러웠다. 그 말은 큰 놈들은 그 근처에 몸을 낮추고 어둠이 깔리기를 기다리고 있다는 뜻이었다. 옥타비아는 여전히 우르사가 준 짧은 창을 가지고 있었고 시마도 활을 가지고 있었지만, 화살 몇 개와 익숙지 않은 무기를 가지고 있다고 해도 괴물들과 아예 만나지 않는 것보다 안전하지는 않았다.

하늘 저편으로 기웃거리기 시작하는 해는 옥타비아의 걱정을 부추겼다. 그녀는 썰매에 마법 무기를 싣고 열렬한 지지자들을 데리고 벌써 도로 위에 있는 둘치아 수녀를 상상했다. 그들은 빠르게 움직일 것이었다. 내일이면 비토리아에 다다를 수 있었다. 옥타비아는 무언가가 그들을 막아 주기를 바랐지만, 전혀 확신은 없었다. 그들이 이미 출발했다고 가정해야 했다.

늦은 오후가 되어서야 비토리아의 높은 성벽이 보이기 시작했다. 맑고 햇살 좋은 날이었지만, 해가 지면서 쌀쌀한 바람이 나무들 사이로 윙윙댔고, 주위 소리는 더욱 안 들렸다. 두 사람이 비토리아를 탈출할 때 헌터들의 길을 따라갔던 올드 게이트를 가로지르는 밭에 다다르자, 그들은 발걸음을 늦춰 숲속으로 들어가 숨을 곳을 찾고 기다렸다. 성벽 위에 있는 경비병들에게 발각될 위험이 있는 황혼 전에는 비토리아에 가까이 가고 싶지 않았지만, 너무 많은 페록스들에 둘러싸여서 어둠이 깔리고 난 후 밖에 있기도 싫었다.

"뭔가 이상해. 사람들이 다 어디 갔지?"

옥타비아가 말했다. 주위에는 아무도 없었는데도 그녀는 속삭였다.

"어둠이 내리고 난 다음에는 아무도 밖에 있지 않는다며."

시마가 말했다.

"그래, 하지만 그 전에는 사람들이 밖에 나와 있으니까."

"페록스들이 그들을 놀라게 한 게 아닐까?"

"어쩌면."

하지만 옥타비아는 여전히 마음이 놓이지 않았다.

"안에서 무슨 일이 벌어지고 있는지 알 수 있었으면 좋겠어."

시마가 살짝 몸을 들었다. 그녀의 목소리에는 전혀 흔들림이 없었다. 그녀가 물었다.

"이제는 아예 밖에 못 나오게 된 건 아닐까?"

그것이야말로 옥타비아가 두려워하던 일이었다. 시마가 그렇게 말하고 나니 그 생각이 맞는 것 같았다. 만약 카밀라가 바깥 세상에 대한 사람들의 믿음이 흔들리고 있다고 생각했다면, 아예 밖으로 나가지 못하도록 했을 수도 있었다. 만약 그들이 성벽 밖으로 나오지 못했다면, 그들은 길 위에서 낯선 사람들도 보지 못했을 것이다. 만약 그들이 성문을 통과할 수 없다면, 성문으로 들어오는 사람 한 명 한 명을 이전에 봤던 사람인지 아닌지를 당연히 검문하려 할 것이었다. 비토리아가 전쟁이 끝나고 얼마 되지 않았을 때 하던 일이었다. 카밀라가 세상에 그들밖에 없다고 사람들을 설득시켰기 때문이었다.

저녁 종이 울리기 시작하자 옥타비아는 배낭과 창을 들었다. 그녀는 플라비아 마스터의 주술에 걸린 금속 열쇠가 외투 주머니에 잘 있는지 확인했다. 안을 들여다보거나 더듬어 볼 필요도 없었다. 오늘 밤 유독 저녁 종이 다르게 들렸다. 더 깊고, 느리고, 종소리가 숲을 관통해 울려 퍼지는 듯했다. 옥타비아는 주먹을 불끈 쥐고 가슴 가운데를 꾹 눌렀다. 그녀는 종소리가 가슴속에도 울리는 것을 느꼈다.

시마가 활을 앞으로 내걸고 화살을 시위에 메겼다. 서로를 바라보고 고개를 끄덕인 다음 그들을 보호하고 있던 숲의 그림자 밖으로 나가 밭을 가로질렀다.

반쯤 갔을 때 옥타비아는 뒤에서 어떤 소리를 들었다. 까마귀의 울음소리와 기침소리 같은 것이었다. 그녀는 창을 들고 페록스의 그림자를 찾으며 몸을 돌렸다. 그러면서도 다른 쪽에서 금속이 돌에 부딪히는 소리를 들었다. 심장이 뛰었다.

"도와주세요. 너무 추워요. 도와주세요."

목소리는 작고 희미했다. 시마가 화살로 페록스를 가리켰고, 옥타비아는 북쪽 밭에 있는 돌 벽을 따라 미끄러져 가는 페록스 한 마리를 발견했다. 창백한 눈과 대비되는 어두운 얼룩에 지나지 않았지만, 그놈의 금속 척추가 돌에 부딪히면서 나는 소리에 그녀는 소름이 돋았다. 아주 큰 페록스는 아니었지만, 충분히 위험할 만큼 컸다.

이제는 남쪽에서 까마귀 울음소리가 들려왔다. 옥타비아는 또 다른 어두운 물체가 다른 돌 벽으로 뛰어가는 찰나에 휙 뒤돌아봤다. 양쪽에 한 마리씩 있었다. 두 번째 놈은 사슴이나 순록만 한 크기로, 사슴뿔같이 들쭉날쭉하고 휘어진 뿔을 가진, 첫 번째 놈보다 더 큰 놈이었다. 시마가 옥타비아의 어깨를 살짝 찌르며 속삭였다.

"계속 가. 내가 보고 있을게. 성문을 열 준비를 해."

옥타비아가 고개를 끄덕였다. 싫었지만, 어쩔 수 없이 그녀는 괴물들에게서 등을 돌려 계속 가야 했다. 그녀는 시마가 자신을 안전하게 지켜줄 것이라고 믿었다. 하지만 그녀가 한 걸음 내딛자마자 페록스 소리를 또 들었다.

"도와주세요."

그것이 말했다. 몇 초 뒤에 북쪽에서 또 다른 목소리가 들렸다.

"도와주세요."

그리고 그들 뒤 숲속에서 또 들렸다.

"너무 추워요."

그리고 까마귀 울음소리가 들렸던 곳보다 더 먼 남쪽에서도 들렸다.

"제발 도와주세요."

두 마리보다 많았다. 네 마리, 다섯 마리, 여섯 마리, 아니 그보다 더 많은 페록스들의 그림자가 불타는 땅을 가로질러 비토리아를 향해 미끄러지고 기고 빠른 속도로 달리며 숲을 떠나 밭을 가로질러 움직이고 있었다.

일곱 번째이자 마지막 저녁 종이 끝나자 옥타비아는 뛰기 시작했다. 그들은 그렇게 많은 페록스들과 싸울 수 없었다. 유일한 희망은 올드 게이트를 통과하는 것이었다. 그녀는 뒤에서 시마의 발소리를 들었고, 가장 가까운 페록스의 척추가 철컹거리는 소리도 들었지만 뒤돌아보지 않았다. 그녀는 주머니에서 열쇠를 꺼내 한 손에 꼭 쥐었다. 그녀가 성문에 도착해 그 앞에 멈춰 서려고 미끄러지자마자 시마의 활에서 **팅** 하고 뭔가가 날아가는 소리를 들었다. 페록스가 괴성을 질렀고, 열쇠를 자물쇠 구멍에 맞추는 옥타비아의 양손이 떨렸다. 시마가 화살을 한 발 더 쐈고, 사슴만 한 페록스가 딱딱하게 언 땅으로 넘어지면서 크게 부딪치는 소리가 났다. 옥타비아가 뻑뻑한 자물쇠 구멍 안으로 열쇠를 돌리면서 어깨 너머를 봤다. 브리안과 파이퍼가 창으로 맞췄던 것처럼 뾰족뾰족한 작은 페록스가 완전히 분리돼 있었다. 그보다 큰 놈은 아직 분리되지는 않았지만, 더 이상 사지를 자유자재로 놀릴 수 없는 것처럼 이상하게 움직였다. 자물쇠가 열렸고 옥타비아가 성문을 밀어 젖혔다. 그녀가 다시 뒤돌아보자 사슴 같은 페록스가 이미 구겨진 뒷다리를 끌면서 앞다리로 땅을 디디며 다가오고 있었다. 그것의 앞다리 중 하나가 떨어져 나가 균형을 잃었다. 그것은 울부짖었고, 또 다른 페록스가 뒤편 어둠 속에서 나타나 밭의 돌 벽을 넘어 그들을 향해 돌진했다.

시마가 다시 활을 들어 올렸지만 화살을 쏠 시간은 없었다. 옥타비아는 그녀의 팔을 붙잡고 성문 안으로 그녀를 끌어당겼다. 그녀가 성문을 밀어 닫아 잠그자 바로 뒤에 페록스가 문의 쇠 빗장에 꽝 부딪히면서 엄청 크게 울부짖었다. 옥타비아와 시마는 비틀거리며 성문에서 떨어졌다. 페록스가 다시 문에 몸을 부딪치자 성문이 떨렸지만, 플라비아 마스터의 주문이 잘 작동하고 있었다. 괴물의 맹습에도 성문은 그렇게 많이 흔들리지 않았다. 성벽 위 어딘가에서 경비병 한 명이 외치는 소리가 들렸다.

"가자. 경비병들이 우리를 발견하기 전에 가야 돼."

옥타비아가 속삭였다. 심장이 벌렁거렸고 숨이 찼지만 꾸물거릴 시간이 없었다.

옥타비아가 예상했던 것보다 훨씬 어려운 일이었다. 해가 지고 나서 이제 막 한 시간이 지났는데 비토리아는 이상하게 조용했다. 모든 상점이 닫혀 있었고, 모든 길거리 매대의 덧문이 내려가 있었다. 램프 불빛이 창문 밖으로 새어나왔지만, 평상시 저녁에 들리던 소리가 전혀 들리지 않았다. 음악도, 웃음도, 골목 너머 이웃과 안부를 물며 사람들이 소리치는 소리도 들리지 않았다. 양들과 염소들을 우리 안으로 모는 목동들도 없었다. 마치 저녁 종들이 울리자 일들이 모두 끝난 것 같았고, 모두 각자의 집으로 서둘러 돌아가 종소리가 끝나기도 전에 문을 걸어 잠근 것 같았다. 경비병들을 제외한 모두가.

사방에 경비병들이 있었다. 그들은 기나긴 밤을 앞두고 추위에 대비해 옷을 든든히 껴입고 있었다. 서로 마주치면 조용히 속삭였고, 서로의 눈을 의심스럽게 쳐다보면서 두세 명씩 짝을 지어 순찰 중이었다. 올드 게이트에서 일어난 소란 때문에 그들 중 몇 명이 마을 서쪽으로 향했다. 옥타비아와 시마는 마을을 가로지르면서 골목길, 헛간, 축사, 그리고 텅 빈 출입구 안으로 몸을 피해야 했고, 가끔씩은 경비병들이 다른 곳으로 이동할 때까지 몇 분 동안 숨어 있어야 했다.

옥타비아는 그들이 말하는 것을 몇 번인가 엿들었고, 그들의 대화에서 페록스들이 비토리아를 둘러싼 불타는 땅에 이렇게 많이 모여든 게 오늘 밤이 처음이 아니라는 사실을 알아냈다. 성벽 위에 배치된 경비병들은 대낮에 롱 로드에서 곰만 한 크기의 페록스도 봤다고 말했다. 의회는 하루 종일 성문을 닫으라는 명령을 내렸다. 이미 사람들은 그들이 비토리아를 다시 나갈 수 있을지 반신반의하고 있었다. 한 경비병이 옥타비아와 시마가 숨은 헛간이 있는 정원을 천천히 지나면서 말했다.

"이제는 다음은 누굴까 싶어. 사람들은 사방에서 괴물들을 봤다고 말하지만 여태까지 죽은 건 윌라 한 사람뿐이니까."

"괴물들이 그녀만 콕 짚어 노린 것 같아. 만약 이 안에 괴물들이 있다면 말이야. 우리는 그렇다는 의회의 말만 믿고 있잖아."

다른 경비병이 말했다. 첫 번째 경비병이 말했다.

"마음에 안 들어. 우리에게 알려 주지 않는 게 뭘까 의심하게 만들어."

그들이 자리를 옮겨서 옥타비아는 그들이 이후에 말하는 내용은 듣지 못했지만, 그 짧은 대화에 그녀는 심장이 두근거렸다. 경비병들이 윌라의 죽음이 이상하다는 것과 비토리아 안에서 페룩스를 보지 못했다는 얘기를 하고 있었다면, 그것은 곧 그들이 카밀라의 말에 의문을 품고 있다는 뜻이었다. 그녀는 낮에도 성문을 닫고 어둠이 내린 뒤에 마을 전체를 고요하게 만들 수는 있었지만 사람들에게 듣지도, 보지도, 의심하지도 못하게 하지는 못했다. 그것은 곧 그들이 진실을 들을 준비가 됐을지도 모른다는 뜻이었다.

그림자에 숨어 경비병들을 계속 피하면서 옥타비아와 시마는 닉스 강을 건너 플라비아 마스터의 작업실 밑에 있는 아치 통로를 향해 리버 가를 종종 뛰어갔다. 옥타비아가 처음에는 부드럽게, 다음에는 조금 더 세게 문을 두드렸다. 플라비아 마스터가 집에 없나 걱정하는 찰나에 계단을 내려오는 발소리와 자물쇠가 딸그락거리는 소리가 났다. 문이 열렸다.

"뭔가……."

플라비아 마스터가 놀라서 말을 멈췄다. 옥타비아가 말했다.

"마스터에게 말씀드려야 할 게 있어요. 들어가도 될까요?"

플라비아 마스터가 손가락을 입술에 갖다 대고 뒤로 물러섰다.

"그래, 그래, 들어오렴! 그들이 너희를 보기 전에. 위로 올라가렴."

그녀는 그들을 따라오기 전에 문을 잠갔다. 작업실은 부드러운 주황색 빛을 은은하게 내면서 타는 난로불만 켜 있고 상당히 어두웠지만, 플라비아 마스터의 개인 공간으로 이어지는 출입구에서 빛이 새어나오고 있었다. 그녀는 또 다른 불이 기분 좋게 타고 있는 난로 앞에 소파가 있는 안락한 서재로 그들을 불렀다. 플라비아 마스터가 말했다.

"네가 시마겠구나. 네가 무사해서 다행이다. 하지만 왜 여기로 돌아왔니? 네 가족을 찾은 게 아니었어?"

"찾았어요. 그들은 무사해요."

시마가 말했다.

"오, 그거 잘됐구나. 루퍼스가 혼자 돌아왔을 때 너희에게 무슨 일이 생겼나 싶어 무척 걱정했단다."

플라비아 마스터가 나무 벤치를 향해 손짓했다.

"앉으렴, 앉아. 내게 전부 다 얘기해 주렴."

옥타비아가 말했다.

"우리가 찾은 사람들은 시마의 가족만이 아니었어요. 아에테르나에 엄청나게 많은 사람들이 있어요. 그들은 몇 달 동안 거기로 모여들고 있었고, 이제는 여기로 오고 있어요. 한 마법사가 그들을 이끌고 있어요. 그들은 비토리아를 공격할 거예요."

"마법사라니?"

플라비아가 말했다. 옥타비아가 침을 삼켰다. 목구멍이 너무 말라서 아팠다.

"아그리피나. 마스터의 어머니예요."

그녀가 말했다. 플라비아 마스터는 동요하지 않았다. 방 안에서는 불이 타닥타닥 타는 소리만 들렸다. 옥타비아는 시마가 그녀 옆에서 몸을 움직이면서 어깨에 살짝 부딪혔지만, 둘 다 아무 말도 하지 않았다. 불빛 속에서 플라비아 마스터의 표정은 아리송했다. 그녀의 입술이 고요히 움직였다. 옥타비아의 가슴속에서 죄책감이 피어올랐다. 어떤 설명도 없이 툭 말하지 말았어야 했다. 비토리아가 공격받을 거라고 알리는 데만 정신이 팔려 그동안 아그리피나를 사람들의 이야기 속에 등장하는 오래 전에 죽은 적이라고만 생각해 왔던 플라비아에게 진실이 어떻게 다가올지 미처 고려하지 못했다.

"내 생각에……."

플라비아가 뒷걸음질 치다가 앉기도 전에 의자에 몸이 닿았다.

"내 생각에 내게 모든 걸 알려 줘야 할 것 같구나."

그렇게 하기까지는 아주 오래 걸렸다. 플라비아 마스터는 옥타비아와 시마 둘 다 답할 수 없는 굉장히 많은 질문들을 끝없이 던졌다. 하지만 그녀는 그들을 믿었다. 아에테르나에 있는 사람들과 둘치아 수녀의 진짜 정체와 지금도 비토리아를 향해 덜컹거리며 길을 이동하고 있을 벽을 부수는 장치에 대해서. 이야기가 끝나자 플라비아 마스터가 일어났다.

"나는 키케루스와 몇몇 다른 사람들에게 알리러 가야겠다."

"어떻게 하실 건가요?"

옥타비아가 물었다.

"우리는 성벽에 가장 가까이 사는 사람들에게 경고해 줄 거야. 그래야 필요할 때 그들이 빨리 대피할 수 있지. 또 우리는 의회의 결정들에 불만을 품은 몇몇 헌터들과 경비병들과도 얘기해 왔단다. 뭘 찾아야 하는지 안다면 그들은 우리를 더 효과적으로 도울 수 있을 거야."

플라비아가 몸에 코트를 둘렀다.

"오늘 밤은 여기서 지내거라. 너희 둘 다 마을에서 발견되면 너무 위험해. 여기까지 오느라 지쳤을 테니 쉬어야지."

그녀가 그들에게 재빨리 미소를 지어 보였다.

"안에서 조용히 있으면서 휴식을 취하렴. 내 예상에는 내일은 우리 모두에게 힘든 날이 될 것 같구나."

그리고 그녀는 사라졌고, 옥타비아와 시마는 따뜻한 서재에 덩그러니 남았다. 시마가 부츠를 잡아당겼다.

"뭘 하려는 걸까? 그녀가 하려는 일만으로 충분할까?"

옥타비아는 그렇다고 말하고 싶었다. 그녀는 이제 문제는 플라비아 마스터와 키케루스 마스터, 다른 어른들의 손으로 넘어갔으니 모든 게 괜찮아질 거라고 말하고 싶었다. 그녀는 내일 무슨 일이 생기든 평화로울 거라고 믿으면서 잠자리에 들고 싶었다.

"아니. 내 생각에는 아닐 것 같아. 우리는 뭔가를 놓치고 있어."

옥타비아가 말했다. 시마가 궁금한 듯 머리를 옆으로 기울였다.

"무슨 말이야?"

"나도 확실하지 않아."

옥타비아가 부츠의 끈을 풀기 시작했다.

"성벽 밖에 그렇게 페록스들이 많다는 게 마음에 걸려. 왜 여기 있는 거지? 저들은 비토리아 근처에서 저렇게 무리 지어 다니지 않아. 마을 근처에는 얼씬거리지도 않지. 나도 페록스를 야생 동물처럼 얘기한다는 건 알고 있지만, 실제로는 저것들은 마법사의 명령대로 움직이는 마법 무기들에 지나지 않아. 그것들은 다른 행동을 해서는 안 돼. 그게 아니면……."

"뭔가가 그것들을 바뀌게 한 게 아니라면."

시마가 말했다. 옥타비아가 고개를 끄덕였다.

"그게 우리가 놓치고 있는 점인 것 같아."

통나무가 불 속에서 반짝반짝 불꽃을 튀기며 타고 있었다. 시마가 갑자기 일어나 손을 내밀었다.

"우리는 뭘 좀 먹고 쉬어야 돼. 우리가 뭘 하든지 내일은 밝아올 거야."

옥타비아가 고맙다는 듯 시마의 손을 잡고 그녀가 자기 몸을 일으켜 세우게 했다.

"마스터는 자기 부엌에 어떤 음식을 넣어 놓는지 궁금한걸."

저녁거리는 그들이 당장 해결할 수 있는 문제였다. 그 밖의 모든 것들은 기다려야 했다.

Chapter 22

끝나지 않은 전쟁

플라비아 마스터는 옥타비아와 시마가 잠들어 있는 동안 밤에 돌아왔다가 아침이 밝자 몇 시간 동안 또 나가 있었다. 그녀가 돌아왔을 때 그녀는 옥타비아와 시마에게 비토리아 주위에서 들려오는 소식 몇 가지와 함께 늦은 아침을 줬다.

"불행히도 의회가 자신들이 가장 신뢰하는 경비병들만 성벽 위에 올려 보냈더구나."

그녀가 쓴 도라지꽃 차를 홀짝이며 말했다. 그녀는 앉지 않았다. 그녀는 불안한 듯 식탁을 따라 왔다 갔다 했다.

"우리 동료들이 도로 위 움직임에 대한 소식을 바로 접수하기를 바라지만, 거기에만 의존할 수는 없어. 밖에서 무슨 일이 벌어지고 있는지 알 수 없으니 매우 답답하구나. 거의 아무런 정보 없이 움직여야 할지도 모르겠어."

옥타비아가 빵을 한 조각 떼어 냈다. 그것은 그녀의 가족이 운영하는 빵집에서 사 온 빵이었다. 그녀는 아빠가 빵 위에 낸 칼집 자국을 곳곳에서 발견할 수 있었지만, 지금은 그 생각을 할 때가 아니었다. 지금은 그녀의 향수병이나 걱정보다 더 중요한 일을 해결해야 했다. 그녀가 물었다.

"저랑 시마는 어떡하죠?"

"내 생각에는 키케루스의 의무실에 가 있는 편이 가장 좋겠구나. 지금은 사람들이 거리를 돌아다닐 수 있으니 모자를 쓰고 스카프로 가리면 아무도 알아채지 못할 거야."

"거기서 저희가 뭘 하면 되죠?"

옥타비아가 물었다. 플라비아 마스터가 그녀를 내려다보며 미소 지었다.

"무사히 있기를 바란다."

옥타비아는 시마를 바라봤다가 플라비아를 바라봤다.

"제 말은, **돕기** 위해서요."

"너희의 경고가 도움……."

아래층 문에서 들려오는 천둥 같은 노크 소리에 그녀는 말을 끝내지 못했다. 옥타비아는 너무 놀란 나머지 차를 흘렸다. 시마의 눈이 놀라서 커졌다. 두드리는 소리가 웅성거리는 고함과 함께 계속 들렸다. 플라비아 마스터는 찻잔을 차분하게 내려놓았다.

"누구인지 보고 오는 게 좋겠구나. 문을 닫고 여기 조용히 있으렴."

그녀는 개인 공간에서 나가 뒤로 문을 꼭 닫으며 작업실로 나갔다. 그녀가 계단을 내려가면서 딛는 발걸음에 마루가 끽끽댔다. 낮게 말하는 목소리들이 바닥에서부터 새어나왔지만, 너무 낮고 웅성거려서 옥타비아는 그들이 무슨 말을 하는지 알아들을 수 없었다.

"그들이 도로 위에서 사람들을 발견했다고 생각해?"

시마가 속삭였다. 옥타비아가 대답했다.

"밤새 왔어야 그렇게 빨리 여기까지 올 수 있어. 그리고 그건……."

비토리아에서 온 사람들이라면 일반적으로 하지 않을 행동이었지만, 아그리피나는 비토리아에서 오는 게 아닐 뿐더러 밤에 움직이는 데 두려움도 없었다.

"모르겠어."

옥타비아가 인정했다. 무거운 발걸음이 계단을 쿵쾅거리며 올라왔고, 플라비아 마스터의 목소리가 들렸다.

"이상하군요. 뭘 찾기를 바라는 건가요?"

"당신이 숨기고 있는 건 무엇이든."

한 남자가 말했다. 옥타비아가 냉기를 느꼈다. 그녀는 그 목소리의 주인을 알았다. 그리고 시마가 주먹을 불끈 쥐는 것을 보아하니 그녀도 그 목소리를 잘 알고 있는 듯했다. 에티우스 마스터였다.

"샅샅이 뒤져라."

그가 말했다. 온 바닥을 쿵쾅대며 걸어다니는 소리가 났다. 서너 사람이 그와 같이 있었다.

"꼼꼼히 찾아라."

"저는 아무것도 숨기지 않았어요. 솔직히 여기서 왜 시간을 낭비하고 계신 거죠?"

플라비아 마스터가 말했다.

"당신이 견습생에게 오늘은 오지 말라고 했다더군요. 분명 당신은 무언가를 숨기고 있어요."

플라비아 마스터의 목소리가 닫힌 작업실 문에 가까워졌다.

"정말로, 지금은, 요즘 모든 것이 이상하니까 부모님이나 도와드리라고 페넬로페에게 집에 있으라고 했을 뿐입니다."

시마가 옥타비아와 눈을 마주치고 천천히, 의자를 바닥에 끌지 않으려고 조심스럽게 일어났다. 옥타비아도 똑같이 했다. 그녀는 시마의 배낭과 부츠를 들고 나무로 된 커다란 뒤주를 가리켰다.

'숨어.'

그녀가 소리 없이 입 모양으로 말했다. 시마가 고개를 끄덕이고는 옥타비아를 가리키며 '너는?'이라는 질문을 던졌다. 옥타비아는 시마의 물건들을 그녀에게 내밀고는 고개를 저었다. 그녀가 시마가 뒤주 안으로 들어가는 것을 돕고 뚜껑을 막 닫았을 때, 에티우스 마스터의 목소리를 들었다.

"저 뒤에는 뭐가 있죠?"

"제 집이죠. 제 부엌에도 관심 있으신가 봐요, 에티우스?"

플라비아 마스터가 말했다. 옥타비아는 다른 숨을 곳을 찾느라 이리저리 둘러보았다. 식탁이나 의자 아래. 책장 사이. 싱크대 밑. 아무 데도 숨을 곳이 없었다. 그녀는 간절하게 창문을 바라봤지만, 창문은 굳게 잠겨 있었다.

"비키세요, 플라비아."

에티우스 마스터가 말했다. 또 다른 목소리가 말했다.

"여기는 아무것도 없습니다."

"저장고도 살펴봤나?"

"선반까지 봤습니다."

그들이 이 방에 들이닥치면 뒤주까지 볼 것이라는 뜻이었다. 옥타비아는 한쪽으로 돌아섰다가 다른 쪽으로 돌아섰다. 그녀는 그들이 시마를 찾도록 놔둘 수 없었다. 에티우스 마스터가 시마를 잡고 난 뒤 그녀에게 가할 짓에 대해 생각하고 싶지 않았다. 그리고 만약 경비병들이 방을 뒤진다면 그는 그녀를 찾아낼 것이었다.

"모든 방을 똑같이 뒤져라."

에티우스가 말했다. 옥타비아는 그들을 막아야 했다. 그녀는 문을 밀어 젖혔다.

"저를 찾으시는 건가요?"

그녀가 말했다. 에티우스 마스터가 놀라서 눈을 깜박이며 입을 살짝 벌렸다. 그가 정말로 여기서 누군가나 무언가를 찾을 거라고 생각하고 온 것인지 의심스러웠다. 그저 플라비아 마스터를 난처하게 만들려는 목적으로 온 것일 수도 있었다. 하지만 그는 곧바로 정신을 차리고 경비병들에게 손가락을 튕겼다.

"실비아네 딸이다. 그 아이를 포박하고 그녀의 물건도 같이 가져가라."

"그녀는 고작 어린아이예요! 그녀에게는 아무……."

플라비아 마스터가 울부짖었다. 에티우스가 차갑게 말했다.

"그녀를 다치게 하지는 않을 겁니다. 그리고 도망자를 마을 한가운데에 숨겨주다니…… 카밀라가 나중에 당신을 처리할 겁니다."

플라비아 마스터의 항의를 무시한 채 경비병들은 옥타비아의 팔을 붙잡고 그녀를 작업실 밖으로 데리고 나갔다. 그녀는 잡혀가기 싫은 것처럼 약간 저항했지만, 그녀는 플라비아의 집을 더 이상 수색할 명분을 남겨두고 싶지 않았다. 그들에게 의심의 여지를 주지 않기 위해 차마 플라비아의 눈을 마주칠 수 없었지만, 그녀는 플라비아와 시마가 자신의 행동을 이해해 주기를 바랐다. 이편이 나았다. 이것만이 시마를 안전하게 지킬 유일한 방법이었다.

에티우스 마스터가 길을 이끄는 동안 경비병들은 마을을 가로질러 의회 회관까지 옥타비아를 난폭하게 앞으로 밀면서 데려갔다. 사람들이 모두 길에 멈춰 서서 그녀를 바라보고 수군거렸고, 몇몇이 그녀를 알아보고 질문을 던졌지만, 아무도 그들을 막으려 하거나 경비병들에 맞서려 하지 않았다. 하늘에 구름 한 점 없는 화창한 날이었다. 경비병들은 롱로드를 먼 거리까지 볼 수 있을 것이었다. 그녀는 그들이 길을 지켜보고 있기를 바랐다.

의회 회관에 도착하자 에티우스가 말했다.

"그녀를 위층으로 데려가. 카밀라에게는 내가 알리지."

그가 걸어가자 그의 쓸모없이 긴 흰 코트가 펄럭였다. 경비병들 중 옥타비아의 배낭과 창을 가지고 있던 사람이 그를 따라갔다. 다른 두 명은 옥타비아를 붙잡고 계단을 올라갔다.

"저를 어디로 데려가시는 거죠?"

그녀가 물었다. 에티우스가 자리를 떠났으니 경비병들이 조금은 대답을 해 주고 싶어 하길 바랐다.

"무슨 일이 벌어지는 거죠?"

"닥쳐."

한 경비병이 말했다. 굉장한 대답이었다. 옥타비아는 그들에게 카밀라 마스터가 무엇을 원하는지, 또는 도로에서 누군가를 발견했는지를 묻고 싶었지만, 놀랍게도 그녀의 입 밖으로 나온 소리는 "부모님을 뵙고 싶어요."였다.

첫 번째 경비병이 코웃음을 쳤고, 두 번째 경비병은 눈을 부라리며 말했다.

"부모님에게 온갖 문제를 떠안겨 놓고서 이제야 그들을 걱정하는 거냐?"

"부모님과 얘기하고 싶어요. 괜찮으신가요?"

"너 빼고 모두가 괜찮아."

첫 번째 경비병이 말했다. 그들은 계단 꼭대기에 도착했고, 경비병들이 옥타비아를 열린 입구를 지나 크고 밝은 방 안으로 밀어 넣었다. 정교한 책상들 주위로 방석이 덧대진 의자들과 소파들이 깔린 일종의 응접실이었다. 검은 유니폼과 무거운 코트를 입은 경비병들은 그 장소와 전혀 어울리지 않았지만, 더러운 여행 옷을 입고 있는 옥타비아는 더 안 어울렸다. 옥타비아가 물었다.

"왜 마을 전체가 봉쇄된 거죠? 아무도 밖에 나갈 수 없는 건가요?"

"평화를 지키기 위해서야."

두 경비병이 동시에 말했다.

"왜냐하면 그 편이 더 안전하기 때문이지."

경비병들은 시선을 교환했다. 첫 번째 경비병이 단호하게 말했다.

"그게 그녀의 명령이야. 우리는 그저 그녀의 명령을 따를 뿐이고. 그녀는 우리가 알아야 할 것들을 일러 주지."

의회 회관 아래층에서 고함소리가 들렸다. 두 번째 경비병이 계단 아래를 내려다보기 위해서 복도로 나갔다. 그녀가 돌아와서 말했다.

"무슨 일로 왔는지 알아보고 올게. 저 아이에게서 눈을 떼지 마. 너."

그녀가 옥타비아를 향해 날카롭게 손가락질했다.

"이제 앉아서 그만 떠들어."

"그녀가 아무도 밖에 나가지 않기를 바라는 진짜 이유를 알아요. 당신들은 그걸 아직도 모르다니 놀랍군요."

옥타비아가 말했다. 같은 경비병이 다시 말했다.

"닥쳐."

"성문들이 왜 닫혔는지 알고 싶지 않나요?"

경비병이 옥타비아를 향해 위협적인 발걸음으로 다가왔다.

"닥치라고."

옥타비아가 숨을 들이마셨다. 그녀는 진실을 알리기 위해 비토리아에 돌아왔다. 그녀는 이제 막 얘기하기 시작했다.

"그녀는 당신이 알지 못하기를……."

경비병이 휙 돌아서서 쿵쾅쿵쾅 걸어 나가 방문을 확 닫고서는 밖으로 나갔다. 곧바로 방문이 잠겼다.

옥타비아가 상상했던 모습이 아니었다. 그녀는 자신이 아마도 의자를 더럽히고 있을 거라는 약간은 사악한 거만함을 느끼면서 부드러운 의자들 중 하나에 털썩 앉았다. 하지만 앉자마자 그녀는 다시 일어나서 창문으로 달려갔다. 그 방에서는 중앙 광장과 리버 가 대부분이 잘 보였다. 경비병들이 그녀를 여기로 데려올 때는 알아차릴 수 없었지만, 밖에 보이는 풍경은 비토리아의 평범한 날처럼 보이지는 않았다. 여전히 꽤 많은 사람들이 나와 있었지만, 시장 매대도 서지 않았고, 아무도 물건을 사고팔거나 가격을 흥정하고 있지 않았다. 대부분의 사람들은 네다섯 명씩 모여서 어깨 너머로 서둘러 지나가는 경비병들을 불편하게 쳐다보고 있었다. 헌터 무리가 의회 회관을 떠나서 신속하게 리버 가 북쪽으로, 와이번 게이트를 향해 성큼성큼 걸었다. 몇 명의 마스터들이 그들 구역의 좁은 거리에서 나타나 손가락으로 무언가를 가리키며 얘기하면서 얼굴을 찌푸렸다. 플라비아 마스터나 키케루스 마스터는 보이지 않았다.

옥타비아는 의회 회관의 창문과 벽에 둘러싸여 바깥에서 나는 소리는 듣지 못한 채 한동안 밖을 내다보고 있었고, 그동안 그녀의 긴장감은 1분마다 점점 더 커졌다. 분명 무슨 일이 벌어지고 있었다. 옥타비아는 알아야 했다. 그녀는 문으로 달려가 문을 마구 두드렸다.

"이봐요! 이봐요, 여전히 밖에 있다는 거 알아요!"

밖의 경비병에게서는 아무 대답이 없었다.

"이봐요! 제 말을 들으셔야 해요! 비토리아 밖에 사람들이 있어요! 그게 카밀라가 당신이 모르기를 바라는 거예요! 사람들은 계속 있었어요. 전쟁은 모두를 죽이지 않았어요. 그리고 카밀라는 아그리피나를 죽이지 않았어요."

자물쇠에서 다시 철컥 소리가 났다. 옥타비아는 뒤로 물러섰지만 말하는 걸 멈추지 않았다.

"그게 바로 그녀가 두려워하는 거예요. 그녀는 사람들이 알아낼까 봐 두려운 거예요. 비토리아에 대한 내 사랑을 공포처럼 유치한 것과 혼동하지 마세요."

문이 다시 열렸고, 카밀라가 옥타비아 앞에 서 있었다. 그녀는 한 손에 우르사가 옥타비아에게 줬던 창을 들고 있었다. 익숙한 경비병들이 그녀의 뒤에서 잔뜩 경계한 채 옥타비아를 쳐다봤다.

"다시 만나는군요, 옥타비아. 솔직히 당신이 여기에 돌아올 수 있을 만큼 오랫동안 살아남지 못할 거라고 생각했어요."

카밀라가 말했다.

"성벽 밖에 있는 사람들이 저를 도왔기 때문에 살아남을 수 있었던 거예요. 아그리피나를 포함해서요. 당신은 그녀를 절대 죽이지 않았어요. 당신은 우리에게 거짓말을 했어요."

옥타비아가 말했다. 경비병들 중 한 명이 긴장한 채 말했다.

"카밀라 마스터, 쟤가 무슨 말을 하는 거죠?"

카밀라는 미소 짓고 있었지만, 그것은 아주 딱딱하고 희미한 미소였다. 그녀는 옥타비아를 노려봤다.

"그녀를 끌고 오세요."

그녀가 말했다. 그녀는 발걸음을 돌려 경비병들을 쳐다보지도 않고 복도를 걸어 내려갔다.

"하지만 저 애가……."

"데려오라고!"

카밀라가 말을 잘랐다. 이번에는 경비병들이 옥타비아를 끌고 갈 필요가 없었다. 그녀는 그들이 움직이기도 전에 카밀라를 따라가고 있었다. 그들은 멀리 가지 않았다. 바로 옆방으로 갔지만, 거기에는 중앙 광장이 내려다보이는 커다란 발코니로 이어지는 문들이 있었다. 카밀라가 문들을 열었다. 바깥에서 방 안으로 온갖 소음이 흘러들어 왔다.

"이리 오세요, 옥타비아."

카밀라가 발코니로 발을 내딛으며 말했다.

"비토리아에 벌어지고 있는 일을 알고 싶죠? 와서 보세요."

경비병들에게 그녀가 말했다.

"가도 좋아요. 에티우스 마스터에게 보고해 방어 업무를 도우세요."

발코니에는 이미 에티우스 마스터와 키케루스 마스터를 제외한 다른 평의원들이 와 있었다. 중앙 광장에서의 소란이 더욱 커졌다. 경비병들이 비키라고, 집에 가라고, 문의 빗장을 걸어 잠그라고 사람들에게 외쳐댔다. 사람들은 경비병들에게 무슨 일이 벌어지고 있는지, 위험은 어디에 있는지, 페록스들이 공격하고 있는 것인지 알려달라고 요구했다. 남쪽으로는 사람들이 마스터들의 구역에 있는 발코니와 지붕 위로 몰려들고 있었다. 바로 아래 의회 회관의 계단에는 에티우스 마스터가 길고 가느다란 팔로 북쪽을 가리키며 경비병들에게 명령을 하고 있었다.

"그들이 벌써 여기에 왔나요?"

옥타비아가 묻는 동안 그녀의 심장이 마구 뛰었다. 카밀라가 눈을 가느다랗게 떴다.

"방금 전에 북쪽 성문 위에 있는 우리 경비병들이 뭔가 이상한 걸 포착했어요. 롱로드 위의 여행자들처럼 보인다고 주장하지만, 여행자들로 변장한 괴물들일지도 모르죠. 물론, 환상이겠지만요."

"아닐 수도 있죠."

또 다른 평의원이 조용히 말했다. 그녀 주위의 사람들이 어색하게 몸을 움직였지만, 옥타비아는 그것이 그녀를 조용히 시키고 싶어서인지 아니면 동의하기 때문인지 잘 몰랐다.

"그건 환상이 아니에요. 페록스도 아니고요."

옥타비아가 말했다. 카밀라가 말했다.

"이 문제에 대한 당신의 죄책감을 덜어내려고 그렇게 말하는 거겠죠. 당신이 돌아오자마자 이런 위협적인 일이 발생한 건 우연이 아니에요. 당신을 따라 여기로 온 거죠."

옥타비아가 그녀를 노려봤다.

"저를 따라오다뇨? 저들은 저를 따라올 필요도 없어요! 바로 저기에 커다랗고 넓은 도로가 있잖아요! 그건 무시할 수도 없어요!"

평의원들 중 한 명이 목을 가다듬었다.

"어쩌면 이 소녀가 그들이 누구인지를 알려 줄 수도……."

"그건 아그리피나예요. 그녀의 언니죠. 그리고 그녀는……."

옥타비아가 말했다. 카밀라가 크게 웃으며 그녀의 말을 방해했다.

"하! 이 아이가 헛소리를 하는군."

"아니에요! 그녀는 아에테르나에 있었어요. 그녀는 아주 많은……."

"점점 질리네요. 우리는……."

옥타비아가 아예 아무 말도 하지 않고 있다는 듯이 카밀라가 말했다.

"그녀가 많은 사람들을 데리고 성벽을 공격할 무기를 가져오고 있다고요! 마법사들이 이라와 저지대 도시들에 썼던 마법 무기 말이에요! **비토리아로 오고 있는 사람들이 있다고요!**"

"무슨 말을 하는 거니?"

한 평의원이 말했다.

"아에테르나라고?"

또 다른 평의원이 말했다.

"이 애 말을 듣지 마세요."

카밀라의 목소리가 점점 날카로워졌다. 하지만 이미 너무 늦었다. 평의원들은 속사포처럼 서로에게 말하고 있었고, 옥타비아의 외침은 광장 아래까지 전해졌다.

"무슨 일이 벌어지고 있는 거야?"

한 여자가 소리쳤다. 그리고 또 다른 사람이 답했다.

"밖에 사람들이 있다고?"

"어떤 사람들?"

누군가가 물었다.

"두려워할 필요 없습니다!"

카밀라가 외쳤다. 그녀가 두 팔을 벌리기 위해서 옥타비아의 창을 난간에 기대어 놓았다.

"밖에서 무엇이 다가오고 있든 성벽이 우리를 보호할 겁니다! 우리는 속거나 겁먹지 않을 겁니다!"

"속임수가 아니에요!"

옥타비아가 말했다. 그녀는 이제 자기 목소리가 카밀라의 것만큼이나 멀리 퍼지기를 바라며 일부러 소리치고 있었다.

"마법사 아그리피나는 살아 있고, 그녀는 아에테르나에서 마법사의 무기를 가지고 오고 있어요! 카밀라는 비토리아가 세상에 홀로 살아남았다고 거짓말했고, 또 그녀의 언니를 죽였다고 거짓말했고, 이제는 모두에게 밖에 뭐가 있는지에 대해서까지 거짓말하고 있어요!"

마법사와 **무기**라는 말을 듣자마자 그 말을 들은 모든 사람들 사이에 공포가 퍼져나갔다. 평의원들이 시끄럽게 논쟁하고 있었고, 아래에 있는 경비병들과 사람들은 서로에게 질문을 외치거나 따지고 있었고, 에티우스 마스터는 고함을 치면서 미친 듯이 팔을 흔들어댔다.

"성문으로! 우리는 비토리아를 보호할 것이다! 와이번 게이트를 지켜라!"

옥타비아가 외쳤다.

"안 돼요, 잠깐만요! 그들은 성벽을 부숴버리는 무기를 가지고 있어요! 성벽에서 물러나세요!"

하지만 아무도 그녀의 말을 듣고 있지 않았다. 옥타비아는 수많은 인파가 그녀가 그토록 가지 않길 바랐던 곳으로, 둘치아 수녀와 그녀의 사람들이 다가오고 있는 성문으로 가는 것을 공포에 질려 바라봤다. 옥타비아는 카밀라가 들을 만한 무언가, 아니 **어떤 것이든** 생각해 내려 애쓰면서 절실한 표정으로 그녀를 향해 돌아섰다.

카밀라는 그녀를 보고 있지 않았다. 그녀는 비토리아 밖을 보고 있었지만, 그녀의 시선은 마치 성벽 너머에서 기다리고 있는 것에 초점이 맞춰진 듯 아주 먼 곳을 향해 있었다. 그녀의 입술에 희미한 미소가 번졌다. 옥타비아의 입을 다물게 하려고 했을 때 얼굴을 일그러뜨렸던 분노는 사라지고, 그 자리에 등골을 서늘하게 하는 냉기가 들어서 있었다.

"나는 그녀가 올 때 어떻게 올지 항상 궁금했지."

카밀라가 말했다. 그녀의 말에 발코니에 있던 평의원들이 조용해졌다. 옥타비아는 갑자기 그들이 처음 만났을 때 카밀라가 자기 언니에 대해 말하는 동안 얼굴에 아주 잠깐 스쳤던 공포를 갑자기 기억해 냈다. 그때는 아무것도 아닌 줄 알았다. 그 당시에 옥타비아는 아그리피나가 복수하기를 원한다는 것도, 그런 언니가 비토리아 밖에 있다는 것을 카밀라가 알고 있다는 것도, 그래서 아그리피나에 대한 공포 때문에 카밀라가 자신만의 세상을 만들었다는 것도 전혀 몰랐다. 카밀라가 말을 이어나갔다.

"나는 언니라면 조금 더 교활한 방법으로 돌아올 거라고 기대했는데. 강물에 전염병을 풀거나 작물의 마름병 같은 것 말이야. 언니는 항상 자신의 교묘함을 자랑스러워했거든."

"카밀라 마스터, 무슨 말을 하시는 거죠? 아그리피나가 살아 있다뇨?"

한 평의원이 말했다.

"당신이 그녀를 전쟁에서 무찔렀잖아요."

다른 평의원이 말했다.

"아닌가요?"

세 번째 평의원이 조용히 물었다. 카밀라는 그들의 말을 전혀 듣고 있는 것 같지 않았다.

"하지만 그녀는 자기 생각만큼 영리하지 않았어. 50년 동안 그녀의 귀환을 준비하고 계획하는 동안, 그녀는 자기가 상상하는 모든 것을 내가 이미 고려했을 거라는 점은 잊었던 거야. 나는 이미 생각해 놨어. 에티우스!"

"예, 카밀라 마스터?"

"성벽 위의 경비병들에게 알리세요. 준비하라고요."

"뭘 준비하는 거죠? 카밀라, 무슨 일이 벌어지고 있는 거죠?"

한 평의원이 떨리는 목소리로 물었다. 카밀라는 마침내 그녀 주위에 모인 사람들을 기억해 냈다.

"간단해요. 우리 언니가 전쟁을 끝내러 온 거예요."

"그녀는 오직 당신을 원해요."

옥타비아가 말했다. 그녀의 목소리는 작고 와들와들 떨리고 있었다. 그녀는 제대로 숨을 쉴 수조차 없었다. 이제는 평의원들이 듣고 있었다. 하지만 너무 늦었다.

"그냥 당신이 저 밖으로 나가세요. 성문을 여세요. 당신이 그녀를 만나러 밖으로 나가면 싸움은 없을 거예요. 당신이 그녀에게 가면 아무도 다치지 않을 거예요."

카밀라가 웃었다.

"나는 그녀가 내게로 오기를 50년 동안이나 기다려 왔어. 당연히 안……."

카밀라가 안 하려던 게 무엇이었든 그 말은 천둥소리에 묻혔다. 아니, 그것은 천둥이 아니었다. 하늘은 여전히 맑고 구름 한 점 없고 파랬기 때문이다. 그 소리는 창문과 벽과 뼈를 흔들며 도시 전체를 떨게 만들었다. 새들이 지붕 위에서 갑자기 푸드득 날아갔고, 평의원들이 발코니 난간을 붙들었다. 옥타비아는 소리를 들을 수 있었던 만큼 느낄 수도 있었다. 그 소리는 이를 아프게 했고, 목을 뻣뻣하게 만들었다. 천둥소리가 끝나자 이상한 정적이 비토리아를 뒤덮었다.

정적은 몇 초 뒤 돌이 쩍하고 갈라지는 큰 소리에 의해 깨졌다. 와이번 게이트가 서 있던 마을의 북쪽 끝에서 먼지더미가 피어올랐다. 사람들이 소리 지르기 시작했다. 그리고 그 모든 소란 위로 저녁 종소리가 깊고 안정적으 로 울려 퍼졌다.

Chapter 23

카밀라와 아그리피나

첫 번째 천둥소리에 이어 두 번째 천둥소리가 울렸다. 비토리아 전체가 흔들렸다. 와이번 게이트 방향으로 먼지가 커다란 뭉텅이를 이루며 크게 일었고, 그 탓에 성벽 밑단에서 무슨 일이 일어나고 있는지 보이지 않았다. 발코니에 있는 평의원들은 공포에 질려 정신없이 질문들과 요구들을 쏟아냈고, 서로의 말에는 전혀 귀 기울이지 않았다. 광장 아래서는 에티우스 마스터가 경비병들에게 명령을 내리고 있었지만, 아무도 듣고 있지 않은 듯했다.

옥타비아의 귀가 얼얼했다. 그녀는 뭔가 해야 했다. 하지만 발을 움직일 수 없었다. 성벽은 점점 더 커지는 먼지 구름 뒤로 여전히 서 있었지만, 그녀는 그것밖에 볼 수 없었다. 북쪽 비토리아는 고함과 비명과 우는 소리와 돌이 쩍쩍 부서지는 끔찍한 소리로 가득했다.

그리고 여전히 저녁 종들이 울렸다. 종들은 맞지 않는 때에 울리고 있었다. 대낮에 종이 울릴 이유는 전혀 없었다. 마을을 휩싼 여러 소음 탓에 확언할 수는 없었지만, 종소리는 훨씬 빨랐고, 약간은 불협화음처럼 들렸다.

일곱 개의 종 중 오직 여섯 개만 울리고 있었다. 와이번 게이트 쪽의 종탑은 조용했다.

"에티우스!"

카밀라가 외쳤다. 에티우스 마스터가 공포에 압도돼서 굳어 버린 얼굴로 그녀를 올려다봤다.

"카밀라? 무슨…… 무슨 일이 생긴 겁니까? 이게 뭐예요?"

"왜 와이번 탑이 내 명령을 무시하는 거지?"

에티우스의 눈이 커졌다.

"하지만 카밀라, 게이트는, 보이지 않으십니까, 게이트는……."

카밀라가 외쳤다.

"네 하찮은 경비병들을 시킬 수 없다면 네가 직접 저기 올라가서 종을 울리라고! 아그리피나가 네가 용기를 낼 때까지 기다려 줄 거라고 생각하는 거냐? 우리는 지금 당장 그녀를 맞이할 준비를 해야 해! 종들을 지금 울려야 한다고!"

"카밀라, 무슨 짓을 하는 겁니까?"

평의원들 중 한 명이 말했다. 다른 사람도 말했다.

"종은 잊으세요! 우리는 어떡하죠?"

아무도 옥타비아를 신경 쓰지 않았다. 그녀는 뭔가를 해야 했지만, 공포는 그녀 목구멍에 살아있는 생물체처럼 안쪽으로 기어들어가 어떤 생각이 떠오르자마자 바로 지워 버렸다. 그녀는 카밀라 마스터가 크게 움직이며 에티우스 마스터에게 또 다른 명령을 외칠 때, 부드럽게 짤그랑거리는 그녀의 부적들 때문에 잠시 동안 집중할 수 없었다. 그녀는 마법 악기들을 만들고는 했다고 플라비아가 말했었다.

악기들과 영리한 마법 장치들. 옥타비아의 심장이 뛰었다. 갑자기 숨쉬기가 어려워졌다.

종들은 옥타비아와 시마가 비토리아를 에워싸고 있는 몇 십 마리의 페록스들을 봤을 때도 울리고 있었다. 분노한 죽은 자들 무리의 무기들이 페록스를 맞혔을 때 작은 종소리 같은 마법 음이 들렸다. 그리고 윌라가 죽은 밤에도 종이 울리고 있었다. 그녀의 이웃들이 그 소리를 듣고는 새벽이나 황혼으로 착각해 버렸다. 그녀의 집 안 사방에 물건이 부서져 있었다.

아무도 페록스를 만들어 낸 마법사의 이름을 몰랐다. 마치 지도 위의 빈 부분처럼, 카밀라가 비토리아 사람들을 위해 바깥세상의 존재를 지워 낸 것처럼 효과적으로 역사에서 완전히 지워져 버렸다. 마법 악기들을 고안했던 카밀라는 더 큰 힘을 위해 그것을 포기했다.

"페록스 때문이군요."

옥타비아가 말했다. 그녀의 목은 바짝 말라 있었고, 그녀의 목소리는 너무 조용해서 평의원들 목소리들에 묻혀 버렸다. 그들은 분노하고 혼란스러워했고 공포에 질려 있었다. 그들은 무슨 일이 일어나고 있는지 갈피를 잡지 못했다. 그들은 카밀라를 너무 오랫동안 믿어 와서 그녀가 제정한 규율들이나 습관들에 한 번도 의문을 가져 본 적이 없었다. 그들은 카밀라가 비토리아에 있는 누구도 비토리아 보호를 제외한 다른 명목으로 마법을 써서는 안된다고 말할 때 그녀를 믿었다. 옥타비아가 외쳤다. 그녀는 가장 가까이에 있는 평의원의 옷깃을 잡았다.

"페록스를 위한 거예요! 그녀는 페록스들을 더 가까이 불러들이려고 종들을 울리는 거예요! 카밀라가 그들을 조종하는 거예요! 페록스들은 **그녀의 괴물들이라고요!**"

아주 잠깐 정적이 흘렀다. 발코니에 있는 네 명의 평의원들과 밑에 있는 에티우스 마스터가 모두 눈을 크게 뜨고 입을 벌린 채 옥타비아를 바라봤다.

"뭐…… 카밀라…… 이 아이가…… 뭐라고?"

에티우스 마스터가 말했다.

"오, 제발, 에티우스."

카밀라가 팔을 휘두르자 부적이 딸랑딸랑 울렸다.

"비토리아를 지키기 위해서는 과격한 일들을 해야 한다는 것을 알잖아요. 저는 당신이 제 말에 동의하는 줄 알았어요."

"하지만……."

에티우스 마스터의 항의는 북쪽의 소음을 뚫고 들리는 뾰족하고 날것인 공포에 의해 더욱 날카로워진 어느 남자의 비명에 의해 방해를 받았다.

"페록스다! 성벽 안에 페록스들이 나타났다! 그들이 여기 있다!"

다른 비명들이 들려왔고, 하나밖에 없던 목소리는 여럿이 됐고, 모두 같은 경고를 외치고 있었다.

"페록스들이 나타났다! 페록스들이 비토리아에 들어왔다!"

카밀라가 비토리아를 가로질러 바라보면서 말했다. 그녀는 여전히 웃고 있었다.

"흠, 이제는 여섯 개의 종들만 가지고 해야겠는걸. 결과는 더 흥미로울지도 몰라."

"카밀라, 이 애가 말하는 것이 진실입니까? 페록스들을 비토리아로 불러들이기 위해 종들을 울리는 건가요?"

에티우스가 말했다. 카밀라가 비웃었다.

"멍청한 만큼 귀도 안 들리나? 종들의 리듬에 생긴 변화를 모르겠나? 여기에 작업할 수 있는 재료들이 이렇게나 많은데 굳이 황무지에서 페록스들을 데려올 필요는 없지."

옥타비아를 꼼짝 못하게 하던 공포가 유리 새장이 깨지는 것처럼 완전히 부서졌다. 그녀는 발코니 난간에 기대 있는 그녀의 창을 잡으려고 카밀라를 밀치고 나갔다. 카밀라는 너무 놀라서 뒤로 비틀거렸다. 균형을 잡고 옥타비아를 잡으려고 팔을 뻗었지만, 옥타비아는 이미 그녀의 팔이 닿을 수 없는 거리에 있었다. 옥타비아가 평의원들을 향해 소리쳤다.

"그녀는 우리를 통제하기 위해 여태까지 계속 페록스들을 이용하고 있었어요! 그녀 말은 이제 제발 그만 **듣고** 뭐라도 하라고요!"

옥타비아는 그들의 반응을 기다리지 않았다. 의회 회관 1층으로 내려가 건물의 앞문 밖으로 에티우스 마스터와 경비병들을 쏜살같이 지나쳤다. 아무도 그녀를 막으려 하지 않았다. 그녀는 시마와 플라비아 마스터가 있는 마스터들의 구역으로 다시 뛰어갈까 생각했지만, 단숨에 그 생각을 접었다. 소란 때문에 그들은 이미 밖으로 나가 있을 것이었다. 이런 혼란 속에서는 그들을 찾을 수 없을지도 몰랐다. 따라서 옥타비아는 정신없는 어른들과 우는 아이들을 이리저리 피해 중앙 광장을 가로질러 리버 가에 가려고 북쪽으로 최대한 빨리 뛰었다. 길을 따라 위로 몸을 숙이고 사람들을 피해 가면서 그녀는 페록스에 대한, 침략자들에 대한, 마법사들에 대한, 도움을 요청하는, 무기를 가져오라는, 서로를 찾는 온갖 비명을 들었다. 모두가 공포에 질려 있었다. 공격으로 생긴 성벽의 돌만큼이나 새하얀 먼지더미는 여전히 공기 중에 짙게 피어올랐고 땅 밑으로도 가라앉아 옥타비아는 목구멍이 아팠고, 눈에는 눈물이 맺혔다. 옥타비아는 가족들과 이웃들, 키케루스 마스터와 루퍼스를 비롯한 익숙한 얼굴을 찾으려 했지만 아무도 보이지 않았다. 먼지가 얼굴과 옷에 붙어 그녀 주위의 모두를 공포에 질려 눈을 크게 뜨고 입을 벌린 창백하고 하얀 유령들처럼 보이게 했다.

와이번 게이트로 향하는 길을 반쯤 갔을 때 옥타비아는 처음 다친 사람들이 얼굴에서 뚝뚝 떨어지는 피 때문에 옷은 더럽혀지고 멍한 표정으로 길을 따라 비틀거리면서 건물의 벽을 잡고 있는 모습을 봤다. 다른 사람들은 급한 대로 담요와 코트로 만든 간이 들것에 실려, 도우미들이 군중을 이리저리 밀치며 앞으로 나아가는 동안 부러지고 피가 흐르는 사지를 힘없이 흔들고 있었다. 조금 더 가자 성벽에서 부서져 나온 흰 돌들을 직격으로 맞은 집들과 건물들이 보이기 시작했다. 몇몇 돌들은 벽과 지붕을 완전히 부셔 버릴 정도로 컸다. 곳곳에서 사람들은 부서진 건물들을 파려고 애쓰고 있었고, 다친 사람들과 안에 갇힌 사람들을 향해 소리치고 있었다.

주니퍼 가에 가까워지면서 옥타비아는 수레만 한 크기의 흰 돌 조각에 맞은 정육점을 보았다. 돌이 앞쪽 창문과 벽의 일부를 파괴했다. 정육점 주인은 가게 문밖에 서서 파손된 그의 가게를 멍하니 바라보고 있었다. 그는 다른 사람들이 옆으로 서둘러 뛰어가고 몸에 부딪히는데도 움직이지 않았다. 그의 회색 머리는 먼지로 뿌옇게 덮여 있었다. 왼쪽 관자놀이에서는 피가 흐르고 있었다. 왼쪽 팔을 붙잡고 있었는데, 옷소매와 손가락이 피로 가득 물들어 있었지만, 어떻게 해야 할지조차 모르는 것 같았다. 옥타비아는 그 남자를 알았다. 그녀는 그의 가족 모두를 알았다. 그는 일주일에 두 번씩 빵집에 돼지고기와 염소 고기를 팔았고, 올 때마다 아빠와 같이 앉아서 찻잔에 차를 따라 마시면서 목동들과 다른 정육점들과 훈제소로부터 들은 가십거리를 얘기했다. 그의 가게에서 그와 함께 일하던 그의 다 큰 자식들이 보이지 않았다.

그들은 안에 갇혀 있을지도 몰랐다. 아무도 도와주지 않았다. 정육점 주인은 겨우 서 있었다. 옥타비아는 순식간에 방향을 틀어 그에게 달려갔다.

정육점 앞에 있는 잔해가 움직였다. 돌과 나무와 유리가 부서지는 소리가 나고 이리저리 움직였다. 옥타비아는 정육점 아저씨의 가족이 잔재 더미에서 기어 나오려고 애쓰고 있을지도 모른다는 생각에 희망과 공포를 동시에 느꼈다. 하지만 손이나 사지는 보이지 않고 잔해들만 계속해서 움직였다.

깨진 나무판자들이 뒤틀리고 씰룩거리면서 이상하게 생긴 빳빳한 다리가 됐다. 부서진 돌조각들이 한데 모여 기다란 척추 모양이 되었다. 깨진 유리조각들이 이리저리 뒤틀리고 뒤집히며 햇빛을 받아 반짝이면서 덥수룩하고 뾰족뾰족한 가죽이 됐다. 새로 생긴 사지들이 움직일 때마다 정육점에서 나온, 아직도 살점과 힘줄이 붙어 있는 뼈들이 자석처럼 매달려 길고 들쭉날쭉한 발톱을 이루었다. 머리는 없었고 몸통이라고 할 것도 거의 없었으며 모든 신체 비율은 이상하고 동작도 불안정했지만, 그것은 여전히 점점 커지면서 움직이고 변화하고 있었다.

페록스들은 밖에서 온 것이 아니었다. 카밀라가 마을 안에 이미 재료가 충분히 있다고 했을 때 이런 걸 의미했던 것이다. 종소리로 작동한 주문은 비토리아 안에서 페록스들을 만들어 내고 있었다.

그녀는 앞으로 뛰어나가 창으로 페록스를 찔렀다. 제대로 된 몸통이 없었기 때문에 창으로 찌를 만한 구석도 없었지만, 창끝이 돌로 된 척추 안으로 들어가 나무판자로 된 사지를 찌르자마자 그녀의 손에 있던 창에서 너무나 분명하고 큰 종소리가 하나 났다. 그 소리가 너무 커서 옥타비아는 창을 거의 떨어뜨릴 뻔했다. 하지만 그녀는 계속 창을 붙들고 있었고, 페록스는 그것이 처음 만들어질 때처럼 이리저리 흩어지기 시작했다. 그녀는 확실하게 하기 위해서 페록스를 한 번 더 찔렀고, 무수히 많은 나무 파편들과 유리 조각들이 땅에 떨어졌다. 옥타비아가 정육점 아저씨를 향해 몸을 돌렸더니 그는 쓰러진 페록스를 쳐다보고 있었다. 그가 말했다.

"어떻게. 뭐야."

"이리 오세요."

옥타비아가 그를 끌고 가려고 팔을 잡았다. 그녀는 정육점 바로 옆에 가게를 연 촛불 제조자를 발견할 때까지 주위를 둘러봤다. 그녀는 정육점 주인을 그 여자에게 밀었다.

"이 분을 도와주세요!"

옥타비아는 더 이상 머무르지 않았다. 설명할 시간이 없었다. 종들은 여전히 울리고 있었고, 사방에서 아그리피나의 공격으로 생긴 잔해들이 몸을 부르르 떨면서 못생기고 이상하게 생긴 페록스들로 재탄생하고 있었다. 페록스들은 갓 만들어졌을 때 느리고 어색하고 조용했다. 마을 사람들은 망치와 도끼로 괴물들을 내리치고 빗자루와 칼같이 손에 들 수 있는 것이라면 뭐든지 이용해 페록스들의 흐늘거리는 관절 부분을 세게 찌르고 있었다. 성벽 밖의 페록스들에게는 먹히지 않을 공격이었지만, 안에서는 잘 통했다. 그 페록스들은 불완전한 마법으로 어설프게 탄생한 어린 페록스들이었다. 어쩌면 마을 사람들이 그것들을 두들겨 팰 수 있을지도 몰랐다. 그들은 페록스들을 두들겨 팼어야 했다. 너무 많은 잔해들이 있었고, 거기서 너무 많은 괴물들이 만들어지고 있었다.

옥타비아는 창으로 무찌를 수 있는 페록스들을 모두 파괴했지만, 그녀가 한 마리를 없애자마자 또 다른 페록스가 거기서 만들어지는 듯했다. 그녀는 화살이 휙 하고 꽂히는 소리와 시마의 붉은 스카프를 군중 속에서 발견하기를 바라며 한 번 이상 주위를 둘러봤지만 시마의 흔적은 보이지 않았다. 옥타비아의 창으로는 부족했다. 그녀가 얼마나 괴물들을 많이 파괴하든지 더 많은 것들이 나타날 것이었다. 애초에 그것들이 만들어지는 장소에서 그것들을 막아야 했다.

"옥타비아?"

그녀는 자기 이름을 부르는 소리에 몸을 휙 돌렸다. 몸싸움을 하는 소리와 고함 소리가 들렸고, 익숙한 형체가 비틀거리며 그녀 앞에 나타났다. 앨버스였고, 그 뒤에는 라비니아와 아우구스투스가 따라왔다. 앨버스 얼굴에는 이제 막 상처가 생겼고, 라비니아는 손에서 피가 흐르고 있었다. 그들은 모두 더럽고 차림새도 뒤죽박죽 엉망이었다. 앨버스가 다시 말했다.

"옥타비아? 뭘…… 어디…… 돌아온 거니?"

옥타비아가 대답하기도 전에 다리가 지나치게 많이 달린 기다랗고 가느다란 페록스가 골목길에서 뛰쳐나와 그들을 향해 비틀거리며 다가왔다. 라비니아가 비명을 지르며 앨버스를 옆으로 밀쳤다. 놈이 앞으로 비틀거리며 걸어오자 그것의 다리에서 날카로운 삐걱거리는 소리가 났다. 다리 세 개에다가 앞으로 삐져나온 다리가 두 개 더 있었으며, 페록스는 사냥감을 놓치지 않겠다는 듯이 다가오고 있었다. 옥타비아가 창을 들어 올렸지만, 그녀가 페록스 가까이 다가가기도 전에 화살 하나가 페록스의 목을 명중시켰다. 페록스는 순식간에 무더기로 변해 앨버스와 라비니아의 발치에 쌓였다.

옥타비아가 몸을 휙 돌렸다. 시마의 화살이었다. 그녀는 분명 가까이 있었지만, 거리에 사람들이 너무 많았고 모두가 다른 방향으로 뛰거나 싸우고 있어서 옥타비아는 그녀를 찾을 수 없었다. 하지만 이내 빨간 점이 그녀의 눈에 들어왔다. 리버 가 너머 2층짜리 건물의 옥상에서 시마가 팔을 들어 손을 흔들고서는 다시 화살을 쏘기 위해 재빨리 몸을 돌렸다. 라비니아는 한때 페록스였던 잡석 더미에서 화살을 꺼냈다.

"이게 뭐야? 어떻게 한 거야?"

"마법이야. 그걸로 페록스들을 무찌를 수 있지만, 우리에게는 화살이 충분하지 않아. 그리고 우리는……."

옥타비아가 짧게 말하다 멈췄다. 라비니아의 손에 든 화살을 보니 머릿속에 좋은 생각이 떠올랐다. 옥타비아가 떠오르는 생각을 말했다.

"종."

"뭐라고?"

라비니아가 말했다.

"종이 필요한 거야?"

앨버스가 의심스럽게 말했다.

"아니, 아니야, 우리는 종소리가 울리는 걸 **멈춰야** 해. 언니 오빠가 종탑에 올라가. 가서 종들이 울리지 않게 멈춰 줘."

옥타비아가 화살을 잡고 있는 라비니아의 손을 그녀의 몸 쪽으로 밀었다.

"언니가 지날 수 없는 페록스를 맞닥뜨리면 그걸 써. 일곱 번째 종이 울리지 않고 있어서 페록스들은 지금 엄청 약해."

"어떻게 네가……."

"내 말을 들어!"

옥타비아가 아우구스투스의 말문을 막으며 소리쳤다.

"종소리가 울리자마자 페록스들이 만들어지는 거 못 봤어? 그게 카밀라의 주술이야. 언니 오빠가 그걸 멈춰야 돼!"

옥타비아의 목소리가 점점 흔들렸고 눈에는 눈물이 차올랐다.

"제발. 거짓말하는 게 아니라고 약속할게. 나는…….”

"알고 있어. 앨버스가 밖에서 온 네 친구에 대해 우리에게 말해 줬어. 의회가 하려 했던 짓에 대해서도. 우리는 루퍼스와도 얘기했어.”

라비니아가 말했다.

"그는 저쪽으로 가면 있어. 힐러와 함께.”

앨버스가 엄지손가락으로 그의 어깨 뒤를 가리키며 말했다.

"엄마는 헌터들과 함께 성문으로 갔어. 그들은 일이 생기기를 기다리고 있었어.”

"우리는 널 믿어. 우리가 도와줄게.”

라비니아가 말했다. 앨버스가 그 자리에 부모님이 있었다면 명백히 혼났을 말을 한마디 내뱉었다.

"종탑마다 밑에 경비병들이 있을 거야.”

"그러니까 그들을 지나칠 방법을 알아내야 하는 거지.”

아우구스투스가 말했다. 그는 한 손에 부러진 롤링 핀을 잡고 여전히 제빵사의 앞치마를 두르고 있었다. 게다가 머리부터 발끝까지 전신이 밀가루와 먼지로 뒤덮여 있었다. 그는 정말 우스꽝스러워 보였다. 그들은 모두 우스꽝스러운 꼴이었지만 옥타비아는 그들을 꼭 껴안고 놓고 싶지 않았다. 그들에게 엄마와 아빠는 잘 있는지 묻고 싶었으며, 그동안 있었던 모든 일에 대해 사과하고 설명하고 알려주고 싶었지만, 시간이 없었다. 라비니아가 말했다.

"오차드 게이트부터 가자. 그게 제일 가까워.”

"가. 최대한 빨리 가야 돼!”

옥타비아가 말했다.

"너는 같이 안 갈 거야?”

앨버스가 물었다. 옥타비아가 고개를 흔들었다.

"성벽 밖의 사람들……. 나는 그들에게 알려야 해. 그들을 막아야 해……. 그냥 가!"

"하지만 네가 뭘……."

앨버스가 옥타비아 뒤에 있는 무언가를 보자 말끝을 흐렸다. 옥타비아가 뒤를 돌았다. 시마가 사람들을 뚫고 오고 있었다. 그녀가 외쳤다.

"옥타비아! 그녀가 이쪽으로 오고 있어!"

"누가 온다는 거야?"

라비니아가 말했다.

"마법사."

시마가 말했다. 옥타비아가 그녀의 창을 더 단단히 잡았다.

"카밀라."

리버 가의 남쪽에서 들리는 소리가 바뀌었다. 그들은 여전히 페록스들과 맞서 싸우거나 그들에게서 도망가는 사람들의 비명 소리에 휩싸여 있었지만, 기묘한 차분함이 길 위로 번지면서 싸움 현장에서 나는 모든 소리를 먹먹하게 만들었다. 종들이 더욱 크게 울리는데도 사람들은 길 옆으로 서로를 밀치며 움직이고, 건물과 골목 안으로 성급히 들어가면서 길에서 비키려고 서로를 밀쳤다.

카밀라가 리버 가를 걸어 올라오고 있었다. 그녀는 그다지 빠르게 걷지 않았다. 그녀의 걸음걸이는 신중하게 계산돼 있었다. 한 걸음 내딛을 때마다 양손에 하나씩 쥔 종을 울려서 종들과 그녀의 팔찌와 목걸이에 달린 부적들이 같이 소리를 냈다.

그녀가 걸을 때마다 그녀 앞에 놓인 도로가 흔들리고 돌돌 말리고 솟아올라서 혹 모양이 되더니 이내 동물의 사지처럼 늘어졌으며, 주위에 흩어진 나무와 도구들과 깨진 유리들을 끌어당겨 반쪽짜리 페록스가 되었다. 몇몇 괴물들은 형태를 유지했다. 대부분은 만들어지자마자 분리됐다. 카밀라는 신경 쓰지 않는 듯했다. 그녀는 시선을 앞에 고정하고 불완전한 페록스가 몸부림치고 넘어져도 그대로 놔두고는 공포에 질려 울거나 그녀가 가는 길에서 황급히 비키는 사람들에게도 전혀 신경 쓰지 않고 계속 걸었다.

옥타비아가 라비니아를 붙잡아 도로에서 비켜나도록 밀었다. 앨버스와 아우구스투스가 따라갔다.

"지금 가야 돼. 종들을 멈춰야 해. 더 이상 기다릴 수 없어!"

라비니아가 말했다.

"그럴게. 우리가 종들을 멈출게."

"뭘 하든지 간에 멍청한 짓은 하지 마."

앨버스가 옥타비아에게 말했다. 옥타비아가 그를 향해 얼굴을 찌푸렸다.

"**오빠나** 멍청한 짓 하지 마."

그들은 사람들을 뚫고 얼마 안 가 시야에서 사라졌다. 아무도 눈치 채지 못했다. 모두가 카밀라가 다가오는 것만 보고 있었다.

"뭘 할 거야?"

시마가 물었다. 옥타비아가 대답했다.

"멍청한 짓."

시마가 눈썹을 치켜들었다.

"우리는 성문으로 달려가서 두 명의 강력하고 화가 난 마법사들 사이에 우리를 끼워 넣을 거야. 그 다음 계획은 아직 안 세웠어."

옥타비아가 말했다.

"아. 진짜 멍청하네. 가자."

시마가 어깨를 으쓱이며 말했다. 옥타비아가 그녀를 보고 크게 웃은 다음 손을 내밀었다. 시마가 그녀의 손을 잡고 뛰었다.

사람들은 카밀라 앞의 도로에서 비켜주고 있었고, 그래서 옥타비아와 시마는 일단 사람들을 뚫고 도로에 올라서자 훨씬 뛰기 수월했다. 얼마 안 가 옥타비아는 먼지를 뚫고 마침내 성벽의 상태를 자세히 볼 수 있었다.

와이번 게이트가 서 있던 곳에 커다란 구멍이 나 있었다. 성문과 그를 둘러싸고 있던 모든 돌들은 자갈 더미가 흩뿌려진 도로 위에 커다랗고 들쭉날쭉한 아치 모양의 통로를 남겨둔 채 완전히 부서져 있었다. 폭발의 위력으로 전쟁 이후에 목숨을 잃은 탐험가들을 기리는 다섯 개의 동상 중 세 개가 쓰러져 있었다.

성문 가까이에는 훨씬 사람들이 적었고, 대부분 잔해에서 나타난 페록스들과 싸우고 있는 경비병들과 헌터들이었다. 옥타비아는 마침내 리버 가 반대편의 한 건물 앞 계단에서 다친 경비병을 보살피는 루퍼스와 키케루스 마스터를 발견했다.

그녀가 막 루퍼스를 부르려던 찰나, 그녀의 눈에 휘몰아치는 먼지와 온갖 소란을 뚫고 주황색 머리카락이 순간적으로 보였다. 그녀는 하나를 찾으려고 몸을 이리저리 돌렸다. 하지만 하나가 아니었다.

엄마였다. 그녀는 고꾸라진 탐험가들의 동상들 근처에서 다른 헌터들과 커다란 페록스와 싸우고 있었다. 그녀는 더 이상 지팡이를 짚고 있지 않았다. 대신 그녀는 기다란 창을 이용해 너무나 신속하고 능숙하게 괴물을 찌르고 있었고, 다친 다리에 대해서 완전히 잊은 것 같았다.

옥타비아는 놀라서 입을 벌렸다. 엄마가 헌터들 중 가장 실력이 뛰어났기 때문에 그들의 리더가 됐었다는 사실은 알았지만, 그녀가 싸우는 모습은 한 번도 보지 못했었다. 엄마는 페록스가 휘두르는 발톱을 피해 그녀의 창을 페록스의 어깨에 꽂았다. 부드럽고 빠르게 창을 돌려 페록스의 관절을 탈구시켜 그것의 앞다리를 떼어냈다. 페록스가 땅으로 넘어졌고, 엄마가 다시 한 번 뛰어서 창을 다른 쪽 어깨에 꽂았다.

그 페록스는 쓰러졌지만 돌과 나무와 철제 성문의 뒤틀린 조각들이 빙빙 돌면서 커다란 뱀 형태의 또 다른 페록스가 그녀의 뒤에서 만들어지고 있었다. 그것은 점점 더 높아져 웬만한 성인 키의 두 배나 됐고, 엄마를 위에서 불길하게 내려다봤다. 엄마는 아직 눈치 채지 못하고 있었다. 페록스는 엄마를 공격할 수 있을 만큼 가까이 있었다.

옥타비아가 위험하다고 소리쳤지만, 모두가 소리 지르고 있었다. 그녀의 목소리는 주변 소음에 완전히 묻혔다. 그녀는 창을 들고 달리기 시작했다. 그녀의 머리 위로 화살이 한 방 날아갔지만, 뱀이 옆으로 몸을 구부리는 바람에 시마의 화살은 뱀의 옆구리에 튕겨나가 도로 위의 자갈들에 부딪혔다. 괴물의 거대한 머리에 달린 입이 크게 벌어지자 철로 된 검은 이빨들이 적나라하게 보였고, 크게 벌린 입으로 옥타비아의 엄마를 삼키려고 아래로 떨어졌다.

"안 돼!"

옥타비아가 비명을 질렀다. 그녀는 재빨리 앞으로 뛰쳐나가 부서진 돌 조각들 위로 몸을 날리며 있는 힘껏 창을 던졌다.

명중이었다. 창은 페록스의 머리 바로 아래에 있는 몸통에 완전히 파묻혔다. 괴물이 넘어지면서 턱이 닫혔고, 엄마는 괴물 아래로 비틀거리며 쓰러지려 했다. 하지만 그녀는 넘어지지 않았다. 그녀가 서 있던 곳에서 페록스가 산산조각 나는 동안 누군가가 엄마를 안전한 곳으로 끌어당겼다.

"하나야."

엄마가 말했다.

"안녕, 엄마."

하나가 말했다. 여전히 한 손으로는 엄마의 손목을 잡고 있으면서 그녀는 페록스에서 창을 뽑아내 옥타비아에게 다시 던졌다.

"어디 다쳤어?"

"하나야, 하지만 너는……."

엄마가 다시 말했다.

"나도 알아. 엄마한테 얘기해 줄 게 많지만, 일단……."

그녀는 갑자기 말을 멈추고 다시 엄마를 옆으로 끌어당겼다. 이번에는 부서진 성문을 통해 비토리아 안으로 밀려들어 오는 열 마리의 말들과 그 위에 탄 기수들에게 길을 내주기 위해서였다. 비토리아의 경비병들 중 한 명이 소리쳤다.

"그들이 들어온다!"

그의 목소리가 성벽과 광장을 둘러싼 건물들에 반사돼 근처에 있는 모든 사람들이 들을 수 있을 만큼 크게 울려 퍼졌다.

하지만 안으로 들어온 기수들은 공격하지 않고, 고삐를 잡아당겨 말들을 멈추게 한 다음 놀라움에 가득 찬 채 주변을 둘러봤다. 옥타비아는 몇몇 기수들이 아에테르나의 경비병들과 인부들이라는 걸 알아보았다. 그들은 놀라고 두렵고 심지어 그들이 달려든 이 혼란스러운 장면에 겁이 난 것처럼 보였다. 헌터들이 그들 주위를 포위해 나가라고 외쳐대는 동안 말들이 겁에 질려 히힝 거리고 울면서 페록스들을 피했다. 고양이 같은 페록스 한 마리가 한 말의 등에 올라타 거기 타고 있던 기수를 땅으로 끌어내렸다. 말과 사람 모두 비명을 질렀다. 페록스들이 기수들을 끌어내리기 시작하면서 엄마와 하나가 같이 괴물들에게 달려들어 괴물들을 막았다.

말을 탄 기수들 뒤로 사람들이 걸어 들어왔고, 그중에는 아그리피나도 있었다. 그녀는 성문을 통과해 광장으로 들어서면서 긴 창을 지팡이처럼 사용하며 천천히 걸었다. 거기서 그녀는 자기를 둘러싼 페록스들과 헌터들과 경비병들을 전혀 신경 쓰지 않고 멈춰 섰다.

그녀의 표정은 차분했다. 그녀의 지지자들은 마법사의 무기가 비토리아에 가한 파괴의 흔적에 놀랐을 수도 있지만, 아그리피나는 놀라지 않았다. 그녀는 주위에서 벌어지는 싸움조차 눈치 채지 못한 듯했다. 그녀는 자연스럽게 창에 기댔다. 하나밖에 없는 그녀의 초록색 눈은 리버 가가 두 개의 부서진 동상들의 잔해를 가로질러 광장과 만나는 지점에 고정돼 있었다.

카밀라가 도착했다. 그녀는 양손에 종을 들고 부서진 돌로 된 기념비들 사이에 섰다. 그녀가 종을 한 번 울렸을 뿐인데 그 소리는 그 모든 혼란에도 불구하고 똑똑히 들릴 정도로 컸다. 오직 가까이에 있는 소수의 페록스들만 마치 개들이 주인의 부름에 답하는 것처럼 그녀를 향해 곧바로 몸을 돌렸다. 그녀는 주변에서 기함하면서 그녀를 가리키고 피했던 사람들의 주의를 끌며 종들을 다시 울렸다.

그녀가 세 번째로 종을 흔들었을 때는 성벽에 달린 종들과 정확하게 같은 순간에 울려, 옥타비아가 이를 덜덜 떨 정도로 광장 전체에 크게 울려 퍼졌다. 그 소리는 헌터들과 경비병들과 힐러들과 여전히 말들을 진정시키려고 애쓰는 아그리피나의 지지자들과 근처에 있는 모든 사람들을 훑었고, 그들을 아주 잠깐 동안 침묵시켰다. 리버 가 아래와 마을의 다른 구역은 여전히 소란스러웠지만, 저녁 종들이 계속 울리면서 아주 잠깐 동안 와이번 게이트 앞의 광장에서는 카밀라의 종소리만 점점 작게 울려 퍼지며 정적이 깔렸다.

"아주 좋구나."

아그리피나가 말했다. 그녀는 창끝으로 땅을 두 번 두드렸다.

"네 통제력은 꽤 나아졌어, 내 생각에는."

"당연하지."

카밀라가 말했다. 그녀는 혐오스럽다는 듯이 코를 찡그리며 완전히 뭉개진 야채 수레의 잔재들을 밟고 앞으로 나아갔다. 그녀 주위의 거리에 있는 자갈들이 마구 떨리고 뒤틀렸지만, 그들은 더 이상 아무런 형태도 띠지 않고 연못에 이는 잔물결처럼 오직 그녀 주위로 잔잔한 파도처럼 퍼졌다.

"나는 내 주술을 몇 년 동안이나 연마해 왔어. 언니가 일으킨…… 이 작은 혼란을 두고 언니도 마찬가지라는 말은 차마 못하겠군. 더 교활한 방법들은 그만두고 단순히 모든 방해물을 부숴버리기로 했나 보지?"

카밀라 뒤편의 건너편 거리에서는 루퍼스가 키케루스 마스터가 몸을 일으키는 것을 도왔다. 키케루스가 광장 안으로 몇 발자국 걸어갔다. 아무도 차마 움직일 수 없었다. 심지어 페록스조차도.

"카밀라, 아그리피나. 왜 이런 짓을 하는 거지?"

키케루스 미스터가 말했다. 그의 목소리는 충분히 들릴 만큼 컸지만, 두 여자 모두 그의 말이 안 들리는 것 같았다.

"교활한 방법이라니, 마을 사람들 모두를 무지와 공포의 벽 안에 가둬 놓는 걸 말하는 건가?"

아그리피나가 물었다. 카밀라가 웃었다.

"나는 그런 속임수는 필요 없어. 전쟁 중에는 속임수를 그렇게 좋아했으면서. 두려움에 벌벌 떠는 난민들에게는 도와주겠다고 했으면서 전염병을 퍼뜨리는 것처럼 말이야."

"나는 정말로 그들을 도우려 했어."

아그리피나가 말했다.

"나는 그들이 그만 싸우기를 바랐을 뿐이야."

"그러면 통했네. 내가 보기에, 죽은 사람들이 싸울 수는 없지."

"그들이 죄수라는 사실도 모르는 죄수들도 마찬가지야."

아그리피나가 환한 오후 햇빛 아래서 볼 수 있는 비토리아의 광경을 둘러보며 창을 들어 그녀의 몸을 따라 한 바퀴 휘둘렀다.

"우리가 어떻게 생겼든, 그들을 잡은 자가 얼마나 친절하게 대하든, 이런 걸 항상 원했었잖아, 아니야? 사람들이 네 잔인함에 감사하며 너 스스로는 선심을 베풀었다고 생각하는 것."

"카밀라, 아그리피나. 비토리아 사람들은 너희의 끝나지 않은 전쟁을 위해 쓰이는 물건이 아니야."

키케루스가 한 발자국 더 앞으로 나서며 말했다.

"더 이상의 폭력은 필요 없어."

"당신 의견은 필요 **없어**. 언니가 우리의 집을 공격했어. 그녀를 그냥 보내주지는 않을 거야."

카밀라가 그를 쳐다보지도 않으며 말했다. 두 자매가 작은 광장을 사이에 두고 서로 마주보고 있자니 그들의 비슷한 생김새가 더욱 돋보였다. 그들 가운데가 바로 첫눈이 내리기 하루 전날 윌라가 브람의 시신을 안고 울던 곳이었다. 또 다른 목소리가 카밀라 뒤의 사람들 속에서 들려왔다.

"그가 맞아요, 카밀라 이모, 엄마. 그만하세요."

플라비아 마스터가 지나가도록 사람들이 길을 비켜 줬다. 그녀는 줄곧 리버 가를 뛰어온 것처럼 거칠게 숨을 몰아쉬었다. 셔츠는 찢어져 있었고, 그녀의 얼굴은 땀과 먼지 범벅이었다. 아그리피나가 소리쳤다.

"플라비아! 내 딸, 너무 오랜……."

플라비아가 날카롭게 말했다.

"멈추셔야 돼요. 주변을 보세요. 당신이 가한 해를 보시라고요."

"나는 필요한 걸 했을 뿐이란다."

아그리피나가 말했다.

"네 싸움이 아니야. 물러나 있어."

카밀라가 말했다. 플라비아가 반박했다.

"애당초 싸울 필요도 없잖아요. 당신들 말고는 여기 있는 사람들 중 아무도 싸우고 싶어 하지 않아요. 당신들의 이유도 벌써 50년도 더 된 전쟁과 관련된 과거의 일이에요."

"그녀가 옳아. 그녀 말을 들어. 멈출 수 있어."

키케루스가 말했다. 플라비아가 말을 이었다.

"엄마, 제발요."

옥타비아가 앞으로 걸어 나갔지만 곧 멈췄다. 그녀는 뭘 어떻게 해야 할지 몰랐다. 아그리피나와 카밀라는 세상에 자기들 말고 다른 사람들이 존재한다는 사실을 잊은 것처럼 서로를 노려보고 있었다. 그들 옆에 서 있는 플라비아와 키케루스, 땅에 무너져 버린 기념비들, 여전히 울리고 있는 저녁 종들, 비토리아, 모든 파괴와 혼돈과 공포의 현장은 그들에게서 완전히 사라진 듯했다. 똑같은 초록 구슬 같은 눈을 가진 두 명의 나이 든 여자들과 그들이 서로 주고받은 상처들과 그들 사이의 50년도 더 된 전쟁에서 처음 피어난 가족과 마법과 증오와 공포가 한데 뒤엉킨 보이지 않는 실만 남았다.

그 순간은 카밀라가 갑자기 고개를 들고 말을 하면서 깨졌다.

"왜 멈추는 거지?"

그때 비로소 옥타비아는 그들을 둘러싼 소란이 바뀌었음을 눈치 챘다. 사람들이 싸우고 도움을 요청하는 소리가 여전히 리버 가의 저 밑에서 들렸지만, 마을은 대체로 조용해졌다.

옥타비아는 한 바퀴 돌아보면서 모든 방향에서 나는 소리에 귀 기울였다. 이제는 더 적은 종들만 울리고 있었다. 오차드 게이트 쪽에 있는 종탑은 조용했고, 남아 있는 것들의 종소리도 점점 박자가 맞지 않으면서 서로 불협화음을 만들어내고 있었다. 아그리피나가 놀리는 듯한 목소리로 말했다.

"어머나, 네 그 영리한 계획이 얼마나 쉽게 망가지는지. 네 종들이 울리지 않으면 뭘 할 수 있겠니."

"왜 멈추는 거냐고? 누가 그러는 거야?"

카밀라가 분노에 가득 찬 목소리로 다시 따졌다. 그녀는 들고 있던 종 두 개 중 하나를 들어 올려 대기하고 있던 페록스들을 향해 울렸다. 종은 크게 울렸고, 세 마리의 괴물들은 그에 반응하며 머리를 들었다. 카밀라는 다시 종을 울렸고, 페록스들은 주변 사람들을 공격하지는 않았지만 그들을 뚫고 움직이기 시작했다. 사람들은 고함을 지르고 울면서 이리저리 휘두르는 발톱을 피해 비켜섰다. 그녀는 그들을 종탑으로 보내고 있었다. 그녀는 페록스들을 옥타비아의 형제 자매들에게 보내고 있었다.

"안 돼! 그럴 수는 없어!"

옥타비아가 외쳤다. 그녀는 죽은 탐험자들의 이름이 새겨진, 이제는 땅에 떨어진 기념비들의 조각을 넘으면서 창을 들고 광장 안으로 돌진했다. 그녀는 가장 가까운 페록스를 향해 달리면서 그것을 향해 창을 던졌지만, 뒷다리 하나만 맞추었을 뿐이다. 다리가 떨어져 나가 페록스가 비틀거렸고, 옥타비아는 그 기회를 틈타 페록스에게 더 가까이 다가가 가운데를 노리려고 했다. 그녀는 시마의 활이 탕 하고 튕기고 머리 위로 시마의 화살이 휙 날아가는 소리를 들었다. 창을 페록스 몸 깊숙이 찔러 넣고 그것이 움츠러드는 중에 처음에는 화살 하나가, 그 다음에 또 다른 화살이 두 번째 페록스의 목구멍에 명중하는 것이 보였다. 그것은 잔해 무더기로 분해됐고, 옥타비아는 그 부스러기 잔해들을 넘어 세 번째 페록스를 쫓아갔다. 하지만 그녀가 세 번째 페록스를 따라잡기 전에 카밀라가 그녀의 길을 가로막았다.

"너. 무슨 짓을 하는 거야?"

"그녀는 너를 막고 있잖아. 너는 고작 어린애한테 당하고 있는 거야."

아그리피나가 대신 말했다. 카밀라는 그녀의 말을 듣고 있지 않았다. 그녀는 분노로 얼굴이 붉으락푸르락 변해 옥타비아에게만 정신이 팔려 있었다.

"우리가 공격받고 있는 걸 모르겠니? 너는 우리의 **적을 돕고** 있다고!"

시마의 또 다른 화살이 머리 위로 날아가 세 번째 페록스의 목구멍을 맞혔다. 그것도 잔해 부스러기로 변하기 시작했다. 플라비아가 말했다.

"옥타비아는 진짜 적이 누구인지 잘 알고 있는 것 같군요. 이 짓을 멈추세요, 카밀라."

카밀라가 몸을 돌려 플라비아를 마주보고 눈을 가늘게 떴다.

"네가 **나한테** 명령을 한다고?"

그녀는 팔을 들어 올려 종 두 개를 한꺼번에 부딪치며 엄청나게 큰 소리를 냈고, 곧이어 부서진 성문과 주위의 모든 무너진 건물들에서 커다랗고 강력한 돌들이 빠져나왔다. 그녀의 발밑에 있던 거리는 돌들과 흙더미 분수처럼 솟구쳤다. 잔해들은 곰만 한, 아니 그보다 더 큰 페록스로 변했고, 흰 철제 발톱과 나무 파편들로 이루어진 이빨을 가지고 있었다. 그것은 뒤로 물러나더니 플라비아에게 돌진했다.

몇 가지 일들이 한꺼번에 일어났다. 페록스는 거대한 앞발을 플라비아를 향해 휘둘렀다. 키케루스 마스터가 플라비아를 밀쳤다. 그녀는 비틀거리며 넘어졌고, 괴물의 가격 범위 밖으로 밀려났다. 아그리피나가 분노에 가득 찬 소리를 지르며 카밀라를 향해 창을 휘둘렀다. 옥타비아도 그녀의 창을 휘두르며 앞으로 뛰어갔고, 시마의 화살 하나가 쑥 날아가면서 활이 팅기는 소리가 났다. 창과 화살 모두 괴물에 명중했지만, 이미 그것의 발톱이 키케루스 마스터의 복부와 가슴을 찢고 난 다음이었다.

상처에서 피가 솟구쳤다. 플라비아가 울부짖었고, 쓰러지는 키케루스를 부축하려고 루퍼스가 쏜살같이 앞으로 달려 나왔다. 페록스는 옥타비아의 창과 시마의 화살 주위부터 시작해 분해되기 시작했다. 그러면서도 그것은 다시 한 번 앞발을 내리치려고 들어 올렸지만, 내리치기도 전에 그 앞발이 떨어져 나갔다. 괴물의 잔해가 쏟아져 내리며 플라비아를 덮쳤고, 루퍼스는 키케루스 마스터 위로 몸을 구부렸다. 아그리피나는 창을 카밀라의 가슴 가운데 찔러 넣은 채 그들 앞에 서 있었다.

카밀라가 작게 숨이 막힌 듯한 소리를 내며 가슴에 꽂힌 무기를 움켜쥐었다. 아그리피나가 몸을 약간 뒤로 물리면서 창을 다시 빼냈고, 카밀라는 페록스 잔해들 위로 고꾸라졌다. 가슴에서 피가 쏟아져 나오는 동안 그녀는 무릎을 꿇은 채 몸을 떨었다.

"뭐야? 이게 뭐……?"

가쁜 숨보다 약간 큰 목소리로 그녀가 말했다. 천천히, 아주 천천히 그녀는 옆으로 털썩 쓰러져 움직이지 않았다.

아그리피나는 창을 돌려 다시 거기에 기대 섰다. 그녀가 말했다.

"자, 더 이상 두려워할 필요 없어."

루퍼스가 키케루스 마스터 옆에 무릎을 꿇고 있었다. 그의 떨리는 손은 이미 피로 붉게 물들어 있었고, 얼굴은 눈물 범벅이었다. 키케루스는 움직이지 않았다. 눈도 깜박이지 않았고, 숨을 들이마시지도 않았으며, 완전히 상처 투성이인 가슴은 움직이지 않았다. 피도 더 이상 흐르지 않았다. 플라비아가 루퍼스 옆으로 기어가 덜덜 떨리는 손가락으로 키케루스의 얼굴을 부드럽게 만지고 눈을 매만졌다. 그는 죽었다. 옥타비아는 그녀의 고통스러운 표정에서 키케루스의 숨이 멎은 것을 알았다. 키케루스 마스터는 죽었다.

침묵이 광장을 덮었다. 한동안 너무 조용해서 옥타비아는 그녀 주위의 사람들이 숨을 쉬고 두려워하고 여전히 지켜보며 기다리는 소리까지 들을 수 있었다. 더 이상 종이 울리지 않았다. 마지막 종마저 조용해졌다. 이제 더 이상 페록스는 없었다.

플라비아가 카밀라를 보고 그 다음에는 자신의 엄마를 바라보면서 눈이 커졌다.

"엄마, 무슨 짓을 한 거예요?"

플라비아가 말했다.

Chapter 24

침묵 이후

아그리피나가 두 팔을 벌리고 플라비아를 향해 다가갔다.

"우리 아가, 너무 오래 됐구나. 하지만 이제 다 끝났어. 그녀는 더 이상 거짓말로 너를 가둬 놓을 수 없어."

플라비아가 키케루스 마스터의 옆에 무릎을 꿇은 채 아그리피나를 올려다봤다. 그녀의 거무뎅뎅한 얼굴 위로 눈물이 흘렀다.

"저는 계속 여기 있었어요. 우리는 항상 여기 있었어요."

"안단다. 그래서 내가 왔잖니. 비토리아를 구하기 위해 너무 오래 기다렸구나."

"구했다고? 당신은 우리 마을을 부쉈어!"

누군가가 말했다. 옥타비아는 누구였는지 볼 수 없었다.

"저 사람들은 도대체 어디서 온 거야?"

누군가 외쳤다.

"이 사람들은 누구야?"

다른 사람이 말했다.

"뭘 원하는 거지?"

사람들이 점점 가까이 몰리면서 질문들은 점점 많아지고 분노에 가득 찬 듯했다. 그들은 주먹을 불끈 쥐고 무기들을 들어 올렸다. 경비병들 무리와 헌터들이 경계한 채 말에서 내려오지도 않고, 무기들을 내리지도 않은 아그리피나의 사람들을 둘러쌌다.

"저들은 밖에서 온 거야!"

"전염병을 퍼뜨리러 온 거야?"

"밖에 더 많이 있어!"

"계속 싸울 이유는 없습니다. 우리는 여기 당신들을 도우러 왔어요."

아그리피나가 말했다. 그녀는 마치 주위 사람들의 분노를 전혀 모른다는 듯이 이상하게도 차분한 목소리로 말했다. 플라비아가 고개를 저었다.

"아니에요. 아니야, 엄마. 이건 도움이 아니에요. 이건 공격이에요. 사람들이 죽었어요."

"진실을 위해서는 어쩔 수 없는 희생이었어."

아그리피나가 말하면서 카밀라를 내려다봤다. 카밀라의 가슴은 더 이상 숨을 들이마시려 움직이지 않았고, 상처에서도 피가 흐르지 않았다. 카밀라는 죽었지만, 아그리피나의 표정에는 후회도 슬픔도 승리의 감정도 들어 있지 않았다. 그녀는 마치 친동생을 죽이는 일이 파리 한 마리가 앉았다 날아가면서 생기는 잔물결에 지나지 않는다는 듯 고요한 표정을 지었다.

하나에게 완전히 기대어 일어나는 엄마의 몸 곳곳에 난 상처가 보였다.

엄마가 분노로 가득 찬 목소리로 말했다.

"어떻게 감히? 어떻게 감히 우리 마을을 공격해 놓고 그걸 도움이라고 말할 수 있지? 감히 어떻게 우리의 나이든 사람들을 죽여 놓고 필요한 일이었다고 말할 수 있지?"

사람들 속에서 엄마 말에 동의하는 목소리들이 흘러나왔다. 사람들은 아그리피나의 사람들을 말에서 끌어내리고 무릎을 꿇리기 시작했으며, 그들의 손에서 무기들을 빼앗았다. 그들은 당황해서 아그리피나가 그들에게 뭔가 지시를 내려주기를 기다렸지만, 그녀는 그들을 돌아보지도 않았다. 그들을 완전히 잊어버린 것 같았다. 아그리피나는 엄마를 바라보며 미소 짓고 있었다.

"당신이 하나의 어머니이신가요? 굉장히 많이 닮으셨군요. 하나는 우리가 이런 방식으로 돌아와야만 했던 이유를 이해한답니다."

"이렇게는 아니에요! 이렇게 하실 필요는 없었잖아요."

하나가 말했다. 땅바닥에서 버둥거리는 사람들에게 그녀가 말했다.

"그들과 싸우지 마세요! 해치지 않을 거예요! 엄마, 저 사람들에게 해치지 않을 거라고 얘기해 주세요. 저들은 전사들이 아니에요. 어떻게 싸우는지도 거의 몰라요."

엄마가 눈을 가늘게 떴다.

"저들이 전사들이 아니면 도대체 왜 마법사를 도와 전쟁을 일으키러 비토리아에 온 거지?"

"그러려고 온 게 아니라고요!"

하나가 울부짖었다. 아그리피나가 웃었다.

"흠, 그런가? 하나 당신은 여태까지 비토리아 사람들이 이성적으로 생각하지 않을 거라는 걸 알고 있었잖아. 당신이 고향에 대해 말해 준 걸 나는 그대로 믿고 있었는데 말이야. 하나야말로 제가 이 방식을 선택하게 된 가장 큰 이유랍니다."

사람들은 점점 더 화가 나고 시끄러워지고 있었다. 옥타비아는 점점 퍼지는 중얼거림과 불편함, 더 많은 사람들이 주먹을 불끈 쥐고 어깨를 모으면서 긴장감이 올라가는 걸 들을 수 있을 뿐만 아니라 느낄 수도 있었다. 그녀는 **반역자**, **거짓말쟁이**, **마법사**, **살인자** 등 온갖 단어들과 비난들이 번개구름처럼 모여드는 것을 들었다. 한 번 잘못 움직이거나 잘못 말했다가는 싸움이 다시 벌어질 것도 알았다. 그녀는 뭘 해야 할지 몰랐다.

엄마가 아그리피나 몇 발자국 앞에 서게 될 때까지 비틀거리며 앞으로 나아갔다.

"당신은 우리가 멍청하다고 생각해?"

소리를 치지는 않았지만, 엄마 목소리는 지난 세월 동안 헌터들을 효과적으로 이끌 수 있었던 만큼 또렷하고 힘찼다.

"당신은 우리가 그런 말을 믿을 정도로 심각하게 멍청할 줄 알았어? 마법으로 이 땅 전체를 무릎 꿇게 만들었던 그 대단하고 무시무시한 아그리피나가 고작 스물한 살밖에 안 된 여자애 말에 휘둘렸다고?"

"마법사는 거짓말쟁이다!"

누군가 외쳤고, 그에 동의하는 사람들이 수군거렸다.

"거짓말을 한 건 제가 아니랍니다."

아그리피나가 말했다. 그녀는 여전히 차분함을 유지하려고 노력했지만, 잔뜩 경계를 하며 빠르게 사방의 시선들을 살폈다. 여전히 경비병들과 마을 사람들에 의해 땅에 포박돼 있는 그녀의 지지자들은 풀려나려고 몸부림치고 있었지만, 전보다는 덜 움직였다. 다른 사람들처럼 그들도 아그리피나를 바라보면서 그녀의 말을 듣고 있었지만, 그녀는 여전히 그들을 무시했다. 그녀가 말했다.

"카밀라가 당신들에게 거짓말을 했어요. 그녀는 당신들에게 50년 동안 거짓말을 했죠. 이제 당신들은 뭐가 진실이고 뭐가 거짓말인지 분간도 못하는, 마치 악몽에서 깨어나는 어린아이들처럼 행동하는군요. 비토리아가 성벽 너머에 펼쳐진 광활한 세계에 눈 뜨게 하는 일이 쉽지는 않겠지만, 제가 여러분을 이끌어 나갈 수 있어요."

옥타비아는 더 이상 침묵을 지킬 수 없었다.

"우리는 또 다른 마법사 따위 필요 없어요! 우리는 당신 따위 필요 없다고요!"

사람들이 동의하며 소리쳤다.

"우리는 저 여자가 필요 없어!"

"우리는 당신을 환영하지 않아!"

"그녀를 때려 눕혀!"

"그녀는 너무 위험해!"

"잠깐."

플라비아가 말했다. 그녀는 키케루스 마스터 옆에 무릎을 꿇은 채 한동안 조용했지만, 이제는 루퍼스의 부축을 받으며 서 있었다. 그녀는 한 손을 들고 군중이 조용해지기를 기다리며 주위를 둘러봤다.

"우리가 세상에 대해 너무나 모른다는 건 사실이고, 우리가 굉장히 오랫동안 상당한 거짓말을 믿어 온 것도 사실입니다. 하지만 그렇다고 우리가 이전과 같은 실수를 저지를 것이라는 뜻은 아니죠."

플라비아가 말했다. 그녀가 옥타비아를 보고 진지하게 고개를 끄덕였다.

"옥타비아가 맞아요. 또 다른 마법사는 필요하지 않아요. 우리는 이미 과거로 남겼어야 하는 전쟁을 이어나가야 할 필요도 없어요. 우리는 당신을 원하지 않아요, 엄마. 엄마는 여기서 환영받지 못해요."

한동안 정적이 흘렀고, 누군가가 말했다.

"그녀를 풀어 줄 수 없어!"

다른 사람이 외쳤다.

"그녀는 그녀가 저지른 짓에 대한 대가를 치러야 해!"

"저들 모두가!"

플라비아가 옥타비아의 엄마를 바라보았고, 아주 오랫동안 두 사람은 아무 말도 하지 않은 채 옥타비아가 이해할 수 없는 무언의 대화를 나눴다. 엄마가 살짝 고개를 끄덕이자 플라비아는 손을 들어 군중을 다시 침묵시켰다.

"그럴 겁니다."

플라비아가 말을 이었다.

"비토리아가 입은 손해는 엄청나고, 우리는 그에 대한 보상을 요구할 거예요. 하지만 우리는 무분별한 폭력에만 반응하는 마법사들이 아닙니다. 특히 우리 마을이 이렇게 돌 더미로 둘러싸여 있을 때는 더더욱."

"마법사와 그녀를 지지하는 사람들은 감옥에 가둘 겁니다. 비토리아를 재건하고 다시 안전하게 만드는 데 집중하기 위해서요."

엄마가 말했다. 그녀는 헌터들 무리에게 손짓했다.

"아그리피나와 그녀를 따라 비토리아에 들어온 사람들을 의회 회관으로 데려가세요. 그들은 응당 대가를 치를 겁니다."

그리고 하나에게 몸을 돌려 말했다.

"밖에 남아 있는 사람들이 우리를 해칠 의도가 없다는 것을 확실히 해야 돼. 아무리 그들이 공격에 가담하지 않았다고 하더라도."

하나가 재빨리 말했다.

"알아요. 그들은 아무 문제도 일으키지 않을 거예요. 마법사들의 무기도 포기할 거예요. 어쨌거나 사용할 줄도 몰라요. 그들은 마법사들이 아니에요. 그냥 사람들이에요, 각지에서 모여든 사람들. 그들은 전사가 아니라고요. 경비병들이 지금 당장 가서 무기들을 가져와도 돼요. 확실히 하고 싶으시면 저를 그들과 함께 가둬 놓으셔도 돼요. 우리는 더 이상 문제를 일으키지 않아요."

"어떻게 확신할 수 있지? 저들은 우리 엄마를 따라 이 먼 곳까지 왔어."

플라비아가 물었다.

"그들은 비토리아에 대해 아그리피나가 한 얘길 믿었기 때문이죠."

하나가 부탁하며 말했다.

"당신은 이해하잖아요, 그렇죠? 마법사가 한 약속 때문에 사람들 마음이 얼마나 해이해질 수 있는지를."

플라비아가 그녀를 뚫어져라 바라보더니 고개를 끄덕였다.

"오늘은 더는 싸울 수 없어. 우리 도시가 이렇게 망가지고 약한 상태에 있을 때는."

그녀가 헌터들에게 손짓했다.

"우리 엄마와 이 사람들을 의회 회관으로 데려가세요."

"하지만 난 널 구해 줬잖니."

아그리피나가 작게 말했다. 플라비아가 돌아서기 전에 그녀를 동정 어린 눈빛으로 봤다.

"우리는 해야 할 일이 많아요. 다친 사람들을 보살필 힐러들이 필요하고, 집이 망가진 사람들이 밤을 보낼 곳을 마련해야 돼요. 어거스타, 수색대를 조성해 줄래요?"

엄마가 빠르게 고개를 끄덕이고 대중들에게 연설을 하기 위해 목소리를 높였다.

"다치지 않았거나 마을을 수색할 수 있다면, 가장 손상이 심한 성벽 가까이 있는 건물들부터 시작해 마을 중앙 방향으로 알아봐 주세요."

사람들 끄트머리에서 누군가가 외쳤다.

"무슨 소리가 들려요! 누군가 이 건물 안에 갇혔어요!"

갑자기 모두가 다시 움직였다. 힐러 두 사람이 키케루스와 카밀라의 시신을 치우려고 앞으로 나왔다. 시신을 옮기면서 그들은 조용히 루퍼스에게 말을 걸었으며, 일이 끝나자 부드럽게 그를 다른 곳으로 이끌었다. 헌터 무리가 아그리피나와 그녀의 지지자들을 데려가려고 그들을 둘러쌌고, 하나는 몇몇 경비병들과 함께 다른 사람들을 데려오려고 밖으로 나갔다. 사람들이 이리저리 밀치고 중얼거리고 불평하는 소리가 들렸지만, 페록스, 아그리피나, 그리고 낯선 사람들이 없는 상황에서는 더 이상 맞서 싸울 사람은 없었고 도움이 필요한 사람들만 넘쳐났다. 시마가 옥타비아의 팔을 건드렸다. 그녀가 조용히 말했다.

"가자. 우리도 도울 수 있어."

파괴되거나 피해를 입은 건물들 안에서 생존자들을 찾는 일은 더디고 어려웠다. 플라비아 마스터가 성벽과 가장 가까이에 있는 많은 사람들에게 경고를 전했지만, 모두가 제때 대피할 수 있던 것은 아니었다. 옥타비아는 오후 내내 그리고 저녁까지 시마와 같이 일했다. 아무도 무너진 건물들 안으로 두 사람이 들어가게 허락하지 않았다. 그래서 그들은 다친 사람들을 힐러에게 데려가고 서로 떨어진 친구들과 가족들을 상봉하게 하는 것을 도왔다.

사람들을 안전한 곳으로 데려다 줄 때마다, 아이들을 다시 데려와 줘서 고맙다고 말하는 부모님들을 볼 때마다, 실종됐거나 죽었다고 생각했던 사람을 다시 원래 있어야 할 장소로 데려다 줄 때마다 힘든 하루를 버틸 보람과 작은 희열을 느꼈다. 누군가가 가로등을 켜라고 외치기 전까지 옥타비아는 빛이 점점 사라져 가는 줄도 모르고 있었지만, 일은 밤에도 이어졌다. 완전히 깜깜해졌을 때 하나와 다른 몇몇 사람들이 음식과 물을 가져오기 시작했다.

"나는 언니가 다른 사람들이랑 같이 갇힐 줄 알았어."

하나의 미소가 흔들렸다.

"나도 그럴 줄 알았는데, 저마다 할 일이 너무 많아서 내가 거기 계속 같이 있었다는 걸 다들 잊어버린 것 같아. 이제는 여기서 나도 도울 수 있어."

옥타비아는 정말로 모두 하나에 대해 잊어버렸을지 의심이 됐지만, 사람들이 아직 그녀를 어떻게 대해야 할지 확신이 서지 않은 것만큼은 분명해 보였다.

하나는 옥타비아에게 마지막 고기 파이를 내밀었다.

"아빠가 만든 거야, 너도 맛있다는 걸 알잖아."

옥타비아는 음식이 눈앞에 오기 전까지는 얼마나 배가 고픈지 모르고 있었다.

"아빠를 봤어?"

하나가 한숨을 쉬었다.

"응. 아빠는 울고는 나중에 얘기하자고 했어."

과연 아빠다웠다.

"그런데……."

그녀는 길 아래 엄마가 여전히 걸어 다니며 사람들에게 지시를 내리는 곳을 쳐다봤다. 그녀는 몇 시간 동안 서 있었다. 지금쯤 다리가 무척 아플 것이다. 하지만 그녀는 약한 모습을 보이지 않았다. 옥타비아가 지난 몇 달 동안 본 엄마의 모습 중 가장 활동적이었다.

"괜찮을 거야. 우리는 괜찮을 거야."

하나가 옥타비아의 어깨를 두드렸다.

"모두가 음식을 받았는지 확인하러 가야겠어. 이거."

그녀가 파이 하나를 더 옥타비아에게 건넸다.

"루퍼스에게 줘. 저기 있어. 힐러들도 쉬어야지."

둘 다 너무 바빠서 옥타비아는 지난 몇 시간 동안 루퍼스와 몇 마디밖에 하지 못했다. 그녀는 먼저 따뜻한 불가에서 차를 가득 채운 커다란 점토 컵을 가져와 하나가 가리킨 방향으로 향했다. 그리고 벽에 등을 기대고 땅바닥에 앉아 있는 루퍼스를 찾았다. 그녀가 다가가도 그는 올려다보지 않았다. 그의 옆에 앉아도 그는 반응하지 않았다. 돌은 차가웠고 그녀는 지쳐 있었다. 움직이지 않자 냉기가 옷깃에 스며들고 피곤함이 온 몸에 내려앉았다.

"자, 네 거야. 우리 아빠가 만든 파이야."

그녀가 말하면서 그의 양손에 파이를 밀어 넣었다. 그는 파이를 받았지만 아무 말도 하지 않았다. 그녀가 다시 말했다.

"여기 차도 있어."

"고마워."

루퍼스가 조용히 말했다. 하지만 그는 여전히 먹지 않았다. 옥타비아는 무력감에 속이 상했다. 그녀는 차를 한 모금 홀짝이고 가로등 불빛에 비친 루퍼스를 한동안 바라보았다. 그의 옷은 더럽고 얼룩이 졌으며, 얼굴은 거뭇거뭇하고 머리는 사방으로 뻗쳐 있었다. 눈은 빨갛게 충혈되어 있었지만, 눈물은 닦아내 보이지 않았다. 그의 손은 깨끗한 분홍빛으로 잘 닦여 있었다. 키케루스 마스터는 항상 힐러라면 손을 깨끗이 해야 한다고 단호하게 말했었다.

"너…… 괜찮아?"

그녀가 물었다. 루퍼스가 할 대답을 알았지만, 달리 건넬 말이 없었다. 루퍼스가 어깨를 으쓱 했다. 옥타비아가 말했다.

"뭐 좀 먹어야 돼. 배고플 거야."

한숨을 쉬며 루퍼스는 고기파이를 한 입 베어 물었다. 그는 천천히 씹어서 삼켰다.

"곧 있으면 의무실로 돌아갈 거야. 밖에서 사람들을 치료하기에는 너무 추운데다가 많은 사람들이 우리를 위해 자기 집과 가게를 내어 줬어."

"너…… 다른 힐러들이랑…… 괜찮아? 도움은 충분해?"

옥타비아가 띄엄띄엄 질문했다. 루퍼스가 거친 목소리로 말했다.

"우리가 할 수 있는 걸 하고 있어. 너도 알다시피 우린 대부분 그가 길러냈잖아. 그래서 우리도 알고 있어……."

그가 말끝을 흐렸다. 그는 잠시 다른 곳을 보면서 코를 훌쩍이고 목을 가다듬었다.

"뭘 해야 할지 우리도 알고 있어. 키케루스 마스터가 우리한테 지시했을 일을. 그래서 우리는 해야만 해."

옥타비아가 조용히 말했다.

"하고 있잖아. 그는 너희 모두를 잘 훈련시켰어."

"자꾸 잊어버리게 돼. 그가 다른 사람들을 도우러 잠시 자리를 비웠다고 생각하면서 뭘 물어보려고 자꾸 올려다보게 되는데, 그러다가 기억하게 돼……. 그가 죽었다니 믿을 수 없어."

루퍼스가 말했다. 그는 먹는 동안 조용해졌고, 옥타비아는 그의 옆에 머물렀다. 그녀는 루퍼스가 키케루스 마스터의 죽음을 더 쉽게 받아들일 수 있도록 해 줄 말이 없다는 것은 알고 있었다. 그래도 그녀는 그를 혼자 두지 않을 생각이었다. 그녀는 차를 나눠 마시고 그의 옆에 앉아서 몇 시간 만에 처음으로 마을의 다른 곳에서 생기고 있을 일에 대해 생각했다. 그들이 여기에 도우러 왔을 때 들었던 것, 어떤 일이 일어나고 있는지에 대해 그들이 들은 것, 그들이 믿는 것, 그들이 루머 혹은 거짓말이라고 무시했던 것. 그녀는 지금부터라도 모두가 카밀라가 죽었고 아그리피나가 살아 있으며, 의회 회관에 갇혀 있다는 사실을 알아야 한다고 생각했다. 그 사실을 어떻게 받아들이느냐는 완전히 다른 문제였다.

발을 질질 끌며 걸어오는 소리가 들렸고, 시마가 옥타비아의 다른 쪽에 털썩 주저앉았다. 그녀는 아직 김이 나는 따뜻한 파이를 손에 들고 있었다. 그녀는 벽에 등을 기대면서 피곤한 듯 신음 소리를 냈다.

"저기 있는 남자애가 자꾸 나한테 이베르네가 바다 위에 떠 있냐고 물어보잖아."

그녀가 말했다. 옥타비아와 루퍼스가 그 아이를 보려고 몸을 앞으로 숙였다.

"어떤 애?"

옥타비아가 말했다. 거리 아래에서 음식을 먹으려고 사람들이 모여 있었지만, 그들 중 특별히 시마에게 관심을 보이는 사람은 없는 것 같았다. 시마가 모호하게 말했다.

"있어."

"그래서 걔한테는 뭐라고 말해 줬는데?"

루퍼스가 물었다. 그의 목소리는 여전히 거칠었지만, 순수하게 궁금하다는 어조로 말했다.

"상어들을 훈련시켜서 우리 배들이 물 위에 떠다닐 수 있게 한다고 말해 줬지."

시마가 저녁을 한 입 베어 물고 한동안 씹었다.

"너희는 상어가 뭔지 모르지?"

"음, 커다란 물고기? 상어에 대해 읽은 적이 있어. 굉장히 큰 포식자 물고기?"

루퍼스가 말했다. 시마가 눈을 굴렸다.

"그 애가 너를 방해했니? 사람들이……."

옥타비아는 뭐라고 물어봐야 할지 망설였다. 어쨌든 시마는 옥타비아의 말을 이해했다.

"별로. 지금 당장은 그런 생각하기에는 너무 바쁘더라. 네 언니가 도와주고 있어. 그들이 그녀를 알아."

너무 바쁘다니. 아니면 아직 골똘히 생각하기에는 너무 충격적일지도 몰랐다. 비토리아 사람들은 물에 떠다니는 도시들에 대한 질문을 멈추고, 아그리피나의 계획에 대해 뭘 알고 있었냐고 질문하기 시작할 때쯤이나 낯선 사람들을 어떻게 대해야 할지 결정할 것이었다. 지금 당장은 불신의 속삭임과 몇몇 난투극과 말다툼이 있었지만, 누구와 함께 일하고 있는지를 생각하기에는 모두가 너무 지쳐 있었다.

그런 태도가 계속 되지는 않을 것이었다. 50년 동안의 불신과 공포가 끔찍한 오후를 하루 같이 보냈다고 말끔히 사라질 리는 없었다. 하지만 적어도 지금은 아무도 누군가를 괴물이라고 하지는 않았다. 그녀가 갑자기 물었다.

"그나저나 아그리피나는 어디 있어? 어디로 간 거야?"

"그녀는 힐러들을 돕고 있어."

루퍼스가 말했다.

"정말?"

"그녀는 뛰어난 힐러이고, 우리는 그녀 도움이 필요해. 키케루스 마스터가 함께였다면……."

루퍼스가 피곤한 듯 얼굴을 손으로 문질렀다.

"우리는 도움이 필요해."

"그녀가 이해되지 않아. 결국 도울 거면서 왜 그렇게 많은 사람들을 다치게 한 거야? 도대체 뭐가 중요했던 거야?"

옥타비아가 물었다. 시마가 말했다.

"어떤 사람들은 무엇이 중요한지 따위 신경 쓰지 않아. 그저 힘을 원할 뿐이지. 마법사들은 저지대 도시들이 자기 통제권에서 벗어나지 않기를 바랐기 때문에 전쟁을 일으켰지만, 그렇다고 페록스나 전염병 같은 걸 만들어 낼 필요는 없었어. 그들은 그저 할 수 있으니까 한 거야. 왜냐하면 그러고 싶었으니까."

루퍼스가 일어나면서 신음 소리를 냈다.

"이제 의무실에 가봐야겠어."

옥타비아가 그를 올려다봤다. 그녀가 침을 꿀꺽 삼켰다.

"얼마나 많은…… 내 말은, 얼마나 많은 사람들이 다쳤는지 알아? 아니면…… 죽었는지?"

루퍼스가 고개를 저었다.

"아직은. 많은 사람들이 무슨 일이 생기자마자 성벽에서 도망쳐야 한다는 걸 알았지만……. 어쩌면 내일 아침이면 알 수 있을지도 모르지."

그가 무거운 발걸음으로 리버 가를 향해 터벅터벅 걸으면서 피곤한 듯 손을 흔들었다. 이제 완전히 어두웠지만, 가로등과 램프들과 횃불들이 마을의 북쪽을 훤히 밝히고 있었다. 거리는 작고 큰 무리를 만들어 불가에 모여 음식과 차를 나누는 사람들로 가득했다. 어떤 사람들은 공포와 슬픔에 울고 있었다. 다른 사람들은 안도감에 웃고 있었다. 먼지는 모든 것에 새하얗고 가느다란 베일처럼 쌓였다. 옥타비아는 그녀가 지금 상상 속인지 헷갈렸지만, 북쪽에서 불어오는 밤바람은 점점 날카롭고 거세져 성문에 난 구멍을 지나 비토리아 안으로 휙휙 날아들었다.

"내일은 무슨 일이 생길 것 같아?"

시마가 물었다. 옥타비아는 옥상을 지나 벽을 올려다봤다. 높은 탑들에서 가로등이 은은히 빛나고 있었지만, 황혼은 종소리 하나 차이로 왔다 갔다. 마을에서 나오는 빛과 연기와 함께 하늘에 별들이 반짝이는 맑은 밤이었다.

"나도 모르겠어."

옥타비아가 말했다. 이상한 느낌이 들었다. 한평생 비토리아에서 맞이하는 아침은 매일 종들이 울리고 성문들이 열리고 마을 사람들이 보호 껍질에서 나와 그들의 외로운 골짜기를 지키는 것으로 시작됐었다. 하지만 이제 그 껍질은 부서졌다. 계곡은 더 이상 외롭지 않았다. 새로운 일들을 해야 했다. 몇 날, 몇 일, 몇 주, 혹은 더 오랫동안 해야 하는 새롭고 익숙지 않은 일들이 있을 것이었다. 그녀는 그 작업이 어떤 결과를 가져올지 가늠할 수 없었다. 그녀는 다른 사람들도 마찬가지일 거라고 생각했다. 그래서 그들은 비슷하게 누구는 웃고 누구는 울고 있었다. 옥타비아는 다리를 가슴 쪽으로 더 가까이 당기고 코트로 몸을 더 단단히 덮었다.

"추워?"

시마가 물었다. 벽의 냉기가 스며들고 있었지만 옥타비아는 아직 움직이고 싶지 않았다.

"그다지."

시마가 앞으로 오더니 스카프를 잡아당겨서 벗었다. 그녀는 그것을 옥타비아의 턱 밑에 약간 느슨하게 매고는 나머지 스카프를 옥타비아 목 주위에 두르고서는 미소 지었다. 그녀가 말했다.

"자, 네가 여태까지 입어 본 것들 중 가장 다채로운 것일 거야."

옥타비아가 웃었고 빨갛게 달아오른 얼굴을 가리려고 스카프 아래로 코를 쑤셔 넣었다. 스카프는 연기와 먼지 냄새가 났고, 그녀가 입고 있는 모든 것들처럼 더러웠다. 시마가 벽에 기대어 왔고, 손으로 옥타비아의 손을 잡기 전에 그녀의 어깨가 먼저 옥타비아의 어깨에 부딪혔다. 그들은 조금 더 쉴 수 있었다.

Chapter 25

비토리아의 길들

한 해의 가장 짧은 날은 밝고 맑고 추웠다. 론리 계곡 위에 깨끗한 눈이 두껍게 쌓여 산들의 뾰족한 모서리들은 모두 둥근 혹처럼 보였고, 짙은 초록색 소나무 숲과 갈색 밭들은 눈으로 뒤덮인 광활한 들판 같았다. 아침이 었고, 해가 아직 계곡의 바닥까지 비치지는 않았지만 높은 산꼭대기 위에서 강렬하게 내리쬐며 하늘을 햇빛으로 가득 채웠다.

마을 동쪽의 과수원 나무들의 그림자 아래서 옥타비아는 무릎 높이까지 쌓인 눈을 뚫고 나아갔다. 그녀는 시마의 스카프를 코까지 덮었지만, 코트 아래로는 이미 덥다는 느낌이 들었다. 눈은 가볍고 파우더처럼 부드러웠다. 설피 안에 얼음 부스러기 같은 것들이 들어가지 않아 기분이 좋았지만, 눈이 내렸기 때문에 걷는 것 자체는 거위 무리를 안내하는 것처럼 느껴지기도 했다.

"됐어!"

엄마가 외쳤다. 옥타비아가 그녀를 내려다보려고 몸을 돌렸다. 엄마와 플라비아는 과수원의 계단식 밭들 밑의 평평한 지대에 서서 서로 의논하면서 이리저리 가리켰다. 그들은 여전히 그림자 안에 들어서 있었지만, 해의 광선은 계곡으로 점점 스며들고 있었고, 얼마 안 가 그들도 비출 것이었다. 옥타비아의 시선이 요 며칠 계속 그랬던 것처럼 한동안 도로 위에 머물렀다. 시마는 가족들을 보러 몇 주 전에 아에테르나로 돌아갔다. 그 후로 옥타비아는 그녀를 보지 못했다. 앨버스는 매일 형형색색의 스카프를 하고 다니는 그녀를 놀렸지만, 하나는 아에테르나에 있는 사람들과 소식을 교류하고 돌아올 때마다 항상 이해한다는 표정으로 그녀를 향해 안타까운 얼굴을 지었다. 옥타비아는 롱로드에서 남쪽으로 가는 색칠한 수레들을 이끄는 카라반을 볼 수 있길 매일 바랐다.

사람들이 마법사들의 마지막 전투라고 부르는 것을 위해 아그리피나가 비토리아로 온 지도 벌써 두 달이나 됐다. 미래에 어떤 일이 닥칠지도 모르는데 마지막 전투라고 하는 게 옥타비아는 바보같이 보였지만, 왜 사람들이 계속 그렇게 부르는지는 이해했다. 모두가 그런 일이 다시는 일어나지 않기를 바랐다.

돌을 덧댄 성벽과 수리된 와이번 게이트 밖으로는 롱로드 양쪽 성벽에서 부서져 나온 돌덩이들과 공격으로 부서진 탐험가들의 기념비들이 주르륵 서 있었다. 그리고 그날 죽은 모든 사람들을 위해 기념비가 하나씩 섰다. 총 합쳐서 48개의 기녀비들이 도로 양옆으로 늘어서 있었으며, 성문을 지나는 모두에게 그날의 일을 상기시켰다. 성문 가장 가까이, 성벽 그림자 안쪽으로 양옆에 쌓여 있는 두 개의 돌탑은 윌라와 브람을 위한 것이었다.

카밀라를 위한 돌은 없었다. 어떤 사람들은 세워야 한다고 주장했고, 다른 사람들은 반대했다. 결국 그 모든 48개의 기념비들은 그녀가 비토리아를 통치했던 시절을 위한 것이라고 결정했다. 엄마의 목소리가 다시 높아졌다.

"북쪽으로 나무 한 그루만큼만 더 가서 딱 거기 멈춰!"

옥타비아가 알았다고 손을 흔들고서는 다음 나무까지 눈을 뚫고 무거운 발걸음을 옮겼다. 그들은 살구 과수원에 있었고, 비록 살구나무들은 겨울철에 꽃을 피우지 않았지만, 여전히 희미하게 달콤한 여름 향을 맡을 수 있었다. 옥타비아는 다음 나무 앞에서 눈 속에 배낭을 내려놓고 망치와 못 몇 개, 그리고 플라비아가 작업실에서 만드는 것을 도왔던 나무 액자 하나를 꺼냈다. 그녀는 그녀 머리 바로 위 나무에 액자를 못 박았다. 그녀가 망치질 하는 소리 때문에 근처 나무에 있던 울새 한 쌍이 푸드득 날아갔다. 새들은 눈송이들 속으로 날아가면서 화가 났다는 듯이 막 지저귀었다.

론리 계곡에는 아직도 페록스들이 도사리고 있었다. 밤에 울리는 카밀라의 종소리가 없어도 꽤 오랫동안은 계속 있을 거라고 마스터들이 말했다. 50년 동안 강화됐던 마법이 하루아침에 없어질 리도 없었고 남아 있는 페록스들은 가장 거친 놈들에 속했다. 밤에 나가거나 혼자 여행하는 것은 여전히 위험했다. 목동들과 약초꾼들에게 경고하는 동시에 여행자들을 위해 도로를 보호하려는 목적으로 위험한 흔적을 둘러보기 위해서 헌터들이 다시 숲속을 정찰하기 시작했다. 이제는 도로 위를 여행하는 사람들이 있었기 때문이다.

비토리아에서 무슨 일이 생겼는지에 대한 소식이 아그리피나의 야영지에까지 전해지면서 아에테르나에서 잔뜩 긴장한 소수의 사람들이 내려오면서 시작됐지만, 몇 주 새에 멀리서 오는 방문자들은 점점 더 흔해졌다. 많은 사람들이 단지 너무나 오랫동안 고립됐던 마을이 궁금해 비토리아에 왔다. 그들은 새로운 광경에 놀라고 입을 벌리고 모두가 빨리 답하기 번거로운 질문들을 묻고 싶어 했다. 하지만 어떤 사람들은 다른 이유로, 그보다 더 좋은 이유로 비토리아를 찾았다. 산속 부족들이 새로이 선출된 비토리아의 의회와 대화를 나누기 위해 사절단을 보내왔다. 의회에는 50년 만에 처음으로 마법사 마스터가 한 명만 포함돼 있었다. 저지대 사람들은 서로 교환할 소식과 물건을 가지고 도착했으며, 몇 십 년이나 흘렀음에도 여전히 가족이나 친구들이 산속에 살아 있을지도 모른다는 기대감에 보낸 수많은 편지들도 같이 가지고 왔다. 앨버스의 스승인 아이프 마스터도 전쟁 이후로 줄곧 죽었다고 생각했던 그녀의 오빠로부터 편지를 받았다.

"그녀는 울었어."

앨버스가 그에 대해 나중에 옥타비아에게 알려줄 때 낮고 경외감이 깃든 목소리로 말했다.

"나는 그녀가 **울 수 있는지도** 몰랐어."

이제 비토리아는 달라졌다. 대부분의 변화는 긍정적이었지만, 받아들여야 할 것들도 여전히 많았다. 옥타비아는 빵집이 얼마나 바쁜지, 사람들이 겨울을 나기 위한 음식 걱정을 멈췄다는 것에 대해, 천천히 그리고 아주 꾸준히 의심보다는 호기심, 기대, 그리고 진중함으로 새로운 낯선 사람을 대하기 시작하는 것에 대해 정말 기쁘게 생각했다. 하지만 여전히 그것은 부담스러운 일이었으며, 그녀는 마을 밖에서 아침을 보낼 수 있는 기회를 얻게 돼 기뻤다.

"나무 열두 그루를 세고 다음 일을 해!"

엄마가 외쳤다.

"알겠어요!"

옥타비아가 답했다. 그녀는 배낭을 들고 과수원의 테라스 밭을 따라 움직였다.

어떤 날에는 옥타비아는 하나와 다른 헌터들과 같이 나갔다. 다른 날에는 플라비아의 작업실에서 일을 배웠다. 하지만 또 다른 날에는 엄마와 플라비아가 성벽 밖에 보호 부적을 설치하는 것을 도왔다. 비록 엄마는 한 번도 말하지 않았지만, 그것은 일종의 타협이자 사과였다. 사과를 직접적으로 하는 것은 엄마 방식이 아니었다. 대신 그녀는 행동으로 자기 뜻을 전했으며, 이제는 그녀가 옥타비아를 일주일에 서너 날씩 침대 밖으로 끌어내 차가운 바깥으로 내보냈다. 비록 옥타비아의 수련에 대해서 마음을 바꿨다는 것은 전혀 인정하지는 않았지만.

옥타비아의 열세 번째 생일까지 2주 남짓 남아 있었고, 그녀는 여전히 엄마와 아빠가 그녀가 어떤 견습공이 될지에 대해 얘기해 주기를 기다리고 있었다. 그녀는 그들에게 더 이상 비토리아에 평생 갇혀 있을 필요가 없어졌는데도 아직도 모두 열세 살이 되면 남은 인생을 어떻게 보낼지 결정해야 하냐고 묻고 싶었다. 그녀는 그들에게 꼭 물을 것이었다. 그러려고 계획했다. 그저 적당한 때를 못 찾았을 뿐이다.

옥타비아가 네 번째와 마지막 계단식 밭을 따라 부적을 설치하는 것을 끝냈을 즈음에는 해가 계곡 바닥까지 비추고 있었고, 옥타비아는 코트와 모자를 벗었다. 그녀는 망치로 마지막 못을 제자리에 박고서는 엄마와 플라비아와 합류하려고 물건들을 챙겼다. 가까이 다가가자 엄마가 다리를 절뚝거리는 게 보였다. 엄마 얼굴 위에는 땀이 약간 맺혀 있었고, 턱은 팽팽하게 당겨져 있었다. 새로 뽑힌 대장 힐러인 유쾌한 여자는 모든 환자들을 마치 뛰어다니는 아이들처럼 대하면서도 엄마에게는 너무 무리하지 말라고 계속 말했다. 하지만 지금 엄마는 더더욱 많이 걷고 있었다. 엄마는 힐러의 말을 들을 생각이 아예 없어 보였다.

"다음은 어디예요?"

옥타비아가 물었다. 그녀는 엄마의 다리에 대해서는 아무 말도 하지 않는 편이 낫다고 생각했다. 엄마가 스스로 얘기를 꺼내기 전까지는 눈치 채지 못한 척하는 것이 나았다.

"여기서 볼 일은 다 본 것 같구나. 내일 아침까지 오렴, 옥타비아."

플라비아가 말했다. 옥타비아가 물었다.

"오늘 오후가 아니라요?"

"그래. 우리 엄마에 대해 아직도 진행 중인 회의가 오늘 있을 예정이라서 말이야."

엄마가 목구멍에서 소리를 냈다.

"또 회의예요?"

"또 회의랍니다."

플라비아가 말했다.

아그리피나에 대해서는 아무도 쉽사리 결정을 내릴 수 없었다. 새로운 마을 의회는 계속해서 논쟁을 벌였다. 어떤 사람들은 그녀가 마을을 공격할 때 죽인 사람들을 생각해 그녀가 평생 감옥에 갇혀 있어야 한다고 말했다. 다른 사람들은 비토리아는 누군가를 평생 동안이나 가둘 만한 시설을 갖추고 있지 않다고 지적했다. 그들에게는 사람들을 하룻밤 혹은 이틀 정도 가둬 놓으려고 마을 의회에 설치해 놓은 방들 몇 개가 다였다. 누군가는 그녀를 추방하고 싶어 했다. 또 누군가는 시야 밖으로 그녀를 절대 못 나가게 하고 싶어 했다. 아그리피나는 여전히 힐러들을 도우며 키케루스 마스터의 죽음이 남긴 빈자리를 메우고 있었지만, 자신의 운명에 대해서는 절대로 어떠한 의견이나 제안도 제시하지 않았다.

몇몇 사람들은 그런 그녀의 태도가 곧 그녀가 더 이상 전쟁에 대해서는 생각하지 않는 거라고 믿었지만, 옥타비아는 확신하지 않았다. 오히려 그녀는 단순히 아그리피나가 카밀라를 이기고 난 다음 뭘 할지 한 번도 생각해 본 적이 없기 때문이라고 생각했다. 하지만 비토리아는 그녀를 구원자로 받들지 않았다. 그녀는 그럴 가능성에 대해 한 번도 생각해 본 적이 없었던 것이다. 그녀는 그녀가 이끌어 주길 바라지 않는 마을에 대해 어떻게 해야 할지 몰랐던 것이다. 플라비아가 자기 팔을 엄마에게 내밀었다.

　　"나이 든 여인이 마을로 돌아가는 것을 도와주세요, 어거스타. 가기 전에 차나 마시고 가야겠어요."

　　엄마는 플라비아가 조심스럽게 도움의 손길을 내밀기 위해 도움을 청하는 척한다는 것을 다 안다는 표정을 지었지만, 어쨌든 그녀는 팔을 내밀었다. 실제로 전투 이후에 플라비아는 이모의 패배와 엄마의 위협이 어깨를 평생 짓누르던 부담의 무게를 덜어낸 것처럼 자기 나이인 60살보다 훨씬 어려 보였다. 옥타비아는 마을로 돌아가면서 그들 뒤를 따라갔다. 해가 비추자 눈이 녹기 시작했다. 다시 눈이 내리면 눈사태가 닥칠지도 몰랐다. 그녀는 엄청나게 많은 양의 눈이 매 겨울마다 한두 번씩 아래로 떨어져 롱로드를 뒤덮는 회색 곰 산의 경사들을 바라봤다. 그녀는 롱로드 위의 여행자들이 무엇을 조심해야 하는지 알고 있기를 바랐다.

　　저 멀리 북쪽에서 가느다란 연기가 새파란 하늘을 배경으로 피어올랐다. 닉스 강과 이라쿤디아 강의 합류점에는 이미 자그마한 야영지가 마련돼 있었다. 사람들은 거기를 리버 캠프라고 불렀다. 마을의 나이 든 사람들은 한때 거기에 마을이 있었다고 말하며 그곳은 정말 편리한 휴식처가 된다는 말로 마을이 재건되기를 바랐다. 옥타비아는 어쩌면 우르사와 분노한 죽은 자들의 무리에게 그들 영토의 끄트머리 바로 앞에 마을을 지어도 괜찮을지 물어 봐야 할지도 모른다고 생각했다.

이제는 누군가가 도로 위에 있었다. 옥타비아는 손으로 눈을 가리고 눈을 가늘게 떴다. 해가 너무 밝아서 눈을 아프게 찔렀다. 지난 두 달 동안 흔한 일이 돼 버렸음에도 불구하고 도로 위에 사람들이나 동물 무리가 있는 것을 보면 여전히 놀라웠다. 그녀는 어쩌면 계속 익숙해지지 않을지도 모르겠다고 생각했다. 익숙해지기를 바라는지도 몰랐다. 그것은 좋은 의미의 흥분이었고, 나쁜 의미의 흥분보다는 훨씬 낫다고 생각했다. 마차를 끌고 오기에는 눈이 너무 많이 쌓였기 때문에 그녀는 말들 뒤로 미끄러져 오는 밝게 색칠한 형체들을 썰매로 바뀐 무언가라고 생각했다.

그녀가 발길을 멈췄다. 강렬한 색깔들이 흰 도로를 배경으로 두드러졌다. 파란색과 초록색, 빨간색과 노란색 등 다양한 색으로 칠해진 판자들이 모여 만들어진 형형색색의 디자인들이 보였다. 그녀는 그 색깔들을 알아봤다. 그녀는 그것들을 지난 두 달 동안 계속 찾고 있었다.

"이베르네에서 온 카라반이에요!"

그녀가 외쳤다. 엄마와 플라비아가 놀라서 그녀를 돌아보고, 이내 그녀가 가리키는 곳을 향해 몸을 돌렸다.

"이런, 내 눈이 옛날 같지 않구나."

플라비아가 실눈을 뜨며 말했다.

"어떻게 알았니?"

"그들은 색을 칠한 마차를 가지고 있어요. 그들이에요. 제가 그들을 알아요. 엄마, 저⋯⋯?"

옥타비아가 말했다. 엄마가 잠시 카라반을 바라봤다.

"가거라. 가서 네 친구에게 인사하렴."

옥타비아가 어색하게 비틀거리며 마구 뛰기 시작했다. 설피를 신고 우아하게 걸을 수 있는 방법은 없었다.

"옥타비아!"

엄마가 그녀를 불렀다. 그녀가 몸을 돌렸다.

"네?"

"나중에 네 친구를 집에 데려와도 돼."

엄마가 말했다. 그녀의 목소리에는 이상한 망설임이 있었다.

"그들이 원한다면. 그녀의 가족들을 만나고 싶구나."

옥타비아가 입을 벌렸다 닫았다. 그리고 다시 열었다. 그녀는 이것이 옥타비아가 처음 시마를 비토리아로 데려왔을 때 엄마가 저질렀던 일에 대한 사과임을 깨달았다.

"저, 음, 네. 네!"

옥타비아가 말했다.

그녀는 다시 뛰기 시작했다. 그녀는 카라반을 만나기 한참 전에 숨이 모자라서 도로에 도착했을 때는 속도를 늦춰 북쪽으로 터벅터벅 걸어갔다. 심장을 관통하는 우려가 그녀의 흥분을 깼다. 그녀는 시마와 그녀의 가족들이 이베르네 사람들의 카라반에 같이 타고 오는지 알 수 없었다. 그들은 아직 아에테르나에 머물고 있을 수도 있었다. 아니면 이스트로드를 따라 몇 주 전에 이미 아에테르나를 떠나 지금은 저지대에 도착했을지도 몰랐다. 마구가 흔들리는 소리와 마부들이 이랴 하는 소리를 들을 수 있을 만큼 카라반이 가까이 오자 그녀는 이상한 긴장감을 느꼈다. 그녀는 그들의 경로 한가운데에 서 있지 않도록 길옆으로 비켰다.

그러자 그녀가 썰매들 중 하나에 놓인 꾸러미인 줄 알았던 것이 갑자기 흔들리며 손을 흔들고 외쳤다.

"안녕! 저기 있어요! 안녕!"

그것은 너무 많은 옷들과 담요들에 둘러싸여 감자처럼 보이는 파비였다. 그가 소리치기 시작하자마자 시마가 썰매 뒤쪽에서 뛰어내려 깊은 눈 속으로 넘어졌다 다시 일어서서 옥타비아를 향해 달렸다. 처음에는 검은 머리카락과 밝은 색의 옷만 희미하게 보였지만, 순식간에 옥타비아 옆으로 와서 그녀의 발을 걸고 옥타비아를 넘어뜨려 그녀를 꼭 껴안고 눈 속으로 밀어 넣었다.

"우리가 오는 줄 어떻게 알았어?"

시마가 물었다. 옥타비아가 웃으며 시마를 밀어내는 척을 했다.

"몰랐어. 그냥 너희를 도로 위에서 봤어."

시마가 눈을 한 움큼 움켜쥐고 그녀에게 던졌다.

"그게 너희가 이제 하는 거야? 여행자들을 위해 도로를 감시하는 것?"

"아니, 너만을 위해서야."

시마가 눈을 깜박였다.

"어머."

옥타비아가 얼굴이 붉어져서 다른 곳을 쳐다봤다. 그녀도 시마를 향해 눈을 한 움큼 던지고 다시 일어서려 했다. 긴 설피를 신고서는 쉽게 할 수 있는 일이 아니었기 때문에 시마가 그녀의 양손을 잡고 다시 일어서도록 도와줬다.

"안녕, 옥타비아! 널 보게 돼서 좋구나!"

카라반이 지나가면서 레일라가 외쳤다. 다른 사람들도 그녀에게 인사했고, 옥타비아는 그들에게 미소로 회답했다. 하지만 그녀는 손을 흔들 수는 없었다. 시마가 그녀의 손을 놔주지 않았기 때문이다.

"나, 어, 나는 너희가 아에테르나에 머무르는 줄 알았어."

옥타비아가 말했다. 시마가 말했다.

"우리도 의논해 봤는데, 아무도 겨울 내내 텐트 안에서 지내고 싶어 하지 않아서."

옥타비아의 배가 긴장감에 죄어 왔다.

"그래서 이베르네로 돌아가는 거야?"

시마가 고개를 한쪽으로 기울였다.

"하나가 너한테 말 안 했어?"

"말하다니, 뭘?"

"비토리아의 직공들 중 몇 명이 죽어서 마을에 직공이 몇 명 필요할 거라고 했어."

시마가 눈썹을 찌푸렸다.

"진짜로 너한테 얘기 안 해 줬어?"

"직공들에 대해서는 알고 있었어."

옥타비아가 말했다. 직공들의 가게는 와이번 게이트 근처에 있는 거리에 한데 모여 있었다.

"하지만 하나는 아무 얘기도 안 했어. 너희 엄마도 여기에서 지내고 싶어 하신다는 거야?"

"한동안은. 어쨌든 파비는 점점 나아지고 있지만 도로에서 너무 오랫동안 있고 싶지도 않고, 겨울을 날 따뜻한 집에 있고 싶어서 말이야."

그녀는 어깨를 으쓱하면서 카라반이 지나간 도로를 쭉 따라 내려다봤다.

"우리는 그를 여기 데려오려고 모든 걸 포기했어. 다시 돌아간다고 해도 이베르네에서도 모든 걸 다시 시작해야 할 거야."

"모두가 어찌 됐든 다시 시작하고 있구나."

옥타비아가 말했다.

"게다가 누군가는 비토리아 사람들한테 더 다채로운 옷들을 만들어 줘야지."

시마가 장난스러운 미소를 지으며 말했다.

"갈색과 회색에 질리지도 않아?"

"너무 질려."

옥타비아가 웃으며 말했다.

"그래도 네 스카프는 돌려주지 않을래."

"돌려받고 싶지 않아."

그녀가 말했다. 그녀가 입술을 깨물고 아래를 쳐다봤다.

"내 말은…… 너도…… 스카프가 잘 어울리는걸."

옥타비아의 얼굴은 너무 따뜻했기 때문에 그녀는 볼에서 김이 나지 않는 것이 신기했다. 카라반을 쫓아가려면 서둘러야 했다. 오후 내내 눈 속에 그렇게 서 있을 수는 없는 노릇이었다. 하지만 그녀는 시마의 손을 놓고 싶지 않았다. 그녀는 그들을 둘러싼 그 영광스러운 겨울날을 깨뜨리고 싶지 않았다.

"네 생각에…… 우리가 비토리아에 있어도 괜찮을 것 같아? 우리가 머물면 사람들이 싫어할까?"

시마가 흘끗 쳐다봤다. 옥타비아는 즉각적으로 시마를 안심시키려다가 그러지 않기로 했다. 시마의 얼굴에 근심이 들어서는 것은 싫었지만, 사실이 아니거나 확실하지 않은 내용을 그녀의 기분만을 위해 말하는 것은 좋지 않다고 생각했다. 시마의 질문에는 어디서부터 얘기하기 시작해야 할지 의문일 정도로 너무 많은 답들이 있었다. 어떤 사람들은 낯선 사람들에 대해 의심하고 밖에서 온 이방인들이 머물기를 원한다는 사실에 분노할 것이다. 그들은 죽은 사람들이 남긴 집들과 일자리를 새로운 사람들이 꿰차는 것을 좋아하지 않을 것이다. 다른 사람들은 흥분하고 궁금해 하고 참견하고 싶어 할 것이다. 또 다른 사람들은 여전히 그들의 양털을 팔 수 있고 새로운 옷을 살 수 있다는 사실에만 신경 쓸 것이다. 대부분의 사람들은 아마도 어떻게 느끼고 생각해야 할지 모를 것이다. 모든 게 다 새롭고, 이상하고, 익숙하지 않았기 때문에 시마의 가족들은 틀림없이 그 모든 상황 혹은 그보다 더 많은 상황을 동시에 직면하게 될 것이다.

하지만 비토리아 사람들도 어딘가에서는 시작해야 했다. 그들을 둘러싼 세상이 점점 넓게 확장되고 있었다. 비토리아 밖을 탐험하거나 안에 도착한 모든 무리들과 함께, 모든 물물 및 정보 교환과 함께, 도로 위 낯선 사람들과의 모든 만남들과 함께, 의회 회관에서 울려 퍼지는 새로운 입주민들에 대한 모든 논쟁과 함께, 좁은 길과 골목에서 들리는 모든 새로운 억양과 함께 세상은 매일매일 넓어지고 있었다. 이제는 아무것도 그것을 막을 수 없었다.

"우리 엄마가 있다가 너희 가족을 초대하고 싶어 하셔. 우리 부모님이 너희 모두를 정식으로 만나고 싶어 해."

옥타비아가 말했다.

"우리 엄마가 아주 좋아할 거야."

시마가 말했다.

"좋아. 가자."

옥타비아가 말했다. 그녀는 꼭 붙잡은 손을 흔들었다.

하지만 둘 다 움직이지 않았다. 태양이 그들의 어깨에 따뜻하게 내리쬐는 동안, 부드러운 산들바람이 도로 저 밑에서 들리는 환영 인사들을 싣고 올 때, 반짝이는 눈과 파란 하늘 아래 뾰족하게 높이 솟아오른 산들이 빛나는 곳에서 그들은 같이 서 있었다. 모든 것이 너무 아름다워서 옥타비아는 자기 설피와 시마의 손길만이 그녀가 땅을 딛고 서 있다는 것을 일깨우고 있는 것처럼 느꼈다.

잃어버린 도시의 헌터스

초판 1쇄 펴냄   2023년 8월 1일

지은이   캘리 윌리스
옮긴이   박창현

발행인   박민홍
책임편집   허문원
일러스트   양동엽 (한국어판)
디자인   최계은
인쇄   디앤와이 프린팅
발행처   그래비티북스
등록   2017년 10월 31일 (제2017-000220호)
주소   13595 경기도 성남시 분당구 황새울로200번길 36 (수내동, 동부루트빌딩 711호)
전화   031-711-4501
팩스   070-4170-4608
전자우편   say2@cremuge.com
ISBN   979-11-89852-40-5 03840

그래비티북스 _ 주식회사 무게중심의 출판 전문 브랜드입니다.

* 본 저작물에 사용한 서체는 경기도청에서 2017년 작성하여 공공누리 제1유형으로 개방한 '경기천년바탕체'를 이용하였으며,
  해당 저작물은 경기도청 홈페이지에서 무료로 다운받으실 수 있습니다.